Knaur Krimi

Herausgegeben von Dietlind Kaiser

Konrad Sembritzki, einst einer der erfolgreichsten Ostagenten des BND, hat sich als Antiquar nach Bern zurückgezogen. Aber dort holt ihn seine Vergangenheit wieder ein: noch einmal soll er aktiv werden und sein legendäres, nach den Planeten benanntes Netz von Informanten in der CSSR ein letztes Mal auswerfen. Denn der Westen braucht Beweise für die Nachrüstung des Ostblocks, und Sembritzki soll sie beschaffen.
Es dauert lange, bis Sembritzki durchschaut, daß die Befürworter der Nachrüstung im Westen versuchen, ihn für ihre Zwecke einzuspannen. Und daß er zugleich für die Gegenseite arbeitet. Die Friedensbewegung also? Wenn Sembritzki, beschattet und bedroht von den Geheimdiensten beider Blöcke, in diesem gefährlichen Spiel überleben will, muß er herausbekommen, wer eigentlich die Fäden zieht ...

Peter Zeindler ist 1934 in Zürich geboren – wo er nach wie vor zu Hause ist – und hat bei Emil Staiger über das Thema »Der negative Held im Drama« promoviert, ein Thema also, das auch seine irritierend-spannenden Geheimdienstromane prägt. Er ist seit 1965 freier Journalist für Presse, Funk und Fernsehen, hat Hörspiele geschrieben und zwei Theaterstücke. Zur Zeit arbeitet er an einer Komödie – und an einem neuen Thriller mit Konrad Sembritzki in der Hauptrolle.

Von Peter Zeindler erschien ebenfalls als *Knaur Krimi:*
»Tarock« (Band 4934)

Originalausgabe
© Droemersche Verlagsanstalt Th. Knaur Nachf. München 1984
Umschlagfoto und Umschlaggestaltung Rambow, Lienemeyer,
van de Sand
Satz IBV Lichtsatz KG, Berlin
Druck und Bindung Clausen & Bosse, Leck
Printed in Germany · 2 · 4 ·885
ISBN 3-426-04947-3

2. Auflage

Peter Zeindler

Die Ringe des Saturns

Kriminalroman

Ich danke H. H. K. für seine Hilfe bei meiner Arbeit an diesem Buch.

Peter Zeindler

ERSTER TEIL

1

Die scharfe Silhouette des Reiters im Gegenlicht ließ ihn an Wallenstein denken, obwohl die Haltung des Mannes, der Minuten vorher wie ein Phantom hinter einer Bodenwelle aufgetaucht war und dann genau vor dem feuerroten Ball der untergehenden Wintersonne die lockeren Zügel auf Magenhöhe angezogen hatte, ohne Straffheit, ohne Klasse war. Daß Sembritzki, der vielleicht hundert Meter von diesem fremden Reiter entfernt am östlichen Rand dieses bevorzugten Galoppgeländes der Berner Freizeitreiter seinen Welf zum Stehen gebracht hatte, sich nicht brüsk abwandte, mit einer scharfen Volte den Phantomreiter aus der Sonne drängte, hing damit zusammen, daß ihn gerade die eigenartige Asynchronität des Gemäldes irritierte, das einen Reiter vor untergehender Sonne darstellte. Oder war es Mißtrauen? Meldete sich da plötzlich ein längst abgestumpftes Gefühl wieder? Instinkt?
Alles Amateurhafte, Unfertige war Sembritzki schon immer verdächtig gewesen. Und der Mann auf dem Pferd vor der sinkenden Sonne, deren obere Peripherie jetzt die Schulterpartie anschnitt, war kein guter Reiter, dies mindestens nicht nach westeuropäischen Maßstäben. Sembritzki zuckte zusammen. Da hatte ihn ein Stichwort mitten ins Herz getroffen.
Er schnalzte mit der Zunge, gab Schenkeldruck, und Welf galoppierte auf den feurigen Sonnenball zu. Sein Atem schoß in weißen Wolken aus seinen Nüstern. Sein Rücken dampfte. Und Sembritzki fühlte die feuchtkalte Luft im Gesicht, die aus dem tiefen Geläuf stieg. Einen Meter vor dem Reiterstandbild brachte er Welf zum Stehen. Dann musterte er den andern mit zusammengekniffenen Augen. Aber der glutrote Abendschein blendete ihn. Da ließen sich die Züge des Fremden nicht präzise ausmachen. Sembritzki war sich trotzdem sicher, daß er den Mann nicht kannte, ihn nie zuvor gesehen hatte.
»Gehen Sie mir aus der Sonne, Kamerad!« sagte Sembritzki lachend.
»Ich stehe Ihnen nicht mehr lange vor der Sonne. Da ist schon der Abendstern!«
Der andere zeigte, ohne sich umzuwenden, über die Schulter, wo Venus im fahlen nebligen Blau glitzerte.

Sembritzki riß Welf scharf nach links, parierte dann dessen Galoppsprung, brachte ihn wieder auf Westkurs und schoß am andern vorbei unter der funkelnden Venus auf das nahe Wäldchen zu. Abendstern! So drückte sich nur ein Laie aus. Und der Fremde mit viel Sinn für theatralische Auftritte hatte sich in zweifacher Hinsicht als Amateur erwiesen: als Reiter und als Astronom. Doch der Gedanke, daß der Phantomreiter in anderer Hinsicht keineswegs unprofessionell sein mochte, ließ Sembritzki nicht los.
Die Irritation verließ ihn erst wieder, als er in der Bibliothek seiner Wohnung saß, unten an der Aare, diesem grün reißenden Fluß, der Bern wie eine Girlande umhalste. In diesem Haus, wo Casanova sich einst in einer völlig verpatzten Liebesnacht mit rotbackigen Bernerinnen herumgequält hatte, lebte er nun schon über drei Jahre. Und hier besann er sich, durch die Begegnung auf dem abendlichen Ausritt in Bewegung gesetzt, auf scheinbar längst versunkene Zeiten. Wenn Sembritzki jetzt auch auf die Kante des gewaltigen Schreibtischs starrte, den er erst nach hartnäckigem Feilschen einem österreichischen Kollegen hatte abkaufen können, gelang es ihm nicht, all das abzuschütteln, was ihn so bedrängte. Im Gegenteil. Da vermengten sich sein Beruf als Antiquar, die Begegnung mit dem Phantomreiter, die Sätze, die vor seinen Augen tanzten, zu einem unentwirrbaren Knäuel. Zum wievielten Male wohl las er:
Geburtsstundenbuch wine eines jetlichen Menschens Natur und Eigenschafft / sampe allerley zufählen / ausz den gewissen Leuffen deren Gestirn / nach rechter warhafftiger und grundtlicher ahrt der Gestirnkunst / mit geringer müh ausgereitet / und derselb vor züfelligem Unfahl gewarnet.
Noch nie hatten ihn die Sätze des mittelalterlichen Geburtsstundenbuchs so getroffen wie gerade heute. Er fühlte sich bedroht. Und die Sterne aus versunkenen Jahrhunderten boten ihm ihre Hilfe an. 1570 hatte der Schweizer Pegius dieses erste astrologische Lehrbuch in deutscher Sprache herausgegeben, und der Gedanke, daß es sich mit größter Wahrscheinlichkeit in der Bibliothek des sternenhörigen Wallenstein befunden hatte, bedrängte Sembritzki in diesem Augenblick wie nie zuvor. Wallenstein hatte sich im Umweg über die Gestirne über den Charakter seiner Feinde in fernen Landen ins Bild zu setzen versucht, hatte die Zukunft, seine strategischen Überlegungen von der Interpretation seiner Astrologen abhängig gemacht. Da kam ein Satz von ganz weit her zurück, dem Sembritzki schon so oft nachgeträumt hatte: »Die Sterne sind eine Art verkürzter Nachrichtendienst.«

Aber Sembritzki, der Agent, der sich der alten Schule verpflichtet fühlte, wußte auch, daß Wallenstein im Grunde genommen ein rational denkender Mensch gewesen war, der sich zwar von den Sternen lenken ließ, sich bei seinen Entscheidungen doch letztlich auf seinen Instinkt, auf seine Erfahrungen, auf den gesunden Menschenverstand verlassen hatte. Und dieser gesunde Menschenverstand, die Schärfe seines geschulten Instinkts, machte jetzt denn auch Sembritzki stutzig. Wo war das kleine lila Buchzeichen, das er am Vormittag dort zwischen die Seiten gelegt hatte, wo Pegius die zu seiner Zeit bekannten sieben Planeten, die sieben Häuser dargestellt hatte? Sembritzki wußte genau, daß er dieses Buchzeichen nicht entfernt hatte. Und er wußte auch, daß er die Lage des gewichtigen Bandes auf seinem Schreibtisch nicht verändert hatte. Als er dann das Buchzeichen zwei Seiten weiter hinten fand, bemerkte er auch die andern kaum wahrnehmbaren Veränderungen an seinem Arbeitsplatz. Da lag sein privates Telefonbuch, mit all den Adressen, die ihm wichtig waren, nicht mehr genau bündig zur linken oberen Schreibtischkante. Seine Bekannten belächelten die pedantische Genauigkeit, mit der er all seine Dinge zu ordnen pflegte, zwar als Tick. Aber es war mehr als das. Im Verlauf der Jahre hatte er sich angewöhnt, alle Dinge, mit denen er lebte, immer am selben Ort und in einer bestimmten Lage zu plazieren, damit ihm sofort auffiel, wenn sich jemand an seinen Sachen zu schaffen gemacht hatte. Sembritzki konnte sich auf sein fotografisches Gedächtnis verlassen. Doch was konnte denn bei ihm überhaupt noch gefunden werden?
Sembritzki lächelte. Seit über drei Jahren wohnte er hier unten am Fluß. Seit über drei Jahren gab es keine Papiere mehr, für die sich jemand interessieren mochte. Sembritzki beschäftigte sich jetzt vor allem mit Astrologie. Und am Abend brütete er oft über dem mittelalterlichen Planetensystem, über den gewaltigen Planeten Merkur, Venus, Mars, Jupiter oder Saturn. Und immer, wenn er so dasaß, tauchten hinter den Gestirnen verschwommene Gesichter auf von Männern und Frauen, die in seinem jetzigen Leben nichts mehr zu suchen hatten. Manchmal war da die Erinnerung an ein kleines Stück Papier, das unter der hintersten Bank einer düsteren Kirche steckte. Manchmal kamen zwei, drei Worte zurück, die in tschechischer Sprache geflüstert wurden: eine Ortsbezeichnung, ein Termin. Auf einem Bierdeckel standen sie. Oder auf einer Pissoirwand, auf dem Deckelinnern einer Zigarettenschachtel. Und in solchen Augenblicken kam ihm auch immer der Titel eines Romans von Alex-

ander Kliment in den Sinn: *Die Langeweile in Böhmen.* Er dachte an einen abendlichen Gang über die Prager Karlsbrücke zur Kleinseite hinüber, und immer wieder kamen Sätze in ihm hoch, die er schon auswendig zitieren konnte: »Da ich unsere heimische Landschaft kreuz und quer durchstreift, durchdacht und durchlebt hatte, trat ich für sie ein. Sie wird geschändet. Sie verkommt. Stirbt. Wird gemein und gefühllos ausgeblutet.« Nicht wörtlich mochte er diese Sätze nehmen. Sondern als Ausdruck seiner Sehnsucht nach diesem Stück Erde.

Sembritzki stand auf und ging zum südlichen Fenster seines Arbeitszimmers, von dem aus er auf den dunklen Fluß hinunterschauen konnte. Das Rauschen des Wassers, das sich etwas weiter unten am kleinen Wehr brach, drang durch das geschlossene Fenster bis zu ihm herauf. »Böhmen ist ein kleines Land mitten in Europa, und wer dort wohnt, kann nirgendwohin mehr ausweichen, um neu zu beginnen.« Und wie immer, wenn sich Sembritzki an diese Sätze erinnerte, wurde ihm klar, daß er diesem Land mitten in Europa verfallen war. Daß er sich aus dieser Vergangenheit nie mehr würde lösen können. Und er wußte auch, wenn er den Blick ins Zimmer zurückwarf, wo unter dem scharfen Licht eines Spots der gewaltige Band des Martin Pegius lag, daß gerade dieses Buch gewissermaßen Bindeglied zu dieser versunkenen Welt war, zu Prag, zu Böhmen: »Die Landschaft und ich, wir sind ineinander aufgegangen, das ist meine Welt, mein Schicksal, meine Geschichte, meine Sprache, mein Gedanke, mein Projekt, man mag es nennen, wie man will; so ist es, und ich gehöre dazu.«

So hatte Kliment geschrieben. Und vieles von dem konnte Sembritzki, der Wahlschweizer mit masurischen Vorfahren, der mit deutschem Paß in der Schweizer Hauptstadt wohnte und den Beruf des Antiquars mit Überzeugung betrieb, auch für sich beanspruchen. Böhmen war eben doch mehr als nur ein versunkener Traum, als ein Land, das er vor ein paar Jahren gleichsam ausgemessen hatte, wo er jedes Dorf, jeden Hügel, jeden Wald und jedes Gewässer kannte. Und viele Menschen.

Jetzt löschte Sembritzki das Licht. Er ging in die Küche hinaus, von wo aus er auf die Uferstraße hinunterschauen konnte. Da stand der Mann wieder. Nein, nicht der Phantomreiter. Der Mann, der unter den Arkaden stand, war schlanker, größer auch. Vor allem fiel er nur jemandem auf, der ein Auge hatte für Männer, die unter der Schirmmütze, mit hochgeschlagenem Mantelkragen, das Halstuch halb vors Gesicht geschlagen, mit den grauen Hauswänden und

den schwarzen Schatten zu verschmelzen suchten. Eines vor allem fiel Sembritzki auf: wie sehr die eine Hälfte des Halstuchs nach unten zog. Welcher von beiden war es nun gewesen, der seinen Schreibtisch einer minuziösen Kontrolle unterworfen hatte? Der klägliche Reiter oder der Mann da unten am Fluß? Oder beide zusammen?
Sembritzki nahm seine dreiviertellange dunkelgrüne Jacke aus weichem Leder vom Haken, setzte seine braune Mütze auf und verließ das Haus. Zum ersten Mal seit drei Jahren befestigte er wieder einen hauchdünnen Faden ganz unten an der Schwelle. Und zum ersten Mal seit langer Zeit überhaupt steckte er wieder seine Beretta-Reopordo mit der Bezeichnung BKA-51 A in die Hosentasche. Und dabei schämte er sich ein wenig. Die Pistole brauchen nur Männer, die sich sonst nicht mehr zu wehren wissen.
Als er vor dem Haus über die schmale Brücke ging, die über den Seitenkanal zur schmalen Uferstraße führte, konnte er seinen Bewacher nicht mehr sehen. Er hatte sich, so machte es den Anschein, ganz in den Schatten der Arkaden zurückgezogen. Ein Profi. Und er würde, das wußte Sembritzki genau, ihm auch nicht unmittelbar folgen, sondern eine andere Art der Beschattung aushecken. Sembritzki wechselte die Straßenseite und ging jetzt seinerseits unter den Arkaden. Als er einen Augenblick lang anhielt, um sich ein Zigarillo in den Mund zu stecken, blieb alles still. Keine Schritte in seinem Rücken, die plötzlich verstummten. Nichts. Stille. Er wandte sich halb um und schaute ins erleuchtete Fenster einer kleinen Buchhandlung. Aber auch so gelang es ihm nicht, seinen Verfolger auszumachen. Hatte er sich getäuscht? Oder ging es dem andern nur darum, ihn loszuwerden und seine Suche in Sembritzkis Wohnung wieder aufzunehmen? Gründlicher?
Aber dann kam er doch. Sembritzki sah das schwankende Licht des Fahrrads im Spiegel seiner Armbanduhr. Und auf dem Fahrrad den völlig verwandelten Mann. Er trug jetzt eine Baskenmütze und einen Rollkragenpullover. Aber als sich Sembritzki schnell ganz umwandte, sah er auch die pralle Aktenmappe auf dem Gepäckträger. Er hörte das saugende Geräusch der zu wenig hart aufgepumpten Reifen auf dem feuchten Asphalt. Und dann pedalte der Mann vorbei, ohne herzuschauen. Aber er fuhr jetzt deutlich langsamer, und Sembritzki konnte sehen, wie er mit blitzschnellem Griff den unüblichen Rückspiegel richtete, der an der nach oben geschwungenen Lenkstange befestigt war. Jetzt war Sembritzki auf dem kleinen Platz angelangt, unterhalb der steil abfallenden Mauer des Mün-

sterplatzes, wo ein Aufzug die Mattenbewohner, jene Kellerkinder der alten Patrizierstadt, aus dem Orkus hinauf in die lichten und geldschweren Gefilde beförderte. Noch einmal tauchte Sembritzki in den Schatten eines Hauseingangs, spähte hinauf, wo jetzt der Lift langsam und lautlos hinunterglitt, warf dann einen Blick hinüber zur Straße, wo er seinen Verfolger ausmachen konnte, der das Rad gewendet hatte und, den einen Fuß auf dem Randstein, zu Sembritzki herüberspähte. Im Augenblick, als sich die automatische Türe des Aufzugs öffnete, der alte Gerber mit dem silberglänzenden Münzautomaten auf dem vorstehenden Bauch aus seinem Verschlag blinzelte und einem jungen Paar, das an ihm vorbei aus dem Aufzug drängte, gute Nacht wünschte, trat Sembritzki blitzschnell aus seinem Versteck, überquerte mit ein paar großen Schritten den kleinen Platz und tauchte auch schon ins fahle Licht der Neonlampe ein.

»Schnell, Gerber. Ich will hinauf!«

Der Alte mit den flinken Äuglein war überhaupt nicht überrascht. Schon drückte er auf den Knopf. Die automatische Türe schloß sich. Gerber schaute Sembritzki von der Seite an, zeigte in einem Anflug von Großzügigkeit seinen einzigen Zahn und sagte: »Aha!«

Aber das war auch schon alles. Mehr gab es ja auch nicht zu sagen. Gerber kannte den etwas verschrobenen Antiquar jetzt seit drei Jahren, und in dieser Zeit waren sie so etwas wie stille Freunde geworden. War es die Verschrobenheit, die sie verband? Ihre Schweigsamkeit? Darüber dachte Gerber, der Sembritzki täglich hinauf und hinunter beförderte, nie nach. Er hätte auch nie zugegeben, daß ihn dieser Ausländer da überhaupt interessierte, dessen meist verschwommener Blick ganz unmittelbar erschreckend seine Mitpassagiere im Aufzug eiskalt durchbohren konnte. War es dieses eigenartige Zusammengehen von verschiedenen Stimmungslagen, die Gerber immer wieder überrascht registrierte und die ihn faszinierten? Da hatte er doch festgestellt, daß Sembritzki oft wie ein Greis daherschlurfte, dann von einem Augenblick zum andern mit geballter Kraft nach einem spielenden Kind greifen und es durch die Luft wirbeln konnte. Und einmal hatte er ein rostiges Hufeisen, das ihm ein Junge gebracht hatte, in einem einzigen Kraftakt gerade gebogen. Und jetzt schien es dieser eigenartige Herr also eilig zu haben.

»Danke, Gerber«, murmelte Sembritzki, als sie oben angekommen waren. Und schon war er in der feuchten Nacht verschwunden, ehe

Gerber seinerseits, mit gut bernerischer Verspätung, seinen Gutnachtgruß nachschicken konnte.
Sembritzki tauchte in den Schatten der Bäume, ging eine Weile hörbar auf der Stelle und kehrte dann in einem großen Bogen zum Aufzug zurück. Er wartete hinter dem Mäuerchen, aus dessen Öffnung sein Verfolger auftauchen mußte, dem wohl nichts anderes übriggeblieben war, als über die enge Treppe heraufzuhasten. Und dann hörte er ihn auch schon. Da war ein trainierter Mann unterwegs, das registrierte Sembritzki sofort. Zwar war der stoßweise Atem hörbar, doch die Füße in Schuhen mit weichen Gummisohlen traten gleichmäßig und beinahe lautlos auf. Und dann stand er oben. Sein weißer Atem tanzte im Licht der Laterne davon. Der Mann horchte. Er schaute sich um. Dann trat er einen Schritt zurück, um wieder in den Schutz der Dunkelheit zu kommen, griff nach seinem Halstuch, schwang es plötzlich wie ein Lasso über seinem Kopf und zielte mit dem bleibeschwerten Ende auf seinen unsichtbaren Gegner – umsonst. Im Augenblick, als der rotierende Schal an Sembritzki vorbeigesaust war, sprang er blitzschnell vor und hieb mit der Handkante von hinten auf den Nacken des Mannes. Aber der Hieb landete auf Leder. Der Mann trug einen Halsschutz, war eingepackt wie ein mittelalterlicher Ritter. Und schon wirbelte der Recke herum. Doch da traf ihn Sembritzkis Faust im Magen. Und dann, nachdem auch dieser Hieb ohne Wirkung geblieben war, schoß Sembritzkis Fuß zwischen die Beine des andern. Der Radfahrer ging lautlos in die Knie. Aber im Fallen griff er nach Sembritzkis Jacke, verkrallte sich im Ärmel, hätte Sembritzki mit sich zu Boden gezogen, wenn es dem nicht gelungen wäre, sich aus der Jacke zu befreien. Sembritzki registrierte mit leisem Erstaunen, daß er es hier mit einem hochkarätigen Gegner zu tun hatte, der genau über Sembritzkis Kampftechnik informiert war und seinerseits ein mit allen Wassern gewaschener Nahkämpfer war. So griff denn Sembritzki, indem er zurücksprang, nach seiner Pistole. Damit hatte sein Gegner wohl nicht gerechnet, war doch Sembritzki immer bekannt dafür gewesen, sich unbewaffnet zu bewegen. Und wirklich! Als der andere den Lauf der Waffe auf sich gerichtet sah, hob er abwehrend die Hand.
»Damit habe ich nicht gerechnet«, sagte er, und Sembritzki war, als ob er dazu grinste.
Er stand auf wie ein Sportler, beinahe gleichgültig, klopfte sich den Schmutz von Hose und Jacke, ohne auch nur einen Blick auf Sembritzki und seine Pistole zu werfen.

»Damit wäre Ihr Auftrag wohl erledigt?«
Der andere zuckte die Schultern.
»Ich habe mit dem Handkantenschlag gerechnet. Mit dem Hieb in den Bauch. Und dem Schlag zwischen die Beine. Die Waffe ist neu, Sembritzki!«
»Die Waffe ist so neu nicht. Sie sind nicht so gut informiert, wie Sie glaubten!«
Dabei verschwieg er natürlich, daß er gerade darum, weil er seine Nahkampfausbildung vernachlässigt hatte, täglich mit der Waffe übte.
»Wo können wir sprechen?«
»Hier!« antwortete Sembritzki. »Doch wozu dieses Präludium?«
Darauf gab der andere keine Antwort. »Können wir nicht in der Kirche —?«
Sembritzki lachte.
»Das Berner Münster gehört den Protestanten. Und der protestantische Gott will abends seine Ruhe haben. Das Münster ist geschlossen!«
»Hier nicht, Sembritzki. Ich bin steifgefroren!«
»Sie haben sich doch eben Bewegung verschafft.«
»Die Warterei vor dem Haus hat mir zugesetzt. Sonst hätte ich Sie trotz der Pistole geschafft! — Aber jetzt brauche ich Wärme. Und etwas in den Bauch.«
Der Gedanke, sich mit diesem Nahkämpfer in einer Kneipe zu unterhalten, war Sembritzki wenig sympathisch. Noch immer dachte er an den Phantomreiter. Und mit zwei Gegnern gleichzeitig wollte er es nicht zu tun haben. Da fehlte es ihm an Routine. Trotzdem lenkte er ein.
Als sie sich dann ein paar Minuten später in den blauen Schwaden, die aus Pfeifen und währschaften Berner Stumpen schwelten, gegenübersaßen, als der andere genießerisch die dicke Zwiebelsuppe schlürfte und sofort den schweren Walliser Wein nachgoß, war die Situation offenbar entschärft.
Der Mann war noch jung, kaum über dreißig hinaus. Seine grauen Augen schauten offen, und Sembritzki konnte darin nichts von jener glitzernden Reptilienhaftigkeit erkennen, die jedem Agenten irgendeinmal in seinem Leben zu eigen wurde, wenn er lange genug an der sogenannten Front im Einsatz gewesen war.
»Also?«
»Ich bin Wellner.«
Sembritzki zuckte die Schultern. »Kein Deckname?«

»Sie haben begriffen?«
»Braucht es da so viel?«
Wellner hob sein Glas und schaute Sembritzki durch den rubinroten Wein hindurch an. »Nichts verlernt?«
Sembritzki antwortete nicht. Er nahm dem andern das Glas aus der Hand und trank es auf einen Zug leer. »Zur Sache!«
»Er will Sie sehen!«
Er! Das Wort blähte sich auf wie ein Luftballon. Sembritzki lachte in sich hinein. Gottvater war wieder persönlich am Werk.
»Sie gehören also zu seinen Jüngern! Darum!«
»Darum was?«
Wellner schlürfte jetzt lauter als notwendig.
»Darum wissen Sie beinahe gut genug Bescheid über meine Kampfmethoden.«
»Sie sind doch ein Fossil, Sembritzki!«
Sembritzki war fünfundvierzig. War das ein Alter? Sicher, er hatte dem Verein über zwanzig Jahre lang angehört, und vor drei Jahren war er ausgetreten. Ausgetreten?
Es war in Bratislava gewesen. Da hatte er in einer Nische des St.-Martin-Doms auf Mars gewartet. Hieß der Mann Václav oder Stanislav? Sembritzki hatte seinen richtigen Namen nie gekannt. Für ihn war er Mars gewesen, eine feste Größe in jenem komplizierten System, das er sich damals aufgebaut hatte, in diesem Netz, das er über Böhmen gelegt hatte. Daß Mars, der statische, für einmal aus seinem hermetischen Bereich ausgeschert war, daß Sembritzki den unverrückbaren Planeten dazu gebracht hatte, seinen Platz zu verlassen, um sich mit Sembritzki an der Donau zu treffen, hatte damit zusammengehangen, daß Sembritzki in diesen Tagen mit einem Male von einer unerklärlichen Angst befallen worden war. Er fühlte sich beobachtet. Deshalb hatte er das ungeschriebene Gesetz gebrochen und Mars aus seinem ureigenen Kraftfeld herausgelockt. Sembritzki hatte selbst mehr als einen Tag gebraucht, um nach Bratislava zu gelangen. Er hatte Haken geschlagen, um seine Verfolger abzuschütteln. Er hatte mehrmals das Transportmittel gewechselt. Am Schluß war er auf einem entwendeten Motorrad in Bratislava eingetroffen. Und als er dann in der leeren Kirche den Vorhang des Beichtstuhls zurückschlug, wo er Mars hätte treffen sollen, fand er dort nur noch einen Toten. Mit einer Darmsaite erdrosselt. Sembritzki stürzte aus der Kirche, entgegen allen Verhaltensregeln, die man ihm eingetrichtert hatte. Er schaute sich nicht nach den Männern um, die plötzlich aus den verschiedenen Nischen auftauchten.

Dem Mann im Windfang verpaßte er einen Schlag in den Nacken, einem zweiten stieß er zwischen die Beine. Dann war er draußen. Das Motorrad war noch da, wo er es aufgebockt hatte, und wie ein Motor-Cross-Fahrer schoß er in die Nacht hinein.
Daß er damals seine Verfolger hatte abschütteln können, war ihm wie ein Wunder vorgekommen. Doch als er später darüber nachgedacht hatte, war ihm klar geworden, daß man ihn nur hatte entkommen lassen, um sich an seine Fersen zu heften, um sein ganzes kompliziertes Agentensystem zu sprengen, das er sich in langen Jahren aufgebaut hatte, in der Zeit, als er in seiner Rolle als Antiquar immer wieder in die Tschechoslowakei eingereist war, um im Auftrag eines arglosen Schweizer Antiquars bedrohte Bände aus tschechischer Vergangenheit vor dem Untergang zu retten. So hatte er, den Deckmantel seines Berufs benutzend, den ganzen böhmischen Bereich, in den Griff bekommen. Daß er dann sofort nach Mars' Tod nach Bayern hinübergewechselt und seither nie mehr zurückgekehrt war, hatten seine unmittelbaren Vorgesetzten damals zunächst als Kurzschlußhandlung bezeichnet. Erst später hatten sie sich davon überzeugen lassen, daß es richtig gewesen war, Sembritzkis Netz nicht aufs Spiel zu setzen. Und so hatte Sembritzki den Dienst quittiert. Ein Jahr später hatte ein neuer Mann – nach einem Interregnum – den Bereich der ČSSR in der Zentrale übernommen, hatte ein neues, anscheinend sehr wirksames Netz aufgebaut. Jedenfalls waren die Informationen, die von drüben hereinkamen, immer von brisantem Gehalt. Sembritzki hatte sich in der Zentrale nie mehr sehen lassen. Man hatte ihn vergessen. Man. Sein Chef nicht, der Sembritzki, wie er beim Abschied sagte, in der Reserve behalten wollte. Sein Netz war zwar zum Schweigen verurteilt, aber nicht tot. Und wer weiß –?
Sembritzki war es recht so. Nur manchmal, wenn es sich ergab, wenn er gerade in der Nähe von Pullach zu tun hatte, hatte er einen Sprung an die Isar hinunter getan, hatte beim »Brücken«-Wirt einen Klaren getrunken und von seiner Ecke aus seine ehemaligen Kollegen beobachtet, die ihn aber – das war ein ungeschriebenes Gesetz – nie aufgefordert hatten, sich an ihren Tisch zu setzen. Man hatte ihn ignoriert, und bald waren ja auch neue Männer dazugekommen, die Sembritzki nicht kannte. Er war vergessen. Offiziell vergessen! Aber was sollte diese Herausforderung jetzt? Was war geschehen, daß man ihm diesen jungen Sportler auf den Hals gehetzt hatte? Der kaum dem Kindergarten entwachsen war und ihn – zu Recht wahrscheinlich – als Fossil bezeichnet hatte.

»Sie sind altmodisch, Sembritzki.«
Sembritzki schrak auf.
»Ein Träumer, sagt man drüben in Pullach. Einer von gestern. Und das steht ja auch in der Akte.«
»So, sagt man«, brummte Sembritzki. Aber diese Qualifikation traf ihn mehr, als er sich anmerken ließ. Er gehörte also zum alten Eisen.
»Sie waren wohl mal Klasse. Das sagt man auch!«
»So, sagt man«, brummte Sembritzki wieder. Aber solche Worte taten wohl, selbst wenn ihn die Bedeutung des Wörtchens »mal« empfindlich störte. Trotzdem schwieg er weiterhin. Es war nicht an ihm.
»Trotzdem.«
Sembritzki hob die Augenbrauen. Er wußte, was jetzt kommen würde.
»Trotzdem haben Sie mich geschafft!«
»Weil Sie nicht mit der Pistole gerechnet haben. Das war Ihr Fehler. Ihre Datenbank ist morsch, mein Lieber.«
»Eben.«
Wellner bestellte einen weiteren Halben.
»Warum das Theater, Wellner?«
»Ich sagte es schon: er will Sie sehen.«
Sembritzki sah *ihn* vor sich: den Mann mit dem ewig geröteten Gesicht und den vielen geplatzten Äderchen auf den Wangen und an den Nasenflügeln. Und mit dem glasklaren Blick der blauen Augen. Der große Drahtzieher der Ostabteilung. Der Chef.
»Und weshalb will er mich sehen?«
Sembritzkis Robotbild seines ehemaligen Vorgesetzten blieb unscharf. Obwohl sie zwanzig Jahre zusammengearbeitet hatten. Der Mann hatte ein gerötetes Gesicht. Helle Augen. Und er trug immer graue Flanellanzüge. Auch im Sommer. Aber mehr gab er nicht her. Der Mann hatte kein Privatleben, das irgend jemandem von der Abteilung bekannt gewesen wäre. Er hatte keine Familie, kein Haus, wo er wirklich wohnte. Offiziell wohnte er im Hotel. Seit zwanzig Jahren. Das einzige, was Sembritzki darüber hinaus wußte, war nur, daß er anscheinend eine Schwäche für Originalmanuskripte aus dem Mittelalter hatte, die sich mit dem Einfluß der Gestirne auf Gesundheit und Charakter des Menschen befaßten. Und obwohl dem Alten bekannt war, daß sich Sembritzki als Antiquar auf diesem Gebiet gut auskannte, hatte er ihn nicht ein einziges Mal in den zwanzig Jahren nach einem Buchtitel gefragt. Es war denn auch

eher ein Zufall gewesen, daß Sembritzki beim Betreten des Chefbüros auf einem Blatt, das unter einem Wust von Daten hervorlugte, ein farbiges Bildchen entdeckt hatte, das ein Tierkreismännchen zeigte, auf dem die Merkstellen im Tierkreis für den mittelalterlichen Arzt eingezeichnet waren. Und obwohl der Chef der Ostabteilung Sembritzkis Blick aufgefangen hatte, verlor er in der Folge kein Wort darüber, räumte das Bildchen weg, rollte die Datenlisten darüber und kam zur Sache. Trotzdem war sich Sembritzki von diesem Tag an bewußt, daß ihn etwas mit dem Chef verband, das nichts mit ihrer Arbeit zu tun hatte.
»Man scheint Sie wieder einsetzen zu wollen, Sembritzki!«
Die saloppe Art und Weise, wie der Jüngere mit ihm umsprang, wie er auch bewußt das Wort Herr vermied, ärgerte Sembritzki.
»Und wenn ich nicht eingesetzt werden will?«
»Aus dem Verein tritt man wohl kaum jemals endgültig aus, Sembritzki. Das wissen auch Sie. Man wird vielleicht auf Eis gelegt, aber nie endgültig begraben.«
Was hätte da Sembritzki antworten können? Natürlich konnte man nicht einfach aussteigen für immer und ewig. Selbst wenn man sich ganz auf einen anderen Beruf zurückzog. Man konnte zwar von verantwortlicher Stelle mit einem Male als unzuverlässig, erpreßbar, charakterschwach, unentschlossen eingestuft werden und deshalb von der Front abgezogen werden. Aber ganz draußen war man selbst als offensichtliche Niete nie. Zwar war man mit einem Male zu einem Risikofaktor geworden, aber das bedeutete nur, daß man von jetzt an überwacht werden würde. Daß die Meute der Haremswächter – so nannte man die Männer, die sich nur mit den »Ausgemusterten« zu befassen hatten – einen Mann mehr abzukommandieren hatte. Zwar wuchs so die Meute der Haremswächter immer proportional zu der Zahl der Ausgeschiedenen, aber dem war nicht abzuhelfen, wenn die Fronttruppe ihre Schlagkraft behalten wollte.
Wie viele hatte Sembritzki in den zwanzig Jahren abtreten sehen, hoffnungsvolle, geschulte Agenten, die scheinbar nichts aus der Fassung bringen konnte und die dann mit einem Male müde zu werden schienen, fahrig in den Bewegungen, hastig in der Sprechweise, und die dann oft, aus einem Akt der Verzweiflung heraus, in die Reihe der Kastraten hinüberwechselten, um nicht selbst in die noch niedriger eingestufte Kaste der ausgemusterten, definitiv Überwachten eingegliedert zu werden.
Sembritzki war einer der wenigen gewesen, denen man keinen Ha-

remswächter zugeteilt hatte. Da schien der Alte ein Machtwort gesprochen zu haben. Der Ansatz zu einer menschlichen Regung, für die Sembritzki keine Erklärung hatte. Menschlichkeit war in diesen Kreisen nicht gefragt. Und aus diesen Gründen hatte sich Sembritzki bis jetzt auch nie an eine Frau gebunden. Auch Bindungen waren nicht gefragt. Bindungen machten einen Mann erpreßbar. Wenn er allerdings nach Prag hinüberträumte, war da eine Frau, die ihn noch heute beschäftigte. Mehr als alle andern, mit denen er nur immer vorübergehend zu tun gehabt hatte.
»Keine Antwort, Sembritzki?«
Sembritzki nickte. »Die Antwort bekommen nicht Sie, Wellner! Sie sind ja nicht viel anderes als eine Testperson, die zu prüfen hatte, ob Sembritzkis Reflexe noch in Ordnung sind.« Jetzt hatte sich Sembritzki an diesem jungen Schnösel gerächt.
»Konstanz!«
Da war endlich ein Stichwort gefallen. Sembritzki nickte und bestellte beim Kellner ein Steak. Blutig. Dazu Pommes frites. Dann Salat. Und dann ein Vanilleeis mit heißer Schokolade.
Bis der Kellner das Steak brachte, schwiegen beide. Erst als Sembritzki beinahe wütend die Zähne in das blutige Fleisch schlug, gab Wellner weitere Informationen preis.
»Inselhotel!«
Das war so ein Häppchen, das Sembritzki zusammen mit den Pommes frites vertilgte. Aber all das lag ihm schwerer auf dem Magen, als er jetzt zugegeben hätte.
Dann kamen weitere Angaben. Datum. Name, unter dem er sich im Hotel anzumelden hatte. Kleidung. Beruf.
Das alte Spiel. Und indem Sembritzki weiter Pommes frites in sich hineinschaufelte, das zähe Fleisch immer wütender zerfetzte und alles mit Dôle hinunterspülte, dann endlich mit Vanilleeis und Schokoladensoße bepflasterte, speicherte er wie früher alle Informationen in seinem Kopf. Aber auch dann, als er Teller und Dessertkelch ganz ausgeputzt hatte, als er sich ein Zigarillo zwischen die Lippen steckte und den letzten Tropfen austrank, wollte der fade Geschmack im Mund nicht weichen.
»Ciao, Wellner!«
Er stand so brüsk auf, daß der Stuhl umkippte, hielt sich leicht schwankend mit der linken Hand am Tisch, hob die rechte auf Augenhöhe zum militärischen Gruß, schlug die Hacken zusammen und murmelte wütend zwischen den Zähnen, so daß es nur Wellner hören konnte: »Konrad Sembritzki meldet sich zum Dienst!«

Dann drehte er sich um, zerrte seine Jacke vom Kleiderhaken, daß der Aufhänger riß, und schwankte zur Tür.
»Danke fürs Henkersmahl! Nehmen Sie's auf Spesen, mein Freund!«
Dann stand er draußen. Die Kälte fuhr ihm in die Glieder. Der Mond hatte sich in den Himmel geschmuggelt, und wie ein Scherenschnitt zackte der Münsterturm in die helle Nacht. Und ganz im Irdischen verwurzelt stand dort drüben, diesmal nicht hoch zu Roß, der Wallensteinabklatsch vor dem Schaufenster eines Geschäfts für Damenwäsche und starrte scheinbar interessiert auf die luftigen Dessous, die geschäftige und fortschrittliche Diplomaten der Bundeshauptstadt ihren attraktiven Sekretärinnen kauften.
»Nacht muß es sein, wo Friedlands Sterne strahlen«, murmelte Sembritzki und ging schwankend nach Hause.

2

Als Sembritzki zehn Tage später durch die enge Katzengasse in unmittelbarer Nähe des Konstanzer Münsters ging, sah er sich, bevor er das Stadtarchiv betrat, noch einmal schnell und unauffällig um. Aber niemand war ihm gefolgt. Das irritierte Sembritzki viel mehr, als wenn seine Berner Reiterbekanntschaft irgendwo in einer Hausnische gelauert hätte. Seit jener ersten Begegnung auf der Berner Allmend war der Fremde immer wieder aufgetaucht. Scheinbar zufällig. Und einmal hatte er Sembritzki auch angesprochen. Er hatte ihn nach einem Tabakwarengeschäft gefragt, und Sembritzki hatte ihn in seinen Lieblingsladen unter dem Käfigturm geschickt. Als Sembritzki später dort seine Zigarillos kaufte und bei seinem Händler und Freund, den er zuvor kurz angerufen hatte, nach dem Ergebnis von dessen Erkundigungen fragte, hatte er zusätzliche Informationen erhalten. Er sei auf Urlaub, habe der Fremde erzählt, den er vorsichtig auszuhorchen versucht hatte. Urlaub und Geschäft sinnvoll verbunden. Er warte hier unter anderem auch auf einen Geschäftspartner, einen Bieler Uhrenfabrikanten. Und weil ihm im Winter, da er nicht Ski laufe, nur das Reiten übrig bliebe, habe er eben seine Freizeit – abgesehen von Exkursionen aufs Jungfraujoch und nach Genf – mit Ausflügen in die Umgebung Berns ausgefüllt.
Diese Informationsfülle war Sembritzki eindeutig zu reich, als daß sie sein Mißtrauen besänftigt hätte. Und als er dann seinerseits dem

andern aufzulauern begann, ihn beim Verlassen des Hotels »Schweizer Hof« beobachtete, sah, wie er scheinbar interessiert immer wieder in die Schaufenster guckte, oft die Straßenseite wechselte, einmal auch kurz auf die Uhr blickte, dann so tat, als ob er etwas vergessen hätte, blitzschnell umkehrte, die Straße mit dem Blick absuchte und dann wieder im Hotel verschwand, wurde Sembritzki klar, daß dieser Tourist und Geschäftsmann aus Düsseldorf – das hatte er an der Rezeption des Hotels erfahren – nicht der Mann war, für den er sich ausgab.
Aber in Konstanz hatte er sich nicht blicken lassen. Mindestens bis jetzt nicht. Zwar hatte Sembritzki geglaubt, als er am Vormittag im Berner Hauptbahnhof, dieser feuchtkalten Gruft, den Zug bestiegen hatte, er habe den andern in der Menge gesehen. Aber sicher war er sich nicht.
Und als er jetzt über die Treppe des Gesellschaftshauses der Patrizierzunft »Zur Katz« hinaufstieg, zwang er sich, die zwielichtige Erscheinung des Phantomreiters zu vergessen. Mindestens vorübergehend. Hier kannte man Sembritzki bereits, hatte er sich doch in regelmäßigen Abständen immer wieder hier eingefunden, um sich systematisch durch die fast zehntausend Pergamenturkunden zu arbeiten, die ihm manch wichtigen Hinweis im Zusammenhang mit den Büchern lieferten, die er auf- und dann weiterverkaufte.
»Herr Sembritzki! Schön, Sie wiederzusehen!«
Der ältere Herr, der über dieses Stadtarchiv herrschte, freute sich jedesmal, wenn er mit dem Berner Antiquar fachsimpeln konnte.
»Was darf es diesmal sein?«
»Das Dominikanerkloster, bitte!«
»Steigenberger-Hotel!« Dies sagte der Herr mit der randlosen Brille mit bitterem Unterton. Er hatte es den Konstanzer Stadtvätern nie verziehen, daß sie im Jahr 1874 die über sechshundertjährige Geschichte des Klosters so brutal gekappt und es zugelassen hatten, daß sich clevere Hoteliers dieses ehemaligen geistigen Zentrums bemächtigten.
»Heinrich Suso würde sich im Grab umdrehen, Herr Sembritzki!«
»Sei nicht Menge, sei Mensch. Schließ Aug und Ohr, und du bist allein, und du findest den Winkel, tief drinnen im Herzen, wo erdfern ein kleines Fünkchen in dir glimmt!«
Sembritzki zitierte den großen Mystiker und Ordensbruder, indem er darauf wartete, daß ihm der Majordomus des Staatsarchivs die Unterlagen über das Dominikanerkloster brachte. Und dabei dachte er, als er noch einmal diesen Wahlspruch vor sich hinmur-

melte, daß der ehrwürdige Herr Suso eigentlich recht gehabt hatte. War er nicht selbst einer, der sich vom Treiben abgesetzt hatte, ein Erdenferner, der täglich seine Ausflüge ins Universum unternahm, auf Besuch bei Saturn oder Venus, je nachdem, wie ihm zumute war.
»Hier, Herr Sembritzki. Die versunkene Pracht.«
Und der gepflegte Herr legte ihm ein ganzes Paket von Akten auf den Tisch.
Lange mußte Sembritzki nicht suchen. Es war gar zu einfach. Da fand er das Gründungsjahr des Klosters, 1236, ganz fein, kaum sichtbar mit Bleistift unterstrichen.
Sembritzki schaute auf die Uhr, kontrollierte das Datum. Es war der 12. März 1983. – Der 12. 3. also. Aber was sollte die Sechs? Wohin sollte er morgen gehen? Und zu welcher Uhrzeit?
»Gibt es eine Abteilung sechs hier? Oder einen Folianten mit dieser Nummer?«
Beinahe unhörbar war der Verwalter an den Tisch getreten.
»Herr Sembritzki, Sie sind heute der zweite, der sich danach erkundigt.«
»Der zweite? Wer war der erste?«
»Ein Herr, irgendein Herr. So genau schaue ich mir die Leute nicht an. Ich betrachte mir ihre Hände, die Fingernägel. Schließlich kann hier nicht jeder –«
»Trug er einen Flanellanzug? Einen grauen Flanellanzug?«
Der soignierte Herr schüttelte den Kopf.
»Nein. Grau war sein Anzug nicht. Das hätte ich mir merken können, weil mein Schwiegersohn immer hellgraue Anzüge trägt. Das war sogar an seiner Hochzeit mit meiner Tochter so! Stellen Sie sich vor: ein hellgrauer Anzug in einer ehemaligen Konzilstadt.«
»Wenn nicht grau, was dann?«
»Schwarz, Herr Sembritzki! Schwarz! Zu einer Hochzeit trägt man doch einen schwarzen Anzug!«
»Was trug der Mann, der sich nach dem Folianten Nummer sechs erkundigte?«
»Ich weiß es wirklich nicht mehr. Vielleicht blau. Vielleicht braun.«
»Wie lange blieb er? Und wann war das?«
»Es war heute kurz vor zwölf. Ich wollte eben schließen, als er sich zuerst die Akte über das Dominikanerkloster geben ließ. Und dann noch den Folianten Nummer sechs.«
Sembritzkis Gedanken begannen zu kreisen. Da hatte sich einer

eingeschaltet, der in diesem Kreis nichts zu suchen hatte. Und einer, der anscheinend auf Anhieb die richtige Spur gefunden hatte.
»Ein Herr im grauen Flanellanzug war ebenfalls da. Jetzt erinnere ich mich. Aber vorgestern.«
»Und auch er hat sich die Akte über das Kloster und den sechsten Folianten geben lassen?« Der Bibliothekar nickte.
Einen Augenblick lang überlegte sich Sembritzki, ob er sich die Ausleihzettel geben lassen sollte. Aber was hatte das für einen Sinn. Da würden Namen und Berufsbezeichnungen stehen, die nichts als leere Formeln waren. Und zudem würde er so nur den Argwohn des Bibliothekars wecken, der ohnehin schon besorgt in die Welt schaute.
»Zufall, was?«
»Es gibt eben noch Leute mit Sinn für unsere historische Vergangenheit, Herr Sembritzki. Leute, denen das Inselhotel genauso auf dem Magen liegt wie mir!«
»Recht haben Sie!«
Sembritzki aber hörte schon gar nicht mehr hin. Er hatte sich bereits in den Folianten Nummer sechs vertieft. Da war die Geschichte des Städtchens Meersburg aufgezeichnet, mit dem Konstanz durch eine Fähre verbunden war. Da gab es Pläne vom Schloß, von der Stadt, vom Schloßturm, der sich aus der Merowingerzeit in die Gegenwart hineingerettet hatte. Und da war auch nachzulesen, welche Konstanzer Fürstbischöfe im alten Schloß residiert hatten. Und da fand sich auch der Name Balthasar Neumann, der die fürstbischöfliche Residenz entworfen hatte. Und da stand auch schon die Zahl, die Jahreszahl, die Sembritzki gesucht hatte. 1741–1750. Während dieser Zeit hatte man die Pläne des großen Barockbaumeisters verwirklicht.
Der feine Bleistiftstrich war kaum zu sehen. Und auch der Pfeil, der auf die alte Schloßmühle zeigte.
Als Sembritzki eine halbe Stunde später den Lesesaal verlassen hatte und am Dom vorbei durch die Altstadt schlenderte und später dann den Weg hinunter zum See, dachte er, daß er jetzt noch die Möglichkeit hatte, sich zurückzuziehen. Morgen würde es zu spät sein. Wenn der Mann im grauen Flanellanzug leise und beharrlich auf ihn einreden würde.
Der See lag wie ein Stück graues Blei zwischen den Ufern. Möwen schrien einen frühen Vorfrühlingsabend herbei. Und von Zeit zu Zeit bewegte sich beinahe lautlos ein Trauerzug von Bleßhühnern durch den Bildausschnitt, den Sembritzki anvisierte.

Was wollte man denn von ihm? Seine Zeit war vorbei. Sembritzki war ein kalter Krieger gewesen. Ein Mann veralteter Methoden. Das war sein Zugeständnis an eine Zeit gewesen, der er im Grunde seines Herzens nachtrauerte. Es mochte Verbohrtheit sein, daß er sich kaum je für die modernen Methoden der Geheimdienste interessiert hatte. Da fühlte er sich wie ein Handwerker, dem all das Maschinengefertigte suspekt war. Vielleicht war es auch dieses Bedürfnis nach Anderssein, das ihn zum Rückwärtsgerichteten gemacht hatte. Trauerte er denn wirklich einer versunkenen, besseren Zeit nach? War das die bessere Zeit gewesen, als er unmittelbar nach dem Weltkrieg, als noch alles knapp war, draußen auf der Straße sein Vesperbrot mit dem Butteraufstrich nach unten hielt, damit seine Spielkameraden nichts von den geheimen Beziehungen seiner Mutter zu Bauern merkten? Schon damals also hatte er wahre Zustände verschleiert. War es die bessere Zeit gewesen, als er die hellblauen, satinglänzenden Unterhosen seiner älteren Schwester austragen mußte, die unten mit einem Gummiband zusammengeschnurpft waren, und die er immer sorgsam daran zu hindern suchte, daß sie unter der blauen kurzen Manchesterhose zum Vorschein kamen. Da hatte er sich schon damals vorsichtig bewegt, immer auf der Hut, daß seine Kameraden seine weibische Unterwäsche nicht zu Gesicht bekämen. Und eines Tages war es ihm doch passiert, auf dem Heimweg vom Kindergarten, als er und drei sogenannte Freunde wie immer auf der schmalen Brücke stehenblieben, unter der die Eisenbahnlinie durchführte, als das Elfuhrläuten aller Kirchenglocken, mindestens jener, die noch nicht eingeschmolzen und in den Dienst des Vaterlandes transferiert worden waren, sich über die ganze Stadt ergoß, als dann prustend die schwarze Dampflokomotive mit riesigen roten Rädern, die für den Sieg rollten, ihre grauweißen Wolken ausstieß, Brücke und kleine Beobachter in ihrem undurchdringlichen Qualm beinahe erstickte, als dann der Rauch sich langsam wieder teilte, in einzelnen Fetzen davonschoß, erstarrte die Szene in einem Bild, das Sembritzki nie mehr vergessen würde und das ihn noch heute mit Scham erfüllte. Er war auf das Geländer der Brücke gestiegen, um das martialische Schauspiel, das die Reichsbahn bot, besser genießen zu können, und ein paar Augenblicke zu spät, überrascht von einem scharfen Wind, der die Rauchwolken schneller als üblich davontrieb, hatte er noch immer auf dem Geländer gestanden und hatte so den sogenannten Freunden Einblick in sein hellblau ausgelegtes Hosenrohr gewährt.

»Der Koni trägt ja Mädchenunterhosen!« –
Da hatte der raffinierte Maskenspieler Konrad Sembritzki zum ersten Mal versagt. Und seither war er zu einem geworden, der immer mit dem Unvorhergesehenen rechnete, mit dem scharf einfallenden Wind, der ihn demaskieren könnte. War *das* die gute alte Zeit gewesen, der er nachtrauerte? Aber diese frühe, harte Schule der Verstellung war es gewesen, die ihn zum perfekten Agenten gemacht hatte. Sein Bedürfnis, unerkannt durch die Welt zu gehen. Er war immer schwächer gewesen und kleiner als seine gleichaltrigen Kameraden. Aber irgendwie hatte sich niemand so richtig getraut, sich mit ihm anzulegen. Man hatte seine Geistesgegenwart gefürchtet. Seine Phantasie, die ihm immer einen Ausweg aus der Klemme garantierte. Und so war er beinahe unberührt – wenn man das so sagen konnte – durch seine Jugend hindurchgegangen. Unberührt und unerkannt. Denn mit wem man es eigentlich zu tun hatte, wußte damals nicht einmal seine Mutter. Damals nicht und später nicht. Und nie war eine Frau – auch später nicht – in sein Leben getreten, die ihn so ganz durchschaut hatte. Immer hatte er seinen Freiraum bewahrt, sein ganz persönliches Stück Autonomie. Und je älter er wurde, desto größer war dieses Bedürfnis nach Unabhängigkeit geworden.
Der unvermutete Zugriff seines ehemaligen Vorgesetzten sollte ihn nun also wieder in ein System einspannen, das er zutiefst ablehnte. Er war ein Außenseiter der Gesellschaft, und das machte ihn eben auch zum Außenseiter seiner Zeit, zum Ausgescherten, scheinbar Rückwärtsgewandten. Aber das wußte er im Grunde ganz genau: er schaute nur aus seiner Zeit hinaus, weil er so glaubte, sich ihrer Enge, ihrem harten Zugriff entziehen zu können. Sollte er jetzt einem Vaterland von neuem Treue schwören, dessen Erde unter seinen Füßen einfach so weggebröckelt war? Er war sein eigenes Vaterland.
Lange lag er dann im Inselhotel mit den Schuhen an den Füßen auf dem Bett in einem Doppelzimmer, mit Bar und Fernsehen, ohne das Licht anzuzünden. Draußen hörte er das Gelächter und Geschwätz von Teilnehmern an einem Managerkongreß. Ab und zu noch durchschnitt ein greller Möwenschrei die graublaue Dämmerung. Gläser klirrten. Automotoren erstarben. Der Kies knirschte unter den Füßen der Hotelgäste. Und noch ein letztes Mal würgte die Fähre einen heiseren Ruf über den See. Dann war es mit einem Male still, so still beinahe wie in Sembritzkis Wohnung unten am Fluß. Erst nachdem er eine Weile diese Ruhe in sich aufgesogen

hatte, fühlte er sich imstande, aufzustehen, ein anderes Hemd anzuziehen und hinunterzugehen, um sich nach einem möglichen Beschatter umzusehen.
Als er unten angelangt war, durch den Kreuzgang, jetzt hermetisch verglast, um unliebsame Lüftchen abzuhalten, zur Rezeption ging, quollen ihm aus dem großen Tagungssaal die Manager entgegen, den Diplomatenkoffer in der rechten Hand, die Zeitung unter den rechten Arm geklemmt. Mit erlöstem Gesichtsausdruck strebten sie auf das Büfett zu, wo der Aperitif bereitstand. Sembritzki zog sich in eine Nische zurück. Und erst als sich der größte Rummel gelegt hatte, als die Manager mit Sherry, Campari und Martini versorgt waren, verließ er seinen Beobachtungsposten und ging langsam auf den Ausgang zu. Allerdings hatte er nicht damit gerechnet, daß in diesem Augenblick ein Fotograf in Aktion treten würde, um den lächelnden Manager zu einer gefrorenen Erinnerung zu verhelfen. Schnell hob Sembritzki die rechte Hand, um sich – scheinbar zufällig – an die Stirn zu greifen, was ihm erlaubte, die exponierte Gesichtshälfte abzudecken. Und als er die weißblitzende Gewitterfront hinter sich gelassen hatte, wurde er von einem zweiten Fotografen überrascht, der von der Gegenseite zum Angriff auf die Manager überging. Oder hatte dieser Blitzüberfall etwa Sembritzki gegolten?
Darüber dachte Sembritzki erst nach, als er über den schmalen Spazierweg zum Hafen hinaufging. Zwar hatte er in der Menge kein einziges bekanntes Gesicht ausgemacht. Dessen war er sich sicher. Nie hatte er ein Gesicht vergessen, sei es auf einem Paßfoto, einem Fahndungsbild, in einer Kartei oder in natura gewesen. Gesichter sanken in seinem Innern bis auf den Grund, wurden aber gleichsam auf Abruf wieder an die Oberfläche geschwemmt. Unauffällig sah sich Sembritzki um. Er wurde nicht beschattet. Die Gegenseite schien sich ihrer Sache sehr sicher zu sein. Hatten sie den Treffpunkt von morgen schon ausgemacht? Was dann? Wie konnte Sembritzki den Chef warnen? Oder war das gar nicht nötig? Hatte der Chef absichtlich eine falsche Spur gelegt?
Eine halbe Stunde später saß Sembritzki in der »Krone«. Ein Gasthaus oder Hotel dieses Namens gab es in so gut wie jeder Stadt. Das wußte Sembritzki. Und das wußte der Chef. Und wenn ihm Stachow neue Anweisungen geben wollte, würde er sie in der »Krone« finden.
»Ein Pils.«
Der Kellner nickte teilnahmslos. Zu teilnahmslos, wie Sembritzki

feststellte. Pilsner Urquell, dachte Sembritzki für sich und träumte sich für einen kurzen Augenblick nach Westböhmen hinüber, sah den Stadtplatz mit den neogotischen Fassaden vor sich – náměsti Republiky –, das prunkvolle Renaissancerathaus und in der Mitte des Platzes die kühne Gotik der Stadtkirche.
»Bitte!«
Der Bierdeckel tanzte aufreizend lange auf dem Tisch, bevor ihn der Kellner resolut mit dem Bierglas anhielt.
»Na zdraví!«
Erstaunt schaute Sembritzki auf. »Bei uns sagt man Proooost!«
»Bei uns?«
Der Kellner verzog den Mund zu einem schiefen Grinsen.
»Bei *uns* nicht!«
Er wechselte die gefaltete Serviette von der rechten Hand auf den linken Vorderarm.
»Spatenbräu. Steht auf dem Bierdeckel. Leider. Wir haben kein Pilsner Urquell. Also: Na zdraví!«
Und indem er tief Luft holte, drehte er sich auf dem Absatz um und verschwand hinter dem Tresen. Sembritzki fuhr mit dem Zeigefinger über das angelaufene Glas. Dann starrte er auf die Zeichnung auf goldgelbem Hintergrund, an deren Rändern langsam die Tropfen herunterrannen.
»Cheb«, murmelte plötzlich eine leise Stimme neben Sembritzki. Da stand der Kellner wieder, der das Wappen auf dem Glas auch erkannt hatte.
»Eger«, entgegnete Sembritzki, fuhr mit der flachen Hand von oben nach unten über das kühle Glas, als wolle er die Erinnerung an jene altehrwürdige Stadt, wo Wallenstein seinen gewaltsamen Tod gefunden hatte, dem Erdboden gleichmachen.
Der Kellner war verschwunden. Sembritzki saß nachdenklich da, das erhobene Bierglas in der Hand und starrte auf den Bierdeckel, wo im silbernen Spaten das Wort »Ilmen« stand. Und etwas weiter unten, am Hals des Spatens, war von Kugelschreiber eine Zahl hingekritzelt worden: 9.30, so, als ob jemand ganz schnell ein paar Ziffern notiert hätte, das Zwischenresultat eines rechnenden Kellners. Oder eines berechnenden Kellners?
»Eine Weißwurst?« Wieder stand der Kellner neben Sembritzki.
»Sie sind sehr aufmerksam, Herr Ober. Zu aufmerksam!«
»Ein aufmerksamer Kellner ist ein schlechter Kellner. Ich bin neu hier. Seit heute!«
»Noch ein Spatenbräu!«

Sembritzki hielt dem Kellner das leere Glas hin, der es auch sofort mit der linken Hand ergriff, während er mit der rechten den Bierdeckel vom Tisch auf das Tablett wischte, auf das er unterdessen blitzschnell auch das Glas gestellt hatte. Sembritzki steckte einen Zigarillo in den Mund und musterte über die Spitze hinweg die anderen Gäste. Viele Paare, junge und alte, ein paar Geschäftsleute, in der Ecke drei Rentner beim Kartenspiel. Wer unter diesen, wenn überhaupt einer, gehörte ins Lager des Gegners? Denn daß sich ein ehemaliger Agent einfach so aufmachen könnte, unauffällig, ungesehen und unbeobachtet, das nahm Sembritzki nicht an. Und sicher hatte man auch längst Wind davon bekommen, daß sich einer von den BND-Vasallen aus der Pullacher Zentrale nach Süden an den Bodensee aufgemacht hatte, um dort den scheinbar verlorenen Ostagenten Sembritzki wieder zu mobilisieren.
Das Bier kam. Und mit ihm ein neuer Bierdeckel. Unbeschriftet. Ohne Zahlen. Harmlos wie jetzt das Lächeln des Kellners, der Sembritzki diesmal überhaupt nicht zur Kenntnis zu nehmen schien. Sembritzki stürzte das Bier hinunter, klaubte ein paar Münzen aus der Tasche, erhob sich und ging nach einem kurzen Nicken hinaus auf die Straße.
Im Hotel schloß er sich in seinem Zimmer ein. Lange brauchte er nicht zu suchen, bis er auf der Karte, die er mitgenommen hatte, den Ilmensee fand, der mit etwas Vorstellungsvermögen wirklich die Form eines Spatens hatte. Und dort, wo das Flüßchen, wohl eher ein Bach, in den Ilmensee mündete, würde er also morgen früh um halb zehn sein Wiedersehen mit dem Chef der Ostabteilung feiern. Sembritzki beschloß, noch ein paar Stunden zu schlafen, bevor er sich auf den Weg machte. In seiner Jackentasche klimperten die Motorradschlüssel, die ihm der Kellner in der »Krone« heimlich zugesteckt hatte. Ob die Gegenseite auf das Ablenkungsmanöver im Staatsarchiv wohl hereingefallen war? Sembritzki bezweifelte es. Obwohl raffiniert inszeniert, hatte der Chef seine Duftmarken doch – dies mindestens für einen geschulten Geheimdienstmann – zu offensichtlich gesetzt. Doch das war für den Augenblick nicht Sembritzkis Sorge. Manchmal wünschte er sich beinahe, daß das Zusammentreffen auffliegen würde. Er legte sich halb angezogen aufs Bett, und im Halbschlaf flossen die Bilder ineinander über, die Pläne des Schlosses von Meersburg, die Stadtkirche von Pilsen und das imposante Kreuzherrenkloster an der Moldau, wo sich seit zwanzig Jahren schon der STB, der tschechische Geheimdienst, eingenistet hatte.

War Sembritzki gar nie wirklich aus der Welt des Geheimdienstes ausgestiegen? Hatte er im Grunde genommen nur auf dieses Wiederaufgebot gewartet? Die Befreiung jedenfalls, die er fühlte, seit er vor ein paar Tagen diesem eigenartigen Reiter begegnet war, der sein Mißtrauen erregt hatte, irritierte ihn. Im Dunkeln tastete er nach dem Whiskyglas. Auf den Ellbogen gestützt schlürfte er das kühle Getränk. Und da wurde es ihm mit einem Male klar, was ihn dazu bewogen hatte, die Herausforderung anzunehmen. Er wollte seine archaische Geheimdienstwelt, seine überholten Methoden, seine scheinbar reaktionäre Haltung, sein Einzelgängertum dem durchorganisierten System der sogenannten Profis entgegenstellen. Aus Trotz. Er wollte das Rad mit Gewalt zurückdrehen.
Ihm ging es nicht um die Interessen seines Vaterlandes. Ihm ging es nicht um Geld. Nicht um das Abenteuer, das ihn früher vor allem gelockt hatte. Ihm ging es darum, sich selbst, sein persönliches Vaterland zu verwirklichen. Die Invasion des Konrad Sembritzki, sein Einbruch in die Welt der gefühllosen Roboter, der Nachrichtenjongleure, Codeknacker, Erpresser, Tabellenverfasser, Briefkastenplünderer, Funkkönige.
Es war noch dunkel, als er sich erhob. Er war aber hellwach. Nur einen Augenblick lang bereute er, seine Pistole nicht mitgenommen zu haben. Die Angst, sich nicht wehren zu können, saß immer noch tief in ihm, ohne daß er sich das eingestanden hätte. Aber heute würde es nicht zu einer körperlichen Konfrontation kommen. Heute mußte er sich im verbalen Kampf mit dem Herrn im grauen Flanellanzug behaupten. Kein Mensch war draußen, als er geräuschlos durch den langen Korridor ging und dann über die Treppe hinab, durch den Kreuzgang zur Rezeption, wo der Nachtportier erstaunt aufsah, als Sembritzki ihm einen guten Morgen wünschte.
»Sind Sie zum Frühstück zurück, Herr Sembritzki?«
»Bestimmt. Nur ein kleiner Morgenspaziergang. Am frühen Morgen ist die Luft am reinsten!«
Draußen auf dem Vorplatz blieb Sembritzki einen Augenblick lang stehen und schaute noch einmal zurück zur Rezeption. Doch der Portier griff nicht nach dem Telefonhörer. Er las in seinem Buch weiter. Das Motorrad des Kellners, eine wuchtige BMW-Maschine, war auf dem Parkplatz des Hotels aufgebockt. Und schon fuhr Sembritzki, eingehüllt in seinen Mantel, die Mütze tief ins Gesicht gezogen, das karierte Halstuch um Mund und Kinn gebunden, in die Kälte hinein. Er fuhr den See entlang, surrte durch das verschlafene

Radolfzell. Der barocken Wallfahrtskirche Birnau auf der linken Seite hatte er nur einen kurzen Blick gegönnt. Es war nicht die Zeit der Andachten und nicht die Zeit der Kunstbetrachtungen. Die Straße führte jetzt nördlich dem Hügelzug hinauf. Wieder grüßte ihn eine Barockkirche, die Abteikirche Salem, dann erst, als er den Ort Heiligenberg hinter sich gelassen hatte, verließ er, so war ihm, den klerikalen Bereich. Im Osten, dort wo er das Allgäu vermutete, schmuggelten sich fahle Streifen in den Himmel. Dann schoß ein einzelner Sonnenstrahl hinter einer Hügelkuppe hervor. Birnau bekam unten am See seinen Teil davon ab. Die Spitze des Turmes gab sich golden, ein Hoffnungsschimmer für die Gläubigen, gefangen in der Finsternis der irdischen Nacht. Doch zu den Gläubigen zählte Sembritzki sich nicht. Eher galt jetzt seine Aufmerksamkeit einem Fuhrwerk, beladen mit silberglänzenden Milchkannen, das sich durch das Dorf quälte. Echbeck. Am Dorfende würde er den schmalen Feldweg finden, der zum See hinüberführte. Doch vorerst – es war erst sieben Uhr vorbei – mochte er noch einmal eintauchen in diese spießige Traulichkeit, in eine Wirtsstube, wo noch der kalte Rauch vom Vorabend hockte, den die sich langsam ausbreitende Wärme nur mühsam schluckte. Bei einer Tasse Kaffee und eingehüllt in die ersten noch bettschweren Gespräche der paar Bauern, die, auf dem Weg zum Markt vielleicht, in der Frühe schnell einen kippten, bevor sie wieder in den milchigen Märzmorgen hinaustraten, überlegte er sich zum x-tenmal, wie er sich im Gespräch mit dem Chef wohl verhalten sollte.

»Sei nicht Menge, sei Mensch. Schließ Aug und Ohr, und du bist allein, und du findest Winkel, tief im Herzen, wo erdfern ein kleines Fünkchen in dir glimmt!«

Wieder hatte ihn Heinrich Suso eingeholt. Doch Versenkung war jetzt nicht gefragt. Sondern Wachheit, Präsenz, Konzentration. Sembritzki schaute sich um. Unter den paar Gästen saß keiner mit städtischem Gehabe. Das waren alles Bauern, Einheimische, die sich kannten. Keine Spur von einem Herrn in grauem Flanellanzug, der sich aus der Festung Pullach hierher verirrt hatte.

Um neun Uhr erhob sich Sembritzki. Keiner schaute auf. Sie saßen da, die schwere Faust auf dem Tisch, darin, wie ein behütetes Kleinod, das Schnapsglas.

In Ilmensee stellte er sein Motorrad auf einem öffentlichen Parkplatz ab und ging dann zu Fuß weiter. Da war kein eigentlicher Weg, sondern nur ein feuchter Pfad. Sembritzki verschwand im Gehölz. Er bewegte sich jetzt beinahe lautlos. Er erinnerte sich an

seine jugendlichen Kriegszüge als Winnetou, als die Sacktuchhose, die ihm seine Mutter geschneidert hatte und die ihn als Indianer kennzeichnete, an den nackten Schenkeln raspelte. Wenn sich Winnetou auf dem Kriegspfad befand, waren die Male rot und feucht auf dem weichen weißen Fleisch der Innenseite seiner Beine abzulesen gewesen. Und sonderbarerweise sah Sembritzki jetzt überhaupt keinen Unterschied zwischen damals und heute. Auch in seiner Jugend war er einem eingebildeten Ruf gefolgt, dem Krächzen einer Dohle, hatte sich vorgestellt, daß er im Auftrag einer höheren Idee, um das bedrohte rote Territorium vor den weißen Eindringlingen zu schützen, unterwegs war. Und jetzt war es nicht anders. Wieder steuerte er auf ein Pseudoziel los. Sembritzki, der Retter des Abendlandes! Aber dieser Gedanke entlockte ihm jetzt nicht einmal ein Lächeln. Immer, noch immer, war er auf der Jagd.
Zwischen den Stämmen sah er auf den See hinaus, wo eine verlorene Ente hastig dem Ufer zustrebte, aufgebracht vor sich hinschnatternd. Er befand sich am nördlichen Ufer des Gewässers und spähte hinüber auf die andere Seite. Doch er konnte das Sträßchen nicht ausmachen, das dort von Denkingen her nach Deggenhausen führte. Von der anderen Seite des Sees drang das Brummen eines Automotors zu ihm herüber. Er spähte zwischen den Ästen hinaus. Aber da war nur ein dunkelblauer Schatten zu sehen, der gespensterhaft vorbeihuschte. Dann schluckte der bleierne See das Geräusch. Eine Ente schwaderte die Töne endgültig hinweg. Vom Dorf her war jetzt das Bellen eines Hundes zu hören. Und in diesem Augenblick schoß ein fahler Sonnenstrahl über die Seeoberfläche und scheuchte die Ente aus Sembritzkis Blickfeld. Leise ging er weiter. Nichts mehr rührte sich. Da war nur der frische Abdruck eines Schuhabsatzes am lehmigen Rand einer Pfütze, der von Nachbarschaft zeugte. Oder von zu erwartender Nachbarschaft. Dann sah er den beigen Regenmantel zwischen den Bäumen. Burberry. Und darunter graue Flanellhosenbeine. Stachow lehnte mit dem Rücken an einem Baum und schaute auf den See hinaus. Sembritzki war, als glühe der Kopf seines Chefs noch röter als früher. Und geraucht hatte er früher nie. Jetzt aber drehte er eine Zigarette zwischen den Fingern und stieß in kurzen Abständen hastig den Rauch aus, der quirlend im Dunst davontanzte. Stachel, so der Codename für Stachow, drehte sich erst um, als Sembritzki unmittelbar neben ihm stand. Die hellblauen Augen tränten. War es die Feuchtigkeit? Oder hatte der Chef getrunken?
»Sembritzki, gut, Sie zu sehen!«

Sembritzki! – So hatte er seinen Ostagenten noch nie angesprochen. Entweder schaffte er Distanz, indem er seine Codenummer verwandte, oder er nannte ihn bei seinem Codenamen »Senn«, was einesteils zwar etwas mit seinem richtigen Namen zu tun hatte, aber gleichzeitig eine Anspielung auf seine Niederlassung im Angesicht der Berge war.
Sembritzki nickte nur. Er sah die zerknautschten Hosenbeine und war erstaunt darüber. So hatte er Stachow, der soviel Wert auf gute Kleidung legte, noch nie gesehen. Er mußte die Nacht in den Kleidern auf einem Hotelbett verbracht haben. Rauchend, trinkend, grübelnd. Worüber aber hatte er nachgedacht?
»Drei Jahre, Sembritzki!«
Das war wohl nur als Ouvertüre gedacht, darum schwieg Sembritzki. Stachow warf die Zigarette ins Wasser und steckte gleich eine neue an.
»Sie sind noch in Form!«
Sembritzki zuckte die Schultern. »Oder Ihr Mann war nicht gut genug. Mindestens der eine!«
Jetzt wandte sich Stachow brüsk um. Seine hellblauen, wässerigen Augen hatten auf einmal wieder den wachen Ausdruck von früher. »Ich habe Ihnen nur einen Mann auf den Pelz geschickt, Sembritzki.«
Sembritzki nickte.
»Das habe ich angenommen. Nur, da war noch ein zweiter. Ein schlechter Reiter, und dazu einer, der von Astronomie nichts versteht!«
»Treiben Sie's noch immer mit den Sternen?«
Stachow machte kehrt und tat ein paar Schritte aufs Ufer zu. Dort starrte er in den See, stieß mit der Fußspitze einen glattgeschliffenen Kiesel ins Wasser und sagte dann, ohne sich umzudrehen. »Ich brauche Sie, Sembritzki! Und zwar bald. Jetzt gleich!«
»Ich bin passé!«
»Wußten Sie, daß die Auseinandersetzung mit einer neuen Aufgabe die Krise in der Lebensmitte überwinden hilft?«
Sembritzki zwang sich zu einem Lächeln, obwohl ihn Stachows Bemerkung getroffen hatte. Er wußte, daß die Angst, die ihn damals in der Tschechoslowakei so unmittelbar gepackt hatte, mit dem zu tun hatte, was man allgemein als Midlife-crisis bezeichnete. Mit einem Male hatte ihn das Gefühl überwältigt, nicht mehr von vorn anfangen zu können. Und wie eine Schlinge hatte sich der Gedanke um seinen Hals gelegt, daß er nicht wußte, wie er an diesen Punkt

gekommen war. Die drei Jahre, in denen er sich auf seinen angestammten Beruf als Antiquar zurückgezogen hatte, ohne Abstecher ins Territorium der Geheimagenten, hätten ihm Klarheit verschaffen sollen. Er wollte sich klar darüber werden, ob denn seine Hingabe an die Welt des Geheimdienstes nichts anderes als ein permanentes Hakenschlagen gewesen war, ein Versuch, all die Zweifel abzuwehren, die ihn bedrängten.
»Betrachten Sie Ihren Wiedereinstieg als Krisenmanagement. Sie haben keine Wahl, Sembritzki. Nicht, was Ihre Person betrifft, nicht, was den Verein betrifft.«
Dann schwiegen beide. Stachow hatte sich jetzt umgedreht, ging mit starrem Blick auf Sembritzki zu und packte ihn an den Schultern.
»Ich brauche Sie!«
Was hätte er darauf antworten können? Noch nie hatte er den Chef so gesehen. So verwundbar.
»Ich weiß, daß man alte Fundamente nicht einfach aufgibt. Was wollen Sie von mir?«
»Ich will, daß Sie Ihren Agentenzirkel in Böhmen wieder mobilisieren, Sembritzki!«
Das war es also! Er sollte Schatten zum Leben erwecken. Zurückkehren. Die Fehler, die er begangen hatte, noch einmal begehen. Er sollte die Lügen, die er gelogen hatte, noch einmal lügen. Er sollte Erinnerungen wieder mit Gegenwart auffüllen. Kam das nicht einer Niederlage gleich?
»Böhmen ist ein kleines Land mitten in Europa, und wer dort wohnt, kann nirgendwohin mehr ausweichen, um neu zu beginnen.«
Stachow nickte, als er die leise gemurmelten Worte Sembritzkis hörte, so als ob sie ihm geläufig wären. Dann schob er im Marschieren ganz sachte seinen Arm unter den seines wieder mobilisierten Agenten. Sembritzki dachte an einen Abstecher nach Rom zurück, als er in der lauen Nacht in Trastevere auf dieselbe Weise von einem italienischen Kollegen untergefaßt worden war. Diese Intimität zwischen Männern irritierte ihn. Und auch jetzt mußte er sich zwingen, den Arm nicht einfach wegzuziehen, obwohl er wußte, daß der Chef diese Nähe brauchte.
»Das Netz ist tot!«
»Auf Eis gelegt, Sembritzki!«
»Ihr habt ja ein neues Netz. Da sitzt doch ein neuer Mann in Pullach!«

»Doppelt genäht hält besser. Wann sind Sie bereit, wieder nach Böhmen zu fahren?«
»Ich brauche einen Vorwand!«
»Im April findet in Prag ein Kongreß über Probleme der Erschließung neuer Quellen in der Geschichte der Medizin statt.«
»Ich weiß.«
Jetzt zog Sembritzki den Arm doch zurück. Er hatte von diesem Kongreß gehört, der in der Prager Universität stattfinden sollte, dort, wo Eva in der Bibliothek tätig war. Die einzige Frau, die ihn je verletzt hatte. Und er sie.
»Sie werden eine Einladung bekommen!«
»Und warum?«
»Sembritzki, der Teufel ist los drüben in Böhmen. Da sind mit einem Male Truppenverschiebungen der Warschaupakttruppen im Gange, und wir wissen nicht, was dahintersteckt. Das Wasser steht mir bis zum Hals, Sembritzki!«
»Das ist doch das Problem Ihres Sachbearbeiters! Rübezahl!«
»Keine weiteren Fragen, Sembritzki. Ich bitte Sie! In der DDR und in der Tschechoslowakei sind neue sowjetische Kurzstreckenraketen der Typen SS-21 und SS-23 aufgestellt worden.«
»Aber das stand doch auch in den Zeitungen.«
»Ich spreche nicht von den SS-20, Sembritzki. Die Nachfolgeraketen sind zielgenauer.«
»Um das herauszufinden, brauchen Sie doch meine Hilfe nicht.«
Sembritzki wußte genau, daß Stachow nur um den heißen Brei herumredete. Ihm ging es nicht um die SS-23-Raketen, ihm ging es um etwas ganz anderes.
»Die amerikanischen Aufklärungssatelliten genügen nicht. Wir müssen genauere Informationen haben. Und vor allem müssen wir wissen, was drüben los ist.«
»Doppelt genäht hält besser!« Sembritzki lächelte. »Ich setze mich also mit Rübezahl in Verbindung?«
»Sie handeln ganz allein, Sembritzki. Rübezahl hat seinen eigenen Aktionsplan. Ich möchte Quervergleiche ziehen. Ihr Auftrag ist streng geheim. Keine Kontakte zu niemandem vom Verein. Haben Sie mich verstanden?«
»Und die Definition des Auftrags?«
»Lassen Sie Ihre Gestirne wieder rotieren, Sembritzki!«
»Das ist nicht einfach. Mein Universum hat Löcher. Ich weiß nicht einmal, ob all meine Hausmeister noch am Leben sind.«
»Das werden Sie überprüfen.«

»Wie komme ich in die Provinz? Prag, ja. Da ist der Kongreß. Aber die Landschaft, wo meine Leute zum Teil sitzen?«
»Pegius ist Vorwand genug!«
»Pegius? Sie meinen das Geburtsstundenbuch?«
»Pegius und Wallenstein.«
Sembritzki starrte Stachow verwundert an. Zwar überraschte es ihn nicht, daß Stachow, wenn auch als einziger von der Firma, über Sembritzkis System, mit dem er sein böhmisches Agentennetz aufgebaut hatte, Bescheid wußte. Daß ihm das mittelalterliche Sternensystem, die Aufteilung des Himmels in die sieben damals bekannten Häuser, als Grundmuster gedient hatte, das er noch weiter differenzierte. Aber nie war der Name Wallenstein gefallen.
»Aktion Eger. Das ist der Code für dieses Unternehmen.«
»In Eger wurde Wallenstein ermordet!«
»Abergläubisch, Sembritzki?«
Sembritzki angelte wortlos einen Zigarillo aus der Brusttasche.
»Ihr einziger Bezugspunkt bin ich, Sembritzki! Es gibt bei dieser Aktion keine Satelliten und keine Go-Betweens. Auch keine Babysitter. Das ist Ihr großes Solo!«
»Wollen Sie mir nicht mehr sagen?«
Stachow schüttelte den Kopf.
»Nicht jetzt. Später.«
Er langte in die Tasche seines Regenmantels und beförderte eine kleine silberne Cognacflasche ans Licht.
»Eine Erklärung?« murmelte er zwischen den Zähnen, während er den mächtigen Schädel nach hinten kippte und den Cognac in sich hineingurgeln ließ.
»Auf unser Vaterland!« sagte er dann ganz unvermittelt, als er die schweren Augenlider langsam hob und gleichzeitig die Flasche mit der Schwurhand gegen den Himmel reckte, wo sie die Sonne auch gleich ansprang und ein zitterndes Mal auf die andere Seeseite warf.
Sembritzki reagierte nicht. Was hätte er auch antworten können? Vaterland, das war für ihn kein verbindlicher Code.
»Sembritzki, heute spreche ich dieses Wort wieder aus, ohne daß es falsch tönt. Das war nicht immer so.«
Dann machte er eine Pause und steckte die Flasche ein. »Alles war ja damals nicht schlecht, was uns in den Krieg trieb. Vaterland war doch immer eine gültige Formel. Zugehörigkeitsgefühl. Nationalität. Identität. Identität, das ist es!«
Und als Sembritzki noch immer nicht antwortete, fügte er bitter hinzu: »Sie haben den Krieg nicht mitgemacht, Sembritzki!«

»Ich war in der Hitlerjugend.«
»Ein Pimpf! Aber Sie waren nicht an der Front. Sie haben ja nicht wie wir nach der Niederlage – oder schon im Sumpf der russischen Ebenen – mit diesen Zweifeln gekämpft. Sie haben ja nicht wieder ganz unten anfangen müssen!«
»Sie haben nicht unten angefangen, Herr Stachow!« Sembritzki wußte nicht, warum er das sagte. Es war ihm einfach so herausgerutscht.
»Nicht so, wie Sie meinen, Sembritzki. Ich spreche nicht von der Karriere. Ich meine, daß wir völlig enttarnt waren. Völlig demontiert, immer auf der Hut vor falschen Tönen. Was da übrig geblieben war, verdiente den Namen Vaterland nicht mehr. Aber all das war doch nicht einfach verwerflich, was uns damals mitmarschieren ließ. Dieser ganze Wahnsinn war doch nicht einfach umsonst!«
Erwartete Stachow jetzt eine Antwort? Die Bestätigung dafür, daß die Kriegsjahre und die Jahre davor nicht ganz einfach verlorene Jahre gewesen waren?
»Wir sind doch wieder Deutsche. Und wir können das doch aussprechen, ohne uns zu schämen!«
Sembritzki schwieg noch immer.
»Ich bin ein deutscher Patriot, Sembritzki!« Diesen Satz würgte Stachow mühsam heraus, und als ob er sich darüber schämte, wandte er sich brüsk ab und ging ein paar Schritte in den Wald hinein. Sembritzki rührte sich nicht. Das Bekenntnis seines Chefs hatte ihn peinlich berührt. War das ein Versuch gewesen, ihm ein Motiv für seinen Einsatz zu suggerieren?
»824!«
Stachows Stimme tönte rauh und herrisch aus dem Wald heraus. Sembritzki ging jetzt auf Stachow zu, mühsam, als ob die lehmige Erde an seinen Sohlen haftete.
»Das Verteidigungsministerium setzt mich unter Druck, Sembritzki. Diese Truppenverschiebungen, über die wir nicht Bescheid wissen. Rübezahls Leute liefern keine brauchbaren Informationen. Und auch aus Amerika kommen diesmal überraschenderweise überhaupt keine Hinweise. Die CIA schweigt.«
»Routineunternehmen, weiter nichts.« Sembritzki versuchte, seine Stimme gleichgültig klingen zu lassen, obwohl er die Erregung spürte, die in ihm hochstieg. »Warum überlassen wir das denn nicht den Amis? Schließlich sind es ja amerikanische Offiziere, die die hundertacht Pershing 2 und die sechsundneunzig Cruise Missiles kommandieren. Wir haben da ja kein Mitspracherecht.«

»Sie wissen genau, daß die Pershing 2 die sowjetischen SS-20 und deren Nachfolgeraketen nicht ausschalten können, weil sie nicht weit genug reichen. Und die Cruise Missiles schaffen es nicht, weil sie zu langsam sind. Die sowjetische Bedrohung richtet sich nicht nur gegen die USA, sie richtet sich auch gegen uns. Auf unserem Boden würde ein dritter Weltkrieg ausgetragen. Sembritzki, verstehen Sie jetzt, warum ich vorhin vom Vaterland gesprochen habe? Nicht schon wieder!«
»Sie meinen, die da drüben haben etwas im Backofen?«
»Ich weiß es, Sembritzki. Aber ich blicke nicht durch!«
Jetzt schwiegen beide, obwohl noch so viel zu sagen gewesen wäre.
»Sie arbeiten Ihren Aktionsplan aus, Sembritzki. Dann sprechen wir uns wieder! Unterdessen werden Sie schon die Einladung zum Kongreß in Prag zu Hause haben.«
Sembritzki war nicht einmal überrascht. Stachow hatte also gar nicht mit seiner Absage gerechnet. Oder besser: er hatte gewußt, daß Sembritzki keine Alternative blieb.
»Im Dienst des Vaterlandes«, sagte Sembritzki und lächelte schwach.
Stachow streckte die Hand aus. »Wie auch immer, Sembritzki. Ein Motiv wird sich doch finden lassen. Wallenstein, zum Beispiel. Die Astrologie. Böhmen. Ist in diesem Knäuel nicht etwas zu finden, was Sie auf Trab bringen könnte?«
Das Schnattern einer Ente nahm Sembritzki die Antwort ab. Er schaute Stachow jetzt voll ins Gesicht, nickte kaum merklich und drehte sich dann brüsk um. Die Feierlichkeit des Augenblicks machte ihm zu schaffen. Stachow mußte es ebenfalls gespürt haben, denn er wechselte abrupt das Thema: »Was ist mit dem andern Mann?«
»Ein Schatten. Nicht abzuschütteln. Der kennt alle Tricks. Scheinbar geschäftlich in Bern. Freizeitreiter. Pfeifenraucher. Quadratschädel. Ungefähr in meinem Alter. Stirnglatze. Trockene Haut. Mittelgroß, Muskulös. Bewaffnet.«
Stachow schien in seinem Kopf eine Menge von Lichtlein in Betrieb zu setzen. Aber dann schüttelte er den Kopf.
»Ich werde mich um diesen Mann kümmern, Sembritzki. Schauen, was Mütterchen Zählrahmen hergibt. Sie bekommen Bescheid.«
Jetzt standen beide da und hatten sich nichts mehr zu sagen.
»Also denn!«
Stachow zeigte mit dem dicken Zeigefinger auf Sembritzkis Brust,

als ob er dessen Herz einen Impuls übermitteln müßte. Dann ließ er die Hand ganz plötzlich sinken, nickte Sembritzki kurz zu und ging tiefer in den Wald, bis er sich als grauer Schemen zwischen den Bäumen verlor. Sembritzki schaute ihm noch nach, als er längst verschwunden war. Dann musterte er aufmerksam den Boden, wo an einzelnen Stellen die Schuhabdrücke von ihm und Stachow zu sehen waren. Er hob einen Stein auf und zerstörte systematisch die Abdrücke.
Dann ging er langsam am Wasser entlang nach Ilmensee zurück.

3

Den Rest des Vormittags verbrachte Sembritzki in Denkingen. Er hockte in einem Gasthaus über einem Korn, dann über einem zweiten. Dazwischen würgte er Brot und Speck hinunter. Aber er dachte vor allem nach, versuchte in Gedanken das ganze Netz wieder zu rekonstruieren, das er vor Jahren über Böhmen gelegt hatte. Natürlich hatte er seine Aufzeichnungen, seine Pläne, das ganze Organigramm in einem Banksafe aufbewahrt. Aber ihm ging es jetzt darum, herauszufinden, wieviel er selber noch wußte. Nach dem dritten Korn verschwammen die Diagramme ganz, doch aus diesem Neben hoben sich mit einem Male die Konturen von Gesichtern heraus; Namen, Decknamen begannen Vokale und Konsonanten auszuspucken, Örtlichkeiten wurden lebendig, Gerüchte hüllten ihn ein, Geräusche von fahrenden Zügen, von Schritten auf dem Kopfsteinpflaster, tschechische Laute, ein Kirchengeläut, Kerzenrauch, eine Zigarette im Rinnstein. Und von weither drang in dieses Gemenge von Eindrücken die Stimme Stachows, Sätze, die er einmal ausgesprochen hatte und die mit einem Male ganz deutlich in Sembritzkis Ohren klangen: »Wir dürfen es nicht zulassen, daß man unser deutsches Vaterland um eines beschissenen Friedens willen mit Raketen bepflastert. Wir sind nicht das Vietnam Europas!«
Erst nach drei Uhr stemmte sich Sembritzki schwerfällig vom Stuhl hoch, warf einen trüben Blick auf die fünf leeren Korngläser und die zwei Bierhumpen, wischte mit einer fahrigen Bewegung die Brotkrümel vom Tisch und stapfte in den glasklaren Vorfrühlingsnachmittag hinaus. Er kickte die schwere Maschine an und fuhr langsam und singend über Elchbeck, Heiligenberg, Salem zum See hinunter: »Deutschland, Deutschland über alles!«
In Meersburg angekommen, schwenkte er wieder nördlich ab und

fuhr den Berg zum Schloß hinauf. Der Fahrtwind hatte ihn beinahe wieder nüchtern gemacht. Es war halb fünf, als er bei der ehemaligen Residenz der Konstanzer Fürstbischöfe ankam. Ein paar Besucher lungerten lustlos im Schloßhof herum. Kein bekanntes Gesicht darunter. Sembritzki setzte sich in ein Café und wartete. Er hatte den Schloßeingang im Auge. Die wenigen Schloßbesucher verließen Annette von Droste-Hülshoff und die Konstanzer Fürstbischöfe und strebten eilig dem Stadtzentrum zu, Fisch im Bauch und Riesling im Kopf. Dann war es still. Graue Schatten krochen aus den Winkeln und Fenstern des Schlosses. Sembritzki ging auf die Straße, stellte sich in einen Hausgang und wartete. Nichts. Der Mann, der sich im Konstanzer Staatsarchiv für den Folianten Nummer sechs interessiert hatte, tauchte nicht auf, nicht um 17.41 Uhr und nicht um 17.50 Uhr. Kurz vor sechs flog ein Helikopter der US-Luftwaffe im Tiefflug über das Schloß, scheuchte einen dunkelblauen Schwarm von Tauben auf, jagte weiße Möwen davon und verschwand wieder aus Sembritzkis Blickfeld.
Um Viertel nach sechs gab Sembritzki seinen Beobachtungsposten auf und fuhr nach Konstanz zurück. In der »Krone« erkundigte er sich nach dem tschechischen Kellner. Aber den wollte keiner kennen. Sembritzki insistierte nicht. Er verließ den Gastraum und drang dann im Umweg über den Korridor in die Küche ein. Zwischen Dampf und Pfannengeklapper versuchte er, von einem verschwitzten Küchenmädchen Informationen über den unbekannten Kellner zu erhalten.
»Pawel?«
Sembritzki beschrieb ihn.
»Das ist Pawel. Wollte ja nicht bleiben. War ihm zuviel Betrieb. Und die Bezahlung war ihm zu mies. Mir auch. Und auch zuviel Betrieb. War ein fixer Mann.«
»Und wo ist er jetzt?«
Sie zuckte mit den Schultern, strich sich mit dem Unterarm eine Haarsträhne aus dem glühenden Gesicht, ergriff einen Stapel mit Tellern und schichtete sie in die Spülmaschine. »Er hat gesagt, er hätte sein Motorrad einem Freund geliehen. Wenn das Motorrad wieder da ist, will er abhauen.«
»Aber wo will er auf das Motorrad warten?«
»Bei Franz!«
»Wer ist Franz?«
»Ein Kollege, der gerade im Urlaub ist. Was wollen Sie von Pawel? Polizei?«

37

Sembritzki schüttelte den Kopf. »Ich bin der Mann, der Pawels Motorrad hat.«
»Ach, Sie sind das!«
Sie stellte sich vor ihn hin, blies wieder eine Strähne aus dem feuchten Gesicht und stemmte dann die Arme in die Hüften. »Dann sagen Sie ihm doch, er soll sich wieder mal bei mir blicken lassen. Bei der Gerda.«
Sie kritzelte eine Adresse auf ein fettiges Stück Papier, angelte sich ein Bierglas aus einem Regal und hielt es Sembritzki hin. Aber dieser schüttelte den Kopf, nickte kurz und ließ Gerda in den Dampfschwaden zurück, wo sie noch lange stand, das Glas in der einen, eine Flasche in der anderen Hand und dem entschwundenen Pawel nachträumte.
Pawels Absteige lag in einem ruhigen Viertel, wo sich eine Reihe alter Häuser in einer engen Gasse drängten. Sembritzki ging durch einen düstern Torbogen in einen Hinterhof, wo sich Autoreifen türmten und eine Reihe von rostigen Ölfässern die Bewegungsfreiheit einschränkten. Von Zeit zu Zeit war der dumpfe Aufschlag eines Wassertropfens auf Metall zu hören. Vorsichtig, immer im Schatten der Reifenstapel, ging Sembritzki durch den Hof auf die einzige Türe zu, die zwischen Fässern und Reifen am Ende dieses künstlichen Korridors zu sehen war. Sie war nicht verschlossen. Das Treppenhaus roch nach Feuchtigkeit und Petroleum. Und nach Angebranntem. Langsam stieg Sembritzki über die knarrenden Holzstiegen nach oben. Die erste Türklinke, die er niederdrücken wollte, war eingerostet. Er versuchte es ein Stockwerk weiter oben. Da stand vom fahlen Licht aus dem Hof angeleuchtet der Name Franz Höllerer auf einem Stück Papier. Mit einem Reißnagel am Türrahmen festgemacht. Sembritzki klopfte leise. Dann hielt er das Ohr an die Türe. Es blieb alles still. Er klopfte ein zweites Mal. Auch diesmal vergeblich. Vorsichtig drückte er die Klinke nieder und schob die Türe langsam auf, wobei er sich flach an die Wand preßte. Sembritzki fühlte, wie ein eigenartiges Gefühl der Beklemmung in ihm hochkroch. Eine Art von Furcht, die er von früher her kannte, wenn er durch Prags Gassen gegangen war. Immer auf der Hut, immer die Angst vor dem einen Wort eines Vorbeigehenden, oder eines Mannes im Rücken, das eine ganze Kette von Ereignissen auslösen konnte: »Prominte! – Verzeihung.« Und dann eine Pistolenmündung im Rücken. Oder den Ausweis eines Geheimpolizisten vor der Nase. Oder einfach: »Vaše, papíry – Ihre Papiere!«
Sembritzki traute seinem Instinkt nicht mehr so richtig. Er wußte

nicht, ob er die Gegenwart eines Fremden noch spüren würde, bevor er ihn zu Gesicht bekam. Seine Ausdünstung, einen feinen Atem, oder ganz einfach dieses unbestimmte Gefühl, daß man sich nicht allein in einem Raum befand.
Vorsichtig tastete er nach dem Lichtschalter, drehte ihn schnell und sprang auch schon wieder zurück, in den Schutz der Türe. Aber nichts rührte sich. Es blieb still. Totenstill. Sembritzki spähte durch den Türspalt. Durch einen kleinen Vorraum konnte er ins Schlafzimmer sehen. Das Bett mit dem gemusterten Überwurf war unberührt. Über der Stuhllehne neben dem Bett sah er eine weiße Kellnerjacke. Und auf dem Boden davor lag eine schwarze Pistole, daneben ein leeres Magazin. Sembritzki stieß die Türe ganz auf und sprang auch schon mitten in den Vorraum. »Polizei!« rief er. Aber es blieb still. Erst jetzt ließ er die erhobenen Arme sinken und wandte sich dem zweiten Zimmer zu. Aber auch da war niemand. Nicht auf der schwarzen Ledercouch, nicht im geflochtenen Schaukelstuhl. Auf dem Tischchen mit den drei Beinen lag eine Karte von Konstanz und Umgebung. Darauf ein halbvolles Whiskyglas. Sembritzki wandte sich der Küche zu. Und dort fand er ihn. Pawel hockte vornübergesunken auf einem Hocker vor dem Schüttstein, so, als ob er sich die Haare waschen wollte. Der rechte Arm lag verdreht auf der Anrichte. Die Hand umklammerte einen Fön, dessen defektes Kabel noch immer in der Steckdose steckte.
Da lag noch eine Tube mit Shampoo, aus der sich eine dunkelgrüne Creme wand und ein dekoratives Muster auf der gerippten hellblauen Gummimatte hinterlassen hatte, wo sonst die abgewaschenen Teller zum Trocknen hingelegt wurden.
Pawel war tot. Sein Kopf lag im Wasser. Sein schwarzes Haar schwamm wie ein feines luftiges Netz an der Oberfläche. Vorsichtig griff Sembritzki in Pawels Taschen. Nichts schien zu fehlen. Da war ein Taschentuch. Da war eine Brieftasche mit allem drin, was man benötigte. Ein Führerschein für schwere Motorräder, der auf den Namen Pawel Schmidt lautete. Das Foto einer jungen Frau mit blondem Haar. Zwei Referenzschreiben von deutschen Restaurants, die Schmidt als zuverlässigen Arbeiter schilderten. Das war alles. Sembritzki schien es wenig. Zu wenig. Und dann fiel es ihm erst auf. Schmidt trug eine karierte Jacke. Darunter aber nur ein Unterhemd. Wer wäscht sich die Haare in halb angezogenem Zustand? Oder hatte Schmidt ganz einfach zu frieren begonnen, als er sich die Haare gewaschen hatte? Als Sembritzki ganz vorsichtig hinten oben das Jackett abhob, sah er die drei dunkelbraunen kreis-

runden Male auf den Schulterblättern. Zu gut kannte Sembritzki diese Abdrücke, als daß er auch nur einen Augenblick lang an deren Herkunft gezweifelt hätte. Er selbst hatte ja noch immer drei Narben auf seinen Unterarmen, die von den Verhörmethoden zweier libanesischer Geheimdienstleute herrührten, die ihn bei einem Abstecher in den Nahen Osten geschnappt hatten. Seither kaute Sembritzki die Zigarillos nur noch.
Schnell und gründlich durchsuchte Sembritzki die Küche, öffnete Schränke, schaute in Kehrichteimer, nahm dann den Wohnraum und endlich das Schlafzimmer vor. Aber er fand nichts, was außergewöhnlich gewesen wäre. Keine Spuren eines Fremden. In den Schränken hingen ein paar Anzüge, die sicher dem abwesenden Franz gehörten. Von Pawel Schmidt, dem die Maße seines Gastgebers kaum gepaßt hätten, war wenig vorhanden. Ein Paar Motorradstiefel. Ein schwarzglänzender Motorradanzug, ein gelber Helm mit drei schwarzen Punkten als Verzierung. Daneben die schwarzen Handschuhe mit drei gelben Punkten.
Wenn einer hier etwas gesucht hatte, so hatte er das gründlich und unauffällig getan. Doch was hätte man hier auch suchen sollen, wenn nicht den Mann, dessen Haar im Wasser schwamm? Ein Wort, mit der glimmenden Zigarettenspitze aus ihm herausgebrannt, hatte doch schon genügt: Ilmensee! Aber weshalb hatte Sembritzki, obwohl er doch auf der Hut gewesen war, keinen Verfolger ausmachen können? Und wer hatte den Mann, der sich Pawel Schmidt genannt hatte, umgebracht? Denn daß es sich um einen Unfalltod handeln konnte, zog Sembritzki gar nicht erst in Betracht.
Sembritzki verließ das Haus. Einen Augenblick lang dachte er daran, den Schlüssel für das Motorrad in der Absteige des Toten zurückzulassen. Aber dann erinnerte er sich daran, daß man so noch schneller auf seine Spur stoßen würde. Auf dem Umweg über Gerda, die sich nach dem toten Pawel sehnte. Es würde auch so noch schnell genug gehen, bis die Kriminalpolizei den Bezug Schmidt–Sembritzki ausmachen würde. Er warf den Schlüssel in eines der Ölfässer und ging dann zum Hotel zurück. Jetzt mußte er noch eine Nacht durchhalten, bevor er zurückreiste. Ein überstürzter Aufbruch hätte Aufsehen erregt. Von seinem Zimmer aus rief er in der »Krone« an und verlangte Gerda. Er sagte ihr, daß er Pawel nicht angetroffen und deshalb den Zündschlüssel für das Motorrad unter die Fußmatte gelegt habe. Im übrigen lasse er Pawel grüßen und bedanke sich herzlich. Er? Viktor Rahe aus Ingolstadt.

Die Nacht war lang. Und so fuhr Sembritzki schon mit dem ersten Zug nach Bern zurück. Seine Augen brannten. Sein Herz stockte, als er in der Morgenzeitung nach einem Hinweis auf den toten Pawel Schmidt suchte und dann auf eine Notiz stieß, in der geschrieben stand, die Leiche eines unbekannten Mannes sei in der Nähe von Meersburg im Ilmensee in Ufernähe gefunden worden. Es war der Tag des großen Reinemachens. An Wasser wurde nicht gespart.

»Konrad Sembritzki?«
Der Mann im dunkelgrünen Lederjackett stand vor Sembritzkis Wohnungstüre.
»Wer sind Sie?«
Schnell ließ Sembritzki die Postsendungen, die er aus dem Briefkasten geholt hatte, in seiner Tasche verschwinden.
»BND!«
»Kommen Sie herein!«
Wie schnell funktionierten doch die Kontakte, wie perfekt schien dieses Informationsnetz gewoben zu sein! Der Mann in der Lederjacke war sehr höflich. Er wartete im Hausflur, bis Sembritzki die Türe zu seinem Wohnzimmer aufgestoßen und seinen unwillkommenen Gast mit einer Geste aufgefordert hatte, sich zu setzen. Wenn er das Zimmer blitzschnell mit geübtem Blick inspizierte, so tat er dies mindestens auf unauffällige Weise.
»Darf ich rauchen?«
Die Manieren beim BND waren offensichtlich besser geworden. Sembritzki nickte. Er setzte sich so, daß er das Fenster im Rücken hatte. Dann wartete er ab.
»Woher kommen Sie?«
»Aus Konstanz!«
Warum hätte es Sembritzki auch abstreiten sollen. Man hätte es ohnehin bald herausgekriegt.
»Was haben Sie in Konstanz gemacht?«
»Ich war im Staatsarchiv.«
»Beruflich?«
Sembritzki nickte.
»Sonst hatten Sie keine Kontakte?«
»Keine.«
Sembritzki erinnerte sich an das, was ihm Stachow gesagt hatte.
»Was haben Sie gestern tagsüber getan?«
»Ich war in Meersburg. Im Schloß.«
»Ein sehr anfälliges Alibi, Herr Sembritzki.« Der Mann lächelte.

Sembritzki zog die Augenbrauen hoch.
»Alibi? Wozu brauche ich ein Alibi?«
»Sie haben die Zeitung gelesen!«
Er wies mit spitzem Zeigefinger auf die *Süddeutsche Zeitung*, die aus Sembritzkis Manteltasche schaute.
»Die Zeitung habe ich gelesen.«
»Und?«
Sembritzki schüttelte den Kopf, obwohl er genau wußte, worauf sein Besucher es abgesehen hatte.
»Sie haben über den Toten vom Ilmensee gelesen?«
»Ich interessiere mich nicht für Unglücksfälle.«
»Sie waren in der Gegend, wo man den Toten gefunden hat, Herr Sembritzki.«
»Und?« sagte Sembritzki jetzt zum zweiten Mal.
»Der Tote ist Stachow.«
Sembritzki schloß die Augen. Also doch. Aber weshalb? Oder eher: wer hatte ihn ermordet?
»Mein –?« Sembritzki stockte.
»Ihr ehemaliger Vorgesetzter.«
»Ertrunken?«
»Haben Sie ihn getroffen?« fragte der andere weiter, statt Sembritzkis Frage zu beantworten.
»Warum sollte ich? Ich bin draußen, das wissen Sie doch? Ein Zufall. Ein unglückseliger Zufall!«
»Zufall? Wie meinen Sie das?«
»Daß ich in der Gegend war.«
»Das läßt sich überprüfen, Sembritzki!«
Die Floskel Herr hatte er schon geopfert. Das Präludium schien vorbei zu sein. Jetzt würde die Schwitzkastenmethode angewandt werden. Wie oft hatte Sembritzki selbst so gearbeitet. Er würde sich zu wehren wissen. Aber der Mann stand auf. War das alles?
»Vermutlich Selbstmord, Herr Sembritzki. Das ist vorläufig alles, was wir wissen.«
Sembritzki wußte mehr. Aber er schwieg.
»Morgen werden Sie in München erwartet, Herr Sembritzki! Kontaktadresse ›Königshof‹.«
Er schob ihm ein Flugticket hin, nickte kurz und ging hinaus. Sembritzki lauschte seinen Schritten auf der Treppe nach. Stachow war tot. Und jetzt? Was sollte Sembritzki jetzt tun? Das Einmannunternehmen Sembritzki!
Er stand auf und ging zum Fenster. Mit beiden Händen stützte er

sich seitlich am Fensterrahmen ab, den heißen Kopf an der kühlen Scheibe. Stachow war tot! Er hatte sich so plötzlich abgesetzt wie Sembritzkis eigener Vater damals, der einen Tag nach dem Krieg, als er mit seinem Fahrrad über die zerschossene Brücke seiner Heimatstadt fuhr, mit einem Male ins Schwanken geraten war, dann mit der Sicherheit des Schlafwandlers die Lücke im Geländer ausgemacht hatte und mit einem gewaltigen Sprung im gelbbraunen Fluß verschwunden war. Ob der letzte Schrei, den er ausgestoßen hatte, dem schmutzigen Wasser oder den Gaffern gegolten hatte, blieb ein Geheimnis. Auch damals hatte Sembritzki plötzlich dieses Gefühl von Verlassenheit gespürt. Da war ein Koordinatennetz brüsk durchgeschnitten worden. Und Sembritzki hatte lange gebraucht, bis er diese Löcher wieder geflickt hatte. Sembritzki war, als ob sein ganzes Leben vom Verlust solcher Vaterfiguren geprägt worden sei, ein dauerndes Zusammenflicken von Beziehungsnetzen.
Stachow war tot. Selbstmord? Nach all dem, was er Sembritzki anvertraut hatte? Er griff in die Tasche und holte einen Briefumschlag heraus mit einer tschechischen Marke und der Aufschrift: »Carolinum, Staré Město, Železná 9. Praha 1.«
Sembritzki riß den Umschlag auf. Stachows letzte Aktion: eine Einladung zum Kongreß über die Erschließung neuer Quellen in der Geschichte der Medizin. Vom 6. bis zum 10. April. Er drehte die Einladungskarte um und erschrak. Auf der Vorderseite war genau jenes Tierkreismännchen abgebildet, das er vor Jahren in Stachows Büro zwischen den Akten gesehen hatte. Lange stierte er auf die nackte Figur vor dem blauen Hintergrund, auf die Tierkreiszeichen, die in der Nähe bestimmter Körperteile festgehalten waren und mit einem dünnen Blutstrahl bezeichneten, wo der mittelalterliche Arzt mit Vorteil bei gewissen Leiden Blut ablassen sollte. Was war es nur, was Sembritzki irritierte? Irgend etwas auf der Karte machte ihn stutzig, aber er wußte nicht, was.
Wieder war er gefangen in einer Welt, die er in immer neuen Anläufen zurückzulassen versuchte, und die ihn doch immer wieder einholte. Er wußte, wie für den mittelalterlichen Menschen Astronomie und Astrologie eins waren. Er wußte, daß die Sternbilder des Tierkreises Jahreszeiten und Wetter, Wachstum der Erde, die Geburt der Menschen, ihren Charakter, ihre Gesundheit, ihre Krankheiten zu beeinflussen vermochten. Und ihn ärgerte immer wieder, daß er sich diesem Einfluß nicht zu entziehen vermochte. Daß für ihn nicht, wie es sich für einen Zeitgenossen gehörte, Gestirne ein-

fach kalt oder weiß sind, ohne Leben, einsam auf ihren fixen Bahnen.
Noch immer hielt er das Bild mit dem Tierkreismännchen in der Hand, dachte über den Zwölfmonatskalender nach, in dem das Wirken der zwölf Tierkreiszeichen Bild geworden war, wo festgehalten war, welche Zeichen welchen Körperteil beherrschten. Und dann fiel es ihm endlich auf, was ihn so lange beschäftigt hatte, ohne daß er den Grund erkannt hätte. Zwar waren zwölf Tierkreiszeichen rund um das Männchen angeordnet, die Fische zwischen den Füßen, dann im Uhrzeigersinn der Steinbock, der das Knie als Ort des Aderlasses bevorzugte, dann der Skorpion beim Geschlechtsteil, die Waage bei der Hüfte, der Krebs beim Herzen, ein Zwilling beim Oberarm, der Stier beim Hals, der Widder beim Kopf, der andere Zwilling beim linken Arm des Männchens, die Jungfrau beim Bauchnabel, der Schütze beim Oberschenkel, der Wassermann, Sembritzkis Sternzeichen, beim Schienbein des rechten Beines. Aber wo war der Löwe? Der Löwe fehlte. Hatte das eine Bedeutung? Sembritzki hatte sich daran gewöhnt, daß alles, was von Stachow kam, eine Bedeutung hatte.

4

Wie lange war es her, daß er zum letzten Mal in München-Riem gelandet war? Der rote Backsteinturm weckte Erinnerungen. An eine Zeit, die er am Anfang wie einen großen sakralen Raum erlebt hatte, an dessen Eingang er staunend gestanden hatte, ohne eintreten zu dürfen. Da hatte ihn zum ersten Mal ein Gefühl überkommen, das er heute in den Bereich des Mystischen abschieben würde. Ihn hatte auf eine lustvolle Art geschaudert, wenn er Feldgraues in schwarzen Knobelbechern hatte vorbeistaken sehen, wenn im weißen Rund das Hakenkreuz auf roten Standarten wie eine Monstranz vorbeigetragen worden war und nackte Mädchenarme in einer einzigen Bewegung zum Himmel geschossen waren, wenn im offenen Mercedes der Gauleiter persönlich Sembritzkis Geburtsstadt an der Saale besuchte. Diese Welt hatte etwas von der Entrücktheit, der Unwirklichkeit des Märchens auch, das ihn zu jener Zeit so faszinierte. Und dann mit einem Male brach dieser prunkvolle sakrale Raum auseinander. Ein letztes Mal, Sembritzki besuchte damals ja schon die Volksschule, half ihm die Literatur, die er gerade bevorzugte, dieses Endzeiterlebnis zu beschreiben. Da stand ihm Ludwig Uhland mit seiner Ballade »Des Sängers Fluch« Gevatter, deren einzelne Strophen der kriegsversehrte Magister mit seinem übriggebliebenen linken Arm den musenfeindlichen Hohlköpfen in Form von Kopfnüssen einhämmerte, bis sogar der Letzte unter ihnen den Text intus hatte: »Noch *eine* hohe Säule zeugt von verschwundner Pracht; auch diese, schon geborsten, kann stürzen über Nacht.« Das war das einzige Bild aus der Welt der Ballade, das Sembritzki immer gegenwärtig blieb, ein Relikt aus einer Welt, der er noch heute manchmal nachtrauerte. Und der Turm von Riem, dieser klotzige Backsteinbau, war für ihn etwas wie diese letzte Säule aus einer Zeit, die bereits Geschichte geworden war und die doch noch immer in Sembritzkis Zeit hineinwirkte.

Sembritzki zögerte nur einen Augenblick lang, als er die weiße Reihe von Taxis mit ihren goldenen Kronen vor sich sah. Aber dann ließ er die lackglänzenden Wagen links liegen und steuerte auf den behäbigen Flughafenbus zu. Hier fühlte er sich unter den Reisenden geborgen, weil ihn kein Fahrer in ein Gespräch verwickelte, ihn nicht im Rückspiegel musterte und nach seinem Kommen und Gehen fragte. Im Bus fühlte er sich wie auf einer großen Schaukel, die ihn im einschläfernden Rhythmus in die Stadt hineinbeförderte, an all den bekannten Signalen vorbei: Daglfing, wo Münchens Pferdenarren und Wettsüchtige hinpilgerten. Dann der Eispalast, dann die Kurve hinunter zur Isar, darüber hinweg. Ein kurzer Blick in den Englischen Garten, dann auf der andern Seite wieder hinauf, die Gerade hinunter. Lenbachplatz, Hauptbahnhof.

»Mord oder Selbstmord? – Mysteriöser Tod eines Unbekannten am Bodensee!« Diese Schlagzeile schaukelte sich im Rhythmus der Busfahrt immer tiefer in Sembritzkis Hirn hinein. »Eines Unbekannten!« Als ob man nicht schon lange wüßte, daß es sich um den Leiter der Abteilung Ost des BND handelte. Da hatten oberste Stellen ein vorläufiges Machtwort gesprochen. Stachow war neutralisiert worden. Definitiv. Aus dem Verkehr gezogen. Mundtot gemacht.

Sembritzki wußte, daß auch er jetzt in Gefahr war. Er hatte das eigenartige Frösteln im Rücken gefühlt, als er durch die langen Korridore im Flughafen gegangen war. Er ertappte sich dabei, wie er jeden Buspassagier genau musterte. Er ärgerte sich darüber, daß er sogar damit rechnete, der Passagier hinter ihm könne eine lange spitze Nadel durchs Polster in seinen Rücken bohren. Und einen Augenblick bereute er es doch, kein Taxi genommen zu haben. Der Umweg durchs Zentrum gab jedem Verfolger jede mögliche Gelegenheit, Sembritzki zu eliminieren, wenn er es darauf abgesehen haben sollte. Aber je länger Sembritzki darüber nachdachte, desto unwahrscheinlicher erschien es ihm, daß er das nächste Opfer sein könnte. Im Gegenteil: ihn würde man noch aufsparen. Wofür? Und wie lange?

»Königshof«, sagte er endlich zum Taxifahrer, den er aus einer wartenden Kolonne herausgepflückt hatte. Der Treffpunkt war nicht neu und auch nicht originell. Aber die Herren aus Pullach vermieden es nach Möglichkeit, ihre externen Laufburschen in die Zentrale zu bestellen.

»Das Zimmer ist fertig, Herr Senn«, zwitscherte die Dame am Empfang und streckte ihm unaufgefordert einen Schlüssel hin.

»Kein Gepäck?« flötete sie noch.

Sembritzki schüttelte den Kopf. »Wird nachgeschickt.«

»Wir werden uns darum kümmern.«

»Ich bitte Sie darum«, lächelte Sembritzki und ging zum Aufzug. 325. Er steckte den Schlüssel ins Schlüsselloch und öffnete vorsichtig die Türe. Dann blieb er stehen und wartete. Er sah nur ein Stück blauen Teppichs und dann einen Sessel und ein Paar blaue Hosenbeine. Jetzt stand der Mann auf.

»Herr Senn?«

Es war nicht Römmel, der auf ihn zukam, ihn ins Zimmer zog und dann die Türe wieder hinter ihm ins Schloß drückte. Es war einer von Römmels Lakaien.

»Bitte«, murmelte Sembritzki und versuchte, sich uninteressiert zu geben.

»Blauer Peugeot. Kennzeichen EBE-IB 678. Beim Hinterausgang. Schlagen Sie einen Bogen.«

Der Mann mit dem kurzgeschorenen Haar und dem makellosen dunkelblauen Anzug ging ohne ein weiteres Wort an Sembritzki vorbei zur Tür und war auch schon verschwunden, bevor Sembritzki weitere Fragen hätte stellen können. Aber was hätte er auch fragen sollen. Er kannte das Ritual, auch wenn er es in diesem Falle für überflüssig hielt. Drei Minuten nach dem Abgang von Römmels Boten verließ auch er das Zimmer und schlenderte durch die Halle. Er tat ein paar Schritte auf den Karlsplatz hinaus, absolvierte die obligatorischen Arabesken, schaute in Schaufenster, wechselte mehrmals die Straßenseite, betrat Warenhäuser und verließ sie gleich wieder und landete mit etwas Verspätung auf dem Vordersitz des blauen Peugeots, der ihn nach Schwabing brachte und ihn vor einem dunkelgrünen Miethaus wieder ausspuckte.

»Zweiter Stock. Stucker!« Das war die letzte Anweisung des Lakaien. Im Treppenhaus roch es nach Bohnerwachs und Spülmittel. Aber auch nach Pfeifentabak. Süßlich und beharrlich hing er in der Luft. Da hatte der Mann mit der Bruyèrepfeife bereits seine Duftmarken gesetzt. Und da sah er ihn auch schon von Angesicht zu Angesicht. Er stand im hellgrün gestrichenen Flur vor ihm, die Pfeife in der linken Hand.
»Herr Sembritzki!«
Er wies mit weitausholender Geste auf die geöffnete Tür zu seiner pullachexternen Kommandozentrale. Erst dann streckte er ihm die Hand entgegen, eine feingliedrige weiße Hand mit blauen Venen. Sembritzki drückte nur kurz zu, als fürchte er, beim harten Zugriff könne er die Knochen in Rübezahls Hand splittern hören.
»Setzen Sie sich! Rauchen Sie?«
Sembritzki setzte sich auf einen blauen Armsessel und schüttelte den Kopf, als er einen Zigarillo zwischen die Lippen steckte.
»Noch immer der Tick mit dem unangezündeten Zigarillo?« Rübezahl zeigte seine kleinen Raubtierzähne.
»Kein Tick! Eine liebe Gewohnheit!«
Sembritzki wußte, wie diese ironische Korrektur den korrekten Chefagenten treffen mußte.
Rübezahl verzog keine Miene. Er steckte sich mit Grandezza seine Pfeife wieder an, mit einem Dunhill-Feuerzeug selbstverständlich, und musterte dann Sembritzki mit seinen grauen Augen skeptisch.
»Herr Stachow ist tot!«
Sembritzki nickte. »Ich habe es erfahren.«
»Sie waren in der Nähe, Sembritzki! In der Nähe, als er starb.«
»Wollen Sie damit sagen –?«
»Damit will ich gar nichts sagen«, schnitt ihm Rübezahl das Wort ab. »Ich konstatiere nur.«
»Sie konstatieren richtig, Herr Römmel«, gab Sembritzki zurück und biß ein Stück von seinem Zigarillo ab, klaubte es zwischen Backentasche und Stockzahn hervor, betrachtete eine Weile seine Beute auf dem ausgestreckten Zeigefinger und strich sie dann langsam am Rande des Aschenbechers ab. Er wußte, wie Rübezahl solche vulgären Anflüge ärgerten.
»Sie haben Stachow nicht getroffen?« fragte Rübezahl mit zusammengezogenen Augenbrauen weiter.
»Nein!«
»Und wenn Sie gesehen wurden?«

»Dann sind Sie eben falsch informiert worden!«
Sembritzki ließ den Blick über den Mahagonischreibtisch schweifen, auf dem eine dicke Akte aufgebaut war, neben einem Briefbeschwerer in Form einer explodierenden Granate, einem Stück Bernstein mit einer darin eingeschlossenen Fliege und dem scharf geschwungenen Briefmesser, das an einen Türkensäbel erinnerte.
»Es wäre doch möglich gewesen, daß Herr Stachow sich Ihre Erfahrung zunutze hätte machen wollen, Herr Sembritzki.«
»Ich bin zwar erfahren, aber meine Erfahrungen liegen Jahre zurück, Herr Römmel. Ich bin nicht mehr auf dem laufenden!«
»Sie waren ein guter Agent, Sembritzki!« Römmel sagte es mit Wärme in der Stimme. Es tönte wie ein Nachruf. »Und ich weiß beim besten Willen nicht, warum Sie ein Geheimnis um Ihr Zusammentreffen mit Herrn Stachow machen, Sembritzki. Wir wissen, daß Sie mit seinem Tod nichts zu tun hatten. Es war ein unglücklicher Zufall, soviel steht fest. Herr Stachow war –« Jetzt machte Römmel eine Pause, als ob er nach dem passenden Wort suche, das er in Wirklichkeit schon längst auf der Zunge hatte. »Herr Stachow war – stand unter Alkoholeinfluß. Er muß ausgeglitten und dann ertrunken sein. Soviel hat die Obduktion bis jetzt ergeben.«
Sembritzki schwieg.
»Aber das erklärt immer noch nicht, wie Herr Stachow – und vor allem, warum er in dieser Gegend zu tun hatte. Ein Zusammentreffen ist wahrscheinlich. Aber mit wem?«
Sembritzki zuckte mit den Schultern.
»Wir müssen die Möglichkeit in Betracht ziehen, daß er einen fremden Agenten getroffen hat. Unsere Sicherheitsdispositive sind mindestens bis zur völligen Klärung dieses Falles in Gefahr.«
»Warum erzählen Sie mir all das, Herr Römmel?«
Sembritzki wußte, daß dieses Präludium Römmels einen ganzen Rattenschwanz von Schlußfolgerungen, Untersuchungen, Verhören nachziehen würde.
»Sie fahren wieder in die ČSSR!«
Die Feststellung kam wie ein Peitschenschlag. Aber Sembritzki, immer auf der Hut vor Rübezahls Attacken, blieb ruhig.
»Sie sind informiert?«
Jetzt mußte er Zeit gewinnen. Wie ging das Verhör weiter? Was wußte Römmel?
»Herr Sembritzki, das hat sich seit Ihrem Abgang nicht verändert: die Fragen stellt der Vorgesetzte. Und das bin noch immer ich, auch wenn Sie für eine Weile aus dem Verkehr gezogen wurden!«

»Ich fahre nach Prag. Das stimmt. Eine Einladung zu einem Kongreß in Prag!«
»Wer hat Sie auf die Liste der Einzuladenden gesetzt?«
»Wie soll ich das wissen? Ich bin in der Kartei.«
»Nicht nur in Prag, mein Lieber!«
Sembritzki wußte, worauf Römmel hinauswollte.
»Ich weiß, Herr Römmel. Ich figuriere auch in Ihrer Datenbank. Und meine Einladung nach Prag ist schon registriert.«
»Unter anderem!«
Jetzt schwieg Rübezahl bedeutungsvoll.
»Sie haben damals ein wirksames Agentennetz aufgebaut, Sembritzki!«
Auch der! Sembritzki war jetzt hell wach. Da gruben sich zwei von verschiedenen Seiten durch denselben Berg, ohne daß die beiden voneinander wußten.
»Damals, Sie sagen es, Herr Römmel! Das Netz ist tot. Zerrissen. Nicht mehr zu flicken. Sie haben ja alle Fäden in den Händen.«
»Da ist etwas, was meine Leute nicht klarkriegen, Sembritzki!«
Sembritzki wartete ab.
»Es sind Truppenverschiebungen an der tschechisch-österreichischen Grenze im Gange. Aber wir haben keine Hintergrundinformationen!«
»Vielleicht sind die Informationen über die Truppenverschiebungen falsch«, warf Sembritzki ein. Vielleicht wollte Römmel ganz einfach mit einer faustdicken Lüge auf den Busch klopfen. Aber das hätte nicht zu Römmel gepaßt. Römmel war ein Mann der Fakten und öffnete auch schon mit schnellem Griff den Ordner.
»Hier!«
Er blätterte eine Reihe von Luftaufnahmen vor Sembritzki hin. Da waren lange Konvois auszumachen, Laster und Panzer. Und ein paar in Planen gehüllte längliche Flugkörper.
»SS-20 und SS-22! Sie haben Sie erkannt?«
Aber Sembritzki war vorsichtig.
»Ich bin nicht mehr informiert, Herr Römmel. Das wissen Sie!«
»Im Westen der Sowjetunion sind zur Zeit hundert Raketen stationiert, die gleichzeitig und mit großer Genauigkeit dreihundert Atomladungen nach Westeuropa schießen können. Das beeindruckt Sie wohl nicht? Jetzt werden diese Raketen immer weiter vorgeschoben. Ihre Reichweite beträgt fünftausend Kilometer. Die Abschußrampen dieser Raketen zu treffen, ist beinahe unmöglich, weil sie mobil sind, aufmontiert auf Raupenfahrzeugen.«

Sembritzki schwieg.
»Als ich Soldat wurde, gab es noch keine Kernwaffensysteme. Heute haben aber Ost und West ungefähr fünfzigtausend Kernwaffen. Die beiden Blöcke haben die Möglichkeit, die Welt zu vernichten.«
Jetzt schaute Sembritzki auf. Römmel saß steif aufgerichtet an seinem Schreibtisch und schaute durch Sembritzki hindurch. In diesem Augenblick erinnerte sich Sembritzki an das Foto, das ihm vor Jahren ein Kollege gezeigt hatte. Darauf ein junger Wehrmachtsoffizier an einem Schlagbaum der deutsch-tschechischen Grenze, Rücken gegen die Heimat, der Blick aber genauso abwesend hinein ins Feindesland. Leutnant Römmel.
»Ich bin nicht Mitglied dieses Vereins geworden, um die Welt vernichten zu helfen.«
Römmels Blick kam aus den russischen Ebenen zurück, in die er sich verirrt haben mochte.
»Es geht nicht um die Vernichtung, Sembritzki. Es geht darum, sie zu verhindern. Aber: wenn vernichtet werden muß, dann sind wir die Vernichtenden, nicht die Vernichteten!«
»Sie wissen genau, daß die Sowjets im Bereich der Mittelstreckenraketen dem Westen überlegen sind.«
»Deshalb müssen wir reagieren, Sembritzki. Die NATO kann ihre Pershing 2 und Cruise Missiles den Sowjets entgegenstellen!«
»Damit steigt das Kriegsrisiko!«
»Damit steigt unser Verteidigungspotential!«
Sembritzki lächelte. »Die Pershings und die Cruise Missiles sind doch ganz andere Waffen als die SS-20. Die russischen Raketen haben doch nur regionale Bedeutung. Aber die amerikanischen Flugkörper sind auf Ziele in der Sowjetunion gerichtet. Und somit vergrößern sie die Bedrohung gegen die Sowjetunion und erhöhen die Gefahr einer sowjetischen Überreaktion.«
Römmel klappte den Deckel seines Ordners heftig zu.
»Sembritzki, Sie sind Agent. Sie sind ein Befehlsempfänger und kein Referent der Friedensbewegung. Ich diskutiere mit Ihnen nicht über strategische und nicht über ideologische Themen.«
»Ich bin ausgemustert, Herr Römmel. Ich gehöre nicht mehr dazu.«
»Herr Stachow hat Sie immer als seinen ganz privaten Agenten betrachtet.«
»Herr Stachow ist tot. Ich bin jetzt endgültig Zivilist. Antiquar, Herr Römmel!«

»Mit Schwergewicht Böhmen!«
Sembritzki schaute erstaunt auf.
»Pegius!«
»Sie haben sich umgehört, Herr Römmel.«
Römmel zeigte die Zähne.
»Ich bin in der Gegend ja auch zu Hause, Sembritzki. Sie haben Glück. Ich konnte vom Kultusministerium offiziell einen Betrag für Sie freimachen.«
Sembritzki nickte lächelnd, schmiß den zerfasernden Zigarillo in den Papierkorb und steckte einen jungfräulichen Stengel zwischen die Lippen. »Ich bin also jetzt sozusagen so etwas wie ein staatlicher Stipendiat?«
Römmel nickte. »Sie haben den Auftrag, Forschungen in Böhmen zu betreiben, mit dem Ziel, herauszufinden, ob das Geburtsstundenbuch des Martin Pegius sich wirklich in Wallensteins Bibliothek befunden hat und in welchen Zusammenhängen es benützt wurde. Eine interessante Arbeit, Herr Sembritzki. Die Bewilligung von tschechischer Seite liegt schon vor.«
Sembritzki lachte laut heraus.
»Die tschechische Bewilligung liegt schon vor! Die lassen also einen ehemaligen BND-Agenten in Böhmen herumschnüffeln. Im Namen der Wissenschaft?«
Römmels glasklare Augen schauten Sembritzki gefühllos an. »Sie werden beim STB nicht mehr als Agent geführt, Sembritzki. Unsere Beschaffungsabteilung hat die notwendigen Informationen gesammelt. Sie sind für die andere Seite ebenso tot wie für unsere – offiziell.«
Sembritzki stand vom Stuhl auf, stützte sich mit beiden Händen auf Rübezahls Schreibtisch, beugte sich dabei leicht vor und sagte mit einem ganz kleinen Lächeln: »Und wie erklären Sie sich dann die Aufmerksamkeit, die meiner Person so plötzlich von allen Seiten zuteil wird? Glauben Sie, das ist dem STB oder dem KGB entgangen? Daß sich der abgehalfterte Agent Konrad Sembritzki, ehemaliger Go-Between zwischen Böhmen und der BND-Zentrale, plötzlich wieder mit Leuten aus Pullach trifft? Aus Heimweh vielleicht?«
»Natürlich wird man Sie in der ČSSR besonders überwachen. Aber wie ich Sie kenne, wird es Ihnen auch gelingen, sich dieser Bewachung zu entziehen. Beschaffen Sie sich die Informationen, an die wir nicht herankommen, Sembritzki. Das ist Ihr Auftrag. Das genaue Dispositiv erhalten Sie bei 254.«

Auf einmal hatte Sembritzki einen Einfall. Er setzte sich wieder, lehnte sich behaglich zurück und fragte: »Herr Dr. Römmel, Sie sind doch Löwe?«
»Wie bitte?« Zum ersten Mal an diesem Vormittag war Römmel offensichtlich irritiert.
»Sie sind doch im astrologischen Zeichen des Löwen geboren? Oder täusche ich mich da?«
»Sie täuschen sich nicht, Herr Sembritzki.«
Römmels Antwort war ohne Ironie. Sie sollte sachlich klingen, und doch schwang da etwas mit, was Sembritzki als Mißtrauen, als Vorsicht deutete. Römmel war auf der Hut.
»Ein gutes Zeichen.«
Jetzt schwieg Sembritzki. Er spürte die Spannung im Raum beinahe körperlich.
»Sie kennen sich da aus, nicht wahr?« Römmel versuchte seiner Stimme einen jovialen Ton zu geben.
»Ja, ich kenne mich aus. Aber nicht so gut, wie ich es eigentlich wünschte.«
Damit mochte nun Rübezahl anfangen, was er wollte.
»Sie sind ja nicht zu alt, um es noch zu lernen!«
Jetzt klang Spott mit. Römmel hatte die Situation und sich selbst wieder im Griff. Die kleine Irritation war verflogen, so als ob nie eine Bemerkung Sembritzkis den stellvertretenden Abteilungsleiter Ost in seinem Selbstverständnis in Frage gestellt hätte. Römmel erhob sich.
»Das wär's für den Augenblick, Herr Sembritzki. Alles Weitere von 254.«
Sembritzki übersah einen Augenblick lang Römmels ausgestreckte weiße Hand. Er fragte sich, weshalb Römmel nicht gefragt hatte, warum sich Sembritzki für dessen Sternzeichen interessierte. Aber eines war klar. Rübezahl hatte nichts für Okkultes, nichts für Hilfswissenschaften übrig. Rübezahl war kalt bis ans Herz, ein Mann der Logistik, ein Mann der Facts. Jetzt erst griff Sembritzki vorsichtig nach Rübezahls Hand.
»Keine direkten Kontakte mehr zur Zentrale, Sembritzki. Sie erhalten weitere Informationen durch einen Kontaktmann. Im übrigen benützen Sie tote Briefkästen. Sprechen Sie alles mit 254 ab. – Viel Glück!«
Jetzt ließ er Sembritzkis Hand los, öffnete die Tür zum Flur und wies mit der ausgestreckten rechten Hand auf eine Tür ganz hinten, kehrte in sein Büro zurück, setzte sich wieder an seinen Schreib-

tisch, öffnete die dicke Akte und begann zu lesen. Sembritzki existierte für ihn jetzt nur noch als Figur in seinem großen Spiel, dessen Regeln nur er und ein paar Eingeweihte kannten.
Sembritzki schloß die Tür hinter sich und ging durch den düsteren Flur auf die Tür zu, die ihm Rübezahl gezeigt hatte.
254 stand vor einer Wand, an der eine große Landkarte der Tschechoslowakei befestigt war. 254 trug als einzige Tarnung ein Toupet. Im übrigen war er ein gewöhnlicher Beamter, ein Mann in dunkelbraunem Anzug, mit goldgelber Krawatte und schneeweißem Hemd. Er schaute Sembritzki durch seine dicke Hornbrille an, als ob er es mit einem toten Stück Fleisch zu tun hätte. Der Mann hatte ungefähr soviel Charme wie eine Schildwache vor dem Buckinghampalast.
»Sembritzki!«
Er versuchte mit einem Lächeln diesen prüfenden Blick aufzutauen. Aber keine menschliche Regung huschte über das schneeweiße Gesicht mit den tief eingegrabenen Falten.
»824?«
»Wie Sie wollen!«
Im Gehirn des Beamten schien eine Reihe von Lämpchen aufzuflammen. Er stach mit dem dürren Zeigefinger nach Sembritzkis Brust. Dieser fühlte den verhornten gelben Nagel auf seinem Brustbein und trat unwillkürlich einen Schritt zurück.
»Aktion Wallenstein!«
Sembritzki war erleichtert, daß die dürre Nummer 254 nicht den Tarnnamen »Aktion Eger« gebraucht hatte. Stachow war, so wurde immer augenscheinlicher, so gut wie allein vorgegangen. Es war nun an Sembritzki, herauszufinden, wer außer dem nahkampfstarken Wellner, der ihn damals in Bern angegriffen hatte, noch zu den Eingeweihten gehörte.
Während 254 vor der Landkarte die »Aktion Wallenstein« bis in jede Einzelheit darlegte, Kontaktnamen nannte, tote Briefkästen aufzählte, mußte sich Sembritzki immer wieder zurückhalten, ihm von hinten mit seinem Bleistift nicht unter das Toupet zu fahren, um herauszufinden, wie es darunter aussah. Sembritzki schloß auf einen verblichenen Kranz fettiger braungrauer Haare, die eine mit hellbraunen Flecken gespickte Glatze rahmten.
»Das wär's!«
»Nichts Schriftliches?«
254 schüttelte den Kopf so stark, daß sein Toupet mit den graublond melierten Haaren ins Rutschen kam.

»Wir sind hier nicht bei der Bundesbahn.«
Sembritzki gab darauf keine Antwort. Er setzte sich auf einen abgewetzten Ledersessel, holte einen Zigarillo hervor und lehnte sich zurück.
»Ich bitte Sie, nicht zu rauchen!«
»Ich rauche nicht, ich kaue.«
Dann schaltete er ab und tauchte in die böhmische Landschaft ein, absolvierte noch einmal im Geist alle Stationen der Vergangenheit, versuchte in immer neuen und verzweifelteren Anläufen scheinbar Versunkenes mit dieser kalten Gegenwart zu koppeln, die ihn hier am Wickel packte. Und je verzweifelter seine Versuche wurden, desto klarer wurde er sich darüber, warum er diese Kongruenz nicht hinkriegte. Da schlich sich wieder einmal ein Satz aus Kliments Roman *Die Langeweile in Böhmen* in sein Denken, wickelte ihn ein, wollte ihn nicht mehr loslassen, pochte wie ein Refrain im Rhythmus seiner Herzschläge: »Das Spiel mit der Vergangenheit mußte einmal enden.«
War das wirklich alles nur Spiel gewesen? Sembritzki in der Rolle des Verwandlungskünstlers in einer abseitigen Welt, an der Longe Wallensteins. Oder war da nicht noch ein anderer Name? Eva! Wie hieß es doch bei Kliment? »Das Spiel mit der Vergangenheit mußte einmal enden. Wenn ich an Olga dachte, dann dachte ich eigentlich immer an die Vergangenheit.«
Er sah das ovale Gesicht der Frau vor sich, die jetzt plötzlich aus dieser Vergangenheit herauswuchs. Er sah die kleine Nase, die ein wenig schief im Gesicht saß. Er sah die großen dunklen Augen über den leicht angehobenen Backenknochen, die runde Stirn mit der kleinen Narbe beim Haaransatz; er sah das dunkelbraune Haar über das Gesicht fließen und sah die kleinen Hände mit dem kleinen braunen Fleck auf der Innenfläche der Rechten. Und er erinnerte sich daran, wie sie beide ihre Durchschlagskraft zu testen versuchten, indem sie ihren Daumen, so weit es ging, über einen Winkel von neunzig Grad hinaus abspreizten. Daß er sie dabei um ein paar Grad zurückgelassen hatte, ärgerte sie scheinbar, denn oft ertappte er sie dabei, wie sie im stillen übte, ihren Daumen in immer neuen Anläufen, oft mit Hilfe der andern Hand, nach unten zwang. Diese Gespräche über das Okkulte oder mindestens Halbreale, über Tarock, über Graphologie, Astrologie, über die Kunst des Handlesens oder sogar über die Wahrsagerei waren Teil ihrer Liebe gewesen. Diese Liebe hatte ihn verletzlich gemacht. Sie hatte ihn daran gehindert, seine Arbeit als Agent so kalt, so überlegt, so ganz

ohne Herz zu erledigen, wie er es eigentlich gewollt hätte. Und diese Liebe war es endlich auch gewesen, die ihn hatte ängstlich werden lassen. Sie war in die kalten Schatten der Kirchennischen gekrochen, wenn er auf einen Kontaktmann gewartet hatte. Sie hatte sich wie Watte in seine Ohren geschmuggelt, wenn er sich in Gesprächen mit seinen Leuten Informationen einprägen wollte, und auch jetzt wieder legte sie sich wie ein Netz über ihn, hinderte ihn daran, sich all die Details einzuprägen, die ihm 254 einzutrichtern versucht hatte. Eine tote Liebe, die doch nicht ganz so abgestorben war, wie er geglaubt hatte?
Wenn er jetzt nach Prag zurückkehrte, dann hatte all das nur einen Grund. Er mußte diese Liebe, die aus der Vergangenheit wuchs, zerstören, mußte sie endgültig besiegen.
»Die Geschichte Böhmens ist eine Geschichte der Niederlagen.«
Sein Schicksal war untrennbar mit Böhmen verknüpft. Würde sich auch dort sein eigenes Schicksal vollziehen? Böhmen als seine Walstatt, als Grab seiner Träume und seiner Sehnsüchte?
Er wußte nicht, wie lange er vor der tschechischen Karte an der Wand geträumt hatte, als 254 mit seinem makellosen Toupet auf ihn zutrat und ihn an der Schulter rüttelte.
»Ihre Papiere!«
Er streckte Sembritzki ein gelbes Kuvert hin.
»Ihr Paß. Berufsausweis. Ein paar Briefe. Das Foto Ihrer Mutter. Ein Führerschein.«
»Briefe von wem?« Sembritzki konnte sich die Frage nicht verkneifen.
254 zuckte mit den Schultern. »Briefe eben. Ich bin hier nur der Übermittler. Sie werden schon sehen. Dazu noch eine ganze Menge von biographischen Details, die mit Ihrer wahren Biographie nicht übereinstimmen. Sie decken sich aber mit dem, was Sie bei Ihren letzten Aktionen schon mitbekamen.«
»Sie wissen Bescheid. Trotzdem, ich kenne Sie von früher her nicht!«
»Agent im Ausland!«
Sembritzki hatte Mühe, sich diesen so überkorrekten Herrn als V-Mann im Vatikan oder in Saigon vorzustellen. Aber vielleicht war er ja ganz einfach als Lehrer am Goethe-Institut aufgetreten oder war Mitglied des Presseklubs gewesen oder hatte sich als Botschaftsangestellter getarnt. In diesen Rollen war 254 durchaus eine denkbare Figur.
»Noch Fragen?«

Sembritzki schüttelte den Kopf. Hier hatte er keine Fragen. All die Fragen, die ihn bestürmten, hätte ihm der Mann mit Toupet nicht beantworten können. Oder dort, wo er ein Antwort gewußt hätte, hätte er geschwiegen. Nicht einmal eine kurvenreiche Blondine hätte diesem Magerling eine Information entlocken können. Und als seine letzte Tarnung würde er dann eines Tages sein Toupet mit ins Grab nehmen, unter das er höchstwahrscheinlich nie jemanden hatte gucken lassen.

Der Gedanke, daß er nun bis zum Ausscheiden dieses Mannes aus dem Dienst mit ihm wie durch eine Nabelschnur verbunden blieb, verursachte Sembritzki Übelkeit.

»Der Dienstwagen steht bereit.«

Diese Information kam über einen kleinen Lautsprecher an der Wand.

»Kennen Sie Wellner?«

Sembritzki startete noch schnell einen Versuch, Fuß zu fassen. Aber sein Gegenüber hatte keinen Sinn für seine Orientierungsversuche.

»Ich kenne keine Namen. Tut mir leid. Ich habe meine Vorschriften.«

»Natürlich. Ich hätte es mir denken können. Ein Beamter vom Scheitel bis zur Sohle. Deutschland ist in guten Händen.«

Ohne sich noch einmal nach seinem korrekten Mentor umzusehen, verließ Sembritzki die Wohnung. Diesmal stand ein schwarzer Mercedes draußen. Der Fahrer, ein junger sportlicher Mann im Rollkragenpullover, öffnete den Schlag.

»Bitte!«

»Ich steige vorne ein, Kamerad. Ich bin doch kein Diplomat.«

»Hinten, bitte!«

Man hatte also seine Anweisungen. Sembritzki setzte sich auf den Rücksitz. Als er noch einmal einen Blick zurückwarf, sah er den geparkten Wagen, einen dunkelblauen Renault, der jetzt langsam in die Straßenmitte steuerte.

»Werden wir begleitet?«

Der Fahrer schaute nicht einmal in den Rückspiegel, als Sembritzki diese Frage stellte.

»Zum Flughafen?«

»Nein! Bringen Sie mich in die Pullacher ›Brücke‹.«

»In die ›Brücke‹? Mein Auftrag lautet anders!«

»Ihr Auftrag lautet, mich aus dem Zentrum wegzukarren. Im übrigen können Sie sich ja auf den Babysitter berufen. Er wird schon auf mich aufpassen. Ich nehme ohnehin erst das letzte Flugzeug. Bis dahin möchte ich noch ein paar Erinnerungen auffrischen. Einverstanden?«

Der Fahrer zuckte mit den Achseln. Schließlich war da ja wirklich der Mann im blauen Renault. Sie fuhren schweigend aus dem Zentrum hinaus. Sembritzki döste vor sich hin. Vor dem Gasthaus »Zur Brücke« hielt der Mercedes an. Sembritzki stieg aus und trat in die Gaststube, ohne sich umzusehen. Er hörte den Mercedes wieder anfahren, dann kurz anhalten, sicher, um den Renaultfahrer zu informieren, dann startete er definitiv.

Es war Mittagszeit. Das Lokal war voll. Und ab und zu entdeckte Sembritzki unter den Gästen ein bekanntes Gesicht.

Und da war natürlich noch der Wirt mit seiner weißen Jacke und den blitzenden Brillengläsern. Aber Sembritzki ließ sich Zeit. Vor allem mußte er ja auch seinem Babysitter im blauen Renault Gelegenheit geben, sich einzurichten. Er trank sein Bier, wischte sich behaglich den Schaum von den Lippen, lehnte sich dann in seine bevorzugte Beobachterpose gegen die Rückenpolster mit rotem Blumenmuster zurück, starrte auf das rechteckige Bild mit den Blumen und dem Gockel im Zentrum und wartete. Für wen würde der Hahn diesmal krähen?

Vorerst tat sich nichts. Ein junger Mann in schwarzer Lederjacke tauchte in der Türe auf, schaute sich betont auffällig um, nickte Sembritzki kurz zu, als ob sie sich schon lange kennen würden, und verschwand gleich wieder. Eine halbe Minute später hörte Sembritzki den Motor eines Renaults anspringen. Die Wache wurde scheinbar abgezogen. Aber dann kam der Ersatz. Er wog sicher an die zwei Zentner. Er hatte einen langen Schädel, wulstige Lippen und farblose Augen. Aber er war muskulöser gebaut als sein berühmtes Double James Coburn. War es diese Assoziation, die Sembritzki plötzlich stutzig machte? Der Riese setzte sich, ohne Sembritzki auch nur eines Blickes zu würdigen, an den Stammtisch mit dem Wimpel des F. C. Bayern, zog betont die *Süddeutsche Zeitung* aus seinem Tweedjackett, schnipste mit den Fingern, verlangte in einwandfreiem Deutsch ein Pils, steckte sich eine Roth-Händle an und begann zu lesen. Nichts schien ihn zu interessieren. Und außer seinen ungewöhnlichen Maßen hob ihn auch nichts von seiner Umgebung ab.

Dann kam Möller herein. Sembritzki kannte ihn von früher, ein etwas farbloser Beamter, der in der Beschaffungsabteilung an eher subalterner Stelle arbeitete.

»Möller!«
James Coburn schaute kurz auf, blickte aber dann sofort wieder angestrengt in die Zeitung. Möller sah sich um, entdeckte Sembritzki, war verlegen, fuhr sich mit der Hand ans Ohr. Doch dann kam er trotzdem. Widerstrebend, zögernd.
»Sembritzki! Wieder im Land?«
»Setz dich!«
»Heimweh?« fragte Möller, blieb aber stehen.
»Stachow ist tot!«
Möller nickte.
»Das überrascht dich nicht?«
»Es heißt, er sei in letzter Zeit etwas eigenartig geworden.«
»Wer sagt das?«
Möller zuckte mit den Schultern.
»Er habe getrunken, heißt es.«
»Hast du ihn je betrunken gesehen?«
»Ich doch nicht. Ich gehöre ja auch nicht zum engeren Kader.«
»Wer hat ihn gesehen?«
»Kollegen, die hier ihr Bier trinken.«
»Hat es der da drüben auch bemerkt?«
Möller schaute vorsichtig über seine rechte Schulter zum lesenden James Coburn hinüber.
»Kenn' ich nicht, Sembritzki. Nie gesehen.«
»Kennst du Wellner?«
»Wellner, den Babysitter?«
»Groß, schlank, etwa achtundzwanzig. Sportlicher Typ mit Bürstenschnitt.«
»Das ist Wellner. Stachows Mann!«
Sembritzki nickte, schaute schnell zu Coburn hinüber, der noch immer auf derselben Seite der *Süddeutschen* herumlas.
»Wo finde ich Wellner?«
Möller schaute Sembritzki irritiert an.
»Seit Stachows Tod ist Wellner verschwunden.«
»Du weißt nicht, wo er wohnt?«
Möller schüttelte den Kopf.
»Gauting oder so. Aber dort ist er nicht. Man munkelt von einem Auslandsauftrag.«
»Kurzfristig natürlich. Naher Osten zum Beispiel.«
»Naher Osten? Möglich wär's. Jedenfalls wurde er in eine andere Abteilung versetzt.«
»Und was ist mit Seydlitz?«

»Seydlitz?« keuchte Möller erschrocken. »Was willst du mit Seydlitz? Der Mann existiert für den Verein nicht mehr. Das weißt du doch genau.«
Sembritzki lachte in sich hinein, zog Möller, der noch immer stand, an der Krawatte zu sich herunter, so daß ihn dessen nach Knoblauch riechender Atem in die Nase stach, und flüsterte: »Seydlitz war eine zu große Nummer, als daß man ihn als nicht mehr existent abqualifizieren könnte.«
Er sah den mageren, knochigen ehemaligen Studienrat vor sich, der einen für die Öffentlichkeit und seine Schüler unbegreiflichen Sprung vom Wetzlarer Gymnasium vorerst ins Goethe-Institut von Iserlohn im Sauerland und dann nach ein paar Monaten hinaus in die weite Welt gemacht hatte, nach Rom, dann nach Beirut, später nach Schwarzafrika und dann nach Bangkok. Fernweh wäre das letzte gewesen, was man diesem begnadeten Physik- und Mathematiklehrer zugetraut hätte. Man munkelte von einer unglücklichen Liebe, obwohl in seiner Umgebung nie eine Frau gesichtet worden war, die man mit ihm hätte in Verbindung bringen können. Der Mann hatte immer allein gelebt, hatte abends in seiner privaten Werkstatt – oder war es eher ein Versuchslaboratorium? – vor sich hingewerkelt, hatte ab und zu Besuch von Schülerinnen oder Schülern bekommen, aber nie einzeln, sondern immer in Gruppen, und als einziger weißer Fleck auf der Landkarte Seydlitz konnten seine monatlichen Fahrten nach München gewertet werden, wo er – so wurde gesagt – seine Mutter in einem Altersheim besuchte. Und dann plötzlich, mit der fingierten Todesanzeige seiner Mutter, die am Schwarzen Brett im Lehrerzimmer angeheftet und beiläufig zur Kenntnis genommen worden war, änderte sich Seydlitz' Lebenslauf. Er verkaufte sein Haus, seine Möbel, behielt nur seine vielen Bücher, die er in Kisten verpackte und bei einem Freund ablieferte, behielt auch ein paar Instrumente aus seinem Laboratorium, die ebenfalls von besagtem Freund in Obhut genommen wurden, und wurde Dozent für deutsche Sprache am Goethe-Institut. Die Gründe dafür kannte nur besagter Freund und der harte Kern des Bundesnachrichtendienstes, in dessen Sold der gewiegte Fernmeldespezialist und Codeknacker Seydlitz getreten war, nachdem er jahrelang die Besuche bei seiner alten Mutter zu intensiven Kontakten mit dem BND in Pullach genutzt hatte.
Sembritzki erinnerte sich an seine Freundschaft mit diesem gebildeten Mann, den er in Abständen immer wieder an seinem jeweiligen Standort als Lehrer am Goethe-Institut im Ausland aufgesucht

hatte. Sembritzki wußte als einziger, wie schwer es dem ehrlichen Seydlitz gefallen war, seine pädagogischen Fähigkeiten als Tarnung für seine Agenteneinsätze zu benützen. Wenn er ihn in Bangkok unter einem rotierenden Ventilator, den lilafarbenen Lehrgang des Goethe-Instituts auf den Knien, angetroffen hatte, die wenigen Haarsträhnen verschwitzt und wirr auf der hohen weißen Stirn, sprachen sie über die Kultur Thailands, tauchten zusammen in Mythen ein und verloren sich in Tempeln und grünschillernden Irrgärten. Um so überraschter war dann Sembritzki auch, als er eines Tages erfuhr, Seydlitz sei aus dem Verkehr gezogen worden. Es folgten Wochen intensivster Verhöre durch die verschiedensten Stellen des BND. Dann verschwand Seydlitz von der Bildfläche. Präventivhaft lautete das Stichwort. Und in der »Brücke« sprach man davon, Seydlitz habe einer jungen Thailänderin im Bett Dinge ins Ohr geflüstert, die nicht aus dem Handbuch Casanovas gestammt hätten, sondern aus den Archiven des BND, und von der fingerfertigen Liebesdienerin denn auch schon bald in die griffbereiten Hände östlicher Nachrichtendienste weitergegeben worden seien. Damit sei das Agentennetz in Thailand und zum Teil auch in benachbarten Ländern aufgeflogen, und es habe Jahre gebraucht, bis es wieder notdürftig zusammengeflickt worden sei. Das war nun schon über zehn Jahre her. Seydlitz hatte seine Strafe abgesessen und ein Angebot des KGB, ihn gegen einen britischen Agenten in sowjetischem Gewahrsam auszutauschen, war an Seydlitz' Weigerung gescheitert. Aber Sembritzki hatte seinen alten Freund völlig aus den Augen verloren, und alle Versuche, ihn auf dem Postweg zu erreichen, waren gescheitert. Die Briefe kamen sämtlich – nachdem sie nicht ungeschickt geöffnet und dann wieder verschlossen worden waren – an Sembritzkis Adresse zurück: »Empfänger unbekannt.« Seydlitz war verschollen.
»Seydlitz existiert nicht mehr«, wiederholte Möller und zog seine Krawatte straff. »Was willst du mit diesem Mann? Der ist noch immer heiß, auch wenn er wieder draußen sein sollte.«
»Er ist draußen, Möller!«
Möller schüttelte den Kopf.
»Du bist ein Phantast, Sembritzki. Das warst du schon immer. Ein Träumer. Ein Romantiker.«
»Vergiß es, Möller. War ja nur so eine Anwandlung. Schließlich haben wir uns einmal nahegestanden.«
»Sentimentalität ist ein schlechter Partner in diesem Geschäft.«
Sembritzki nickte, aber seine Gedanken waren weit weg. Er hatte in

dieser Branche nur einen wirklichen Freund gehabt, und das war Seydlitz. Und er wußte genau, daß er jetzt diese Freundschaft nötiger hatte denn je. Er brauchte jemanden, mit dem er über alles frei sprechen konnte. Und er brauchte eine Basis in Deutschland, wenn er zurück nach Böhmen ging. Er mußte Seydlitz finden. Er war auf dessen Erfahrung und auf dessen Fähigkeiten angewiesen. Und er hatte ja noch immer drei Kisten mit Büchern zu Hause, die Seydlitz gehörten, und all die Instrumente aus seinem Laboratorium.
»Das war's wohl?«
Möller stand noch immer an Sembritzkis Tisch, fühlte sich unbehaglich, weil jetzt bereits mehrere Gäste auf Sembritzki und ihn aufmerksam geworden waren und neugierig herüberstarrten, mit Ausnahme des Coburn-Doubles allerdings, der noch immer auf derselben Seite der *Süddeutschen Zeitung* herumbuchstabierte. Ein langsamer Leser? Oder ein guter Zuhörer?
»Das war's wohl, Herr Möller!«
Sembritzki nickte ihm kurz zu und trank dann in einem Zug sein Glas leer. Dann steckte er sich einen Zigarillo zwischen die Lippen. Er mußte jetzt nachdenken.
Möller setzte sich kopfschüttelnd zu Coburn an den Stammtisch, drehte den Wimpel um und bestellte einen Hagebuttentee. Und Sembritzki wartete. Er wartete auf ein Gesicht, das ihm weiterhelfen konnte. Er wartete essend und trinkend. Längst hatte sich das Lokal wieder geleert. Nur Coburn, der unterdessen die Seite gewendet hatte, saß noch da. Erst nachdem Sembritzki seinen fünften Zigarillo zerkaut hatte und bereits die Schatten der Dämmerung durchs Fenster krochen, kam der Mann, auf den Sembritzki so lange gewartet hatte. Möller, der kleine Schleicher und Zuträger, hatte funktioniert.
Bartels schaute nur kurz zu Sembritzki hinüber und setzte sich dann an den Tisch gleich neben der Türe. Der Mann war gealtert. Seine Haut hing in großen Falten über dem langen Schädel, und Sembritzki war, als ob Bartels' Brillengläser jetzt noch dicker geworden seien. Hinter den vielen Ringen konnte man die kleinen braunen Augen kaum mehr sehen. Seine Finger waren gelb vom Nikotin, seine Zähne ebenfalls. Er war unrasiert, und das Haar hing ihm fettig in die Stirn. Er machte den Eindruck eines überbeanspruchten Verlagslektors. Und das war ja auch seine Tarnung. Er betreute als Fachkraft für buddhistische Literatur einen Bereich eines Münchner Sachbuchverlags und war nun also im Umweg über Möller hierher nach Pullach beordert worden, denn seine eigentli-

che Aufgabe bestand darin, als Dienstleiter der TIR den ganzen Fernen Osten zu betreuen, jenes Gebiet also, in welchem Seydlitz vor Jahren gescheitert war.
»Einen Kaffee!« brummte Bartels und stellte eine schwarze, abgewetzte Ledertasche vor sich auf den Tisch. Er klappte sie mit seinen gelben Fingern auf, steckte seinen schmalen Schädel in die Öffnung, griff endlich hinein, beförderte einen schweren Band ans Licht und ließ ihn dann vor sich auf den Tisch plumpsen, daß die Kaffeetasse einen Sprung machte und die braune Flüssigkeit überschwappte. Unberührt davon zog Bartels schließlich ein Vergrößerungsglas aus einem blausamtenen Futteral, öffnete den Band scheinbar aufs Geratewohl und vertiefte sich in eine anspruchsvolle Lektüre.
Jetzt war es an Sembritzki zu reagieren. Er war beeindruckt, wie schnell, wie reibungslos, wie perfekt die Maschinerie noch immer funktionierte und wie eng dieses Netz geknüpft war, in dem er sich jetzt wieder bewegte. Er stand auf, ging quer durch den Raum an Bartels vorbei zur Türe. Coburn schaute auf. Er legte ein paar Münzen auf den Tisch, faltete seine Zeitung umständlich zusammen und stand auf.
»Darf ich Sie einen Augenblick stören, mein Herr?«
Bartels entblößte das geschwollene Zahnfleisch. Coburn setzte sich wieder. Sembritzki blieb zögernd stehen und hob die Augenbrauen.
»Bitte?«
»Interessieren Sie sich für die Kunst des Fernen Osten?«
Sembritzki lächelte.
»Gewisse Bereiche interessieren mich. Warum?«
»Wir bringen eine neue Reihe heraus: ›Buddhadarstellungen in der Kunst des Fernen Ostens‹. Vielleicht –«
»Enzyklopädien interessieren mich nicht. Da ist man Sklave der ganzen Reihe. Danke.«
Sembritzki wandte sich ab.
»Aber vielleicht interessieren Sie andere Bücher aus unserm Verlag! Darf ich Ihnen diesen Prospekt hier geben mit der Verlagsanschrift? Ein Bestellzettel liegt bei.«
»Danke«, sagte Sembritzki, nahm den Prospekt mit der goldenen Buddhadarstellung entgegen, schaute kurz in Bartels nackte Äuglein und ging dann schnell zur Tür.
»Wollen Sie auch einen?«
Bartels hatte jetzt Coburn angesprochen, der verblüfft stehen blieb,

dann aber schnell zugriff, den Prospekt in die Tasche seines hellbraunen Kamelhaarmantels steckte, den Kragen hochschlug und hinter Sembritzki in die Dunkelheit hinaustrat. Als Sembritzki die Türe hinter sich zuschlagen hörte, verzichtete er darauf, im Schein der Straßenlaterne den Prospekt anzuschauen, den ihm Bartels zugesteckt hatte und der ja auch in Coburns Tasche steckte. Derselbe? Mit denselben Informationen? Bartels war, bevor er im Fernost und im Sudan operierte, engster Mitarbeiter Stachows gewesen und somit auch Seydlitz' Vorgesetzter. Sembritzki wußte, wie sehr ihn Stachows Tod getroffen haben mußte. Und er nahm an, daß Bartels, selbst wenn er über Stachows Pläne aus Gründen der eigenen Sicherheit nicht bis in jede Einzelheit informiert worden war, doch erfahren haben mußte, daß Sembritzki wieder mobilisiert worden war und daß ihm alle gewünschten Informationen zugänglich gemacht werden mußten. Aber jetzt war Stachow tot, und Bartels, mit anderen Aufgaben betraut, durfte sich nicht als dessen Testamentsverwalter aufspielen. Aber Sembritzki hatte richtig kalkuliert. Bartels hatte ihm jene Information verschafft, die er brauchte: die Adresse von Wolf von Seydlitz.
Es hatte zu regnen begonnen. Sembritzki schlug den Kragen seiner dunkelgrünen Lederjacke hoch und setzte seine braunkarierte Mütze auf. Eine Weile stand er vor dem dunkelblauen BMW, der Bartels hierhergebracht hatte, versuchte in den mit Tröpfchen übersäten Scheiben Coburns Aktionen in seinem Rücken auszumachen. Aber Coburn war nirgends zu sehen. Er hatte den Augenblick, als Sembritzki den Kragen hochgeschlagen und die Mütze aus der Tasche geholt hatte, benützt, um irgendwo im Schatten unterzutauchen. Sembritzki hatte Zeit. Er fixierte beim Gehen die Spitzen seiner halbhohen braunen Stiefel, von denen die Tropfen spritzten und dann unsichtbar auf dem schwarzglänzenden Asphalt zersprangen. Die Feuchtigkeit hatte sich ausgebreitet, und feine Nebelschwaden krochen aus den Gärten, die die Straße säumten. In der Ferne war Hundegebell zu hören, und der schrille Pfiff einer Lokomotive schnitt das Dunkel wie mit einem Messer entzwei. Ein blauer Renault überholte Sembritzki. Im Licht der Straßenlaternen konnte er zwei Insassen auf den Vordersitzen ausmachen. Coburn hatte es sich bequem gemacht. Und trotzdem war Sembritzki nicht allein auf der Straße. Sein scharfes Gehör nahm den elastischen Schritt eines Mannes wahr, der ihm auf den Fersen war. Der Weg in den Ort war lang.
Als Sembritzki am Bahnhof angelangt war, sah er den blauen Re-

nault zwischen zwei andern Autos geparkt. Er war leer. Coburn saß sicher schon im Wartesaal. Sembritzki blieb auf dem Bahnsteig stehen und wartete. Sein Verfolger hatte sich jetzt auch eingefunden und stand im Schatten eines schwarzen Regenschirms am andern Ende des Bahnsteigs.
Als die hellerleuchteten Fenster des Zuges in der Kurve auftauchten, machte Sembritzki sich bereit, versuchte unauffällig jenen Wagen auszumachen, wo am meisten Passagiere saßen, und stieg dann zu, begleitet von Coburn, der sich zu Sembritzki ins Abteil setzte. Coburns zweiter Mann wählte das Abteil daneben.
Beiläufig zog Sembritzki dann den Prospekt aus der Tasche, den ihm Bartels gegeben hatte, und begann darin zu blättern. Seine Sitznachbarin, eine beleibte Frau, die zwischen ihren gespreizten Beinen einen Korb mit einem Zwergpudel plaziert hatte, der vergeblich Sembritzkis Hand zu lecken versuchte, nahm keine Notiz von ihm. Sie war ganz von ihrer Illustriertenlektüre in Anspruch genommen. Lange starrte Sembritzki auf die Reproduktion des goldenen Buddha vor einem goldenen Lichtkegel. »Buddha, sich aus seinem goldenen Sarg erhebend, Farbe auf Seide, Höhe 159,7 cm. Heian-Zeit, 12. Jahrhundert, Chohoji, Kyoto«, stand daneben.
Erst jetzt erkannte Sembritzki die Einzelheiten auf dem Bild, sah er den mit Blumen und einem Tuch drapierten rotbraunen Sarg, in dem eine überlebensgroße Buddhafigur mit zum Gebet erhobenen Händen thronte, während um sie herum viele Figuren knieten, Krieger, Frauen, Bauern, auch Menschen mit rohen Verbrecherphysiognomien. Am linken Bildrand war ein Baum mit dünnem Stamm zu sehen, aus dessen Ästen weiße Blüten wuchsen und an dessen einer Gabel ein geschnürtes Bündel hing.
»Von den zwei berühmtesten Malereien mit Shâkyamuni zeigt eine den Tod oder das Nirwana Buddhas, und die andere Shâkyamuni, der aus seinem goldenen Sarg ersteht, um seine trauernde Mutter zu trösten.«
Sembritzki lächelte vor sich hin. Er dachte mit Bewunderung an Bartels' Kombinationsgabe, wobei er immer wieder Stachows Schatten im Hintergrund spürte, der sich auf seinen möglichen Abgang minuziös vorbereitet hatte. War nicht Heian der Deckname von Wolf von Seydlitz gewesen? Und jetzt erinnerte sich Sembritzki auch daran, wie ihn Seydlitz eines Tages in Hongkong, unten am Hafen vor der Silhouette unzähliger Dschunken, die im Gegenlicht dümpelten, dieses Bild gezeigt hatte, dieselbe Abbildung, die er jetzt in Händen hielt, und ihm die Hintergründe der zivilisa-

torischen Entwicklung im Fernen Osten vortrug: »Unter den Dynastien der Sung in China, der Koryo in Korea und der Heian in Japan entwickelte sich ein ästhetisches Gefühl, das eine Reihe der größten Kunstwerke des Fernen Ostens charakterisierte.« Dieser Satz hatte sich in Sembritzkis Gedächtnis festgekrallt. Und wenn er an Seydlitz dachte, so mußte er zugeben, daß der Deckname Heian, wenn man ihn mit hochentwickeltem ästhetischem Gefühl assoziierte, wirklich zutraf. Seydlitz war ein verhinderter Künstler, der seinen Schülern beispielsweise die Gesetze der Physik nie in ihrer scheinbar hermetischen Isolation erklärte, sondern der Wissenschaft sinnlich umgesetzt hatte, in der Akustik beispielsweise Theorien in Töne umgoß, in ganze symphonische Dichtungen, wenn er unzählige von metallenen Stäben ungleicher Länge von seinen Schülern zum Klingen bringen ließ und wie ein Maestro das Ganze zu einem harmonischen Gebilde mit Thema und Variationen zusammenfügte. Oder wenn er in der Wellenlehre gefärbtes Wasser zum Vibrieren brachte und durch verschiedenartige Beleuchtung phantastische Bilder erzeugte.

»Nächste Haltestelle Großhesselohe-Isartalbahnhof!« tönte es aus dem Lautsprecher. Sembritzki steckte den Prospekt von Bartels' Verlag in die Brusttasche seiner Jacke und stand langsam auf. Auch Coburn ließ den Prospekt sinken, in dem er eher lustlos geblättert hatte. Mit Genugtuung stellte Sembritzki fest, daß der andere nichts hatte damit anfangen können, und als er dann im Vorbeigehen einen Blick darauf warf, wußte er auch, warum. Bartels hatte Coburn einen ganz anderen Prospekt zugesteckt, der sich mit der versunkenen Kultur Urartus, des mittelarmenischen Königreichs, befaßte und den Verfasser dieses Bandes mit Foto und Lebenslauf anpries: Professor Boris Pjotrowski, Direktor des Ermitage-Museums in Leningrad. Daneben war ein Thronfuß in Form einer Löwentatze abgebildet.

Unschlüssig blieb Sembritzki neben Coburn stehen, wartete, bis noch ein paar andere Leute in den schmalen Gang traten, reihte sich dann so ein, daß sich Coburn nicht mehr dazwischendrängen konnte, und wartete, bis der Zug hielt. Jetzt hatte er sich aus der Umklammerung seiner Bewacher befreit, denn beide befanden sich jetzt in seinem Rücken. Er drängelte nicht, als sich die Schlange von Leuten, die sich auf den Feierabend freuten, in Bewegung setzte. Coburn war jetzt durch vier Passagiere von Sembritzki getrennt. Draußen war ein scharfer Wind aufgekommen, der Sembritzki den Regen schräg ins Gesicht peitschte. Er zog die Mütze tief in die

Stirn, warf schnell einen Blick nach rechts, um feststellen zu können, ob sein zweiter Schatten ebenfalls schon auf dem Bahnsteig stand, konnte ihn aber nicht entdecken. Er zögerte nur einen kurzen Augenblick, ließ einen Passagier an sich vorbeigehen, der sich krampfhaft bemühte, seinen widerspenstigen Schirm zu spannen, und tauchte dann auch schon blitzschnell links weg unter der Kupplung der beiden Wagen durch, auf die andere Seite des Zuges. Linker Hand sah er die gelben Lichter eines heranbrausenden Zuges wie Eulenaugen auf sich zuschießen. Er nahm den grellen Pfiff der Lokomotive kaum wahr, sprang mit einem riesigen Satz auf den rettenden Bahnsteig, fühlte den Sog des einfahrenden Zuges im Nacken, hastete weiter nach rechts zum abgestellten Reichsbahnwagen und verschwand darin, ohne daß ihn jemand entdeckt hätte. Das war alles viel zu schnell gegangen, als daß Passagiere und Bahnpersonal den flüchtigen Schatten im Regen bewußt wahrgenommen hätten. Der Lokomotivführer des einfahrenden Zuges war wohl der einzige gewesen, aber der war damit beschäftigt, sein Gefährt zum Stehen zu bringen. Mit ein paar Griffen hatte sich Sembritzki mit den Utensilien, die in dem Reichsbahnwagen hingen, in einen Bahnangestellten verwandelt. Eine Tellermütze auf dem Kopf, einen weiten Mantel umgehängt, ging er jetzt über den Bahnsteig, und als der Zug sich in Bewegung setzte, war er auch schon hinter dem Schuppen verschwunden und sprang dann auf eine kleine Kombination von Güterwagen auf, die von einer Rangierlokomotive auf ein anderes Gleis geschoben wurde. Im Vorbeifahren sah er Coburn und seinen Begleiter diskutierend beieinanderstehen und immer wieder in verschiedene Richtungen blicken. Dann trennten sie sich, und während der eine im Bahnhofsgebäude verschwand, blieb Coburn lauernd auf dem Bahnsteig stehen, an dem Sembritzki eben vorbeifuhr. Er ließ sich etwa fünfhundert Meter weit mitnehmen und sprang dann ab, tauchte ein ins schützende Dunkel. Er marschierte vielleicht eine halbe Stunde, bis er in Mittersendling eintraf. Noch war das Postgebäude nicht geschlossen. Schnell schlüpfte Sembritzki, der sich seiner Verkleidung inzwischen entledigt hatte, hinein, erspähte noch eine freie Telefonzelle und atmete erst auf, als die Drehtüre lautlos hinter ihm einrastete.
159712!
Sembritzki hatte die Zahlen, die er auf dem Prospekt gelesen hatte, im Kopf behalten. Er hielt den Atem an, als nach sechsmaligem Läuten am andern Ende der Leitung der Hörer abgenommen wurde.

»Hallo!«
Also kein Name.
»Mit wem spreche ich?«
Und jetzt kam der Name, auf den er gewartet hatte.
»Von Seydlitz.«
Sembritzki war nicht sicher, ob das Telefon der alten Dame noch abgehört wurde, aber er nahm es nicht an. Zuviel Zeit war seither verstrichen, und wenn man einen Apparat überwachte, dann sicher den ihres Sohnes. Aber wo war er?
»Sembritzki!«
»Konrad, Sie sind es! Schön, Ihre Stimme wieder einmal zu hören! Wo sind Sie denn? In der Nähe?«
»Schnell, Frau von Seydlitz. Ich habe wenig Zeit. Bitte: wo ist Wolf zu erreichen? Bitte, sagen Sie mir seine Adresse!«
Es blieb still. Sembritzki hörte nur den Atem der alten Dame und ein kaum unterdrücktes Stöhnen.
»Nein, Herr Sembritzki. Nein! Lassen Sie ihn in Ruhe! Er hat doch schon genug mitgemacht. Wärmen Sie nicht wieder alles auf, was er doch beinahe vergessen hat! Bitte!«
»Ich muß ihn sprechen«, keuchte Sembritzki. »Es geht um Tod und Leben!« Er hoffte, das Pathos werde die alte Dame beeindrucken.
»Wolf ist krank.«
»Im Krankenhaus?«
»Nein, nein. Sie müssen wissen, Wolf hatte einen kleinen Schlaganfall. Seither ist er auf der linken Seite halb gelähmt. Er geht nicht mehr unter Leute. Er lebt wie ein Einsiedler. Er liest, Konrad. Er liest Tag und Nacht.«
»Und wer sorgt für ihn?«
Jetzt war es wieder eine Weile still. Frau von Seydlitz tat sich offensichtlich schwer mit der Person, die ihren Sohn pflegte. Endlich schien sie sich zu einer Antwort durchgerungen zu haben, die dann so unergiebig war, daß Sembritzki nur kombinieren konnte.
»Ach die!«
Da schwang Verachtung mit, Abscheu, auch Schmerz.
»Die Adresse, bitte!«
Sembritzki wußte, daß jetzt der Damm gebrochen war. Die Frau, die bei Seydlitz lebte, hatte seine Mutter davon abgehalten, seinen Aufenthaltsort preiszugeben.
»Grünwald. Schauen Sie im Telefonbuch unter dem Namen Wanda Werner nach. Gute Nacht, Herr Sembritzki. Und sagen Sie ihm nicht, daß Sie die Adresse von mir haben.«

Sie hängte auch schon auf, bevor Sembritzki sich verabschieden konnte. Grünwald! Wie kam Seydlitz in diesen vornehmen Villenvorort von München? Wer bezahlte das? Es war nicht anzunehmen, daß die vornehme und sicher nicht arme Frau von Seydlitz ihr Geld ihrem Sohn zusteckte, solange er in den Fängen dieser so verachteten Person war. Der Name Wanda Werner existierte wirklich im Telefonbuch. Sembritzki blieb keine Wahl. Er mußte Seydlitz jetzt aufsuchen, obwohl er so seine Maschine nach Zürich nicht mehr erreichen würde. Er rief am Flughafen an und machte die Buchung rückgängig. Dann trat er hinaus auf die Straße, winkte ein Taxi heran, nannte eine Adresse in der Nähe seines Zielortes und lehnte sich dann aufatmend zurück. Erst jetzt fühlte er die Anspannung, die sich wie eine Klammer um seine Stirn legte, dann langsam von ihm abfiel und einer bleiernen Müdigkeit Platz machte. Sembritzki schloß die Augen. Schon immer hatte er die Gabe gehabt, sich in wenigen Minuten völlig zu erholen. Er hörte jetzt nur noch wie durch einen Schleier das saugende Geräusch der Autoreifen auf der nassen Straße und das behagliche Brummen des Mercedes. Ab und zu sirrte der Taxifunk, und dieses Knacken und Würgen brachte ihn seinem verschollenen Freund nicht nur körperlich immer näher, sondern öffnete gleichsam dieses mit wundersamen Hieroglyphen und aufgesplitterten Wörtern bevölkerte Reich, in dem Seydlitz einst der unbestrittene Herrscher gewesen war.
»Wir sind da!«
Der Fahrer schaltete die Deckenbeleuchtung ein. Sembritzki zog die Mütze tief ins Gesicht, zahlte und stieg rasch aus. Er stand jetzt bei der Haltestelle der Straßenbahn, orientierte sich kurz und schritt dann kräftig aus, klemmte sich die Mappe, die er im Reichsbahnwagen gestohlen und in der er die Tellermütze verstaut hatte, unter den Arm. Er war jetzt wieder unterwegs wie früher. Und ihm war jetzt, als ob er nie ausgestiegen sei. Der Gedanke, daß unter all den Leuten, die ihm begegneten, einer sein könnte, der es auf ihn abgesehen hatte, beunruhigte ihn nicht mehr.
Im Gehen tauschte er seine Mütze gegen die Kopfbedeckung des Bahnbeamten aus. Im Dunkel konnte die Form dieser Mütze nicht von jener eines Polizeibeamten unterschieden werden. Coburn und sein Partner hatten ihn, davon war er überzeugt, vorläufig aus den Augen verloren. Sie mochten sich erkundigt haben, ob er seinen Rückflug annulliert hatte, aber auch das würde ihnen nicht weiterhelfen. Es sei denn, sie wußten, was Sembritzki beabsichtigte, und hatten die Stafette des Überwachungsauftrags hierher nach Grün-

wald weitergegeben. Wenn Seydlitz noch immer unter Bewachung stehen sollte, dann konnte dies nur vom Fenster eines benachbarten Hauses aus geschehen. Man hatte da irgendein Ehepaar einquartiert, das sich in der Überwachung ablöste und daneben irgendeiner Arbeit nachging, die lange Abwesenheit nicht erforderte.
Wie Sembritzki vermutet hatte, befand sich Wanda Werners Wohnung in einem Reihenhaus, das von einem Einfamilienhaus gegenüber beobachtet werden konnte. Sembritzki warf im Vorübergehen einen schnellen Blick in die geparkten Autos, aber sie schienen alle leer zu sein. Er zögerte deshalb nicht lange, sondern ging zielbewußt, ohne sich weiter umzusehen, auf den Hauseingang mit der Nummer 12 zu. Drittes Stockwerk: Wanda Werner. Bewußt verzichtete Sembritzki darauf, auf den rotleuchtenden Knopf zu drücken, der die Treppenhausbeleuchtung in Betrieb setzte. Er drückte auf den Klingelknopf. Nach einer Weile sprang die Türe auf, Sembritzki trat ein und schaffte gerade den ersten Treppenabsatz, bevor die Treppenhausbeleuchtung aufflammte.

5

Wanda Werner stand unter der geöffneten Wohnungstüre und schaute ihn mißtrauisch an. Sie hatte ein schmales Gesicht, in dem die beinahe schwarzen Augen wie zwei Kohlenstücke im Kopf eines Schneemanns steckten. Sie hatte das lange, dunkelbraune Haar, das weiße Fäden durchzogen, zu einem Pferdeschwanz gebunden. Und sie trug, was Sembritzki eigentlich kaum überraschte, einen weißen Kimono mit blauem Blumenmuster.
»Bitte?«
Sembritzki hob den Zeigefinger der rechten Hand an die Stirn seiner Mütze.
»Guten Abend, Frau Werner!« sagte er laut. Und: »Ich komme im Auftrag der Bundesbahn.« Und leise sagte er schnell: »Ich bin Konrad Sembritzki. Ich möchte zu Wolf!«
»Bitte, treten Sie ein«, antwortete Wanda Werner, ohne eine Regung zu zeigen, und öffnete die Türe ganz.
Es wunderte Sembritzki überhaupt nicht, daß es in der Wohnung nach Räucherstäbchen duftete, daß jetzt Wanda Werner auch gleich eines von diesen dünnen orientalischen Rauchdingern ansteckte, die ein so schweres Aroma verströmten. Der schmale

Schlauch, der zu den verschiedenen Zimmern führte, Sembritzki zählte fünf Türen, war völlig schmucklos. Eine Glühbirne, nackt und grell, an der Decke. Hellgraue Wände ohne Bilder. Auf dem Fußboden ein grauer Sisalläufer.
Wanda Werner schloß die Wohnungstüre. Jetzt lächelte sie. Ihre Zähne waren groß und unten an den Rändern braun verfärbt.
»Gut, daß Sie da sind. Wolf wird sich freuen.« Aber dann erlosch dieses Lächeln auch schon wieder. Zwei harte Falten gruben sich in die weiße Haut.
»Geben Sie mir Ihre Mütze und die Jacke.«
Sembritzki war überrascht. Wanda war bei Seydlitz in eine gute Schule gegangen. Wortlos zog Sembritzki die Jacke aus, reichte sie Wanda, die unterdessen schnell den Kimono ausgezogen hatte. Darunter trug sie eine schwarze Cordhose und eine gestreifte Baumwollbluse. Sie streifte die dunkelgrüne Lederjacke über, die ihr zwar zu groß war, doch schnürte sie den Gürtel etwas enger. Dann setzte sie die Mütze auf, streckte die Hand nach Sembritzkis schwarzer, verschossener Tasche aus, zeigte mit dem Zeigefinger auf die zweite Türe rechts, löschte das Licht und trat hinaus. Lautlos schloß sie die Tür. Sembritzki stand im Dunkel. Er zögerte. Er hatte Angst vor der Wiederbegegnung. Frauen verändern Freundschaften. Frauen verändern Freunde.
Er machte einen Schritt auf die Türe zu, auf die Wanda gezeigt hatte. Er horchte. Dann klopfte er.
»Ja.«
Dieses eine Wort, das Sembritzki durch die geschlossene Türe zu hören bekam, tönte wie ein erstickter Schrei. So, als ob jemandem die Luft abgedreht würde. Vorsichtig drückte er auf die Klinke. Dann stieß er die Türe ganz auf.
Wolf von Seydlitz saß mitten im Zimmer auf einem Stuhl aus Bambus. Ein schwarzer Stock mit weißem Griff, der einen Elefanten darstellte, lag quer über den Oberschenkeln dieses Mannes, der trotz seiner auf der einen Seite schlaff herunterhängenden Unterlippe, trotz des halb geschlossenen linken Auges etwas von der aristokratischen Haltung bewahrt hatte, die ihn charakterisierte. Seydlitz trug eine silbergraue Krawatte, eine dunkelrote Weste und darüber eine Hausjoppe aus dunkelgrünem Baumwollstoff. Seine dünnen Beine steckten in einer schwarzen Cordhose.
»Kon...«
Der Rest von Sembritzkis Vornamen erstickte in einem gurgelnden Geräusch. Mit einer resignierten Bewegung hob Seydlitz den rech-

ten Arm und deutete mit dem Zeigefinger auf die schlaff herunterhängende Lippe. Dann schlug er mit der geballten Faust auf den Oberschenkel seines linken Beines, riß dazu das eine intakte Auge auf, kniff es dann wieder zusammen, quälte ein Lächeln auf seine schlaffen Züge, das gleich wieder durchsackte. Lächeln gehörte nicht mehr in Seydlitz' Leben. Schnell tat Sembritzki einen Schritt auf seinen alten Freund zu, wie um dieses abstürzende Lächeln noch schnell einzufangen. Als er die Hände auf die mageren Schultern des ehemaligen Studienrates legte, quoll statt des Lächelns ein tiefer Seufzer aus jener Tiefe hinauf, in der es versunken war.
»Schön, dich wiederzusehen, Wolf!«
Sembritzki wußte, wie verwaschen diese Worte tönten. aber irgendwie versuchte er, die Rührseligkeit einer von Sentimentalität, Erinnerung und Trauer geprägten Wiederbegegnung zu neutralisieren.
Seydlitz' Lippe hing links noch tiefer nach unten. Eine kleine Speichelblase quoll aus dem linken Mundwinkel, dann eine zweite, endlich eine dritte, die dann zerplatzte und die beiden ersten mit zerspringen ließ.
»Erzähle, Konrad!«
Sembritzki fühlte, wie es ihm die Kehle zuschnürte, wie er mit seinen eigenen Lippen die Laute nachformte, die Seydlitz herauswürgte. Aber er würde sich daran gewöhnen. Die Nacht war lang.
Auf dem kleinen schwarzen Tischchen mit goldenen Drachenintarsien stand eine Flasche Calvados. Seydlitz deutete mit einer Kopfbewegung auf den Schnaps. Sembritzki sah sich um, entdeckte auf einem ziselierten Goldtablett zwei Gläser, holte sie heran und füllte sie mit dem goldbraunen Getränk.
»Auf deine Gesundheit, Wolf!«
Sembritzki hob das Glas. Seydlitz griff mit der rechten Hand zielsicher zu.
»Auf die Vergangenheit!«
Glasklar kamen diese Worte heraus. Seydlitz nickte zufrieden.
»Und auf die Zukunft!«
Beide führten das Glas zum Mund, und während Sembritzki den Calvados in einem einzigen Schluck kippte, ließ ihn Seydlitz von oben wie in einen Trichter in den halbgeöffneten Mund gurgeln. Sembritzki füllte die Gläser von neuem. Jetzt angelte Seydlitz nach einem goldenen Pillenschächtelchen auf dem Tisch, klaubte, indem er mit der Linken, so gut es ging, die Schachtel gegen den Leib drückte, eine tiefrote Tablette heraus, führte sie zum Mund, spülte sie mit derselben gurgelnden Trinkprozedur wie vorhin hinunter

und forderte dann Sembritzki stumm auf, das Glas wieder zu füllen. Dann lehnte er sich zurück, schloß auch das gesunde rechte Auge halb und wartete. Er ließ Sembritzki Zeit, sich umzusehen. Er wollte ihn nicht ablenken dabei. Nichts sollte ihm entgehen. Und gleichzeitig schien Seydlitz auf die Wirkung der Tablette zu warten. Seydlitz nahm sich Zeit. Er schien jeden Augenblick in sich aufzusaugen, ihn auf den Lippen zergehen zu lassen. Und während ganz tief aus der Brust des Invaliden ein paar gurgelnde Töne herauskamen und sich zu einer Parodie auf Haydns Deutschlandmelodie zusammenfügten, tastete Sembritzki den Raum langsam mit seinen Blicken ab.
»Erzähle, Konrad!«
Seydlitz hatte gesehen, daß Sembritzkis Musterung des Zimmers abgeschlossen war und daß er sich jetzt in Träumen verlor. Seydlitz' Anlaufzeit schien abgeschlossen. Die Tablette und der Alkohol schienen ihre Wirkung zu zeigen, und Seydlitz wollte die knapp bemessene Zeit einer künstlich heraufbeschworenen Trance nützen, die ihm ein mehr oder weniger artikuliertes Sprechen erlaubte.
So begann Sembritzki zu erzählen. Er holte weit aus, füllte die leeren Stellen in den vergangenen zehn Jahren aus, stieß bis in die unmittelbare Gegenwart hinein vor und schilderte endlich jene Ereignisse, die Stachows Tod vorangegangen waren, sprach von seinen Zweifeln und seinem Mißtrauen, seiner Irritation.
»Was ist mit Stachow?«
Sembritzki hatte zwar auf diese Frage gewartet, und trotzdem hatte er im Verlauf seiner Erzählung versucht, ihr auszuweichen, hatte alles umgangen, was auf Stachows Tod hinzudeuten schien. Sembritzki schwieg. Aber Seydlitz hatte begriffen.
»Stachow ist tot.«
Sembritzki nickte.
»Umgebracht.«
»Wolf, ich weiß nicht, warum du da sicher bist.«
»Römmel hat seine Stelle eingenommen?«
Sembritzki war überrascht, wie beinahe mühelos Seydlitz jetzt formulierte. Nur die Zischlaute tönten wässerig und schwammig. »Rübezahl hat das Sagen! Was ist mit diesem Mann? Ist er sauber?«
Seydlitz gab keine Antwort. Er starrte geradeaus. Dann hob er langsam den rechten Arm und zeigte auf ein schneeweißes Kästchen aus Elfenbein, das in einer von einer Kerze beleuchteten Nische stand. Sembritzki stand auf und brachte das Gewünschte. Seydlitz klaubte einen goldenen Schlüssel aus der Westentasche, steckte

ihn mit leicht zitternder Hand ins Schloß und drehte ihn um. Der Deckel sprang auf und gab den Inhalt der Schachtel dem Blick frei: gebündelte Briefe und eine Anzahl von Fotografien, die nun Seydlitz herausnahm und eine nach der anderen sorgfältig anschaute. Endlich schien er die richtigen Aufnahmen gefunden zu haben. Er streckte seinem Gast zwei Fotos hin.

Auf der ersten Aufnahme sah Sembritzki zwei blutjunge Wehrmachtsoffiziere, die ein strohblondes Mädchen um die Hüften faßten. Während Sembritzki Römmel sofort erkannte, an seinen Raubtierzähnen, brauchte er eine Weile, bis er den zweiten Mann als Seydlitz identifiziert hatte.

»Das bist du? Und der andere ist Römmel?«

»Leutnant Römmel, Panzeroffizier. Panzergrenadierdivision Großdeutschland. Leutnant von Seyd –« Jetzt gelang es ihm nicht mehr, den eigenen Namen zu formulieren.

Sembritzki erschrak, als er das zweite Bild betrachtete. Hier war Römmel ohne seinen Waffenkameraden zu sehen. Auch diesmal blitzten seine Raubtierzähne, aber aus Haß, aus blanker Wut, die allein dem blonden Mädchen zu gelten schien, das mit weit abgespreizten Armen und Beinen auf dem Rücken lag und dessen Lachen der Grimasse des Todes Platz gemacht hatte.

Da Römmel seine linke Seite zeigte, konnte Sembritzki nur ahnen, daß er in der rechten Hand eine Pistole trug, deren Magazin in den Körper der strohblonden Frau leergeschossen worden war.

»Du hast das Bild aufgenommen?«

»Das erste mit Selbstauslöser, das zweite direkt: der Jäger und seine Trophäe!«

»Eine Partisanin?«

Seydlitz antwortete nicht gleich. Er trank sein viertes Glas leer.

»Partisanen waren sie doch alle.«

»Wo war das?«

»Polen 1939.«

Jetzt schwiegen beide.

»Wolf, aber das will doch nichts heißen! Seydlitz hat eine Partisanin erschossen. Das war Mord. Aber im Krieg wird das kaum registriert.«

»Du verstehst mich falsch, Konrad. Ich will dir damit doch nur zeigen, wozu Römmel fähig ist!«

»Du meinst, daß Römmel den Chef umgebracht hat!«

Seydlitz schüttelte den Kopf. »Aber er wäre dazu imstande gewesen!«

»Warum? Wo sind die Gründe? Was für Motive hätten ihn dazu bringen können?«
»Was weißt du von Römmel?«
»Nichts!«
»Siehst du! Das ist es. Von Römmel wissen die wenigsten etwas. Römmel hat keine Vergangenheit!«
»Du bist ein Stück seiner Vergangenheit.«
Seydlitz nickte. »Aber nur ein Stück. Ein ganz kleines Stück, das ein Dreivierteljahr gedauert hat. Der Rest ist weiß. Sehr weiß.«
»Du hast Vermutungen.«
»Ja. Aber ich habe nichts in den Händen!«
»Du meinst, Römmel ist ein Maulwurf!«
Ein verächtliches Lächeln kräuselte Seydlitz' Lippen.
»Eure Terminologie war mir schon immer suspekt.«
»Du hast doch auch dazu gehört!«
»Aber nicht so, wie man immer glaubte. Ich war kein Verschworener, kein Erfinder von Metaphern und Decknamen. Ich war ein Mann der Codes! Ein Wissenschaftler.«
»Was ist passiert, damals in Bangkok?«
Seydlitz schüttelte den Kopf. »Eine Liebesgeschichte mit schlechtem Ausgang. Mehr nicht.«
»Mehr willst du nicht sagen?«
»Wolf ist ein besserer Geheimnisträger als Sie, Herr Sembritzki!«
Wanda Werner war zurückgekommen. Sie trug zwei große Plastiktüten, die sie jetzt abstellte.
»Sie trauen mir Verschwiegenheit nicht zu, Frau Werner?«
»Verschwiegenheit schon. Aber Sie sind nicht so mißtrauisch. Sie haben kein so hartes Herz.«
»Ich nehme an, daß Sie es geschafft haben, sein Herz zu knacken!«
Sembritzki sagte es beiläufig und lächelnd und ahnte nicht, daß er da einen wunden Punkt getroffen hatte.
»Das Herz sitzt links und zwischen den Beinen. Wenn nur das eine der beiden Herzen noch schlägt…«
Seydlitz brach mitten im Satz ab, weil seine Lippen durchsackten, sein rechtes Augenlid zu flattern begann und ein gewaltiger Hustenanfall ihn erschütterte.
»Ich gehe jetzt in die Küche«, sagte Wanda Werner, packte die Tüten und verließ das Zimmer. Aus der Küche hörte Sembritzki sie dann noch rufen: »Unsere Spitzel von gegenüber haben eine Gestalt mit Tellermütze aus dem Haus gehen sehen. Sie können also diese Nacht ruhig hierbleiben, Herr Sembritzki.«

»Du kennst doch die mythologischen Riesen im Wat Phra Keo? So ungefähr mußt du dir unsere beiden Bewacher drüben im Haus vorstellen. Unheimlich. Gewaltig.«

Sembritzki erinnerte sich an jenen Nachmittag in Bangkok, als ihn Seydlitz zu jenem weitgestreckten Tempelgebäude geführt hatte, dessen Dach rot und grün gedeckt, in drei Stufen angelegt war und dessen von weißen Säulen mit goldenem Kapitell gestützte Pforte von zwei gigantischen, mit Schwertern bewaffneten Dämonen, aus Lehm geformt und mit ornamentaler glasierter Panzerung, bewacht wurde.

Seydlitz hatte diese mystische, dämonische Welt mit nach Europa genommen, so wie Sembritzki sich nicht von Böhmen trennen konnte. Und als jetzt Sembritzki seinen Freund genau anschaute, hatte er mit einem Male das Gefühl, daß er wie ein Buddha auf seinem Sessel throne, im goldenen Licht der Kerzen, so wie der Buddharupa Phra Buddha Jinasiha im Wat Bovoranives.

»Was geht vor, Wolf?«

Seydlitz antwortete nicht. Statt dessen grabschte er wieder nach seiner Pillenschachtel, klaubte eine weitere rote Tablette hervor und spülte sie mit dem Calvados hinunter. Dann schwieg er, wartete wieder auf die Wirkung. Endlich war es soweit.

»Du weißt, daß es hier in Deutschland einige Leute gibt, die eine richtige Kampagne gestartet haben, um die Leute in eine Psychose der Angst zu treiben. Angst vor der sowjetischen Raketenbedrohung. Die Antifriedenskampagne ist angelaufen, Konrad. Die Geheimdienste der ganzen Welt sind in Aufruhr. Dein Einsatz wird ein Teil dieses Programms sein.«

»Aber welche Rolle spielt Römmel in diesem Zirkus?«

»Das wäre herauszufinden.«

»Du bist ausgeschaltet, Wolf. Du hast keine Zugänge zu den Archiven mehr.«

»Ja, jetzt bin ich ausgeschaltet!«

»Jetzt? Seit zehn Jahren schon!«

Seydlitz quälte sich mit einem dünnen Lächeln.

»Glaubst du, du wärst der einzige gewesen, der in Stachows Privatarmee mitmarschiert ist?«

Also auch Seydlitz! Stachow hatte ihn nie fallengelassen. Selbst als man ihn des Verrates bezichtigte und anklagte!

»Hast du Beziehungen zu Washington? Da muß doch über Römmel etwas zu erfahren sein!«

»Im Washingtoner Mikrofilmarchiv kann alles zum Verschwinden

gebracht werden, wenn man die Guides to Films of Captured Documents aus dem Verkehr zieht!«
Aber Sembritzki war schon nicht mehr recht bei der Sache. Er horchte den Geräuschen aus der Küche nach. Er schnupperte, um herauszufinden, was es zum Essen geben würde. Und immer mehr ließ er sich einlullen von diesen Signalen, die seine Kindheit so sehr geprägt, ihm ein Gefühl von Geborgenheit vermittelt hatten. Aber er mußte auch feststellen, daß Wanda Werners Bewegungen viel zielsicherer, energischer waren als jene seiner Mutter, die eher ziellos durch die Küche geschlurft war, in deren Rücken Milch den Weg über den Topfrand gefunden hatte, ehe sie zugreifen konnte, wo ab und zu ein ertrunkener Vogel im Suppentopf gefunden wurde, Vogeldreck den Marmeladentopf dekoriert hatte und die vielen Brosamen auf dem Küchenboden unter den Sohlen jener geknirscht hatten, die sich hier einfanden, um in diesem organisierten Chaos etwas zu ergattern, was zum Essen nötig war, einen Teller vielleicht, der sich mit Glück der reichen Vielfalt des Gedecks auf dem Eßzimmertisch unterordnete. Denn im ganzen Haushalt gab es wohl nur zwei Teller, Tassen oder Töpfe, die dasselbe Muster aufwiesen. Sonst war alles wild zusammengewürfelt, zeugte einerseits von Fanatismus, mit dem die Mutter immer wieder neue Gedeckmuster suchte und entdeckte, und gleichzeitig von ihrer Fähigkeit, alles Gekaufte sofort zu zerscherbeln, so daß am Ende ein bunter Haufen verschiedenster Produkte der Porzellanbranche übriggeblieben war.
»Du hörst mir gar nicht zu, Konrad!«
Aber Seydlitz war nicht böse. Er schaute Sembritzki eher belustigt an. »Manchmal frage ich mich, wie du als Agent überhaupt überleben konntest. Du läßt dich so leicht ablenken!«
Sembritzki nickte. Er fragte sich selbst manchmal, wie er es geschafft hatte. Andrerseits wußte er, daß gerade diese scheinbare Bereitschaft, sich ablenken zu lassen, ihn auch Gefahren wittern ließ.
»Suchst du nach einem Sinn hinter all unserem Tun?«
Sembritzki zuckte mit den Schultern.
»Was soll diese ewige Suche nach dem Sinn, mein Lieber?«
»Das sagst du! Du warst nicht im Krieg wie wir!«
»Ich weiß, ihr hattet ein ungebrochenes Verhältnis zu dem, was man Heimat oder Vaterland nennt!«
»Wir hatten auch ein ungebrochenes Verhältnis zu dem, was man Opfer nennt!«

Sembritzki lachte laut auf.
»Opfer! Was? Wen? Für wen?«
»Gemeinschaft wäre da so ein Begriff!«
Gemeinschaftsgefühl! Der große Solist Sembritzki zuckte zusammen, wenn er dieses Wort nur hörte.
»Das sind ja all die Motive auf einem Haufen, die dich und deine Kameraden dazu gebracht hatten, so stramm in den Weltkrieg zu ziehen!«
»Sicher! Andersherum: Ohne die Ideale, die man uns eingepflanzt hat, wären wir ja auch nicht zu all den Leistungen fähig gewesen, die wir vollbracht haben!«
»Leistungen!«
Jetzt wurde Sembritzki böse. Er spuckte dieses Wort aus wie einen Pflaumenkern.
»Ihr habt Entbehrungen auf euch genommen, bis zum Gehtnichtmehr. Im Namen des Vaterlands! Oder aus Angst? Oder aus falsch verstandenem Treuegefühl?«
»Das ist ja nach Kriegsende alles zusammengebrochen, Konrad. Nichts von all dem hatte noch Gültigkeit. Ideale waren im Eimer. Eingefroren in den russischen Ebenen, zwei Schichten unter den Leichen der Kameraden begraben. Ein Massengrab für die Ideale. Es hat Jahre gedauert, bis nach diesem Schock ein neues Selbstbewußtsein durchbrach. Wir mußten ja wieder einen neuen deutschen Standpunkt finden!«
»Warum denn, um Himmels willen, einen deutschen Standpunkt?«
»Ich bin nun einmal Deutscher, Konrad. Und ich bin es gern, auch wenn mein Herz irgendwo in Asien begraben ist, oder vielleicht in Rußland.«
»Genügt denn der europäische Standpunkt nicht?«
Seydlitz leerte das nächste Glas. Das braune Getränk lief ihm aus dem linken Mundwinkel und tropfte auf seinen Kragen. Aber er schien das gar nicht zu bemerken, und Sembritzki mußte sich zusammennehmen, um nicht aufzustehen und ihm den Calvados aus dem Mundwinkel zu tupfen.
»Europa, das ist unter anderem auch die NATO. Wir sind dann nur noch ein logistisches Partikel in einem großen Dispositiv! Und ich glaube, daß Deutschland nicht noch einmal zum Schauplatz...«
»Das hat schon Stachow gesagt!«
»Stachow hatte recht. Die Erfahrungen, die wir mit Europa machen, haben ja viele von uns älteren Deutschen wieder zu der Er-

kenntnis gebracht, daß das, was so lange verfemt war, das nationale Element, vielleicht so schlecht gar nicht gewesen ist. Das Zugehörigkeitsgefühl zu Deutschland kann doch wieder ganz unverkrampft zur Schau gestellt werden! Das, was uns damals bewegt hat und durch bittere Erfahrungen und später dann durch die sogenannte Re-Education herausoperiert worden ist, wächst doch langsam wieder nach. Wenn es nicht so wäre, Konrad, säße ich jetzt nicht hier. Und ich würde dir nicht helfen wollen! Glaub mir, Stachow war einer der wenigen, die das gespürt haben! Er war nicht bereit, all das noch einmal zu opfern, was wir in den vergangenen Jahren langsam wiedergefunden haben. Und dafür lohnt es sich, zu sterben!«

Sembritzki verzog das Gesicht. Er mochte das Wort sterben im Zusammenhang mit Vaterland oder Heimat schon gar nicht mehr hören.

»Und du!« Seydlitz zeigte mit spitzem Finger auf Sembritzkis Herz. »Du bist ja auch so ein Verteidiger eines untergegangenen Imperiums. Du trauerst Mythen nach, die längst erstarrt sind. Du suchst die Zukunft in den Sternen wie eine alte Frau. Du hängst dich an alles Vage. Du verstrickst dich in Gefühle, und vorhin hast du nichts anderes getan, als geleitet von den Geräuschen aus der Küche in die Geborgenheit deiner Jugend einzutauchen! Ist das denn nicht auch ein Stück Vaterland?«

Sembritzki lächelte schwach.

Seydlitz wechselte unmittelbar das Thema. »Du hast noch all meine Funkgeräte!«

Sembritzki nickte. »Und die Codebücher!«

»Gut! Wanda weiß damit umzugehen!«

»Wanda?«

Seydlitz lachte.

»Sie war meine Schülerin. Meine beste Schülerin in Physik und Mathematik. Und an den vielen langen Abenden habe ich ihr das Funken beigebracht. Sie beherrscht es längst besser, als ich es je konnte!«

Sembritzki schüttelte den Kopf. Er wurde aus dem Verhältnis des Lehrers zu einer ehemaligen Schülerin nicht klug.

»Ich werde dir alles zustellen lassen!«

»Nicht direkt, Konrad. Später! Wir werden uns dann darum kümmern.«

»Und dann?«

»Dann?«

Seydlitz' Augen glänzten fiebrig.
»Ich kümmere mich um Römmel. Da ist ja noch Bartels. Und er hat Zugang zu den Archiven. Überlaß das mir. Bis du nach Prag fährst, wissen wir schon mehr!«
»Das Essen ist bereit!«
Wanda Werner, wieder in den weißen Kimono mit den großen blauen Blumen gekleidet, stand in der Tür. Sie trug das Haar jetzt offen, und sie hatte Lidschatten und Rouge aufgelegt. Sembritzki war überrascht über diese Verwandlung.
»Hilf mir!«
Seydlitz winkte Sembritzki mit einer herrischen Bewegung zu sich her.
»Lassen Sie mich das tun!«
Mit ein paar Schritten war Wanda an Seydlitz' Seite und hievte ihn blitzschnell in die Höhe. Nur einen Augenblick lang verlor Seydlitz seine Selbstbeherrschung. Eine tiefe Röte schoß ihm ins Gesicht und verschwand auch schon wieder, bevor Sembritzki sie wirklich zur Kenntnis genommen hatte. Nur die beiden brennenden Flekken auf den Wangen zeugten noch eine Weile von Seydlitz' Hilflosigkeit. Am Tisch hatte er seine Souveränität wieder gefunden. Er saß am Kopfende eines Tisches aus Bambusholz genau unter einer riesigen Reproduktion des Buddhas, der schon Bartels' Verlagsprospekt geziert hatte, und schaute abwesend auf die verschiedenen weißen Porzellanschalen, in denen Reis, Gurkenscheiben, Mangochutney, gehackte Erd- und Cashewnüsse sowie Bananenscheiben griffbereit lagen. »Indonesisches Lammfleisch!«
Seydlitz sprach die beiden Worte wie eine magische Formel aus. Er beschwor damit jene Zeit seines Lebens, als er noch ungehindert seine Botschaften durch den Raum schwirren ließ und asiatische Schönheiten sich in sein Bett verirrten. Sembritzki fiel es trotzdem schwer, sich Seydlitz in den Armen einer Frau vorzustellen. Und wenn er ehrlich war, hatte er auch Mühe, Wanda, diese ehemalige Schülerin des begeisterten Studienrates, in einer intimen Szene mit ihm zu sehen.
»Tee?«
Sie lächelte ihn an. Sembritzki warf einen schnellen Blick zu Seydlitz hinüber. Aber dieser schien sich auf den Reis zu konzentrieren.
»Tee, ja!«
Eigentlich hätte er lieber ein Bier gehabt. Aber es war wohl nicht der Augenblick, tschechischen oder bayerischen mit ostasiati-

schem Geist zu kreuzen. Gerade als sich Wanda zu Sembritzki hinüberneigte, um ihm einzuschenken, klingelte das Telefon. Seydlitz legte die Stäbchen auf den Teller, mit denen er eben eine Bananenscheibe gepackt hatte.
»Jetzt geht's schon los!«
Sembritzki schaute ihn fragend an. Aber Seydlitz antwortete nicht. Gespannt schaute er Wanda nach, die zum Telefon ging und schnell abhob.
»Hallo!«
Wenn sie erschrak, so ließ sie es sich nicht anmerken. Sie wiederholte nur den Namen der Person, die man in ihrer Wohnung vermutete.
»Sembritzki? – Nein! Ist mir nicht bekannt. – Bitte!«
Sie hängte auf. Dann schaute sie zu Sembritzki hinüber. Ihre schwarzen Augen waren matt wie Kohle. Die Falten um den Mund waren mit einem Male wieder hart.
»Die Bluthunde!«
Ihre Stimme war ohne Ausdruck. Sie kehrte an den Tisch zurück und schenkte Sembritzki den Tee ein. Dann klingelte es zum zweitenmal. Ruhig stellte sie die Teetasse ab, ging zum Apparat, hob ab. Diesmal meldete sie sich nicht.
»Ich sagte es Ihnen schon. Herr Sembritzki ist nicht hier!« Sie hängte auf. Stumm griff sie zum drittenmal nach der Teekanne.
»In einer Viertelstunde sind die mit einem Durchsuchungsbefehl da!«
Aber Sembritzki schüttelte den Kopf.
»Das war nur eine Warnung. Sie können es sich nicht leisten, mich jetzt schon abzuschießen!«
»Er hat recht!«
Seydlitz hatte jetzt wieder Mühe, die Laute korrekt zu bilden. »Sie werden auf ihn warten!«
Aber das war schon zuviel. Seydlitz resignierte, angelte wieder nach den Stäbchen und konzentrierte sich jetzt ganz auf das Essen. Doch die gelöste Stimmung war verflogen. Jeder sah beinahe verbissen vor sich hin und beschäftigte sich intensiv mit dem Handhaben der asiatischen Bestecke.
»Was weißt du von Römmel?«
Sembritzki wollte und konnte sich diese Frage einfach nicht verkneifen. Er würde sie wieder und wieder stellen, bis er eine befriedigende Antwort erhalten hatte.
Aber Seydlitz machte nur eine hilflose Bewegung und schwieg.

Wanda schüttelte sacht den Kopf. Doch als Seydlitz diese beinahe unmerkliche Bewegung mit scharfem Blick registriert hatte, griff er in seine Westentasche und holte wieder seine Pillenschachtel heraus.
»Seydlitz! Du überschreitest deine Dosis!«
Sembritzki war überrascht, daß sie ihn beim Familiennamen ansprach. Und noch überraschter war er über Seydlitz' Reaktion. War das nicht ein Anflug von Haß, der aus seinen Augen funkelte? Haß auf Wanda? Haß auf seine Situation? Er steckte eine rote Tablette in den Mund und goß Tee nach. Die drei aßen schweigend weiter und warteten auf die Wirkung des Medikaments. Dazwischen schellte das Telefon. Aber niemand reagierte. Auch als es zehn Minuten später an der Tür klingelte, stand Wanda nicht auf. Sie hatte eine Platte aufgelegt und Räucherstäbchen angezündet, und während die drei nun langsam in diesen schweren Duft eingenebelt wurden, der sich in den Kleidern einnistete und das Atmen schwer machte, fand Seydlitz langsam die Sprache wieder.
»Römmel war Panzeroffizier. 4. Panzerarmee. Panzergrenadierdivision Großdeutschland. Division Brandenburg. Aber wie lange er wirklich dazugehörte, weiß ich nicht. Es ist möglich und wahrscheinlich, daß er später zur Abwehr wechselte. Oder beides gleichzeitig tat: kämpfen und spionieren. Jedenfalls hatte er Kontakte zum tschechischen Geheimdienst.«
»Wie intensiv waren diese Kontakte?«
»Das sollst du herausfinden, Konrad. Du wirst doch irgendwie im Umweg über deine Leute Kontakte zu den Archiven des STB finden!«
»Diese Unterlagen sind doch alle in Moskau!«
»In Moskau, in Washington und vielleicht doch noch in Prag! Und in Bonn oder Pullach!«
»Moskau und Washington sind für uns unzugänglich. Das hat auch Stachow gewußt. In Pullach liegt wenig vor über Römmel. Das hat Stachow bereits festgestellt. Aber vielleicht in Bonn!«
»Stachow ist zu früh gestorben!«
»Zu früh umgebracht worden, Sembritzki! An dir hängt jetzt alles. Der BND schickt dich ganz offiziell in die ČSSR. Der Auftrag ist klar. Du mußt dein Netz wieder mobilisieren, um herauszufinden, was sich drüben tut.«
»Stachows Auftrag lautete genau gleich.«
»Aber bei Stachow war eine andere Absicht dahinter.«
»Aktion Eger!«

»Eben. Bei Römmel heißt das Ding Aktion Wallenstein. Das heißt doch, daß zwei verschiedene Aktionspläne vorliegen. Daß der eine vom andern nichts weiß oder mindestens vorgibt, nichts zu wissen.«
»Du weißt nicht, worum es Stachow ging?«
Seydlitz schüttelte den Kopf.
»Ich habe Vermutungen, mein Lieber. Aber worum es ihm wirklich ging, mußt du jetzt herausfinden.«
Wanda, die unterdessen in die Küche gegangen war, kam mit Gebäck zurück.
»Wenn ich Kontakte zu meinen ehemaligen Agenten in Böhmen aufnehme, laufe ich Gefahr, sie zu enttarnen.«
»Das machst du doch nicht zum ersten Mal!«
»Aber wenn ich meine Agenten in Römmels Aktionsplan einspanne, wird er bald wissen, wer meine Leute sind. Und das wollte doch Stachow verhindern!«
»Dann verhindere es!«
»Wie lebt Römmel? Hat er eine Familie? Hat er Geld? Hat er Beziehungen zu andern Frauen? Ist er ein Spieler? Erhält er irgendwoher Gelder, die nirgends registriert sind?«
»Frag das Bundeskriminalamt, Konrad, nicht mich!«
»Hast du dort keinen Fuß in der Türe?«
»Vielleicht!«
Seydlitz schaute zu Wanda hinüber, die vor sich hinlächelte.
»Wenn wir wissen, wer Stachow umgebracht hat, wissen wir auch, weshalb.«
»Du meinst nicht den Mörder, sondern die, die dahinter stehen!«
»Eine ganze Gruppe. Vielleicht mehr als das!«
»Du weißt, wie heiß das Klima bei uns gerade ist. Wenn die Abrüstungsverhandlungen zwischen den Russen und Amerikanern in Genf scheitern, kommt es gemäß NATO-Doppelbeschluß zur Aufstellung von neuen US-Mittelstreckenraketen in der BRD.«
»Und was hat all das mit mir zu tun?« Sembritzki schüttelte ungläubig den Kopf. Er war kein politischer Kopf, und Spekulationen waren ihm zuwider.
»Vielleicht hat es mit dir gar nichts zu tun. Vielleicht bist du auch nur ein kleines Rädchen in diesem Getriebe, das da von ein paar Dunkelmännern geölt wird.«
Seydlitz lehnte sich erschöpft zurück und schloß die Augen. Sembritzki war gar nicht aufgefallen, daß die Sprechweise seines Freundes immer verschwommener, immer schwerfälliger geworden war.

Jetzt griff er mit fahriger Geste nach dem Glas, führte es zum Mund, schüttete den Calvados zwischen die halb geöffneten Lippen, wobei die Hälfte danebengeriet und auf das weiße Hemd tropfte.
»Ende!«
Seydlitz quälte ein mühsames Lächeln auf sein bleiches Gesicht. Der Schweiß stand ihm auf der Stirn, und wie damals in Bangkok unter dem rotierenden Ventilator klebten ihm die grauen Haarsträhnen am Kopf. Wanda stand schon neben ihm, half ihm auf die Beine und führte ihn hinüber ins Wohnzimmer, das, so hatte Sembritzki vorhin festgestellt, auch Seydlitz' Schlafzimmer war. Als das Telefon wieder schrillte, zuckte Sembritzki zusammen. Das Geräusch fuhr ihm wie ein spitzes Messer ins Herz, und er fühlte, wie sein Auslauf wie bei einem Hofhund durch die lange Kette beschnitten war.
»Du bist *unser* Mann, Sembritzki!«
Es dauerte eine Weile, bis Wanda zurückkam. Dazwischen schellte das Telefon noch zweimal. Dann hörte Sembritzki, wie Seydlitz' Stock polternd zu Boden fiel. Einen Augenblick lang zögerte er, ob er Wanda zu Hilfe eilen sollte. Schon stand er im Korridor. Doch Wandas Stimme hielt ihn vor dem Betreten des andern Zimmers zurück.
»Der Mann ist ein Träumer, mein Lieber!«
Seydlitz' Antwort bestand nur aus einem unartikulierten Gurgeln.
»Ein Sternenhöriger! Ist das der richtige Mann?«
Sembritzki hörte von neuem ein Gurgeln. Dann würgte Seydlitz mit letzter Anstrengung ein paar Brocken heraus: »Ein Freund, Wanda! Instinkt! Einfallsreich! Und wenn's sein muß, kalt bis...«
Der Rest des Satzes zerflatterte in einzelne Silben und löste sich dann ganz auf, war nur noch Luft, ein Röcheln.
Sembritzki kehrte leise ins Eßzimmer zurück. Wie konnte er die Zweifel Wandas zerstreuen? Und war es überhaupt notwendig? Welche Rolle spielte sie in diesem Stück? Oder war sie nur Souffleuse?
Sembritzki legte eine Platte auf. Aufs Geratewohl. Daß Smetanas »Moldau« ihn so hinterrücks anfiel, ließ ihn zusammenzucken. Hatte Seydlitz diese Platte mit Absicht unter die Auswahl asiatischer Musik geschmuggelt? Ein gewaltsamer Versuch, ihre beiden Traumwelten zu verschmelzen? Als Wanda dann endlich zurückkam, sah sie Sembritzki, einen feuchten Zigarillostummel zwischen den Zähnen, mit aufgestützten Armen am Tisch sitzen, eingenebelt in den Duft der Räucherstäbchen, in Gedanken weit weg.

»Müde?«
Sembritzki schaute auf, schüttelte den Kopf.
»Träumereien?«
Sembritzki lächelte.
»Instinkt. Einfallsreich. Und wenn's sein muß, kalt bis...«
»Sie haben gehorcht?«
»Horchen gehört zu meinem Beruf!«
»Kalt bis ans Herz?«
»Wenn's darauf ankommt!«
»Kommt's jetzt darauf an?«
Sie schaute ihn mit ihren dunklen Augen ohne Gefühlsregung an.
»Hätten Sie mich anders gefragt, hätte ich Ihnen vielleicht eine Antwort gegeben!«
»Anders? Wie anders?«
»Mit mehr Wärme!«
Sie streckte den rechten Arm aus und strich ihm mit einer schnellen Bewegung über die Stirn. Dann berührte sie mit den Fingerspitzen seine Lippen und wandte sich brüsk ab.
»Ein Bier?«
»Ein kaltes Bier, ja. Eiskalt!«
Sembritzki legte den zerkauten Stummel in den Aschenbecher. »Grüße aus der Pfalz«, stand darauf. Wanda war wortlos in die Küche gegangen und dann mit zwei Flaschen und Gläsern zurückgekommen.
»Pils!«
Jetzt lächelten ihre Augen. Sembritzki nahm ihr die Flaschen ab und schenkte ein. Dann griff er nach dem einen kalten Glas und hielt es Wanda an die Stirn. »Eiskalt!« sagte er lächelnd.
»Auch kaltes Bier wird warm, wenn man ihm Zeit läßt! Und ungenießbar!«
»Mögen Sie kaltes Bier?«
Sie schüttelte den Kopf. »Aber ich mag eiskalte Männer! Mit allen Wassern gewaschene Agenten! Killer!«
Sembritzki lachte schallend, aber sie hielt ihm schnell den Mund zu.
»Seydlitz findet seinen Schlaf nur schwer. Diese Fröhlichkeit zweier gesunder Menschen könnte ihm den Schlaf vollends rauben!«
»Wer raubt denn Ihren Schlaf, Wanda?«
Obwohl Sembritzki überhaupt nicht nach Flirten zumute war, konnte er sich diese plumpe Entgegnung nicht verkneifen.

»Sind Sie hergekommen, um zu flirten?«
Sie schaute ihn kalt an, und Sembritzki wußte nicht, wie er diese Parade zu verstehen hatte.
»Ich bin hier, um Informationen zu sammeln!«
»Welcher Art?«
»Jeder Art!«
»Zum Beispiel?«
»Was war damals mit Seydlitz in Bangkok?«
Wanda schwieg. Sie setzte sich mit untergeschlagenen Beinen auf einen Teppich, steckte sich eine Zigarette an und schaute durch Sembritzki hindurch.
»Sie wissen nicht Bescheid? Oder Sie wollen nicht Bescheid wissen?«
Sie stieß den Rauch heftig geradeaus.
»Sie vermuten bei mir Weichstellen, wo keine sind!«
»Dann erzählen Sie!«
»Erzählen!« Sie schnaubte verächtlich durch die Nase. »Das ist keine Geschichte aus Tausendundeiner Nacht!«
»Was dann? War es eine Falle?«
Wanda nickte und zog die Beine eng an den Körper.
»Die Frau gehörte nicht ins fremde Lager, Konrad!«
Es war das erstemal, daß sie ihn beim Vornamen ansprach. Aber das berührte ihn nicht, weil er diesen Vornamen nicht mochte. Nicht seinen Klang in voller Länge, nicht seine Verkürzung.
»Und was hat sie aus Seydlitz herausgeholt?«
»Nichts. Gar nichts. Sie war seine Sekretärin am Goethe-Institut. Eine Bekanntschaft, nichts weiter. Sie wissen –«
Sembritzki nickte.
»Ich weiß. Seydlitz ist nicht der Mann, der wegen einer Frau seine Prinzipien opfert.«
»Es war der Abschlußabend einer Deutschklasse. Es wurde getanzt. Dann hat er die Frau nach Hause gefahren.«
»Und dann ist er in ihrem Bett gelandet. Das ist doch nur natürlich!«
»Finden Sie?«
Sie schaute ihn aufmerksam an.
»Sie weichen aus!« sagte er.
»Ich versuche herauszufinden, wer Sie sind!«
»Mit dieser Frage finden Sie es nicht heraus!«
»Welches ist das Zauberwort?«
»Es gibt kein Zauberwort, Wanda. Es gibt vielleicht eine Bewegung.

Vielleicht ein Lächeln, das trifft, Vielleicht ein Zittern der Lippen.«
Sie schwieg. Sie hatte ihren Kopf auf die zusammengepreßten Knie gelegt, und ihr schwarzes, weiches Haar floß über ihre Beine. Sembritzki schaute weg. Er wußte nicht, wieviel Absicht hinter dieser Pose war. Er wartete ab, stellte sich vor, wie sie zwischen ihrem Haarvorhang hervorblinzelte, um seine Reaktion zu testen.
»Diese Bewegung war es wohl nicht!«
Erstaunt schaute Sembritzki wieder zu ihr hin. Sie zeigte ein schwaches Lächeln.
»Sie haben sich müde gespielt, Wanda!«
Sie nickte. »Seydlitz ist ein anspruchsvoller Spielpartner!«
»Was war dann mit der Thailänderin?« drängte Sembritzki aus dem fruchtlosen Geplänkel hinaus.
»Das muß wohl ein ungelenkes Geschubse und Gezerre gewesen sein. Seydlitz ist ein phantasieloser Liebhaber. Und dann ist es zu einem Drink gekommen. Und dann –«
»Und dann ist er eingeschlafen und hat sich an nichts mehr erinnert?« Sembritzki stieß verächtlich die Luft durch die Nase. »Und auf diese Tour ist Seydlitz hereingefallen? Das glaube ich Ihnen nicht, Wanda! Seydlitz hätte um nichts in der Welt mit einer Person allein etwas getrunken. Dazu war er viel zu vorsichtig. Er hat nur getrunken, wenn Freunde bei ihm waren, Kollegen, auf die er vertraute.«
»Es war noch jemand dabei!«
»Wer?«
»Ein Kollege aus dem Institut. Ein guter Freund! Aber der ist dann bald gegangen. Und Seydlitz ist zurückgeblieben.«
»Und hat sich in feurigen Exkursen über thailändische Kultur verloren!«
»Sie kennen ihn gut!«
Sembritzki nickte.
»Am andern Tag war die Frau weg, untergetaucht. Drei Wochen später hat ein vietnamesischer Überläufer von Informationen berichtet, die angeblich aus Bangkok stammten, Informationen, die eindeutig nur von Seydlitz stammen konnten. Er wußte so gut Bescheid wie kein anderer. Schließlich saß er in den Zentren der Übermittlung.«
»Und was soll er dieser Thailänderin ins Ohr geflüstert haben?«
»Darüber wurde öffentlich nie gesprochen!«
»Was hat er Ihnen gesagt?«

»Drei wichtige amerikanische Agenten seien seinetwegen in Kambodscha enttarnt worden!«
»Das ist alles?«
»Es folgte anscheinend ein ganzer Rattenschwanz von Enthüllungen, für die Seydlitz indirekt verantwortlich war. Man hat ihm vorgeworfen, als Doppelagent gearbeitet zu haben.«
Sembritzki steckte sich einen Zigarillo zwischen die Lippen.
»Streichhölzer?«
Wanda hielt ihm eine Schachtel hin. Aber Sembritzki schüttelte den Kopf.
»Ich bin Trockenraucher.«
»Gesundheitsapostel?« fragte sie etwas verächtlich und zündete sich selbst wieder eine Zigarette an, die in einem langen, elfenbeinfarbenen Mundstück steckte.
»Seit man versuchte, mit brennenden Zigaretten Informationen aus mir herauszupressen, bin ich zum Trockenraucher geworden.«
Er leerte sein Glas in einem Zug.
»Wer stand hinter der ganzen Sache?«
»Auf was für einen Namen warten Sie? Römmel?«
Sembritzki nickte. »Es hätte doch sein können, daß sich Römmel eines Mannes entledigen wollte, der ihn bei einem Mord fotografiert hatte.«
»Damals war Krieg!«
Sembritzki stand auf und ging im Zimmer auf und ab. Einen Augenblick lang lauschte er auf den Regen, der gegen die Scheiben prasselte. Dann trat er auf Wanda zu und schaute auf sie hinab, heftete seinen Blick auf den schnurgeraden Scheitel, der die beiden Haarvorhänge teilte, sah die silbernen Fäden und auf der weißen Haut des Scheitels einen kleinen, dunkelbraunen Punkt. Seine Mutter hatte auch einen solchen Punkt gehabt. Und jetzt kam ihm sein belastendes Gepäck in den Sinn, das ihm der Mann in Pullach mitgegeben hatte: Briefe von seiner Mutter. Fingiertes Material, um seine Identität zu stützen. Er wußte, wenn er sich jetzt nicht ganz auf die Situation besann, wenn er nicht hartnäckig weiterfragte, würde er sich in Erinnerungen verlieren. Sembritzki, der Träumer, der immer wieder aus der Gegenwart ausscherte.
Sembritzki zwang sich, Wanda in die Augen zu schauen. »Wenn Seydlitz Römmel bei einem Mord – bei einer Exekution einer Partisanin, mit der er wohl vorher geschlafen hat – ertappte, dann kann ihm dies bei einer späteren Karriere hinderlich sein. Ein schwarzer Punkt!«

»Es war ihm aber nicht hinderlich, wie Sie sehen. Römmel hat seinen Weg im BND gemacht. Trotzdem. Abgesehen davon ist Römmel bei dieser ganzen Geschichte nie in Erscheinung getreten. Er war damals noch Agent auf Achse. Irgendwo, aber nicht in Ostasien. Die CIA war federführend. Es berührte ja schließlich ihre ganz persönlichen Interessen!«
Sembritzki nickte. Er hatte das Gefühl, das Ende eines Fadengewirrs in Händen zu haben.
»Warum ist es Seydlitz nicht gelungen, sich von all den Unterschiebungen zu entlasten?«
»Das Material, das gegen ihn vorlag, war erdrückend.«
»Man wollte ihn aus dem Verkehr ziehen?«
»Möglich.«
»Und welche Rolle spielte denn Stachow in dieser Geschichte?«
»Ich weiß nur, daß er es war, der Seydlitz immer wieder zu entlasten versuchte, obwohl er ja damals nicht direkt mit ihm zu tun gehabt hatte. Das war vorher gewesen. Stachow war Seydlitz' Vorgesetzter in Togo gewesen.«
Jetzt kniete Sembritzki vor Wanda nieder. Ihre Augen waren beinahe auf gleicher Höhe. Er griff nach ihrem rechten Arm auf ihrem Knie.
»Welche Rolle spielte Stachow in dieser Geschichte, Wanda? Da liegt der Schlüssel zum Ganzen!«
»Stachow ist tot!«
Wer auch immer Stachow hatte umbringen lassen oder es getan hatte, er hatte die Leitung am genau richtigen Ort gekappt. Stachow war offenbar in einem großen Plot die zentrale Figur gewesen, wo alle Fäden zusammenliefen.
»Stachow hatte keinen, den er ganz ins Vertrauen zog?«
Wanda schüttelte den Kopf.
»Ich glaube nicht. Stachow war ein Mann der einsamen Entschlüsse. Und das, was er da vorhatte, hatte nichts mit seiner offiziellen Arbeit im BND zu tun. Stachow war im Begriff, seinen eigenen Kuchen zu backen.«
»Ob das aber auch unser Kuchen ist?«
»Finden Sie es heraus, Sembritzki!«
Sie schüttelte seine Hand ab und lehnte sich zurück.
»Römmel ist die Unbekannte in unserm Spiel!« fügte sie hinzu.
»Welche Rolle spielen Sie?«
»Ich habe eine Verbindung zu Bonn!«
Sembritzki war überrascht.

»Also ist es nicht Liebe zu Seydlitz! Oder Mitleid! Oder Dankbarkeit?«
Ihr Lachen tönte heiser und vertrocknet.
»Liebe!«
»Sie schätzen ihn!«
»Hochachtung, ja. Er war ein glänzender Lehrer. Er hat mir mehr beigebracht als irgend jemand. Aber all meine Versuche, ihn zu verführen, sind schon damals als Schülerin mißlungen. Seydlitz liebte auch vor seinem Schlaganfall nur mit dem Kopf. Er war ein Gedankenliebhaber. Ein Virtuose auf dem westöstlichen Divan!«
Was auch immer das heißen mochte, Sembritzki fühlte, wie ihn ein Gefühl von Trauer überkam.
»Stachow hat Ihnen den Platz an Seydlitz' Seite zugewiesen?«
Wanda nickte. Täuschte sich Sembritzki oder schimmerten ihre Augen wirklich feucht?
»Wer ist Ihr Verbindungsmann in Bonn?«
Aber sie wehrte sofort ab.
»Stachow war Relaisstation!«
»Die Verbindung mit Bonn ist unterbrochen?«
Sie nickte.
»Das heißt, daß Sie jetzt zusammen mit Seydlitz hier das Netz zusammenflicken müssen, während ich draußen herausfinden muß, was Stachow im Sinn hatte? Wir müssen das Pferd beim Schwanz aufzäumen.«
Er schwieg. Das Telefon schellte wieder, aber weder er noch Wanda reagierten. Sie schauten sich in die Augen.
»Sie haben Stachow geliebt?«
Sembritzki brauchte lange, bis er diese Frage zu stellen vermochte.
»Stachow war ein Mann. Ich habe mit ihm geschlafen, wenn Sie das mit Liebe meinen.«
»Aber deswegen hat er Sie nicht ins Vertrauen gezogen?«
»Das weißt du doch ganz genau!«
Jetzt hatte sie alle Förmlichkeit abgelegt. Sie hatte sich wieder nach vorn gebeugt und ihm beide Arme um den Hals gelegt. Ihr Atem roch nach Tabak und Bier. Aber ihre Augen holten ihn aus weiter Distanz. Er küßte sie flüchtig. Oder mindestens hatte er die Absicht, es flüchtig zu tun. Aber dann ließen ihn ihre Lippen nicht mehr los. Daß sich jetzt ihr Kimono öffnete und ihren bloßen, spitzen Busen freigab, gehörte zu einem Ritual, das er schon so oft absolviert hatte. Daß er sich über sie beugte, dann auf ihr lag und sie sich geschickt vollends aus blauweißem Tuch wand, wunderte ihn kaum. Nur die

mühsame Prozedur, bis er sich selbst einigermaßen mit Anstand von seiner Bekleidung befreit hatte, und dann vor allem die Tatsache, daß sie sich wie Gymnasiasten auf Teppichen liebten, irritierte ihn. Ihre Heftigkeit brachte ihn aus dem Konzept. Doch sie holte ihn zurück, bevor er ausstieg. Und dann absolvierte er seinen Part mit Anstand, gab ihr, was sie sich vielleicht wünschte, nahm in Empfang, alles mit geschlossenen Augen wie Wanda, die, das konnte er blinzelnd feststellen, ebenfalls einen Solopart auf den Teppich legte, sich im Grunde genommen ganz auf sich selbst konzentrierte und nicht auf ihren Liebhaber, der nicht viel mehr war als ein nützliches Instrument, der ihr vielleicht Lust verschaffte und sie in versunkene Träume von der Liebe hineinvibrierte. Diese Frau liebte die Liebe wie auch er. Weiter nichts. Aber war das nicht alles, was zu lieben übrigblieb?

Sie lagen vielleicht eine Stunde schweigend nebeneinander, auf asiatischen Teppichen. Und immer wieder zwang sich Sembritzki dazu, nicht den Eßtisch aus seiner lächerlichen Perspektive zu betrachten. Er fühlte sich fehl am Platz. In jeder Hinsicht. Als Liebhaber und was seine Ruhestätte auf dem Boden betraf. Aber er schaffte es nicht, einfach aufzustehen, die Kleider anzuziehen und nach einem normalen Bett zu fragen. Da war etwas in ihm, was ihm anerzogen war. Nach dem Liebesakt steht ein Mann nicht einfach auf und geht oder dreht sich auf die andere Seite. Frauen empfinden da anders, hatte sein Vater ihm gesagt, und er mußte es gewußt haben. Denn immer am Samstagabend, nachdem er zuerst, dann eine halbe Stunde später die Mutter, nach Fichtennadeln duftend, dem Bad entstiegen war, dauerte es anschließend mindestens eine knappe Stunde, bis das Licht im elterlichen Schlafzimmer wieder aufflammte. Das war doch Beweis genug dafür, daß der Vater über den Punkt seiner eigenen Befriedigung hinaus ausharrte und zuwartete, bis auch seine Frau wieder in die Rolle der Hausfrau und Mutter zurückgefunden hatte.

»Stachow hat nicht anders geliebt als du!«

Wanda hatte sich auf die Seite gerollt und schaute ihn, den Kopf in die Hand gestützt, irgendwie belustigt an. »Auch er war nur immer mit sich selbst beschäftigt.«

»Du hältst es nicht anders!«

»Ich habe mich an eure so männliche Art von Liebe gewöhnt, Sembritzki!«

Daß sie ihn beim Nachnamen nannte, wunderte ihn schon nicht mehr. Sie war wieder auf sachliche Distanz gegangen.

»Das heißt, du gibst deine innersten Geheimnisse nie preis. Nicht vor, nicht während, nicht nach der Liebe.«
Sie schüttelte den Kopf.
»In der Liebe vielleicht.«
»Wann ist das?«
»In Gedanken.«
Er nickte, setzte sich auf und angelte nach seinem Hemd. »Wie sollen wir zusammenkommen, wenn wir nichts voneinander wissen?«
»Wollen wir denn zusammenkommen?«
Sie schlüpfte in den Kimono. Sembritzki zog die Hose an. »Wenn Stachows Lebensentwurf auch für uns Gültigkeit hat. Dann vielleicht!«
»Finden wir das zuerst heraus, bevor wir Bruderschaft trinken, Sembritzki. Bevor wir uns zuviel anvertrauen. Es gibt heute nicht viel, was den gemeinsamen Kampf rechtfertigt.«
»Warum hast du denn überhaupt mitgemacht?«
»Eine Chance, Sembritzki. Es ist eine Chance, einen Lebensinhalt zu finden. Eine Chance für die Liebe auch.«
Sembritzki verstand nicht so richtig, was sie damit meinte. Aber irgendwie mußte es mit den Vaterlandsvorstellungen Stachows zu tun haben. Das war wie ein Virus. Seydlitz, Wanda. Wer noch?
»Wie komme ich aus dem Haus?«
»Du schläfst nebenan. Kannst mein Bett benützen. Ich bleibe hier.«
»Und wie komme ich morgen aus dem Haus?«
»Wir werden sehen.«
»Meine Maschine fliegt nach zwölf Uhr mittags.«
»Du nimmst den Zug.«
Er nickte.
»Gute Nacht!«
Aber sie antwortete nicht, saß wie vorher, die Arme um die angezogenen Knie geschlungen, während er leise aus dem Zimmer ging.

Es war bereits halb neun, als er erwachte. Samstag. Es war hell im Zimmer. Er hatte weder Vorhänge noch Läden geschlossen. Ein grauer Tag draußen. Nebenan hörte er Stimmen. Wanda und Seydlitz saßen wohl schon beim Frühstück. Mühsam wälzte er sich aus dem durchwühlten Bett, zog die Hose an und ging ins Badezimmer. Eine Weile stand er vor der Ansammlung von Fläschchen und Tuben und Töpfchen, zählte die vielen Haarbürsten und Kämme, die

Lockenwickler. Jedesmal, wenn er diese Ansammlung von Utensilien sah, die Frauen dazu benützten, um sich aus ihrem natürlichen Zustand in einen übernatürlichen Zustand zu verwandeln, war er irritiert. Soviel Starthilfe brachte ihn aus dem Konzept, wenn er dann den Frauen gegenüberstand und daran dachte, welchen Weg sie seit dem Erwachen zurückgelegt hatten. Aber vielleicht war es gerade dieses sorgfältige Herausputzen, diese Bemühung, sich zu überhöhen, sich zu maskieren, was Frauen selbstsicherer machte als Männer. Sie versteckten sich hinter der Vorstellung von sich selbst. Sie liebten die Vision ihrer eigenen Person, während sich die Männer nur an sich selbst zu halten hatten.
»Gut geschlafen?«
Wanda schaute nicht auf, als sie Sembritzki begrüßte. Sie wollte es augenscheinlich vermeiden, von Seydlitz bei einem Blickwechsel ertappt zu werden, der sie hätte verraten können. Aber Seydlitz wußte genau Bescheid, das stellte Sembritzki sofort fest. Seine Falten waren noch tiefer als am Abend vorher. Lila Schatten lagen unter seinen rotunterlaufenen Augen. Und seine rechte Hand zitterte stark, wenn er das Brötchen zum Mund führte. Doch seine Stimme war klar und fest.
»War es der KGB?« Seydlitz hatte nicht aufgehört, darüber nachzudenken.
»Möglich!«
Sembritzki setzte sich und schenkte sich Tee ein. Wanda war in die Küche gegangen.
»Du hast mit ihr geschlafen!«
Die Direktheit der Feststellung überraschte ihn.
»Geschlafen? Einen Geschlechtsakt nennt man das wohl.«
»War sie gut?«
Sembritzki schaute irritiert auf. Wie genau wollte Seydlitz Bescheid wissen? Ein Voyeur? Einer, der sich gern vorstellen möchte, wie die Frau, mit der er zusammenlebte und die er nie im Bett geliebt hatte, andere liebte? »Sie war sie selbst!«
Seydlitz schüttelte zweifelnd den Kopf.
»Wir haben doch längst die Fähigkeit verloren, andere zu lieben, Wolf! Da macht Wanda keine Ausnahme.«
»Du schließt von dir auf andere!«
Jetzt schwiegen beide, als sie Wandas Schritte hörten. Krachend biß Sembritzki in sein Brötchen. Seydlitz rührte mit dem Löffel in seiner Tasse. Wanda schaute die beiden einen kurzen Augenblick lang an und lächelte dann vor sich hin. Sie hatte sofort gespürt, wovon

die Rede gewesen war. Und wenn sie auch noch nicht mit Hilfe ihrer Badezimmerutensilien jene Stufe der Übernatürlichkeit erreicht hatte, die sie immun gegen alle Blicke machte, sie war erst auf dem Weg dorthin, hatte etwas Lidschatten aufgelegt, und die Haare flossen in weichen Wellen über ihre Schultern – war sie den beiden Männern bereits voraus auf dem Pfad, der vom Zustand der Verletzlichkeit wegführte. Auch Seydlitz mußte es gespürt haben. Er ging wieder auf die Position des nüchternen Befragers zurück.
»Erinnere dich, Konrad! Gab es irgendwelche Hinweise, die auf den KGB hinweisen? Oder auf den STB?«
Sembritzki brauchte nicht zu überlegen. Er hatte ja immer wieder darüber nachgedacht.
»Hinweise keine. Nur Vermutungen.«
»Welche?«
»Daß es nur der KGB gewesen sein kann! Wer denn sonst? An einen Unfall glaube ich nicht. Ein gewöhnliches Verbrechen, bei dem Stachow ganz zufällig das Opfer geworden ist, ist auszuschließen. Und du wirst doch nicht im Ernst annehmen, daß der BND seine Hand im Spiel hatte. Einen Mann wie Stachow legen unsere eigenen Leute nicht einfach um.«
Seydlitz antwortete nicht.
»Und es gibt kein Motiv!«
»Das Motiv wäre noch zu finden. In der ČSSR.«
»Die Sowjets haben ein Motiv, Wolf. Stachow war daran, sein Dispositiv Tschechoslowakei zu revidieren.«
»Wenn es Stachow nicht tut, tut's Römmel. Und er ist ja auch schon dran. Da hätten die geradesogut Römmel killen können.«
»Du traust also Römmel!«
Seydlitz wiegte den Kopf hin und her.
»Ich traue ihm nicht, wenn du das meinst. Aber ich traue ihm als linientreuem BND-Mann!«
Sembritzki schüttelte den Kopf. Was Seydlitz hier sagte, brachte all seine Gedankengänge von neuem in Unordnung.
War nicht Römmel der wunde Punkt?
»Wer hat den Kellner umgebracht?« fragte jetzt Seydlitz.
Sembritzki sah das Bild mit den schwimmenden Haaren im Schüttstein vor sich.
»Das könnte KGB-Methode sein!«
»Hätte der KGB nicht einfach geschossen?«
»So einfallslos sind Dostojewskis Landsleute auch wieder nicht!«
»Dostojewski und der KGB!« Seydlitz schüttelte sich.

»War der Kellner Stachows Mann?«
»Möglich. Stachows Methode war sozusagen hermetisch. Nur, wenn er selbst ausfiel, funktionierte dieses System nicht mehr. Es sei denn...«
»Es sei denn?«
Sembritzki witterte eine Enthüllung.
»Es sei denn, auch Römmel wußte Bescheid, und die beiden marschierten in gegenseitigem Einverständnis auf separaten Wegen.«
»Was zu beweisen wäre!«
Seydlitz nickte.
»Von jetzt an laufen alle Informationen über mich, mein Lieber!«
Die Augen des Invaliden leuchteten fiebrig. War es der Gedanke, tauglich gemeldet zu werden, der ihm neue Lebenskraft gab?
»Wanda als mobile Relaisstation?«
Seydlitz nickte.
»Sie wird den Funkkontakt mit dir in der ČSSR aufnehmen.«
»Wie? Wo? Wann?«
»Nichts Schriftliches. Ein Mann von der thailändischen Botschaft wird in Bern mit dir Kontakt aufnehmen.«
»Name?«
»Kein Name. Nenn ihn Nara. Er hat japanisches Blut.«
»Ein Freund?«
Seydlitz nickte. »Ich habe lange mit ihm gearbeitet. Er war mein Mann in Kambodscha. Er weiß alles über unsere Technik. Kennt die Codes. Die Methoden.«
»Wer nimmt Kontakt auf?«
»Überlaß das ihm. Und schick mir alles Material. Und die Codebücher. Laß es von Nara erledigen. Botschaftstransport. Da schaut keiner rein.«
»Wer bezahlt den Mann?«
»Ich, Konrad!«
Sembritzki war überrascht. Da führte jeder in dieser Truppe seinen privaten Krieg. Und sein privates Soldbuch. Und das nur, weil der große Einzelgänger Stachow, der Mann der einsamen Entschlüsse, keinen Vertrauten gehabt hatte. Oder hatte er einen gehabt? Und wann würde der sich melden? Und wer war es?
Sembritzki stand auf.
»Leb wohl, Seydlitz!«
Er trat auf ihn zu. Dann kam die Andeutung einer Umarmung. Aber all das absolvierten beide ohne innere Anteilnahme. Wanda störte bei diesem Zeremoniell. Freundschaft ließ sich so nicht ausdrük-

ken, wenn eine Frau dabei war. Aber als Wanda die Verlegenheit bemerkte, die ihre Gegenwart auslöste, war es auch schon zu spät. Ihr Versuch, durch ihr Hinausgehen die Situation zu entkrampfen, kam zu spät. Sembritzki wandte sich schnell ab und folgte Wanda in den Flur, wo sie sich bereits einen dunkelroten Regenmantel angezogen hatte.
»Das war's wohl!«
Sembritzki überraschte dieser abschließende Kommentar kaum. Ihm graute ebenso vor dem Abschiednehmen wie ihr.
»Und wie komme ich aus dem Haus, ohne daß sich die braven Männer vom BND oder vom KGB an meine Fersen heften?«
»Wenn sie sich hier nicht an Ihre Fersen heften, Sembritzki, dann tun sie es später. Sie glauben doch nicht, daß man zu Hause kein Empfangskomitee für Sie bereit hat.«
Sie war wieder kalt und unpersönlich wie ein Computer. Und verletzender. Die Erinnerung an die Nähe seines Körpers schien sie nicht mehr im geringsten zu beschäftigen. Sembritzki hatte festgestellt, daß Wanda auf ihrem Weg zur Maskierung bereits wieder einen Schritt nach vorn gemacht hatte. Sie hatte die Haare hochgesteckt, und ihre Augen versanken jetzt in einem lilafarbenen Teich. Die Lippen waren an den Rändern nachgezogen. Sie hatte mit einem Male etwas Zwielichtiges, etwas Mondänes und gleichzeitig auch etwas Verworfenes an sich, und diesen Eindruck schien sie auch hervorrufen zu wollen. Und sie genoß seine Irritation.
»Sie werden das Haus hinten durch den Gartenausgang verlassen. Und zwar eine Minute nachdem ich mit unserm Nachbarn aus der ersten Etage das Haus durch den Vorderausgang verlassen habe!«
»Ihr Nachbar macht da mit?«
»Ich nehme ihn jeden Samstag mit auf den Markt. Es regnet. Wir verlassen das Haus mit geöffnetem Schirm, und auf den ersten Blick wird da keiner auf die Idee kommen, daß es sich dabei um einen andern als um Sie handelt. Sie vermutet man in diesem Haus. Also wird man auch Sie dieses Haus verlassen sehen.«
Sembritzki wunderte sich über diese Logik nicht. Er wußte, daß es die Logik der Geheimdienstleute war und daß Seydlitz' Geist da mitgewoben hatte. Überrascht war er nur von der schnellen Bewegung, mit der sie ihm über die Wange strich.
»Wir haben noch immer eine Chance, Bruderschaft zu trinken, Sembritzki«, flüsterte sie und ging dann schnell hinaus. In seinem Rücken hörte Sembritzki das trockene Husten seines Freundes, der immobil auf dem geflochtenen Korbstuhl saß, und im Treppenhaus

lauschte er gleichzeitig Wandas schnellen Schritten nach. Dann hörte er, wie sie unten klingelte, hörte, wie eine Tür geöffnet wurde, und nach ein paar undeutlich gemurmelten Wörtern klapperten vier Schuhe auf der Treppe, schnappte ein Schirm auf, wurde die Haustüre geöffnet. Sembritzki wartete nur einen kurzen Augenblick und trat dann seinerseits ins Treppenhaus, eilte hinab, indem er versuchte, die Fensterpassagen schnell hinter sich zu bringen, und tastete sich endlich durch die muffige Kühle des Kellers zur hinteren Türe, die in den Garten führte.

Es regnete leicht. Wasser tropfte von den kahlen Ästen, die nur an den Spitzen etwas Grün zeigten. Er schaute sich unauffällig um, konnte aber niemanden entdecken. Die Schirmmütze auf dem Kopf, den Mantelkragen hochgeschlagen, ging er mit schnellen Schritten zwischen den Blumenbeeten, befreite im Vorbeigehen seinen Ärmel von einer Brombeerstaude, zertrat eine pralle Weinbergschnecke, fühlte, wie seine Schuhe in der feuchten Erde versanken und braunschwere Klumpen an seinen Sohlen hafteten. Er schwang die Beine über den Zaun des Nachbargrundstücks und trat dann durch ein grellgrün gestrichenes eisernes Gartentor auf die Straße. Er ging in nördlicher Richtung, in der Hoffnung, daß er nicht durch Zufall Wandas Kreise stören würde. In der Ferne entdeckte er jetzt eine Straßenbahnhaltestelle, doch waren ihm da zu viele Leute. Er lief parallel zu den Schienen weiter, bis er die nächste Haltestelle erreicht hatte, und wartete auf die Straßenbahn, die ihn ins Zentrum bringen sollte. Weit und breit sah er keinen Menschen. Ab und zu fuhr auf der Straße ein Wagen vorbei, aber niemand war darin, der sich für den verloren Wartenden an der Haltestelle interessierte.

Als dann die Straßenbahn kam, stieg er schnell zu, die Mütze ins Gesicht gezogen. Er steckte seinen Fahrschein in den Schlitz des Entwerters und setzte sich dann ganz hinten auf einen freien Platz. Niemand schien ihn zu beachten. Durchschnittspassagiere auf dem Weg zur Stadt, zum samstäglichen Einkauf. Kein bekanntes Gesicht. Die Leute waren mit sich selber beschäftigt. Die Straßenbahn rumpelte durch den grauen Vormittag ins Stadtzentrum. Sembritzki zwang seine Gedanken auf die Gegenwart. Jetzt durfte er nicht in die Vergangenheit eintauchen, Träumen und Erinnerungen nachhängen. Er wartete auf den Augenblick, in dem ein Gesicht aus seinem inneren Katalog auftauchen würde. Er war jetzt bereit, den Kampf aufzunehmen. Gegen wen? Für wen? Diese Fragen wollte er sich jetzt nicht stellen. Ein Motiv würde sich finden

lassen! Das war, wenn er sich recht erinnerte, Stachows Formulierung gewesen. Ihn lockte Prag. Ihn lockte ein wenig das Abenteuer. Der Ausbruch aus einem gleichförmigen, beschaulichen Leben.
Sie waren beinahe in der Stadtmitte angelangt, als die Straßenbahn brüsk bremste und die Passagiere durcheinandergerüttelt wurden. Als Sembritzki durchs Fenster schaute, traute er seinen Augen kaum. Die friedliche samstägliche Stadt hatte sich mit einem Male verwandelt in ein Theater, in ein Tollhaus, in eine Arena! Von allen Seiten her drängten sich zum Teil vermummte Gestalten in langen weißen Tüchern stumm durch die Seitenstraßen und versammelten sich zu einem gewaltigen Zug, der den ganzen Verkehr blockierte, sich wie riesige Wellen mit weißen Kämmen daherwälzte, und alles, was sich an deren Rändern aufhielt, wegleckte, einpackte, mitschleppte, verschlang. Nur ab und zu wurde eine einzelne völlig irritierte Person wieder ausgespuckt, stand dann am Straßenrand, als ob sie von einem andern Stern zurückgekommen sei, kopfschüttelnd, bleich, mit verwirrtem Ausdruck, stand noch immer, als der unheimliche Zug sich langsam auflöste. Sembritzki, der sah, daß hier kein Weiterkommen war, stieg aus, versuchte sich über den Gehsteig in Sicherheit zu bringen. Aber da schwärmten schon mit Helmen und Schilden ausgerüstete Polizisten aus, sprangen aus grünen VW-Bussen, die angebraust gekommen waren, wurden von LKWs ausgespuckt, tauchten aus Hauseingängen auf. Pfiffe schrillten, Schreie gellten auf, Kommandos wurden gebrüllt. Eine Stimme forderte über Lautsprecher die Demonstranten auf, sich zu zerstreuen. Man bot Fluchtwege an, die aus dem Zug hinausführten, man drohte mit Maßnahmen, mit massivem Einsatz von Tränengas und Wasser. Umsonst. Der weiße Zug wälzte sich weiter und weiter, und als dann die ersten Angriffe der Behelmten gestartet wurden, als Knüppel herniederfuhren, der trockene Knall der Tränengaspatronen zu hören war und ab und zu ein Gummiknüppel klatschend sein Ziel gefunden hatte, schwoll mit einemmal ein einziger grollender Ruf an, wuchs aus dem rollenden R der spitze Vokal I, wurde gedehnt und vom weichen D aufgefangen und mit einer weichen Schlußsilbe davongeweht: »Frieden!« Und dann noch einmal: Frieden. Dann kam die Übersetzung: »Peace, Pace, Paix.« Dann glaubte Sembritzki sogar russische Laute zu hören. Doch zu Sprachkursen war jetzt keine Zeit. Die Welle erfaßte ihn. Sie sog ihn auf. Er wurde mitgetragen, sah sich plötzlich an der Seite eines langhaarigen Mädchens, das ihm unter einem weißen Turban flüchtig zulächelte, ihm dann wieder entrissen wurde, kaum hatte

er den Gruß erwidert. Dann entdeckte er sie wieder, als ein Behelmter seine rechte Hand in ihrem Haar verkrallte und versuchte, sie in die Knie zu zwingen. Irgendwie fehlte jetzt nur noch das Skalpmesser, und Sembritzki, jetzt endgültig aus Kindheitserinnerungen und romantischem Geturtel herausgerissen, kämpfte sich, wild um sich schlagend, zum Mädchen vor, knallte dem Uniformierten das Knie zwischen die Beine, bevor der reagieren konnte, drückte er ihm mit aller Kraft den Helm ins Gesicht. Dann setzte er sich mit einem Sprung wieder ab, ohne daß er, jetzt für Augenblicke in der Rolle des großen Retters und Helden, ihren Dank zur Kenntnis genommen hätte. Obwohl er glücklich war, das Mädchen aus den Händen ihres Peinigers gerettet zu haben, kam er sich lächerlich vor, wie ein Kinoheld.

6

Noch auf dem Flug nach Zürich, den er trotz Wandas Vorschlag, den Zug zu nehmen, gebucht hatte, dachte er an seine Anwandlung von Heldentum zurück und fand, je länger er darüber nachdachte und die Bilder vom Mädchen, dem gepanzerten Polizeibeamten, dem beinahe lautlosen Kampf der Kampfgegner gegen die Kampferprobten abwehrte, all das so unwirklich, so gestellt wie vieles, was er vor Jahren in Prag erlebt hatte.
Erst als der Flugkapitän die übliche Positionsangabe über Kempten durchgab, gelang es ihm, sich von der Münchner Friedensdemonstration zu befreien. Das war nicht seine Sache. Er war kein Partisan der Friedensbewegung. Er war nur ein Gegner der Gewalt. Und das war für ihn nicht dasselbe. Er war ein Partisan des kalten Krieges, dieses Zwischenspiels, das Kriege voneinander trennte. Er war ein Traumtänzer zwischen den Fronten, der sich immer wieder einredete, daß er mit seiner Tätigkeit zwar den Krieg verhinderte, daß sie aber allein, in unmittelbarer Nachbarschaft der Zerstörung, jene kreativen Kräfte in ihm zu mobilisieren vermochte, die ihm das Alltagsleben nie entlocken konnte.
»Mein Sohn, die Schatten werden nicht kürzer. Und die Schuld, die auf uns allen lastet, will keiner von unsern Schultern nehmen. Jedes Wort, das Du bei Deinem letzten Besuch bei mir sagtest, war sündig. Daß Du das nicht gefühlt hast! – Ich bitte Dich, mich nicht mehr zu besuchen, damit ich endlich zur Ruhe komme.«
Sembritzki, der, um sich abzulenken, in der Brieftasche herumge-

sucht hatte, die der BND-Funktionär ihm zugesteckt hatte, zuckte zusammen, als er das las. Und obwohl im Paß sein Geburtsdatum gefälscht war, weil er schon früher unter falschem Geburtsdatum gereist war, um seine Jugend etwas mehr vom Kriegsbeginn wegzurücken, obwohl seine Identität, die Welt seines Herkommens, verschleiert worden war, um ausländischen Fahndern den Zugang zu seiner Vergangenheit nicht zu erleichtern, auch um konsequent jene Person wieder ins Geheimdienstgespräch zu bringen, die vor Jahren einmal in Böhmen die Fäden gezogen hatte, bis sie gerissen waren, obwohl also alles ganz hart an der Wahrheit war, aber nie ganz den Kern seiner Person traf, waren diese Briefe, die man seiner Brieftasche beigefügt hatte, echt. Sie stammten von seiner Mutter, die bald nach dem kühnen Sprung seines Erzeugers in reißendes heimatliches Gewässer ihrerseits über den Fluß gegangen war, der das scheinbar wirkliche Leben von dessen Verzerrung trennte. Da hatte sie während Jahren in einem sogenannten Nervensanatorium hoch über dem gelben Fluß, der seinen Vater verschlungen hatte, langsam ihren völligen Rückzug geplant und dann auch angetreten. Von der sogenannten offenen Abteilung hatte sie sich unmerklich beinahe in einem Prozeß, der Monate gedauert hatte, in die geschlossene Abteilung geschmuggelt, war dann im Umweg über Zweier-, Dreier-, Vierer- und Fünferzimmer im Wachsaal gelandet, der rund um die Uhr unter Aufsicht stand, und als dann Sembritzki eines Tages, den dunkelroten Rosenstrauß in der Hand, Herbstduft in den Kleidern, auf dem Hügel über der Stadt aufgetaucht war, dreihundert Autobahnkilometer im Rücken, hatte er sie in einem schneeweißen Eisenbett vorgefunden, von feinmaschigem Draht umgeben, der jeden Fluchtversuch der geschwächten Patientin unmöglich machte. Sie hatte dagelegen und ihm einen mageren schneeweißen Arm aus schneeweißem Bett entgegengestreckt und ihn mit einem gellenden Schrei ans Gitter gezwungen. Da hatte er dann gestanden, wie vor einer Volière, und hatte ihr verzweifeltes Geflatter abgewehrt, hatte immer wieder versucht, aus den Wörtern, die ihm entgegengeschleudert wurden, einen Sinn zu machen, und war dann endlich aus dem Raum geflohen. Mit einer Serie von Elektroschocks, die der ahnungslose Sembritzki mit seiner Unterschrift verantworten mußte, hatten die Ärzte versucht, die Fliehende vor der völligen Erstarrung in der schleichenden Allerseelenwoche zu bewahren, sie mit brennenden Astern- und eiskalten Chrysanthemensträußen abwechslungsweise zu ködern, sie hinüberzuretten in die knisternde, flackernde Adventszeit. Aber diese Frau kam nicht,

sie ging. Ab und zu griff sie noch zum Schreibzeug, fingerte in den lichten Augenblicken, in die man sie mit Gewalt hineingeschockt hatte, seitenlange Briefe aufs Papier, mit zitteriger, krakeliger Schrift. Ein paar jauchzende Schlenker im Schriftbild schienen noch einmal Freude an jenem Leben zu suggerieren, das die Herren im weißen Kittel für lebenswert halten mußten, hätten sie sie doch sonst wohl kaum mit vereinten elektrischen Kräften dahin zurückholen wollen. Aber die ärztliche Liebesmühe war umsonst gewesen. Die Frau widerstand mehrmals der geballten Voltladung und verabschiedete sich nach einem kurzen Besuch zu Weihnachten endgültig. Zwar dämmerte sie noch bis in den März hinein vor sich hin, knabberte ab und zu an einem Apfel, schlabberte Mus, schlürfte Tee. Dann gab sie auch diese Beschäftigungstherapie auf, und als Sembritzki zu Ostern – zurück aus Böhmen – auf dem Hügel auftauchte, ein paar Veilchen in der Hand, hatte sie sich schon leise davongemacht. Zurückgeblieben war nur eine faltige Hülle, die die Schwestern eine Weile lang noch mittels eingeführten Schläuchen und Sonden künstlich aufzupumpen versucht hatten. Aber die Alte hatte gesiegt. Über Volt, Vitamine und Zuckerlösung. Und jetzt, bereits im Anflug auf den Zürcher Flughafen, drehte Sembritzki das Briefbündel zwischen den Händen, zerbrach sich immer wieder den Kopf, wie die Geheimdienstleute in Pullach an diese Briefe herangekommen waren, die er selbst vorher gar nie zu Gesicht bekommen hatte. Sie hatten sie wohl zu jener Zeit abgefangen, als er in Böhmen an seinem Agentennetz herumflickte und nicht zusätzlich belastet werden sollte. Warum aber ausgerechnet jetzt diese anklagenden Äußerungen der Frau wieder auftauchten, die sich nach dem Tod ihres Mannes geweigert hatte, weiterzumachen, war ihm nicht ganz klar. Sicher, sie festigten zum einen seine Identität; andrerseits aber waren sie so etwas wie eine Fessel, eine Schlinge, die man in Pullach geknüpft hatte und ihm jetzt um den Hals legte. Da packte man ihn bei seinem Schuldgefühl, erinnerte ihn daran, daß er es gewesen war, der die Einwilligung für die Brutaltherapie mit Elektroschocks gegeben hatte.
Etwas hatte man in Pullach doch erreicht. Sembritzki schaffte es nicht, die Briefe einfach wegzuwerfen. Als die DC-9 in Zürich-Kloten aufsetzte, lagen sie wieder sorgfältig gebündelt in der Brusttasche seiner Lederjacke.

Sembritzki hatte in der Nacht seiner Rückkehr nach Bern darauf verzichtet, seine Wohnung auf fremde Spuren zu untersuchen. Man

hatte seine Abwesenheit dazu benützt, ein paar Duftmarken zu setzen. Aber das kümmerte ihn im Augenblick nicht. Was ihm wichtig war, befand sich nicht in der Wohnung. Und er beabsichtigte nicht, Vertraute in seinen Räumen zu empfangen, um Intimitäten auszutauschen, die allenfalls mitgeschnitten werden könnten von irgendeinem Kerl mit Kopfhörern, der sich in seiner Nachbarschaft eingenistet hatte oder von der Botschaft der UdSSR aus, die via Richtstrahl über ein angezapftes Relais in seine Telefongespräche hineinhorchte.
Als Sembritzki dann am Montag nachmittag seinen Welf aus dem Stall holen wollte, als er in die Sattelkammer ging, wo der Bauer, bei dem er sein Pferd in Pension hatte, auch die Futtervorräte aufbewahrte, Hafer für Sembritzkis Welf und die beiden Ackergäule, bemerkte er sofort, daß er nicht allein im verwinkelten Raum war. Er knallte die Tür zu, machte zwei, drei schnelle Schritte nach rechts, wo die Hafersäcke standen, duckte sich und wartete ab. Obwohl es hier stark nach Landwirt roch, hatte er das Gefühl, den Unbekannten erschnüffeln zu können.
»Gute Reflexe, Mister!«
»Mr. Nara?«
Sembritzki erkannte den asiatischen Tonfall sofort. Und jetzt wußte er auch, was er gerochen hatte, eine japanische Seife, deren Aroma ihn an die Lotosblüte erinnerte, obwohl er keine Ahnung hatte, ob Lotosblüten überhaupt dufteten. Er tastete nach dem Lichtschalter, aber der war von einer kleinen, kräftigen Hand abgedeckt. Sembritzki hatte nicht bemerkt, wie Nara, wenn er es überhaupt war, während Sembritzki sprach, den Standort gewechselt hatte.
»Nicht anzünden, Mr. Sembritzki! Wir unterhalten uns im Dunkeln. Nur ganz kurz. Solange es dauert, bis das Sattelzeug bereit ist.«
Der Mann sprach ein beinahe akzentfreies Deutsch. Einzig bei den Wörtern mit R kam er manchmal ins Lallen.
»Wann? Wo?«
Sembritzki hatte begriffen. Das war nur eine erste Kontaktnahme.
»Neuengasse fünf. Fünfter Stock. Fünf Uhr.«
Sembritzki mußte lächeln über soviel Systematik. Aber das würde er mindestens nicht vergessen, und darauf hatte es Nara wohl auch abgesehen.
»Und wenn ich beschattet werde?«
»Spielt keine Rolle. Kommen Sie einfach. Schauen Sie sich nicht um. Sie haben nichts zu verbergen.«

Sembritzki lachte.
»Das sagen Sie!«
Nara kicherte jetzt auch, ein ganz spitzes kleines Tremolo. Noch spürte Sembritzki den Druck kräftiger Finger an seinem Oberarm, wunderte sich, daß die Türe zur Sattelkammer nicht wie sonst knarrte, als Nara hinausschlüpfte, aber bevor er dazu kam, all diese Signale zu deuten, war er schon allein im Raum. Er zündete das Licht an, schnappte sich schnell den Sattel und trat wieder hinaus auf den Hof, um wenigstens noch eine Spur von diesem mysteriösen Mr. Nara, dem Abgesandten des ebenso mysteriösen Herrn von Seydlitz, zu erhaschen. Aber weit und breit war kein Mensch zu sehen. Nur Brämi, der Bauer, trat jetzt aus der Scheune, schlurfte in seinen Holzpantinen über den Hof, nickte Sembritzki zu, fragte beiläufig, wie es ihm gehe, ohne dazu die krummstielige Pfeife aus dem Maul zu nehmen, und ging dann voran zum Stall, wo er schweigend Sembritzkis Welf von der Kette löste, ihn dann auf den Hof hinausführte und nach dem Sattel griff, der über Sembritzkis Schulter hing. Er warf ihn mit Schwung auf Welfs Rücken, zog die Gurte fest und nahm erst dann die Pfeife zwischen den Zähnen hervor.
»Sie waren weg?«
Sembritzki nickte und streifte dem Pferd das Zaumzeug über.
»Besuch aus Japan?«
Sembritzki stutzte.
»Warum?«
»Da war doch ein Japs, der auf Sie gewartet hat!«
Sembritzki schüttelte den Kopf.
»Sie müssen sich getäuscht haben!«
»Ich habe mich nicht getäuscht, Herr Sembritzki. Der Mann war in der Futterkammer.«
Sembritzki kannte die Sturheit Brämis. Was sollte er widersprechen.
»Mag sein, Brämi. Habe nichts gesehen!«
»Sie müssen ihn gesehen haben!«
»Der war vielleicht schon wieder weg!«
»Nein!« Brämi schüttelte den schweren, vierkantigen Kopf. »Der ging vor einer Minute weg. Und Sie haben ihn gesehen, Herr Sembritzki! Warum machen Sie ein Geheimnis daraus?«
Jetzt schaute er Sembritzki mit schiefem Grinsen ins Gesicht.
»Eine eigenartige Geschichte!«
»Das fand der deutsche Tourist auch!«

»Was für ein Tourist?«
»Was weiß ich? Er hat mich gefragt, ob ich ein Roß zum Reiten habe!«
»Hatten Sie wohl nicht!«
»Nein, hatte ich nicht. Der war wohl auch gar nicht wirklich daran interessiert. Sagte nur, er habe da doch einen Japaner auf den Hof gehen sehen. Habe sich wohl für Pferde interessiert. Und da habe er gedacht, er könne doch auch mal –«
»Wo ist der Mann jetzt?«
Brämi wies mit dem Daumen über die Schulter. »Ist zum Wald hinaufgegangen.«
»Und wie sah er aus?«
Sembritzki war mißtrauisch geworden.
»Ach, wie alle Touristen.« Brämi rümpfte die Nase und schaute etwas angewidert drein.
»Klein? Groß? Alt? Jung?«
»Mittelgroß. Nicht alt, nicht jung.«
Was sollte Sembritzki damit anfangen? Und was würde es helfen, wenn er mit Suggestivfragen nachhalf?
»Haare?«
»Haare wie alle. So zwischen braun und schwarz und dunkelblond.«
»Glatze?«
»Haare, keine Glatze. Nur vorn, da war nicht mehr alles da.«
»Also eine Stirnglatze!«
»Stirnglatze? Was soll das heißen?«
»Hohe Wangenknochen?«
Sembritzki zeigte auf Brämis Lederhaut unterhalb der Augen. Brämi dachte angestrengt nach. Er hätte wohl ohne weiteres eine braungefleckte Simmentaler Kuh von der andern unterscheiden können, aber bei Menschen machte er kaum Unterschiede. Die hatten keine Flecken und keine Zeichnung auf der Haut.
»Sie meinen so wie ein –«
Wieder dachte Brämi nach.
»Wie ein Tatar!«
Brämi strahlte.
»Ja, wie ein Tatar. Habe doch so krummäugige Kerle im Fernsehen gesehen. ›Der Kurier des Zaren!‹«
Sembritzki war froh, daß er Brämi auf dem Umweg über das Fernsehen zu einem halbwegs brauchbaren Signalement verholfen hatte. Und wenn auch der Ausdruck krummäugig nicht ganz ad-

äquat war, so zweifelte Sembritzki keinen Augenblick daran, daß der pfeiferauchende Freund und Schatten wieder aktiv geworden war.
Sembritzki genoß den Ausritt mit seinem Pferd nicht, das sich wild gebärdete und nur schwer zu kontrollieren war. Aber das hing wohl auch damit zusammen, daß er nicht bei der Sache war. Er gab es denn auch schon nach einer knappen Stunde auf, ritt zu Brämis Hof zurück und lieferte dort seinen Welf schweigend ab. Brämi war es auch nicht mehr ums Sprechen, hatte er sich doch an diesem Tag schon zu sehr verausgabt, hatte gewissermaßen seinen ganzen täglichen Wortvorrat auf einmal verschossen.
Um vier war Sembritzki in der Stadt, bummelte unter den Lauben, verbrachte eine halbe Stunde in einer Buchhandlung, wo er sich endlich einen roten Baedeker-Reiseführer über Prag kaufte, und war dann pünktlich vor dem schmalen, unscheinbaren Eingang an der Neuengasse 5. Er hatte keinen Verfolger ausmachen können, hatte sich aber dabei auch keine spezielle Mühe gegeben. Er benützte den Lift. Im fünften Stock stieg er aus, schaute sich um, sah dann an einer der Türen das schwarze Schild mit den goldenen Buchstaben: »Dr. med. dent. René Berger. Sprechstunden nach Vereinbarung, ausg. Samstag.«
Sembritzki lächelte anerkennend. Keine schlechte Tarnung! Er klingelte. Eine ausgesprochen adrette kleine Thailänderin strahlte ihn an.
»Sie sind angemeldet?«
Sembritzki nickte und lächelte zurück. Er verstand die Vorliebe seines Freundes Seydlitz für die Söhne und Töchter Siams immer besser.
»Herr Sembritzki?«
Zwar sagte sie eigenartigerweise »Semblitzki«, so wie die Japaner, aber das war wohl auf Naras Freundeskreis zurückzuführen. Sembritzki trat in einen weißgestrichenen Korridor, wo eine ganze Reihe naiver Bilder aus Jugoslawien hingen, Generalic Vater und Sohn und noch ein paar andere, die er nicht zu identifizieren vermochte. Es roch authentisch nach Zahnarzt und es tönte auch authentisch, es sirrte aus dem Sprechzimmer, dazwischen hörte man gedämpfte Musik, das Gurgeln des Absaugeröhrchens und ab und zu das scharfe Geräusch, wenn frisches Wasser ins Glas schoß.
»Darf ich Sie bitten, einen Augenblick lang Platz zu nehmen. Der Herr Doktor kommt gleich.«
Sie trippelte auf ihren kurzen, aber geraden Beinen davon und öff-

nete die Türe am Ende des Ganges: Wartezimmer. Sembritzki trat ein, sah sich um in zartrosafarbener Umgebung. Da fehlte wirklich nichts. Nicht die Frauenzeitschriften auf dem Glastischchen, nicht abgegriffene Ausgaben der Kunstzeitschrift *du*, nicht *Die Schweizer Illustrierte*. Er setzte sich auf einen weißen Millerstuhl, griff sich die *Schweizer Illustrierte* und wartete. Schon nach fünf Minuten ging eine Verbindungstür zum Sprechzimmer auf. Da stand lächelnd, breitschultrig, mit glänzendem, hingepflastertem schwarzem Haar und goldblitzendem Gebiß der Mann aus dem Land der aufgehenden Sonne.
»Mr. Nara?«
Der Japaner lächelte noch immer, verneigte sich jetzt mit auf den Oberschenkel aufgestützten Händen seinerseits.
»Mr. Sembritzki? Darf ich Sie bitten?«
Sembritzki ging an Nara vorbei und betrat einen völlig verdunkelten Raum, der nur von einer Halogenlampe erleuchtet war. Aber wie! Wie im Filmstudio! Das Zimmer war schneeweiß gestrichen. Schwarze Samtvorhänge verhüllten die beiden Fenster. Zwei Lautsprecherboxen vermittelten echte Zahnarztatmosphäre, gaben all die Geräusche von sich, die Sembritzki zuvor draußen gehört hatte. Die Mitte des Raumes nahm ein rechteckiger, weiß gestrichener Holztisch ein. Darum herum standen sechs steiflehnige weiße Stühle. In der einen Ecke des Raums waren vier niedrige Hocker um einen runden niedrigen Marmortisch gruppiert. Daneben an der Wand stand ein weißes Schränkchen, wohl eine Bar. Die andere Wand war von einem gewaltigen eibenholzfarbigen Schrank besetzt. An der dritten Wand war ein schwarzes Brett befestigt, auf dem sich eine Sammlung von Bonsaipflanzen präsentierte.
»Bitte, nehmen Sie Platz, Herr Sembritzki.«
Er komplimentierte ihn zur niedrigen Sitzgruppe, ging dann zum kleinen Schränkchen, öffnete es, angelte sich eine Flasche mit Malzwhisky und stellte sie lautlos vor Sembritzki auf den Tisch. Dann zauberte er eine Schachtel mit Zigarillos auf den Tisch und setzte sich dann, nachdem er noch Gläser geholt hatte, Sembritzki gegenüber.
»Ja, ich bin Nara.«
Die Bestätigung kam spät.
»Ein Freund von Seydlitz?«
Nara nickte strahlend. »Was für ein Mann!«
Sembritzki konnte sich das Zweigespann Nara-Seydlitz nur schwer vorstellen. Aber an dieser Beziehung gab es wohl nichts zu rütteln.

»Ja, was für ein Mann!« antwortete Sembritzki gehorsam, obwohl ihn die Betonung auf ›Mann‹ angesichts der Tatsache, daß er es gewesen war, der mit Wanda geschlafen hatte, etwas störte. Und während er daran dachte, ärgerte er sich über sich selbst, daß auch für ihn der Mann nur immer durch seinen Schwanz identifizierbar war. Aber er kam nicht dazu, diesen beschämenden Gedanken weiterzuspinnen. Nara kam, nachdem er die Gläser gefüllt und auch noch Eis hinzugefügt hatte, sofort zur Sache.
»Uns bleiben noch zehn Tage, Herr Sembritzki. Das ist nicht viel!«
Sembritzki nickte. In zehn Tagen, am 5. April, würde er nach Prag fliegen. Einen Tag darauf begann der Kongreß. Dann würde er Eva wiedersehen. Und Prag. Und Böhmen. Er zog die Luft ein, tief, ganz tief, und stieß sie dann schnell und hörbar wieder aus.
Nara kicherte seine Koloratur.
»Nervös, Mr. Sembritzki?«
»Ein wenig. Ich bin aus der Übung!«
»Dem kann man abhelfen!«
»Haben Sie denn so viel Zeit für mich?«
Nara kicherte wieder.
»Ich bin für sie freigestellt!«
Er nippte an seinem Glas, während Sembritzki einen Zigarillo aus der goldenen Schachtel klaubte und dann zwischen die Lippen steckte.
»Offiziell oder inoffiziell?« fragte er jetzt noch.
Wieder kicherte Nara und verschluckte sich beinahe an einem Eisstück, das er zwischen den Lippen balancierte.
»Alles ist offiziell, was ich mache. Und alles, was offiziell scheint, ist inoffiziell. Ich bin als Berater in technischen Fragen bei der thailändischen Botschaft angestellt. Daneben bin ich Besitzer dieser Zahnartzpraxis – ganz inoffiziell selbstverständlich!«
»Die Praxis Dr. Berger existiert wirklich?«
»Sie existiert von Dienstag bis Donnerstag inoffiziell. Offiziell existiert sie von Montag bis Freitag. Zwei Tage gehören mir. Und meinen Arbeitgebern!«
»Wer sind Ihre Auftraggeber?«
»Die Freunde Thailands, Mr. Sembritzki!«
»Und Dr. Berger existiert wirklich?«
»Natürlich. Schweizer Zahnarzt mit Diplom. Mit akademischen Ambitionen. An zwei Tagen in der Woche schreibt er an seiner Habilitation für die Universität Bern.«

Sembritzki nickte. Perfekt eingefädelt.
»Trinken Sie aus, Mr. Sembritzki. Die Zeit ist knapp.«
Was auch immer Nara mit ihm vorhaben mochte, der Mann hatte Klasse. Sembritzki trank aus und lehnte sich dann, die Hände um das rechte Knie geschlungen, zigarillokauend zurück.
»Mr. Sembritzki, wie gut beherrschen Sie die Kunst der drahtlosen Übermittlung noch?«
»Ich bin aus der Übung, Mr. Nara.«
»Hundertzwanzig, hundertdreißig Zeichen?«
Sembritzki lächelte traurig. Diese Fingerfertigkeit, die er bei den professionellen Funkern immer so bewunderte, hatte er sich selbst nie aneignen können.
»Siebzig, vielleicht achtzig Anschläge!«
Nara schüttelte den Kopf.
»Das ist sehr wenig, Herr Sembritzki. Wir werden das Doppelte hinkriegen müssen!«
»Hundertsechzig Zeichen in der Minute! Das schaffe ich nicht, Mr. Nara!«
»Sie haben keine Wahl, wenn Sie überleben wollen. Sie werden üben, Mr. Sembritzki. Tag und Nacht. Das ist wie ein Achthundertmeterlauf! Haben Sie Sport getrieben?«
»Reiten!«
»Ich weiß. Kein Leistungssport?«
»Ist Reiten kein Leistungssport?«
»Kein Hochleistungssport, bei dem der Organismus des Athleten aufs höchste beansprucht wird! Mr. Sembritzki, Sie werden in zehn Tagen lernen, wie man in ein bis zwei Minuten alle Konzentration, alle Kraft nur auf zwei Körperteile konzentriert. Auf den Kopf und Zeigefinger und Mittelfinger Ihrer rechten Hand!« Und als ob er das, was er gesagt hatte, illustrieren müßte, ballerte er mit seinem gelben Zeigefinger auf die Tischplatte, in einer Kadenz, die einem Specht alle Ehre gemacht hätte. Sembritzki schaute bewundernd zu.
»Tolles Tempo, Mr. Nara. Aber entscheidend ist wohl, daß man nicht nur klopft, sondern gleichzeitig Zeichen übermittelt!«
»Das habe ich getan! Wollen Sie hören?«
Und er drückte auf einen unsichtbaren Knopf, und schon schnurrte die Tischplattenmeldung über Lautsprecher noch einmal ab, und während jetzt auch Sembritzki einen Rhythmus heraushören konnte, übersetzte Nara gewissermaßen simultan: »Mr. Sembritzki, Sie werden innerhalb von zehn Tagen Ihre Kadenz um das

Doppelte steigern. Sie werden Chiffrieren und Dechiffrieren perfekt beherrschen. Sie werden als perfekter Nahkämpfer und Schütze nach Böhmen fahren und von dort aus mit Herrn von Seydlitz in München Kontakt aufnehmen, so lange, bis Ihre Mission erfüllt ist.«

Lächelnd und stolz lehnte sich Nara gegen die Wand, streichelte die Lautsprecherbox, als ob sie als gelehriger Schüler jene Kadenzsteigerung geschafft hätte, die man von Sembritzki erwartete, und säuselte dann: »Beginnen wir!«

»Warten Sie's ab, Mr. Sembritzki. Die Konzentrationsfähigkeit und die Fingerfertigkeit ist das wichtigste. Denken Sie daran: Sie haben höchstens zwei Minuten Zeit, um Ihre Meldung durchzugeben. Das sind im Maximum dreihundertzwanzig Zeichen. Das sind umgerechnet etwa fünf Schreibmaschinenzeilen zu sechzig Anschlägen. Das ist wenig Text. Und Sie stehen unter zunehmender Belastung. Mit jedem Anschlag wächst die Gefahr, daß Sie geortet werden.«

»In zwei Minuten schaffen die es nicht, mich zu orten.«

Nara schaute Sembritzki mit leisem Spott in den Augenwinkeln an. »Wir sind nicht mehr im Zweiten Weltkrieg, Mr. Sembritzki. Kennen Sie diese Fußballfelder voll von Antennen? Ein ganzer Wald, der innerhalb von Sekundenbruchteilen Dutzende von Frequenzen überwachen und auf ein bestimmtes Merkmal hin abhören und auch lokalisieren kann.«

»In der ČSSR gibt es diese Peilanlagen noch nicht.«

»Da wäre ich mir nicht so sicher. Es gab sie vor ein paar Jahren noch nicht, Mr. Sembritzki. Unterdessen hat auch der Ostblock aufgeholt. Die Zeiten, als noch Autos mit Peilantennen durch die Gegend fuhren, sind vorbei. Ich werde überprüfen lassen, ob wir Neuigkeiten aus der ČSSR haben, was Peilanlagen betrifft.«

Nara stand auf, ging zum Schrank, holte einen kaum zwanzig Zentimeter hohen schwarzen Kasten heraus und stellte ihn vor Sembritzki auf den Tisch.

»Kennen Sie dieses Modell?«

Sembritzki schüttelte den Kopf.

»Ich habe mit größeren Funkgeräten gearbeitet und mit separater Taste!«

»Tut nichts, Mister Sembritzki. Sie werden auf der thailändischen Botschaft in Prag ein solches Gerät bekommen.«

Sembritzki war beeindruckt. Nara war ein mit allen Wassern gewaschener Organisator. Ein Perfektionist dazu.

»Hier der Kanalschalter, Sie haben die Möglichkeit, die Frequenz bei jeder Kontaktaufnahme zu wechseln. Ihre Spannweite liegt zwischen 3,0 und 8,0 Megahertz.«
»Auf drei Stellen nach dem Komma?«
»Sehr gut, Mr. Sembritzki. Alles haben Sie nicht vergessen. Wir werden ein auch für Seydlitz verbindliches System erarbeiten. Genaue Sendezeiten. Abwechselnd Empfang und Sendung. Und dann die Alternativfrequenzen, wenn eine Frequenz von einem fremden Funker bereits besetzt sein sollte. Sie werden all das auswendig lernen, Herr Sembritzki. Keine Notizen. Einzig das Codebuch dürfen Sie mit sich tragen. Haben Sie einen Vorschlag?«
»Vielleicht das Geburtsstundenbuch des Martin Pegius?«
Aber Nara schüttelte den Kopf.
»Ich habe davon gehört, Mr. Sembritzki. Ich habe auch darin gelesen.«
»Sie sind informiert, Mr. Nara.«
»Das gehört zu meinem Beruf, Mr. Sembritzki.« Nara lächelte. Dann ratterte er wie eine Maschine des verblichenen Martin Pegius Sätze in den sterilen Raum: »Unsäglich ist's, inn welche ubergroße herzligkeit Gott der Herr seinen geschaffnen Menschen gesetzet und mit seiner göttlichen Lehr seines gefelligen willens erleuchtiget hatte. Dann er jene nicht in die verborgene helle Erde eingeschlossen, sonder auff die freye sichtige Kundtlichkeit der Erdkugel scheintlich gestellet...«
Sembritzki, dem die Kanonade des Asiaten im Innersten weh tat, winkte ab. Da trafen asiatischer und europäischer Geist in gewaltiger Kollision aufeinander.
»Ich bewundere Sie, Mr. Nara. Und ich bin geschmeichelt, daß Sie sich für Astrologie interessieren.«
»Ich interessiere mich überhaupt nicht für Astrologie, Mr. Sembritzki«, wieherte Nara. »Ich interessiere mich für Sie, weil ich mich für Sie verantwortlich fühle. Selbst wenn ich Sie – verzeihen Sie mir – für einen weltfremden Menschen halte.« Nara war aufgestanden und verbeugte sich jetzt leicht vor Sembritzki. »Sie sind für den Geheimdienst verloren, lieber Mister. Sie operieren noch immer mit Methoden, die hoffnungslos veraltet sind. Ich weiß, ich weiß«, winkte er ab, als Sembritzki Luft holte, »Sie allein können dieses Netz in der Tschechoslowakei wieder flicken. Darum ist ja auch die Wahl auf Sie gefallen. Und ich werde mir alle Mühe geben, daß Sie, lieber Mr. Sembritzki –« er verbeugte sich von neuem – »nicht vor die Hunde gehen.«

Jetzt setzte er sich wieder. Der aufgeklärte Nachfolger der Samurai griff zum Whiskyglas statt zur Teetasse und leerte den gesamten Inhalt des Glases in einem Zug.
»Also Pegius ist als Code nicht geeignet?«
»Zu naheliegend, Mr. Sembritzki. Da wissen all Ihre Gegner Bescheid. Das ist Ihr ureigenstes Gebiet. Ich habe – Sie verzeihen – einen andern Vorschlag.« Wieder erhob sich Nara und verbeugte sich leicht. Auf seinen maskenhaften Zügen tauchte ein verlegenes Lächeln auf, aber nur ganz schnell.
»Ich schlage Ihnen vor, daß Sie die Briefe Ihrer verehrten Frau Mutter als Code benützen.«
Sembritzki war sprachlos. Die Schlinge, die der BND geknüpft hatte, zog sich enger.
»Mr. Nara, ich möchte Ihre Kompetenz nicht in Frage stellen. Nur, der Vorschlag, die Briefe meiner Mutter als Codegrundlage zu benützen, scheint mir – abgesehen von der Geschmacklosigkeit – auch insofern zweifelhaft, weil ich diese Briefe ja gerade vom BND zugesteckt bekommen habe. Und ich möchte verhindern – ich und Seydlitz –, daß der BND Zugang zu meinen Meldungen hat, was doch naheliegend ist, wenn Pullach über die Briefe Bescheid weiß.«
Aber Nara zeigte sich unbeeindruckt.
»Mr. Sembritzki, ich bitte Sie, Vertrauen zu uns zu haben. Die Briefe in Ihrer Brieftasche stammen nicht vom BND!«
Sembritzki hatte sich jetzt ebenfalls erhoben und schaute auf seinen Lehrer und Peiniger herab.
»Woher sind die Briefe, Mr. Nara?«
»Von Ihrem Freund!«
»Von Seydlitz?«
Nara nickte sonnig. Er füllte sein Glas von neuem, zauberte einen Eiswürfel hinein und trank.
»Seydlitz ist ein Profi, Mr. Sembritzki. Sie haben vom BND Briefe von Ihrer Mutter bekommen, die gefälscht waren. Man hat gehofft, Sie würden eben diese Briefe als Code benützen, weil sie unauffällig sind. Kein Buch. Nichts Bekanntes. Etwas ganz Privates. Hätten Sie die Briefe genau angeschaut, hätten Sie festgestellt, daß sie so abgefaßt waren, daß sie ein ausgesprochen leicht zu handhabendes Codemuster abgegeben hätten.«
»Wo sind jetzt diese Briefe?«
»Bei Herrn von Seydlitz. Er hat sie gegen die authentischen Briefe Ihrer Mutter vertauscht.«

»Und woher hatte er die?«
»Ein gewisser Herr Bartels hat sie damals abgefangen, als Sie, mein lieber Herr Sembritzki, in der Tschechoslowakei waren. Er hat sie dann an Herrn von Seydlitz weitergegeben.«
Sembritzki fühlte sich einmal mehr als Figur in einem großen Spiel, in dem alle, die beteiligt waren, mehr zu wissen schienen als er selbst.
»Sie verzeihen uns, Herr Sembritzki. Die Leute im BND erwarten, daß Sie die falschen Briefe als Code benützen. Wenn Sie die richtigen benützen, die nur Seydlitz kennt, kommt ihr ganzes Dechiffriersystem ins Schwimmen.«
Das war einleuchtend. Und trotzdem war es Sembritzki zuwider, daß seine eigene Vergangenheit in die Gegenwart hineintransplantiert wurde, daß man seine Schuldgefühle konservierte wie eine Mumie.
»Hier ist die Buchse für den Kopfhörer, Mr. Sembritzki.«
Nara holte Sembritzki brüsk aus seinem Ausflug ins Nervensanatorium zurück. »Das ist der Regler für die Lautstärke, und diese beiden kleinen eingebauten Tasten ersetzen Ihr separates Morsemonstrum aus dem Zweiten Weltkrieg. Da ist der Anschluß für die Antenne. Mehr als zwanzig Meter brauchen Sie nicht, Mr. Sembritzki, Sie können es auch mit weniger schaffen. Werfen Sie einen Trafodraht über einen Baum oder senden Sie von einer Wohnung aus. Aber wechseln Sie jedesmal den Standort.«
»Ich nehme an, daß ich beobachtet werde, Mr. Nara.«
Für diese Bemerkung hatte Nara nur ein mitleidiges Lächeln übrig. Er zog seinen drachengeschmückten dunkelblauen Schlips mit energischer Bewegung straff, erhob sich und ging wieder zum Schrank. Über die Schulter sagte er: »Unser Freund Seydlitz hat es schwerer als Sie, mein Lieber. Beim BND wird man bald herausbekommen, daß von Prag aus Funksprüche mit Zielort München gesendet werden. Und es ist dann auch naheliegend, daß Seydlitz der Empfänger ist.«
»Sie haben kein Vertrauen in Wanda Werner?«
Nara drehte sich um, eine schwarze Kiste in der Hand.
»Wanda Werner? Sie ist durch eine gute Schule gegangen. Sie ist ein Profi, Mr. Sembritzki. Nicht wie Sie! Verzeihen Sie!«
Sembritzki hatte immer mehr das Gefühl, daß ihn Nara nicht ernst nahm, und das ärgerte ihn mehr, als er sich zugeben wollte.
»Mr. Nara, ich nehme an, daß Sie nicht bemerkt haben, wie Sie heute vormittag beschattet wurden?«

War das Sembritzkis Versuch, sich zu rächen? Aber Nara kicherte nur. »Sie meinen den Herrn mit der Stirnglatze und der blauen Lederjacke? Und den hohen Wangenknochen?«
Sembritzki war perplex. Vor allem, daß sich die Beschreibung so genau mit seiner deckte. Nara hatte anscheinend überall Augen.
»Sie haben ihn gesehen?«
Naras Haut glänzte im Licht der Halogenlampe. Eine Perle schillerte auf seiner Krawatte.
»Nein, Mr. Sembritzki. Ich habe ihn nicht gesehen. Aber ich habe Ihrer Unterhaltung mit dem Bauern zugehört.«
»Sie sind nicht weggegangen?«
»Weggegangen bin ich. Aber ich bin zurückgekommen.«
Jetzt schwieg Sembritzki. Nara war ein Phänomen. Und er wußte jetzt auch, was Nara scheinbar so unverletzlich machte. Er war ein Mann ohne Bindungen, ohne Leidenschaft, ohne jene narzißtischen Züge, die blind machten für gewisse Situationen.
»Kennen Sie Go?«
Sembritzki wunderte nichts mehr. Er kannte dieses viertausend Jahre alte Brettspiel und hatte es auch bei seinen häufigen Besuchen bei Seydlitz gespielt. Mit der Zeit hatte er es darin auch zu einer gewissen Fertigkeit gebracht, hatte seinen intellektuellen Gegner, den kalten Denker Seydlitz mehrmals geschlagen, dies nicht dank seiner strategischen Fähigkeiten, auch nicht dank mathematischen Denkens, sondern eher aufgrund seiner Intuition, dank eines in unzähligen Agenteneinsätzen geschulten Instinkts, der es ihm ermöglichte, jeder Situation blitzschnell zu begegnen. »Ich habe es schon einige Male gespielt«, untertrieb Sembritzki.
»Fein«, lächelte Nara. »Dann werden wir in diesen Tagen die dreihundertzweiundsechzig Steine in Bewegung setzen. Jeden Tag ein paar Züge. So daß am zehnten Tag die Partie zu Ende ist.«
»Keine Gelegenheit zu einer Revanche?«
»Keine, Mr. Sembritzki. Totale Niederlage oder totaler Sieg.«
»Und warum ein Spiel in Raten?«
»Gedächtnisschulung! Sie nehmen eine strategische Stellung mit sich nach Hause. Sie brüten eine Nacht darüber. Sie versuchen, sich immer wieder die Positionen einzuprägen. Beginnen wir!«
Nara holte das mit den neunzehn senkrechten und waagerechten Linien überzogene Brett aus dem Schrank und legte es auf den Marmortisch. Dann hielt er, nach einem schnellen Griff in die Schachtel, Sembritzki seine beiden geschlossenen Hände hin.
»Wählen Sie, Mr. Sembritzki!«

Sembritzki hörte den spöttischen Unterton in Naras Stimme. Und instinktiv reagierte er auch sofort, indem er mit einer scheinbar unkontrollierten Bewegung seines rechten Armes den Funkapparat anstieß, so daß dieser bedrohlich ins Wanken geriet. Jetzt zeigte Nara zum erstenmal Nerven. Er griff blitzschnell zu, konnte dabei aber nicht verhindern, daß die beiden Steine in seinen Fäusten auf den Tisch kollerten.
Es waren zwei schwarze Steine.
Sembritzki, der Naras Demaskierung lächelnd zugeschaut hatte, griff sich die beiden schwarzen Steine und hielt sie seinem Gegner hin. War es Erstaunen, Anerkennung? Haß? So genau konnte Sembritzki den Ausdruck in Naras Augen nicht deuten. Aber eines war sicher: Nara würde ihn jetzt endlich ernst nehmen!
»Wir spielen nicht unter gleichen Voraussetzungen, Mr. Nara!« Nara erhob sich lächelnd, verneigte sich leicht und sagte sanft: »Ich bitte um Verzeihung, Mister Sembritzki. Ein Versehen!« Und dann, nachdem er sich wieder gesetzt hatte: »Gut pariert, Mr. Sembritzki! Setzen Sie den ersten Stein!«
Sie brüteten während einer halben Stunde über ein paar Zügen. Dann verließ Sembritzki Naras Go- und Funkerpraxis. Es zog ihn aber nicht sofort nach Hause. Ein lauer Wind war aufgekommen. Eiger, Mönch und Jungfrau, rot und postkartengerecht, präsentierten sich von der Bundeshausterrasse aus zum Greifen nah. Eher zurück hielt sich Sembritzkis neuer Beschatter. Man versuchte also eine neue Nummer. Man? Wer? Seine Kollegen vom BND, die ihm nicht trauten? Das andere Lager? Ein Mann vom KGB oder vom tschechischen STB? Sembritzki würde in der nächsten Zeit wieder damit leben müssen.
Der neue Mann war jung und sportlich. Kurzgeschorenes Haar. Karierter Pullover. Harristweedjackett. Manchesterhose sandfarben. Und er gab sich lässig. Er saß auf einer Parkbank und las den Berner *Bund.* Und in sinnvollem Rhythmus drehte er die Seiten. Da war mehr System dahinter als beim Coburn-Double in Pullach.
Sembritzki lehnte am Geländer und starrte in die Tiefe, wo die Aare wie eine blaugrüne Girlande im schmalen Bett lag. Jetzt, da er sie von weit oben sah, fehlte ihm das Rauschen, das ihn in seiner Wohnung unten am Fluß tagsüber anregte und nachts in den Schlaf lullte. War es nur die Erinnerung an den Fluß in seiner Geburtsstadt, die ihn an Bern fesselte, das ihm im Grunde genommen mit seiner Behäbigkeit, seiner kleinstädtischen Enge doch fremd geblieben war? Da vermochten nicht einmal die ausländischen Bot-

schaften Weite zu suggerieren. Und auch die Handlanger irgendwelcher Geheimdienste wurden plötzlich zu harmlosen Schnüfflern. Ohne sich nach seinem Beschatter umzudrehen, stieg Sembritzki langsam und gemächlich zum Fluß hinunter. Er dachte an Stachow, der heute begraben wurde. Mit viel Pomp und Reden. Ein Eichensarg, silberbeschlagen vielleicht, der unter Narzissen, Tulpen und Osterglocken in der Aussegnungskapelle des Münchner Waldfriedhofs versteckt lag. Das Ganze eine gut inszenierte Show, in welcher noch einmal das Leben eines treuen Staatsangestellten heraufbeschworen wurde, ein Leben, das in der Verkürzung mit einem Male lebenswert erscheinen würde, eine Folge von Ereignissen, die die Trauergemeinde, diskret überwacht von ein paar Abwehrmännern, in ihren schwarzen Anzügen mit den zu kurz gewordenen Ärmeln, die Daumen in den Hosenbund verhakt, mit Kopfnicken die einen, mit erstauntem Ausdruck die andern, wenige mit Trauer im Gesicht, konsumieren würde. Was war da wohl musikalisch zu erwarten? »Ich hatt' einen Kameraden« oder »Jesu, meine Freude«? Der Polizeichor? Die Bundeswehrkapelle? Offiziell würde man ja nicht erfahren, daß Stachow ein Mann der Abwehr gewesen war. Und so würde er endgültig abgehen, in sein Geheimnis gehüllt, einen Lebenslauf zurücklassend, der nichts mit seinem wirklichen Leben zu tun hatte, so falsch wie alles, was da geblasen, gesungen und an Trauer demonstriert wurde.

Kaum hatte Sembritzki seine Wohnung betreten, klingelte auch schon das Telefon. Es hätte ihn nicht gewundert, wenn seine Pullacher Freunde ihn auf diese Weise an ihre Allgegenwart erinnert hätten. Es war aber Claudine, eine Französin, die ihn in regelmäßigen Abständen daran erinnerte, daß sie zu haben war. Sembritzki überlegte. Sie würde ihn in seinem Vorbereitungsprogramm stören. Daß sie schön war und eigentlich zu jung für ihn – erst sechsundzwanzig – und trotz ihrer Offenheit in bezug auf männliche Bewunderung eine eigenartige Treue zu Sembritzki kultivierte, die ihm nicht ganz geheuer war, brachte ihn immer wieder aus dem Konzept. Er hatte es sich, je älter er wurde, zur Gewohnheit gemacht, festen Bindungen aus dem Weg zu gehen. Aus Selbstschutz vielleicht, denn je größere Perioden in seinem Leben mit Gefühlen belegt waren, die endlich doch versickerten oder auch brutal abgewürgt wurden, desto kleiner wurden jene Lebensabschnitte, in denen er nur er selber war. Seine Unfähigkeit zu tieferen Bindungen beruhte auf seiner Angst, wenn diese einmal zu Ende gingen, wieder ein Stück Leben verloren zu haben.

»Nein, Claudine! Heute nicht. Ich muß arbeiten!« Und als er das sagte, sah er sie vor sich, mit Pagenschnitt, großen braunen Augen und den Grübchen auf den Wangen, wenn sie lächelte. Aber jetzt lächelte sie nicht. Jetzt war sie wütend.
»Du bist ein Feigling! Du stehst nicht zu deinen Gefühlen. Du drückst dich vor jeder Konfrontation!«
»Ich drücke mich. Das ist richtig«, antwortete er und hängte auf. Dann saß er neben dem Telefon, wütend auf sich selbst und unglücklich. Wenn er so auch nicht zum Gefangenen seiner Gefühle wurde, blieb er doch ein Gefangener seiner Unfähigkeit, Gefühle zu investieren. Und wenn er jetzt an Prag dachte, wo Eva wohnte, dann packte ihn die Angst, daß er jetzt, wenn er wieder dorthin fahren würde, dieses letzte intakte Stück Leben in der Vergangenheit auch noch zertrampeln könnte, daß sein Leben nur noch eine Folge von Niederlagen sein könnte.
Er wurde sich erst gegen Mitternacht bewußt, als er das so oft gefüllte Weinglas endgültig beiseite schob, den Minisensor, in dessen sture Programme er sich verkrallt hatte, in die Ecke geschmissen und die Briefe seiner Mutter mit der Flasche beschwerte, daß er wie der gichtgeplagte Wallenstein eine ganze Flasche Veltliner geleert hatte. Er fühlte sich schlecht, unfähig, Entschlüsse zu fassen, traurig. Wie hätte er schlafen können! Er zog seine Lederjacke an und ging hinaus in die sternenklare Frühlingsnacht.
Die Aare gurgelte unter ihm, als er über die schmale Eisenbrücke ging. Er hatte vor ein paar Stunden Claudine zurückgestoßen, hatte eine Chance nach Nähe ausgeschlagen und war jetzt in der Nacht unterwegs, sehnsüchtig nach der Gegenwart eines Menschen, einer Frau, irgendeiner Frau, die er flüchtig hätte berühren mögen, küssen und dann wieder verlassen. Aber da stand keine Frau auf der andern Seite des Steges. Da stand Nara, sein freundschaftlicher Schatten.
»Go, Mr. Sembritzki?«
Das konnte beides heißen, so wie es der Japaner aussprach. »Geh« und »Go-Spiel«. Für Sembritzki hatte es doppelte Bedeutung, und er ging denn auch grußlos weiter, bestieg hundert Meter weiter unten das Taxi, das mit brummendem Motor auf ihn zu warten schien.
»Neuengasse 5«, murmelte Sembritzki. Der Fahrer schien gar nicht hinzuhören. Er wußte Bescheid und fuhr schweigend los. Im Rücken hörte Sembritzki ein Motorrad knattern. Der wackere Samurai hatte sich wohl auf sein Streitroß geschwungen.

Als das Taxi in die Neuengasse einbog, sah Sembritzki Naras Schatten unter den Arkaden. Aber der Taxifahrer hielt nicht an, sondern fuhr weiter, kurvte um Berns Patrizierecken, fuhr am Bundeshaus vorbei, passierte den Bubenbergplatz, kehrte zurück zum Berner Hauptbahnhof, wo er Sembritzki wie einen Reisenden, der den letzten Zug erwischen wollte, aussteigen ließ.
»Gute Reise«, grinste der Fahrer und wehrte Sembritzkis Zahlungsversuch mit einer fahrigen Geste ab. Sembritzki mischte sich unter die Reisenden und vielen Fremdarbeiter, die schnorrend und gestikulierend in der Bahnhofsgruft standen, bestieg einen Zug nach Zürich, verließ ihn drei Wagen weiter hinten wieder, tauchte in die Unterführung, kam über die Rolltreppe wieder unter freiem Nachthimmel an, sog tief die kühle Luft ein und langte endlich nach ein paar weiteren Arabesken vor dem Haus Neuengasse 5 an.
»Willkommen, Mr. Sembritzki!«
Nara stand im weißgestrichenen Korridor mit den naiven Jugoslawen an den Wänden.
»Sie funktionieren gut, Mr. Sembritzki!«
Sembritzki schaute den Japaner verwundert an. Er weigerte sich, ein mechanisches Teil in dessen Maschinerie zu sein. Oder in der Maschinerie, von der auch Nara wiederum nur ein Teil, vielleicht eine Relaisstation war.
»Ich funktioniere nicht, Mr. Nara. Ich konnte nicht schlafen, das ist alles!«
»Aha, Intuition!« kicherte Nara. Und wieder schwang der verächtliche Unterton mit.
»Sie scheinen für Intuition nichts übrig zu haben?«
»Logistik!«
»Hat das Go-Spiel mit Intuition nichts zu tun?«
Nara schaute Sembritzki lange und schweigend an. Dann schüttelte er den Kopf.
»Das verstehen Sie als Europäer nicht, Mr. Sembritzki. Sie nennen das Gefühl. Bei uns ist das eine Philosophie. Und Philosophie und Intuition ist nicht dasselbe. Philosophie hat mit Logik zu tun.«
»Aber nichts mit Logistik!«
Jetzt drehte sich Nara auf dem Absatz um und öffnete die Türe zu dem Raum, in dem sie sich am Nachmittag unterhalten hatten. Aber diesmal sah alles ganz anders aus. Der Marmortisch war verschwunden, auch die vier niedrigen Hocker, und anstelle des weißgestrichenen rechteckigen Holztisches in der Mitte des Raumes war jetzt das Go-Spiel aufgebaut. Darum herum vier Kissen, ein ro-

tes für Nara, ein weißes für Sembritzki, zwei gelbe an den Seitenlinien.
Nara setzte sich mit untergeschlagenen Beinen auf sein Kissen und deutete Sembritzki an, sich ebenfalls zu setzen.
»Wir spielen nicht unter gleichen Voraussetzungen, Mr. Nara. Ich sitze nicht gern mit untergeschlagenen Beinen.«
»Ihre Sache, Mr. Sembritzki. Sie können stehen. Go ist kein europäisches Spiel. Halten Sie sich bitte an die Regeln!«
»Ihre Regeln?«
»Die Spielregeln!«
Sembritzki zog einen Stein, wandte sich dann schnell ab und ging mit großen Schritten durchs Zimmer, ohne sich um Naras Antwortzug zu kümmern. Er wußte, daß er Nara auf diese Weise nervös machte. Aber er war auch nicht bereit, sich von Nara die Spielregeln aufzwingen zu lassen.
Sie spielten, bis Sembritzki von weither die Glocke vom Münsterturm drei Uhr schlagen hörte. Die Positionen waren bezogen. Aber noch war gar nichts entschieden. Das Spiel würde sich noch lange hinziehen. Auch Nara hatte den Glockenschlag gehört. Er erhob sich, machte eine knappe Verbeugung vor Sembritzki, in der so etwas wie Hochachtung mitschwang.
»Gute Nacht, Mr. Sembritzki. Sie sind ein ernst zu nehmender Gegner!«
»Ich hatte einen guten Lehrer!«
»Seydlitz!« Nara nickte.
»Schade um den Mann!«
»Er lebt!«
»Noch...«
Dann schwiegen sie. Nara begleitete Sembritzki zur Türe. »Nehmen Sie den Ausgang durch den Keller. Sie kommen so in den Verkaufsladen, von dort in den Hinterhof. Sie werden weiterfinden!«
»Morgen?«
Nara nickte.
»11 Uhr 17 bis 11 Uhr 19! Sie kennen Ihren Standort?«
Sembritzki nickte.
»Zweihundert Zeichen!«
»In zwei Minuten?«
»In zwei Minuten! Gute Nacht, Mr. Sembritzki!«

Sembritzki erwachte am andern Morgen erst gegen zehn Uhr, als der Postbote klingelte. Verwundert starrte er auf den Expreßbrief,

der ihm in die Hand gedrückt wurde. Er kannte das Wappen auf dem Umschlag, diese kunstvoll verschlungenen Linien, aus denen sich ein Bär herausschälte, der, je länger man hinschaute, immer mehr Kontur annahm, sich zum fletschenden Ungeheuer wandelte.
Das Wappentier des Schloßbesitzers, eines Berner Industriellen, der sein Imperium ständig vergrößerte, indem er in regelmäßigen Abständen andere kleinere Fabriken aufkaufte und sie seinem Besitz einverleibte, und andrerseits mit seinen weitherum bekannten Einladungen immer neue Persönlichkeiten köderte, Vertreter der Politik und der Kunst mit den Wirtschaftsleuten kuppelte und das Ganze dann zu einem einzigen Brei knetete. Auch Sembritzki war schon Gast des jovialen Herrn mit den Vampirzähnen gewesen, der ihm sein Interesse für antiquarische Bücher aus dem Mittelalter vor allem wärmstens bezeugt und mit edelstem Burgunder begossen hatte. Und jetzt ließ der Herr also wieder bitten. Sembritzki las irritiert das Vorgedruckte, das besagte, daß sich Herr Dr. von Urseren und Frau sehr freuen würden, Herrn Konrad Sembritzki – der Name war von Hand eingesetzt – zu einem kleinen Hauskonzert begrüßen zu dürfen. Mit anschließendem Büfett selbstverständlich. Verwundert war Sembritzki eigentlich vor allem über das Datum der Einladung. Es war das Datum des heutigen Tages. Das war sonst nicht die Art dieses Gesellschaftslöwen, seine Gäste so kurzfristig einzuladen. Aber da fand Sembritzki auch schon die Erklärung auf der Rückseite: »Verzeihen Sie die kurzfristige Einladung. Sie waren leider in den letzten Tagen telefonisch nicht erreichbar!«
Das stimmte, und doch verflog Sembritzkis Mißtrauen nicht. Der Schloßherr hätte ihn ja ohnehin nicht telefonisch eingeladen! Es mußte einen andern Grund haben, daß Sembritzki so kurzfristig die Ehre eines Schloßempfangs zuteil wurde. Aber jetzt blieb ihm keine Zeit mehr, darüber nachzudenken. Sein Folterknecht Nara erwartete eine Botschaft. Schnell zog er sich an, und während er sich rasierte und das Kaffeewasser kochte, dachte er daran, daß jetzt die Zeit der Vorbereitungen zu Ende ging. Und irgendwie hatte er das Gefühl, daß der bevorstehende Abend im Kreise von Politikern, Wirtschaftsbossen und Künstlern den Auftakt zum großen Rennen bedeuten konnte.
Als die Glocke vom Münster halb elf schlug, ging er über den eisernen Steg, schwenkte dann nach links ab, folgte der Aare, bis er den silbergrauen Ford Fiesta stehen sah, den ihm freundlicherweise der allgegenwärtige und allmächtige Mr. Nara für diese Woche zur Ver-

fügung stellte. Sembritzki war froh, daß ihm der Asiate nach seiner Go-Offerte nicht noch zusätzlich einen Wagen japanischen Fabrikats zumutete. Überrascht war Sembritzki aber eigentlich erst, als er die Nummernschilder sah: eine Vorarlberger Nummer. Wo Nara nun diese wieder aufgetrieben hatte, war Sembritzki schleierhaft. Und darüber mochte sich sicher auch der sportliche junge Mann von gestern den Kopf zerbrechen, der sich, seit Sembritzki, von dem bekannt war, daß er nicht glücklicher Besitzer eines Autos war, an dessen Fersen geheftet hatte. Der Verfolger war denn auch überrascht, als sein Opfer schnell einen Autoschlüssel aus der Tasche zog, sich in den Wagen setzte und davonbrauste, bevor er reagieren konnte.

Sembritzki fuhr aus der Stadt hinaus, bis die Häuser endlich weiter auseinanderstanden. Nach ein paar überflüssigen Arabesken – weit und breit war kein Verfolger zu sehen – lenkte er den Wagen in ein kleines Wäldchen oberhalb von Schüpfen, parkte, holte das Funkgerät, eingepackt in eine Fototasche, aus dem Kofferraum und ging dann in den Wald hinein. Elf Uhr! Sembritzki wickelte den Trafodraht ab und warf ihn über einen tiefhängenden Ast. Dann setzte er sich auf die leere Ledertasche und wartete. Der Wald begann zu leben, es summte, es pfiff, zirpte. Der Frühling fiel aus den Zweigen über den sitzenden Sembritzki her, kroch ihm unter das Hemd, machte ihn kribbelig, raubte ihm die Konzentration.

Er steckte einen Zigarillo zwischen die Zähne und wartete. Zu seinen Füßen lag die Morgenausgabe der Berner Renommierzeitung *Bund*. Da stand unten rechts: »*Rätsel um den ertrunkenen deutschen Staatsbeamten Stachow*. Nach wie vor dringen aus Bonn sich widersprechende Gerüchte über die Hintergründe des vergangene Woche ertrunkenen Sicherheitsbeamten Karl Stachow an die Öffentlichkeit. Fest steht unterdessen, daß Stachow nicht in offizieller Mission unterwegs war, als er in der Nähe von Meersburg, im Ilmensee, ertrank. Vielmehr – so verlautete es aus dem Kreis seiner nächsten Angehörigen – habe er sich erholungshalber für einige Tage von zu Hause entfernt, um seinem Hobby, der Fischerei, nachzugehen. Auf Rückfrage bestätigte denn auch das Innenministerium, daß in Stachows Ausrüstung, die er in einem Überlinger Hotel zurückgelassen hatte, eine komplette Sportfischerausrüstung gefunden worden war. Die Gerüchte, daß es sich bei Stachow um einen führenden Beamten des deutschen Bundesnachrichtendienstes BND handle, verdichten sich.«

Sembritzki schaute auf die Uhr. 11 Uhr 10. Er machte sich bereit, überprüfte noch einmal alle Anschlüsse, kauerte sich hin, und im Augenblick, als ein Eichelhäher stahlblau mit grellem Schrei vom Himmel schoß, hämmerte er dreimal hintereinander drei kurze und einen langen Impuls in die Taste: V – V – V. – Er war bereit zum Senden. Schon kam die Antwort. Und dann legte Sembritzki los, ratterte so schnell er konnte, den Leitartikel des *Bund* in den schwarzglänzenden Kasten, bis ihn Zeige- und Mittelfinger schmerzten und ihm trotz der morgendlichen Kühle im Wald der Schweiß in die Augen tropfte. Aber er hatte es geschafft: Zweihundert Zeichen in zwei Minuten. Da fehlten allerdings noch hundert Zeichen, bis er sich als Professioneller bezeichnen durfte. Aber es blieb ihm ja auch noch eine Woche Zeit. Sieben Tage und sieben Nächte.

Schnell zog er den Draht vom Ast, wickelte ihn auf, packte das Funkgerät in die schwarze Tasche aus Nappaleder und ging dann zurück zum Auto. Ihm blieben jetzt zwanzig Minuten bis zum nächsten Einsatzort, der nach Naras Forderung mindestens fünfzehn Kilometer vom jetzigen Standort entfernt sein mußte. Er kurvte den Feldweg hinunter, bis er wieder auf der Hauptstraße war, und fuhr dann im dichter werdenden Verkehr Richtung Biel. Kurz vor der Stadteinfahrt schwenkte er in südlicher Richtung ab, kam ans Aareufer, fuhr über eine eiserne Brücke auf die andere Flußseite und gewann dann bald wieder an Höhe, tauchte in den Wald ein, wo er den Ford Fiesta erneut parkte. Elf Uhr fünfundzwanzig! Diesmal blieb er im Auto sitzen. Nur den Draht warf er wieder über einen Ast. Um elf Uhr achtundzwanzig kamen Naras Signale auf der neuen Frequenz. Sembritzki quittierte. Dann kam Naras Nachricht wie eine Maschinengewehrsalve. Zwei Minuten lang durchlöcherte er ihn und präsentierte endlich unter dem Strich die stolze Summe von dreihundertzwanzig Zeichen in zwei Minuten. Und wieder ging die Schau weiter. Bis zwei Uhr nachmittags parkte Sembritzki ein, wechselte er den Standort, packte aus, gab seine Nachrichten in ständig steigender Frequenz durch, packte ein, fuhr weg, packte aus.

Um drei Uhr, nachdem Sembritzki in einer Bauernwirtschaft mit einer Portion Käse mit Brot und weißem Twanner neue Kräfte gewonnen hatte, machte er sich auf die Suche nach einer Waldhütte, die auf der Karte aus Naras Fundus mit einem roten Kreis bezeichnet war. Lagebesprechung. Nara war schon dort, saß in einer düsteren Ecke des engen Raumes, in dem Waldarbeiter ihre Werkzeuge, Äxte, Schaufeln, Pickel, aber auch Drahtrollen, Zangen und Sägen

untergebracht hatten. Vorsichtig schloß Sembritzki die Tür und nahm im Dunkeln Naras Kommentar zu seiner funkerischen Leistung zur Kenntnis. Zwar lobte ihn der zwielichtige Asiate nicht gerade in höchsten Tönen, aber so etwas wie Hochachtung schien in seiner sachlichen Analyse von Sembritzkis Verhalten doch mitzuschwingen. Nachdem er seinen Schüler auf halb fünf Uhr in die Magglinger Sportschule bestellt hatte, entließ er ihn.
Als Sembritzki dann viel später, gegen halb acht Uhr, auf dem Weg zu Konzert und kaltem Büfett war, tat ihm jeder Muskel weh. Ihm war weder nach Mozart noch nach Bach. Er hatte nur unendlichen Durst und das Bedürfnis nach einem weichen Bett. Oder nach den findigen Händen eines Masseurs, der seinem schmerzenden Körper Linderung verschaffen würde. Noch nie in seinem Leben war er durch eine so harte und unbarmherzige Körperschule gegangen wie an diesem Nachmittag hoch oben über der Stadt Biel, in einer Halle der Eidgenössischen Turn- und Sportschule, wo ihn Nara zwei Stunden lang mit Karateschlägen traktiert, ihn provoziert, instruiert, ausgelacht, gelobt, verachtet, aufgemuntert, erniedrigt und mehrfach zusammengeknüppelt hatte.
Die schweren Linden, noch kahl und beinahe drohend im fahlen Gegenlicht des Mondes, sah er schon von weitem. Dann den pompösen Eingang mit den beiden in Stein gehauenen Bären auf den Pfeilern, die ein schwarzgestrichenes eisernes Tor mit goldglänzenden Spitzen einfaßten. Der Vorplatz vor dem ehemaligen Landschlößchen eines Berner Patriziers war mit vielen großen Wagen verstellt. Sembritzki parkte den unscheinbaren Ford Fiesta in einer Lücke und ging dann über den knirschenden Kies zum Haupteingang hinüber, der auf der Schmalseite des Hauptgebäudes lag. Im Vorbeigehen sah er durch die hellerleuchteten Frontscheiben etwas von der erlesenen Gesellschaft. Durch ein halbgeöffnetes Fenster konnte er einen schwirrenden Geigenton hören. Ein Cello antwortete. Die Bratsche gesellte sich dazu, dann die zweite Geige. Man war bereit. Sembritzki beeilte sich, gab im blumengeschmückten Entree seinen dunkelblauen Mantel ab und wischte sich, schon unterwegs in den großen Saal, noch schnell ein paar dunkelblonde Haare von seinem dunkelblauen Cordanzug. Er hatte sich sogar eine Krawatte umgebunden, eine von seinen drei Krawatten, die der ständig wechselnden Mode standgehalten hatten.
»Willkommen, Herr Sembritzki. Schön, daß Sie gekommen sind«, orgelte der Hausherr in seinem besten Hochdeutsch, das trotz des Gaumen-Rs seine Berner Herkunft nicht verleugnen konnte.

»Enchanté, monsieur«, flötete die Dame des Hauses, die, noch immer Berner Patriziertradition verpflichtet, Höflichkeiten und Boshaftigkeiten nur in französischem Idiom formulierte. Soviel Wärme war ihm in diesen erlauchten Kreisen noch nie entgegengebracht worden. Souverän manövrierte ihn der Hausherr an Namen, halbnackten Busen, ausgestreckten Händen, nickenden Köpfen und weißen Hemdbrüsten vorbei an einen leergebliebenen Platz an der Seite eines sehr distinguierten Mannes mit silberner Mähne, schmalem asketischem Gesicht und tiefliegenden vergißmeinnichtblauen Augen. Trotzdem hieß der Herr, der sich als französischer Anwalt auswies, Maître Margueritte. Ein Freund des Hausherrn, geschäftlich in Genf, und auf einen Sprung zur Visite gekommen. Sembritzkis Nachbar zur Linken, soviel war noch herauszubekommen, bevor das Streichquartett Dvořák – ausgerechnet! – die Ehre antat, war, wenn das zutraf, ein amerikanischer Botschaftsangehöriger, der in der Funktion des Kulturattachés den musikumrahmten Anlaß aufzuwerten hatte. Allerdings schien ihn die Musik eher einzuschläfern als anzuregen, denn Sembritzki konnte aus den Augenwinkeln feststellen, daß sein drahtiger Nachbar zwar die Augen geschlossen hatte wie ein musikschlürfender Süchtiger, aber sein Ausdruck verriet keine Emotion, nur Langeweile, und wenn der Amerikaner dann die Augen öffnete, ließ er sie über die Hinterköpfe der andern Gäste wandern, mit soviel Wärme und Ausdruck wie ein Augenarzt, der bei einem Patienten Kurzsichtigkeit feststellt.
Es waren ungefähr fünfzig Gäste anwesend, von denen sich kaum die Hälfte etwas aus Dvořák machten. Dvořák war ja nur das Präludium, der musikalische Einstieg in Dimensionen, wo die verschiedenen Protagonisten dieser Szene ganz andere Klänge zu harmonisieren versuchten. Da würde es um Geschäfte gehen, um die Frage, wie unbequeme Gegner ausgeschaltet werden könnten, wer mit wem und gegen wen neu in den erlauchten Zirkel aufgenommen werden könnte. Da wurde ein Territorium vorbereitet, das dann voller Fußangeln, voller Fallen und Fallgruben, nur jenen als Jagdrevier dienen konnte, die die Pläne der tödlichen Fallensteller auswendig konnten.
Wie weit konnte sich Sembritzki auf dieses Territorium vorwagen, ohne einzubrechen? War Monsieur Margueriette ein mit allen Wassern gewaschener Pfadfinder?
»Sie sind Deutscher?«
Sembritzki, einen perlenden Weißwein aus Baron von Rothschilds

Domäne auf der Zunge, nickte. Der silberhaarige Anwalt hatte ihn aus der wogenden Menge vor dem Büfett weggelotst und ihn in einer Nische am Fenster zur Rede gestellt.
»Sembritzki – polnischer Abstammung?«
Mit hochgezogenen Augenbrauen schaute er Sembritzki an. Oder besser, er schaute durch ihn hindurch wie durch ein Stück Glas.
»Masure!«
»Aha, die Masurischen Seen! Schade darum!«
Sembritzki schaute Margueritte, der ein ausgezeichnetes, beinahe akzentfreies Deutsch sprach, erstaunt an.
»Die Seen sind intakt. Ich weiß nicht, was Sie meinen. Die Wasserverschmutzung ist da noch kein Problem.«
»Nicht die Wasserverschmutzung, mein Herr«, lächelte der Anwalt nachsichtig. »Die Verschmutzung der Geister!«
Sembritzki nickte.
»Die rote Gefahr«, grinste er.
Aber Margueritte verzog keine Miene.
»Das läßt sich mit einem Schlagwort nicht abtun, Monsieur Sembritzki. Sehen Sie: Frankreich ist sozialistisch. Oder besser: beinahe kommunistisch. Der Einfluß von Marchais ist nicht zu unterschätzen. Mitterrand ist eine Marionette der Gewerkschaften, und die sind von ganz links gesteuert. Sehen Sie Italien. Die Democrazia Cristiana hat ausgedient. Sie ist verbraucht. Die Sozialisten verdrängen sie langsam, aber sicher aus allen führenden Positionen.«
»In Deutschland ist es umgekehrt, Maître Margueritte«, sagte Sembritzki, gespannt, worauf sein Gesprächspartner hinauswollte.
»Das ist unsere Chance, Monsieur Sembritzki. Die Bundesrepublik ist der Garant, daß die Front noch hält. Europas Bollwerk, Monsieur Sembritzki.«
Sembritzki wußte noch immer nicht, worauf der Anwalt hinauswollte. Er ließ sich sein Glas von neuem füllen und leerte es, gegen alle Anstandsregeln, wie Bier in einem Zug. Langsam floh der Schmerz aus seinen Gliedern. Aber sein Kopf wollte nicht klar werden, und er hatte Mühe, sich zu konzentrieren, obwohl er spürte, wie wichtig es gerade jetzt war, daß er dem Anwalt ein gleichwertiger Gesprächspartner war.
»Waren Sie schon im Osten?«
Sembritzki nickte.
»Dort aufgewachsen?«
»Nein. Meine Großeltern hatten ein Gut in Masuren. Aber ich bin in der heutigen DDR zur Welt gekommen.«

»Schon lange im Westen?«
»Seit 47. Ist das ein Verhör?«
»Aber ich bitte Sie, Monsieur«, sagte Margueritte und legte Sembritzki beschwichtigend seine Hand mit den langen knochigen Pianistenfingern auf den linken Unterarm.
»Ich muß doch wissen, mit wem ich es zu tun habe.«
»Mit wem habe *ich* es zu tun, Maître?«
Marguerittes Blick war wie Eis. Nur sein Mund lächelte, als er das Glas hob und leise sagte: »Sie werden mich noch kennenlernen, mein Freund.« Nach einer Pause fragte er weiter: »Sie fahren in die Tschechoslowakei?«
Sembritzki schaute erstaunt auf. Woher wußte der Franzose von seinen Plänen?
»Oder ist das ein Geheimnis?«
Sembritzki schüttelte den Kopf.
»Es ist kein Geheimnis. Ich fahre zu einem Kongreß, und später werde ich studienhalber noch ein paar Tage anschließen. Wer aber hat Ihnen davon erzählt?«
»Ich habe viele Freunde. Und ich hoffe, Sie bald auch dazu zählen zu können!«
»Sie sind ein Freund von Freundschaften? Wie schnell nennen Sie jemanden Ihren Freund, Monsieur? Nach einer Stunde? Nach einem Glas Weißwein? Nach einer Geldtransaktion?«
Margueritte verzog keine Miene. Er schaute sich nur um, entdeckte den Hausherrn in der Menge, winkte ihn zu sich und erkundigte sich, wo er mit Sembritzki ungestört sprechen könne. Der Industrielle zeigte sich überhaupt nicht überrascht, sondern begleitete die beiden in ein Zimmer, wo sie sich unter einem leise klirrenden Kristalleuchter auf dunkelrot überzogene Louis-Philippe-Sessel setzten. Eine Flasche von dem kostbaren Weißwein stand schon dort.
»Monsieur Sembritzki, lassen wir das Präludium!«
»Ich bin also schon Ihr Freund«, lächelte Sembritzki.
»Noch nicht, solange Sie Ihren Spott nicht vergessen.«
»Spott ist eine gute Waffe, Maître.«
»Nur Selbstschutz. Aber keine Waffe in der Auseinandersetzung zwischen Männern. Keine Waffe im Kampf ums Überleben!«
»Sie haben Sinn für Dramatik!«
»Und Sie haben Ihren Spott noch immer nicht abgelegt.«
»Er steht mir gut.«
Margueritte lehnte sich jetzt nach vorn und fixierte Sembritzki mit den Augen wie in einem Schraubstock.

»Sie sind Agent!«
Obwohl Sembritzki erschrak, verzog er keine Miene.
»Sie müssen nicht antworten, Monsieur. Ich weiß es. Ich brauche Ihre Bestätigung nicht. Aber ich brauche Ihre Hilfe! *Wir* brauchen Ihre Hilfe!«
»Ein Freund in der Not ist ein guter Freund«, sagte Sembritzki, ohne Stimme.
»Der Wechsel in Deutschland ist vollzogen, Herr Sembritzki. Dreizehn Jahre sozialdemokratische Regierung waren genug. Aber der Geheimdienst läßt sich nicht einfach auswechseln wie eine Regierung. Da sitzen noch immer Leute, die die SPD da hingepflanzt hat.«
Jetzt begann Sembritzki zu begreifen. »Was beschäftigt Sie das, Monsieur? Erstens sind Sie Franzose. Und zweitens ist der bundesdeutsche Geheimdienst wohl nicht Ihr Problem.«
»Es ist unser aller Problem. Ich sehe, ich muß weiter ausholen, um Sie zu überzeugen. Die Sorge um die Zukunft Europas, Sie erlauben, ist keine bundesdeutsche Angelegenheit. Nur ist die BRD gerade jetzt das wichtigste Element in diesem Kräftespiel. Die Leute, denen dieses Schicksal naheliegt, rekrutieren sich aus ganz Europa.«
Jetzt mußte Sembritzki laut lachen. »Wen wundert das. Ich nehme an, da zählen Sie eine ganze Reihe von Industriellen und Wirtschaftsleuten zu Ihren Kunden.«
»Zu meinen Freunden! Herr Sembritzki! Natürlich sind wir daran interessiert, daß die freie Marktwirtschaft weiterhin floriert. Natürlich sind wir daran interessiert, daß langsam die westlichen Staaten wieder liberal regiert werden.«
»*Wir?*«
»Das ist ein großer, ein gut durchorganisierter, ein sehr effizienter Zirkel, Monsieur Sembritzki, zu dem ich Sie gerne auch zählen möchte.«
»Und welche Funktion soll ich ausüben?«
»Sie sind ein Mann des Nachrichtendienstes?«
»Das haben Sie mich schon einmal gefragt!«
»Sie haben mir keine Antwort gegeben, Monsieur Sembritzki!«
»Ich werde Ihnen auf diese Frage auch keine Antwort geben.«
Margueritte zeigte seine großen Zähne, als er sagte: »Ich gehe nun einmal davon aus, daß Sie zu diesem Verein gehören. Was wir brauchen, sind BND-interne Informationen. Informationen über Nachrichtenleute und ihre ideologischen Neigungen oder Bindungen.«

»Da bin ich der falsche Mann.«
Sembritzki bereute diese Antwort schon, bevor er sie gegeben hatte. War das nicht eine Art Zugeständnis, daß er ein BND-Mann war?
»Warum der falsche Mann?«
Aber Sembritzki schwieg.
»Weil Sie ein Außenagent sind. Weil Sie keine Kontakte zur Zentrale haben?«
Auch darauf gab Sembritzki keine Antwort.
»Man muß den Entspannungsläusen den Garaus machen!«
»Ich bin kein Pestizid, Monsieur!«
»Sie haben eine Neigung, sachlichen Gesprächen auszuweichen!«
»Was ist sachlich?«
»Eine Tatsache ist, daß all die Entspannungsversuche in Europa oder zwischen der Sowjetunion und den USA eine Vorspiegelung falscher Tatsachen bedeuten. Die Entspannungsbestrebungen sind ein Mythos geworden, an den man sich klammert, aus Verzweiflung, aus Angst vor der weltweiten atomaren Zerstörung. Uns geht es darum, allen Leuten im Westen begreiflich zu machen, daß nur Härte, daß nur militärische Stärke den Frieden garantiert. Übrigens, Monsieur Sembritzki, ein wirksamer militärischer Geheimdienst ist Garant dafür, daß immer an den richtigen Stellen möglichen Abrüstungstendenzen und Bewegungen sofort begegnet werden kann.«
All das hatte Sembritzki schon mehrmals gehört. All das war nichts Neues. Neu schien nur zu sein, daß sich die Gegner der Abrüstung weltweit zu formieren begannen.
»Sie sind ein Mann der Aufklärung, Maître?«
»Ein aufgeklärter Mensch, das ist nicht dasselbe. Und ich möchte Sie zu meinem Partisanen machen!«
Sembritzki schwieg und steckte sich einen Zigarillo zwischen die Lippen. Dann schenkte er sich ein weiteres Glas voll und leerte es wieder in einem Zug. Jetzt fühlte er sich besser. Maître Margueritte war ein Fanatiker. Ein Sektierer. Aber Sektierer waren immer gefährlich. Sembritzki blieb auf der Hut.
»Monsieur Sembritzki, Sie sind der Mann, der den deutschen Nachrichtendienst neu organisieren könnte.«
»Das haben wohl nicht Sie zu entscheiden!«
»Ich habe Freunde in einflußreichen Bonner Regierungskreisen.«
Sembritzki wurde nachdenklich. Was sollte all das bedeuten? Hieß das, daß die Leute um Margueritte, wer immer sie auch sein moch-

ten, keinen Vertrauensmann in der jetzigen BND-Spitze oder an verantwortlichen Stellen hatten? Hieß das außerdem, daß Römmel nicht dazu gehörte? Daß man ihm nicht traute? Daß man ihn als Sicherheitsrisiko einschätzte?
»Wir würden Ihnen sechstausend im Monat zahlen, Monsieur Sembritzki!«
»Sechstausend was und wofür?« Sembritzki gab sich kalt und geschäftlich.
»Das heißt, Sie sind interessiert?«
»Schweizer Franken?«
»Schweizer Franken!«
»Und was ist die Gegenleistung?«
»Informationen!«
»Welcher Art?«
»Jeder Art, Monsieur Sembritzki! Militärischer, politischer, privater Art. Sie kennen viele Menschen und viele Städte. Sie kommen an Orte, zu denen normale Sterbliche keinen Zugang haben.«
Sembritzki lachte. Er hob sein Glas auf Augenhöhe, schaute seinen Verführer durch das zarte, gedämpfte Gold des Weines hindurch an und sagte: »Das wäre doch wohl so etwas wie Verrat, Maître!«
»Verrat an Ihrem Vaterland ist es, wenn Sie es nicht tun!«
Jetzt wußte Sembritzki, woran er war. Da hatte es ihn mitten ins gegnerische Lager geschwemmt. Zu Stachows Gegnern. Auch zu seinen Mördern? Aber warum wandte man sich ausgerechnet an ihn?
»Überdies können Sie mit unserem Schutz rechnen. Wir haben in allen großen Städten Europas unsere Leute. Auch in Prag, Monsieur Sembritzki!«
Das gehörte also auch dazu. Margueritte spielte sich als Haupt einer internationalen Schutzmacht auf, als Kopf einer privaten Armee von Geheimdienstlern und Propagandisten für den kalten Krieg! Aber dann mußte sich Sembritzki eingestehen, daß auch die Armee, der er angehörte, ein Privatunternehmen war, das wahrscheinlich viel bescheidener, viel weniger gut ausgerüstet war als jene des französischen Anwalts. Stachows Privatarmee, bestehend aus einem ermordeten Anführer, aus einem halbseitig gelähmten Adjutanten, aus einem Kontaktmann im BND namens Bartels, einer Frau, einem gekauften Agententrainer japanischer Nationalität und einem abgehalfterten ehemaligen Agenten namens Konrad Sembritzki. Aus wem noch?
Er nickte abwesend.

»Ich verlange nicht, daß Sie sich noch heute entscheiden, Monsieur Sembritzki. Schlafen Sie einmal über die Sache.«
Jetzt war Sembritzki das Spiel leid.
»Ich brauche darüber nicht zu schlafen, Monsieur Margueritte. Ich bin kein Söldner. Sie können mich nicht kaufen!«
»Söldner haben keine Gesinnung, Monsieur. Ich möchte Ihre Gesinnung beeinflussen.«
»Mit Geld?«
»Auch Geld ist ein Mittel, um jemanden von einer Gesinnung zu überzeugen. Geld ist unsere Ideologie, Monsieur Sembritzki. Geld ist Freiheit. Geld garantiert unser Überleben durch Aufrüstung!«
»Meine Antwort ist nein, Maître!«
Aber Margueritte reagierte mit einem ganz kleinen Lächeln.
»Sie werden an mein Angebot denken, Monsieur Sembritzki. In Prag oder anderswo!«
»Guten Abend!«
»Guten Abend, Monsieur Sembritzki.«
Sembritzki leerte sein Glas, stellte es heftig auf den Tisch und ging hinaus, ohne sich noch einmal nach dem Mann mit der Silbermähne umzusehen. Als er die Türe zum großen Saal öffnete, schwappte die Welle von Eßgeräuschen, Gläserklingen, Lachen und diskretem Small- und Big-talk über ihm zusammen. Überrascht war er, daß der amerikanische Kulturattaché, ein Glas in der Hand, während der ganzen Zeit vor der Tür, hinter der sich Sembritzkis Gespräch mit Margueritte abgespielt hatte, Wache gestanden hatte. Oder sah es nur so aus?
Der Abend war gelaufen. Sembritzki wußte jetzt, warum man ihn eingeladen hatte. Er fuhr als erster nach Hause, auf Distanz vom amerikanischen Attaché behutsam bewacht.
Als Sembritzki zu Hause ankam, wartete der unvermeidliche Mr. Nara in seinem Zimmer, um die angefangene Partie Go weiterzuspielen. Unterdessen hatte er Seydlitz' ganzes Gepäck abholen und von einem Vertreter der thailändischen Botschaft nach München transportieren lassen. Sembritzki wunderte sich über gar nichts mehr. Sein einziger Trost, der seine Beunruhigung über den Umstand dämpfen sollte, daß Nara bei ihm ohne Schlüssel aus und ein ging, wie es ihm behagte, war die Tatsache, daß er mit diesem undurchsichtigen Söldner einen perfekten Mann in seinen Reihen wußte. Nara hatte Brett und Figuren in einem Koffer mitgebracht. Schweigend stellten sie die Figuren in jenen Positionen auf, in denen sie sie in der vergangenen Nacht zurückgelassen hatten. Sem-

britzki war verwirrt und verlor zusehends an Boden. Nach ein paar Zügen bat er deshalb um Aufschub. Er sei müde.
»Gut, lassen wir das Spiel, Mr. Sembritzki. Versuchen wir uns mit der Pistole!«
Sembritzki sah den Japaner überrascht an.
»Schießen? Jetzt? Und wo? Ich habe getrunken!«
»Sie können sich die Situationen nicht aussuchen.«
Ergeben stand Sembritzki auf. Er hatte keine Widerstandskraft mehr.
»Wie Sie meinen! Wo?«
»Ich zeige es Ihnen!«
Er holte einen Stadtplan von Bern aus der Tasche und zeigte Sembritzki ganz in der Nähe ein Haus, in welchem er sich in fünf Minuten einzufinden hatte.
»Sie werden aufpassen, Mr. Sembritzki! Sie sind nicht allein in der Nacht. Und Sie werden morgen den Fiesta nicht mehr benützen. Der Wagen ist gezeichnet. Ich werde ihn abholen lassen. Sayonara!«
Und er war bereits lautlos aus Sembritzkis Wohnung gehuscht. Zehn Minuten später folgte ihm Sembritzki. Zuerst stieg er in den Keller, verließ diesen auf der Rückseite durch ein enges Fenster, kroch dann eng an der Mauer, knapp über dem quirlenden Wasser, westwärts, tastete mit den Füßen nach den eisernen Stufen, die im Gemäuer angebracht waren, und gewann endlich, hundert Meter von seiner Wohnung entfernt, wieder festen Boden unter den Füßen. Im Zurückblicken sah er den Schatten eines Mannes unter den Arkaden. Aber er schien ihm den Rücken zuzukehren, und so schwang sich Sembritzki lautlos über die Brüstung, setzte mit einem Sprung über die Straße und ging im Schatten der großen Mauer weiter, die Altstadt und Mattenquartier trennte. Hände und Füße schmerzten ihn. Er hatte sich die Knöchel blutig geschlagen und fragte sich, wie er überhaupt noch eine Pistole sollte halten können.
Als er in den Keller der ehemaligen Schreinerei tauchte, erwartete ihn Nara schon. Im dumpfen Licht einer mit zerscherbeltem geripptem Jugendstilschirm kaum verhüllten Lampe lagen auf einer alten Hobelbank drei Pistolen.
»Suchen Sie sich eine aus.«
Ohne zu zögern griff Sembritzki nach der Walther, die ihm am vertrautesten war. Die Waffe war geladen, und er stand unschlüssig da, als Nara plötzlich gellend schrie: »Feind! Im Rücken!«

Sembritzkis Reaktion kam blitzschnell. Zu oft hatte er sich in ähnlichen Situationen befunden, und daß er sich diesmal auch sofort umdrehte und feuerte, ohne daß er im aufblitzenden Neonlicht am Ende eines langen Ganges die Zielscheibe aus Schweizer Militärbeständen bewußt wahrgenommen hätte, hing mit seinem Überlebensinstinkt zusammen.
»Nicht übel«, kicherte Nara, als er zusammen mit Sembritzki die Einschüsse, die alle eng nebeneinander auf Kopfhöhe lagen, untersucht hatte.
Jetzt folgte Befehl auf Befehl, Salve auf Salve, bis Sembritzki nur noch wie ein Roboter reagierte. Erst gegen drei Uhr morgens war Nara mit Sembritzki zufrieden, der noch lange, nachdem der Japaner den unterirdischen Schießstand verlassen hatte, mit hängenden Armen und leerem Blick dastand und auf die völlig durchlöcherte Scheibe starrte.

Am Sonntag vor seiner Abreise hatte Sembritzki die geforderten hundertfünfzig Impulse in der Minute auf seinem Funkgerät erreicht. Er kannte seinen Code auswendig, hatte immer und immer wieder den Text der Briefe seiner Mutter memoriert, hatte mehrmals am Tag von verschiedenen Standorten aus verschiedene Frequenzen benutzt, hatte Naras Antworten aufgefangen und dechiffriert, hatte mit den verschiedensten Pistolenmodellen geschossen, hatte sich mit Nara im Nahkampf geübt und hatte den Stadtplan von Prag wieder ganz im Kopf. Unterdessen war auch ein Scheck von unbekannt, lautend auf sechstausend Schweizer Franken, bei ihm eingetroffen. Jedermann wartete auf seine Abreise. Und Sembritzki ebenfalls. Er hatte sich zwar daran gewöhnt, mit immer wechselnden Bewachern zu leben. Er hatte sich an Naras unerbittliche Gegenwart gewöhnt, an die kurzen Nächte. Aber jetzt mußte er hinaus aus der Enge. Er sehnte sich nach der Langeweile in Böhmen, nach der gemächlich dahinfließenden Moldau, nach dem Blick vom Hradschin weit über die Stadt.
»Morgen«, sagte Nara, als sie zum letztenmal über ihren Figuren brüteten.
Was hätte Sembritzki darauf antworten sollen? Verbissen starrte er auf das Brett vor ihm. Er wußte, daß er all die Erniedrigungen, die er nun während mehr als einer Woche hatte einstecken müssen, nur durch einen Sieg im Go-Spiel einigermaßen würde kompensieren können.
Nara lächelte ölig. Er schien ihn durchschaut zu haben.

»Sie liegen im Vorteil, Mister Sembritzki!«
»Ich weiß. Und ich werde Sie schlagen!«
»Noch ist die Partie nicht zu Ende!«
Sembritzki schwieg. Um zehn Uhr rief Seydlitz an. Nara sprach japanisch, und Sembritzki verstand kein Wort. Er begriff nur, daß von Geld die Rede war, denn plötzlich nahm Nara einen eisigen Ausdruck an. Zehn Minuten lang wurde gehandelt. Dann würgte Nara plötzlich ein O. K. aus der Kehle und hielt Sembritzki den Hörer hin. Dieser schämte sich über sein Herzklopfen, als er Seydlitz' Stimme hörte.
»Leb wohl, alter Freund!«
»Mehr hast du nicht zu sagen?« fragte Sembritzki.
»Mehr nicht, Konrad! Wenn etwas schiefgeht, dann kann es nicht mehr an dir liegen, nur an einem unglücklichen Zufall.«
»Nichts über Römmel?«
»Nichts!«
»Keine Bezahlungen? Keine Frauen? Keine anderen Schwachstellen?«
»Nichts!«
Noch einmal dieselbe definitive Antwort.
»Du hast gut gearbeitet, sagt Nara.«
»Er hat mich geschafft. Leb wohl!«
Aber Seydlitz hatte schon aufgelegt. Als sich Sembritzki umdrehte, sah er, daß Nara grinsend eine Position auf dem Brett zu Sembritzkis Ungunsten veränderte.
»Mr. Nara, Sie spielen falsch.«
Aber Nara war überhaupt nicht verlegen.
»Sie merken zwar, wenn jemand falsch spielt, aber Sie spielen nicht falsch. Das habe ich Ihnen nicht beibringen können. Leider, Mr. Sembritzki. Ihre Fairneß wird Sie den Kopf kosten!«
Und dann schlug Sembritzki zu. Blitzschnell kam der Schlag unters Kinn, mit dem er Nara von den Beinen fegte. Eine Weile lag dieser mit geschlossenen Augen auf dem anthrazitfarbenen Teppich von Dr. med. dent. Bergers Praxis, wie bei Filmaufnahmen angestrahlt vom grellen Licht der Halogenlampe. Dann öffnete er langsam die Augen, schaute Sembritzki einen Augenblick lang böse an und stand mühsam auf.
»Sie sind ein größeres Schwein, als ich dachte, Mr. Sembritzki. Sayonara!«
Er verbeugte sich, die Hände auf den Oberschenkeln aufgestützt.
»Ciao«, sagte Sembritzki kurz, warf einen Blick auf das Brett, wo

die Go-Steine lagen, und machte dann seinen letzten Zug, mit dem er Nara endgültig den Atem abdrehte. Dann verließ er den Raum, ohne sich umzusehen.

ZWEITER TEIL

7

»Zu Ihrer Rechten sehen Sie die Stadt Nürnberg!«
Sembritzki sah die Stadt. Der letzte Kontakt mit dem Westen. Er lehnte sich zurück und schloß die Augen. Noch einmal überdachte er alles. Keine Lücke in den Vorbereitungen? Vor zwei Tagen noch war er zum letztenmal im Tresorraum seiner Bank gewesen und hatte dort über der Liste mit Namen und Adressen gebrütet, die jetzt plötzlich wieder lebendig werden sollten. Waren noch all seine Leute am Leben? Oder gab es solche unter ihnen, die man gefaßt hatte? Und was war mit Saturn, seinem besten Mann? Er mußte unterdessen weit über die Siebzig sein. Eine Schlüsselfigur im System.
In Prag würde Sembritzki sich mehr oder weniger frei bewegen können, wenn auch aus Distanz diskret bewacht. Aber draußen dann in der Landschaft würde man ihm einen ständigen Begleiter mitgeben. Oder hatte die Überwachung seitens des STB schon jetzt begonnen? Sembritzki hatte sich nicht einmal die Mühe genommen, seine Mitpassagiere näher zu betrachten. Gegrinst hatte er nur, als er unter ihnen eine Gruppe von französischen Karatekämpfern entdeckte, die wohl zu einem Vergleichswettkampf mit Vertretern des Ostblocks nach Prag reisten: »European Karate Team France« stand auf einem pompösen Abzeichen, das die blauen Blazer schmückte. Erinnerungen an Nara!
»Wir beginnen den Anflug auf Prag. Dürfen wir Sie bitten, sich wieder anzuschnallen und das Rauchen einzustellen? Danke!«
Eingelullt von der routinierten Stimme der Stewardeß vergaß Sembritzki, seinen Zigarillo aus dem Mund zu nehmen.
»Darf ich Sie bitten, den Zigarillo wegzustecken?«
Sie lächelte ihr Zahnpastalächeln. Sembritzki lächelte zurück.
»Unangezündet!«
Sie nickte.
»Gewisse Passagiere könnten es nicht sehen und sich provoziert fühlen.«
Wie recht sie hatte! Es kam nicht darauf, was man tat oder was man war. Es kam darauf, was man schien! Ein guter Slogan für die Zeitperiode, die auf ihn zukam.
Sanft setzte die Swissair-Maschine auf. Die Frühlingssonne stand

schon im Westen, als Sembritzki tschechischen Boden betrat und die paar Schritte zum Eingangsgebäude ging. Eine Aeroflot-Maschine, soeben von Moskau gekommen, erinnerte ihn an die Präsenz des großen roten Bruders. Er passierte die erste Kontrolle und machte da neben dem uniformierten Beamten auch schon einen ersten Kollegen vom STB aus. Nicht, daß er ihn erkannt hätte! Aber die Weise, wie der Mann im glatten dunkelbraunen Anzug die ankommenden Passagiere musterte, verriet den Profi. Blick oben. Blick auf das Kabinengepäck. Blick auf die Art und Weise, wie die Leute gingen, wie sie die Arme bewegten, wenn sie einen Blick im Rücken fühlten.

Dann stand er in der Schlange vor dem Schalter, an dem der Pflichtumtausch von Westwährung in tschechische Kronen zu erfolgen hatte. Da Sembritzkis Hotel bereits im voraus bezahlt worden war, konnte er sich auf einen minimalen Umtausch beschränken. Dann ging's weiter durch die Visumkontrolle. Anschließend beschäftigte sich eine junge Dame in brauner Uniform mit seinem Gepäck, und nach einem weiteren Checking stand er draußen vor dem langgestreckten Flughafengebäude. Er hatte nur sein Handgepäck bei sich. Für alles, was er sonst noch in der Tschechoslowakei benötigte, hatten andere zu sorgen. Er ging zum Flughafenbus, der ihn in die Stadt bringen sollte, bezahlte seine sechs Kronen und setzte sich dann ganz hinten hin. Daß ihm auffiel, wie still, wie unauffällig hier alles abrollte, ganz ohne die übliche Hektik, die westliche Flughäfen auszeichnete, ließ ihn fühlen, wie lange er nicht mehr im Osten gewesen war. Hatte er noch die Unbefangenheit, sich nicht wie ein Tourist zu bewegen?

Der Bus schaukelte ihn immer näher zum Zentrum. Ein paar Anhalter am Straßenrand versuchten, Autos im Gegenverkehr auf sich aufmerksam zu machen. Soldaten in braungrüner Uniform warteten an den Bushaltestellen oder versuchten sich auch als Anhalter. Wie oft hatte Sembritzki Uniformierte in seinen Mietwagen einsteigen lassen und bei dieser Gelegenheit einiges über militärische Belange erfahren. Die Landschaft war flach und braun. Sie war wie ein Katapult, eine scheinbar unendliche Ebene, von deren Rand man sich hinunter ins Moldautal schwingen konnte. Durch Vorortviertel, vorbei an Mietskasernen, später an baumgesäumten Straßen, wo ehemalige Villen diskret verdeckt waren, ging es zu einem Halt, bei dem sich der Bus beinahe ganz leerte – nur noch drei Passagiere, Sembritzki inbegriffen, blieben zurück –, durch den großen Tunnel, über dessen anderer Zufahrt der große rote Stern strahlte, dann

über die Brücke, von der sich ein erster schneller Blick auf die Moldau tun ließ, hinüber zum Air Terminal der Československé Aerolinie: »Revoluční.«
Sembritzki stieg aus und winkte nach einem Taxi. Ein Wartburg ratterte heran. Sembritzki stieg vorne ein. Er konnte in einem Prager Luxushotel nicht gut zu Fuß ankommen.
»Hotel Alcron!«
Es war ihm zwar zuwider, in einem der großen Hotelpaläste abzusteigen, aber Römmel hatte darauf bestanden, weil eine große Anzahl anderer Kongreßteilnehmer ebenfalls dort nächtigten. Im Feierabendverkehr quälte sich das Taxi über die Na Příkopě, schwenkte dann scharf nach links in die Václavské Náměstí ein, an deren oberem Ende das Narodní-Museum dominierte. Nach einem durch Einbahnstraßen provozierten Umweg um den ganzen Häuserblock herum kamen sie vor dem fahnengeschmückten Hotel an. Er lieferte seinen Paß ab, schaute sich in der großen, grünblauen Eingangshalle um, suchte das vertraute Gesicht eines tschechischen Geheimdienstmannes, sah aber keinen Kopf, der in diese Kategorie paßte. Dann verzog er sich in sein Zimmer auf der Zwischenetage. Radio, Telefon, Kühlschrank, alles war vorhanden. Blick in den Hof. Von unten Tellergeklapper. Es roch nach Nachtessen. Schritte auf dem Korridor. Sembritzki schraubte den Hörer des Telefonapparates ab, obwohl er wußte, daß das eine völlig überflüssige Manipulation war. Wenn er telefonieren sollte, konnte man ihn direkt von der hotelinternen Telefonzentrale aus abhören. Er würde von hier aus nicht telefonieren. Das Bett, das er versuchsweise bespran, war hart wie ein Brett. Er leerte seinen Koffer, ordnete die paar Hemden und die Wäsche im Schrank, hängte ein Jakkett und die zwei Hosen auf die Bügel. Dann suchte er nach einem Versteck für den Augenblick, wenn er sich eine Waffe beschafft haben würde. Er war unruhig, ging ziellos im Zimmer auf und ab, schaute in jede Ecke, suchte Mikrofone, ohne etwas zu finden, packte dann Stadtführer, Touristeninformationen und Fotoapparat aus wie ein echter Tourist. Aber all das schien ihm nicht genug. Er fühlte sich, kaum war er in Prag angelangt, unsicher. Er hatte seinen Heimvorteil preisgegeben. Jetzt war er der Gejagte, sobald er einen Schritt in die Illegalität tun würde. Und diese Grenze zum Unerlaubten zu überschreiten, war in einem sozialistischen Staat nicht schwer. Sembritzki öffnete den Kühlschrank und knackte die kleine Wodkaflasche. Ein tiefer Schluck ließ ihn wieder aufleben. Als er das Radio einstellte, hörte er die Stimme des DDR-Nachrich-

tensprechers. Belanglosigkeiten. Er verließ das Zimmer, ging quer durch die Halle, wo Touristen in hellbraunen Kunstledersesseln lümmelten, Bier oder Kaffee tranken, gestikulierten, lachten. Eine Ansammlung von Stadtplänen, Fotoapparaten, Jeans und sportlichen Anzügen. Er gab den Schlüssel beim Concierge ab, bei einem kleinen, schmalgesichtigen Mann mit Hornbrille, trat hinaus auf die Straße, wandte sich dann nach links, ging die Štěpánská hinauf, schlendernd, eine erste Kontaktaufnahme mit einer ihm fremd gewordenen Stadt. Hier war nicht das Prag, das er kannte und suchte. Hier schwirrten sogar amerikanische Rhythmen aus offenen Fenstern. Hier war keine Atmosphäre. Hier vibrierte die Luft nicht.
Er hätte es sich denken können, daß man ihn nicht allein lassen würde auf seinem ersten Spaziergang. Braune Anzüge schienen hier hoch im Schwange zu sein.
Da war die Adresse, die er gesucht hatte: »Opravy Hudebních Nástroju, piana harmoniky«. Darunter eine zweite Anschrift: »Opravy Pian-Harmonic«.
Sembritzki ging weiter. Er war erleichtert. Jetzt hatte er Fuß gefaßt. Allein der Umstand, daß diese Adresse noch existierte, verschaffte ihm eine Art von Heimatgefühl. Jetzt erst war er ein Zurückkehrender. Jetzt erst begann die Prager Luft zu vibrieren. Am Ende der Straße kehrte er um. Er schlenderte nochmals am Haus seines ersten Kontaktmannes vorbei, schaute schnell und unauffällig durch das halbgeöffnete Tor in den grauen Hof, ging dann weiter, vorbei am Bierlokal, wo ein fetter Arbeiter mit aufklaffendem Hemd, einen gigantischen Humpen mit weißschäumendem Bier vor dem Bauch, lallend an der grauen Mauer lehnte. Aus der geöffneten Tür drangen Gegröl und heiseres Gelächter, und gleichzeitig quoll eine Gruppe von Männern in groben Anzügen heraus, die ihn aufsogen, in die Mitte nahmen. Plötzlich fühlte er breite Hände an seinen Taschen, wurde blitzschnell wie in einem Schraubstock festgehalten und auch schon wieder aus diesem gärenden Strudel ausgespuckt. Man hatte ihn gefilzt. Vergeblich. Und zu früh. Er hatte noch keine Waffe. Aber er war gewarnt. Man würde einen zweiten Versuch unternehmen. Aber dann würde man ihn nicht mehr erwischen.
Er trat in eine ganz andere Welt ein, als er vom schwarzgekleideten Kellner an einen Platz im großen Speisesaal komplimentiert wurde. Vergangene Herrlichkeit. Grüngraue Pfeiler. Spiegel. Etwas blind geworden, verwehrten sie den ungetrübten Blick auf andere Gäste. Ein Dreimannorchester bereitete seinen Auftritt vor. Sembritzki

bestellte Schweinefleisch nach Prager Art und Bratkartoffeln. Dazu einen Salat und ein Pils. Erste Töne schwirrten in seinem Rücken. In einem der Spiegel konnte er den großgewachsenen Stehgeiger sehen, der das Mikrofon richtete. Das Bier kam und mit ihm der erste Akkord. Die nackte Jugendstilplastik in der Rotonde schien sich, beflügelt von Walzerklängen, hinaus in den Saal schwingen zu wollen. Ihr braunroter Leib glänzte. Und zu ihren Füßen glänzte die Glatze eines riesigen Gastes, der im Takt aß und immer wieder unauffällig zu Sembritzki hinüberluchste. Der Stehgeiger, unterstützt von einem Klavierspieler und einem Mann am Schlagzeug, schien schon bessere Zeiten gesehen zu haben. Wenn die Töne nicht mehr in die gewünschten Höhen transportiert werden konnten, half er mit verzweifelter Mimik nach, stellte sich auf die Zehenspitzen und schob den durchhängenden Akkord mit den spitz nach oben wachsenden Augenbrauen an den gewünschten Platz in seiner inneren Harmonielehre. »Machen wir's den Schwalben nach!« Wiener Vergangenheit schmuggelte sich ins sozialistische Prag hinüber, Pusztaklänge aus dem alten Ungarn weinten sich hier noch einmal aus. Aber den Gästen schien es zu gefallen. Die Antiquare unter ihnen konnte Sembritzki schon jetzt ausmachen. Sie waren entweder dunkelgrau oder dunkelblau gekleidet. Einige trugen Tweedjacketts und beinahe alle einen Unterziehpullover. So auch der riesige Mann zu Füßen der Bronzeplastik. Er war Amerikaner, was er lautstark dokumentierte. Und er winkte auch schon bald leutselig zu Sembritzki hinüber, hob sein Weißweinglas auf Augenhöhe und prostete ihm zu. Wenn er wirklich ein Kongreßteilnehmer war, so würde sich Sembritzki nur schwerlich seiner erdrückenden Gegenwart entziehen können. Er beeilte sich mit dem Essen, verzichtete auf den Nachtisch und ging mit einem Kopfnicken in Richtung des Giganten schnell auf sein Zimmer. Dort holte er den Mantel mit den weiten Taschen und den verschiedenen Verwandlungsmöglichkeiten – er war beidseitig tragbar – aus dem Schrank und trat dann wieder über die Treppen hinaus auf die Straße. Diesmal wandte er sich nach rechts zum Václavské Náměstí. Doch bevor er bei der Kreuzung von Štěpánská und dem breiten Boulevard angekommen war, tauchte er in die Lucerna-Passage ein. Da drängten sich schon die Leute vor dem Eingang zur Lucerna-Bar, wo sozusagen westliche Varietékunst angepriesen wurde. Die Telefonkabine stand noch immer am selben Ort, braun, unten mit eng beisammenliegenden Holzleisten eingefaßt. Sembritzki wußte, daß er sich beeilen mußte. Sein Bewacher hatte schon Position bezogen, stand in

einer Nische zwischen zwei Schaufenstern und schaute unauffällig zur Telefonzelle herüber. Sembritzki deckte die Wählscheibe ab, so daß von außen niemand die Nummer kennen konnte, die er wählte.
»Hallo!«
Es war Evas Stimme. Sembritzki fühlte, wie ihm die Stimme wegblieb.
»S kým mluvím? – Mit wem spreche ich?«
»Sembritzki«, würgte er heraus. Seine Stimme klang heiser und war ihm selber fremd. Aber auch Eva schien erregt. Er hörte sie atmen.
»Wo sind Sie?«
»Hier in Prag. In einer Telefonzelle in der Lucerna-Passage!«
»Viele Leute da!«
Sembritzki wußte Bescheid. Die Telefonzelle war nicht sauber. Sie wurde permanent abgehört. Sie lag ja auch nahe beim Hotel und wurde sicher von all jenen benützt, die die Kontaktaufnahme über die Zimmertelefone scheuten.
»Ich bin morgen in der Karls-Universität. Ein Kongreß, Antiquare aus aller Welt!«
»Schön für Sie!«
Jetzt waren beide in das übliche Konversationsmuster eingerastet. Sie garnierten ihre Sätze mit gültigen Stichworten, die man dann nachher nur zu einem neuen Satz zusammenzufügen brauchte, der alle nötigen Informationen enthielt.
»Niklaus läßt Sie grüßen!«
Sembritzki lachte. »Ach, wie geht es ihm? Ist er schon wieder umgezogen?«
»Wie Sie sich doch noch an alles erinnern. Ja, er ist umgezogen. Er wohnt jetzt an der Effingerstraße Nummer 12. Oder ist es 15? Das weiß ich nicht mehr so genau.«
»Früher wohnte er in der Nummer 3. Das war eine gute Adresse!«
»Ja. Wann sehen wir uns?«
»Kommen Sie doch in die Bibliothek. Morgen, nach dem Kongreß?«
»Gut. Es wird sicher später als fünf.«
»Tut nichts. Ich warte.«
»Tak na shledanou!«
Sie hatte aufgehängt, ehe er sich selbst verabschieden konnte. »Na shledanou – auf Wiedersehen!«
Aber die Informationen waren angekommen. Sie würden sich noch heute nacht um zwölf, um Mitternacht also, hinter dem Emmaus-

kloster in der Nähe der Trojická treffen. Vorher mußte er aber versuchen, sich eine Waffe zu beschaffen. Die Adresse hatte er. Es war ganz im Osten, in der Nähe der Moldau. Ob er noch hinfinden würde? Und vor allem: würde er es schaffen, seinen Begleiter abzuschütteln? Er verließ die Telefonzelle, trat am andern Ende der Lucerna wieder auf die Straße und bog dann in den Boulevard ein.
»Tauschen? Change?«
Der geübte Blick der heimlichen Geldakrobaten schien ihn in der harmlosen Ecke ausgemacht zu haben, sonst hätte man sich nicht an ihn herangemacht. Das beruhigte ihn.
Er ging die Václavské Náměstí hinunter bis zur Na Příkopě, bog dort rechts ab, ging bis zum Pulverturm und tauchte dann in die Prager Altstadt ein. In seinem Rücken hörte er die beharrlichen Schritte seines Beschatters. Aber jetzt wurden die Straßen eng und eine Überwachung immer schwieriger. Ein Strom von Touristen kam Sembritzki entgegen. Er ließ sich ansaugen, vermischte sich mit der Gruppe, schloß sich ihr an, kam zurück, kreuzte seinen Beschatter, der einen Augenblick lang aus dem Konzept gebracht die Straße hinunterspähte, und scherte dann abrupt in eine Seitengasse aus, ging schnell und lautlos im Schatten der Hausmauer weiter. Er durfte dem STB-Mann nun keine Möglichkeit mehr lassen, sich zu orientieren, zu ihm aufzuschließen. Er schlug mehrere Haken, umging in großem Bogen den Altstädter Ring und bog dann nach Osten ab, bis die Häuser immer unansehnlicher wurden, immer weniger Leute sich auf der Straße zeigten und es immer düsterer wurde. Endlich hatte er die Straße gefunden, die er suchte. Er sah den halb abgeblätterten Schriftzug »Pedikura« schon von weitem, denn das Licht einer grünen Straßenlaterne fiel darauf.
Gegenüber war das gelbe Haus, das er gesucht hatte. Er erkannte es am Fries wieder, das die Fenster rahmte. Nummer 15. Er ging schnell über das holperige Kopfsteinpflaster. Er klopfte. Nichts rührte sich im Haus. Noch einmal krümmte er den Zeigefinger. Wieder Stille. Sembritzki schaute sich um. Er konnte es nicht länger wagen, hier vor einer geschlossenen Haustüre stehenzubleiben. Schnell überquerte er die schmale Straße. Dann hörte er Schritte. Die Türe wurde einen Spalt geöffnet.
»Promiňte!« sagte Sembritzki leise. Und dann: »Entschuldigung!«
»Čím vám mohu posloužit?«
Das verstand nun Sembritzki nicht mehr. Er mobilisierte seinen letzten Satz aus seinem Repertoire: »Mluvíte německy?«

»Ja, ich spreche deutsch«, sagte die Stimme.
»Ich suche Vladimír Havaš.«
»Vladimír Havaš ist tot.«
Die Türe öffnete sich etwas weiter. Er sah das Gesicht einer etwa vierzigjährigen Frau, grell geschminkt, schneeweiß die Haut, Lippen und Augenbrauen wie Wegzeichen darin. »Kann ich eintreten? Bitte!«
»Wer sind Sie?«
»Ein Freund Vladimírs!«
»Das kann jeder sagen!«
»Mlha houstne!« flüsterte jetzt Sembritzki aufs Geratewohl. »Der Nebel wird dichter.« Das konnte für die Dame hinter der Türe alles und nichts heißen. Es war das Codewort, das er vor Jahren jeweils gebraucht hatte, um jemanden als Freund zu identifizieren. Und er hatte auch diesmal Erfolg. Die Türe ging auf. Er schlüpfte in einen dunkelrot gestrichenen Flur, der überall mit kleinen goldumrahmten Spiegeln jeder Form geschmückt war. Wohin er auch schaute, Spiegel, sein Gesicht, manchmal auch nur Ausschnitte davon, mehrfach gebrochen und zurückgeworfen. Die Frau stand jetzt im Licht eines mit rotem Samt drapierten Lämpchens. Sie reichte ihm kaum bis zur Schulter. Ihr Haar fiel schwarz und voll. Ihr Lächeln war Maske. Aber ihre Augen brannten wie Kohle.
»Ich bin Marika!«
»Tschechin?«
Sie schüttelte den Kopf.
»Ungarin.«
»Sie kannten Vladimír gut?«
»Ich habe ihn gepflegt, als er krank war.«
»So ist er also eines natürlichen Todes gestorben?«
Sembritzki war erleichtert. Er hatte schon gefürchtet, daß die STB-Schergen das Nest ausgehoben hätten.
»Krebs. Zuerst die Lunge. Dann der Kehlkopf.«
Was sollte er jetzt tun? Er stand in der Leere. Vladimír, der ehemalige Arbeiter in den Škodawerken, war tot. Der Mann mit den großen und so geschickten Händen.
»Wer wohnt jetzt in seiner Wohnung?«
»Mirek!«
»Wer ist Mirek?«
»Sein Sohn!«
Sembritzki wunderte sich. Nie hatte er von Havaš erfahren, daß er einen Sohn hatte.

»Warum hat mir Vladimír nie gesagt, daß er einen Sohn hat?«
Sie zuckte mit den Schultern und zog ihren purpurfarbenen, wattierten Morgenmantel, der vorn aufgeklafft war und eine kleine, weiße spitze Brust freigegeben hatte, wieder zu.
»Mirek war beim Militär. Ausbildung an einer russischen Militärschule. Sein Vater hat sich bei seinen Freunden geschämt. Er wollte keinen Sowjetarmisten in der Familie haben.«
»Und jetzt?«
»Jetzt ist Mirek zurückgekommen. In einem Manöver hat er den linken Arm verloren. Er ist kriegsuntauglich, verstehen Sie? Ausgemustert.«
»Was tut er jetzt?«
»Dies und das. Er verkauft Zeitungen. Er macht Botengänge. Er macht tschechisch-russische Übersetzungen.«
»Und er kennt sich aus im Nebel?«
Sembritzki wußte, wieviel von der Antwort Marikas abhing. Sie nickte.
»So gut wie sein Vater! Oder noch besser!« Ihr Ausdruck war jetzt völlig verändert. Etwas von Wärme war in ihrem Blick festzustellen. Abwesend strich sie sich über die verhüllte Brust.
So gut wie sein Vater. Oder noch besser! Wie sie das wohl meinte? War ein junger einarmiger Liebhaber besser als ein alter zweiarmiger? Und wie würde sich Sembritzki in dieser Rolle machen? Er lächelte sie an. Aber da kam kein Echo zurück.
»Wollen Sie warten?«
»Wie lange?«
»Eine halbe Stunde! Ein paar Wodkas werden Ihnen darüber hinweghelfen!«
»Und Ihre Gegenwart!«
Wieder versuchte es Sembritzki mit einem Lächeln. Wieder stieß er auf Kälte. Sie drehte ihm jetzt den Rücken zu und ging durch eine mit einem purpurfarbenen Samtvorhang drapierte Tür in einen andern Raum. Unschlüssig blieb Sembritzki stehen. Konnte er der Frau wirklich trauen? War Miroslav der Sohn seines Vaters? Oder war er trotz seines amputierten Armes ein überzeugter Mitläufer in der Armee der Warschaupaktstaaten geblieben?
»Bitte!«
Sie dehnte das I sehr lange, bis es immer breiter wurde und dann in einem dumpfen T explodierte. Wieder stand ihr Morgenmantel halb offen, als sie ihm jetzt unter der Türe das kleine Wodkaglas entgegenstreckte. Aber diesmal schloß sie ihn nicht mit einer schnellen

Bewegung. Im Gegenteil. Jetzt klaffte auch die andere Seite auf, und die Zwillingsbrust, etwas größer und voller als die rechte, tauchte ins schummerige Licht. Sie trat auf ihn zu und lächelte zum erstenmal.
»Na zdraví!«
Die beiden Gläser prallten zusammen.
»Ex!« sagte sie und kippte den Wodka hinunter.
Sembritzki tat es ihr nach. Sie zog ihn jetzt ins Wohnzimmer neben sich auf ein von unzähligen bestickten Kissen belagertes Sofa. An den Wänden hingen Bilder mit Pferden. Springpferde, Ackergäule, Zugpferde, Zirkuspferde. Sie griff nach der Flasche auf dem kleinen schäbigen Holztisch. »Gut!« sagte sie, und wieder dehnte sie den Vokal, bis er einbrach. Sie schenkte ein, hob das Glas auf Augenhöhe und sagte: »Ex!«
Sembritzki haßte dieses Kneipenzeremoniell, aber er tat es ihr aus Höflichkeit nach. Noch zwei-, dreimal. Dann fühlte er, wie der Alkohol ihm in den Kopf stieg. Seine Hand zitterte beim viertenmal leicht, als er das Glas hob.
»Ein rechter Mann verträgt mehr als du!«
Sie drängte sich an ihn und fuhr mit schnellen und geübten Fingern an seinem Oberkörper auf und ab, kroch ihm unters Jackett, streichelte ihm die Hüften und lehnte sich dann lachend wieder zurück. Sembritzki wußte es, bevor er zu einer Reaktion fähig war: sie hatte ihn gefilzt.
»Du hast mich gefilzt!«
Er fühlte, wie seine Zunge schwer im Mund lag, und er ärgerte sich darüber, daß er sich auf so schäbige Weise hatte erwischen lassen.
»Sicher, milý Konrádku!«
Woher kannte sie seinen Namen? Aber die Antwort kam postwendend. Sie zeigte ihre vom Rauchen schwarzen Zähne, als sie seinen Paß aus ihrem Slip zog, ihn aufklappte und las: »Konrad Sembritzki. Deutscher Staatsangehöriger. Beruf Antiquar. Familienstand: geschieden.«
Jetzt lächelte Sembritzki nicht mehr. Er nahm ihr den Paß mit einer groben Bewegung weg, steckte ihn ein und griff ihr dann mit beiden Händen an die Brüste und drückte zu. Aber sie zuckte mit keiner Wimper, so fest er auch zupackte. Eine Weile hielt sie still, dann sagte sie, und die Worte kamen von ganz weit unten: »Was für eine Kraft! Was für ein Mann!«
Beschämt ließ Sembritzki die Arme sinken. Aber jetzt hob sie ihrerseits den Arm und strich ihm über das leicht gekräuselte dunkel-

blonde Haar, dann über die Augenbrauen und zuletzt über die Lippen.
»Du bist zu naiv, milý příteli!«
Sembritzki nickte. Er wußte jetzt, daß sie ihn nur hatte testen wollen.
»So lebst du nicht lange!«
Wie recht sie hatte! Er war nicht mehr der alte. Prag hatte sich verändert seit dem letztenmal. Auch er selbst. Er wußte jetzt auch, warum sie ihn so kläglich erwischt hatte. Weil er geglaubt hatte, mit Naivität, mit Spontaneität, mit der Bereitschaft des Jungen, aus einer scheinbar abgelebten Vergangenheit neues Leben herauszukitzeln. Er wollte sich selber fühlen, sich aufs Spiel setzen, und mußte die Erfahrung machen, daß ihm nur Mißtrauen das Weiterleben garantierte. Er hatte nur dann eine Chance, wenn er auf seine Erfahrungen baute.
»Komm«, sagte Marika jetzt leise und faßte ihn bei der Hand. »Mirek ist zurückgekommen!«
Sie zog ihn zum Fenster und zeigte hinüber über die Gasse, wo hinter einem zerschlissenen Vorhang eine nackte Glühlampe sichtbar war. Ab und zu sah man eine Gestalt am Fenster vorbeigehen. Dann war Radiomusik zu hören. Es roch nach Kohl. Marika steckte eine Zigarette an.
»Geh! Mirek wird dir geben, was du brauchst! Bezahlt hast du schon!«
Er schaute sie überrascht an, als sie zwei Hundertfrankenscheine und zwei Zehnfrankennoten aus dem Slip zog.
»Du hast mich bestohlen!«
Er unterdrückte nur mühsam seine Wut. Sie hatte ihn erniedrigt.
»Behalte die großen Scheine! Aber gib mir die beiden Zehnfrankennoten zurück!«
»Warum?«
Konnte er ihr das erklären? Nein. Sie hatte ihn gefilzt. Sie hatte ihn bestohlen. Er konnte ihr nicht sagen, was die Zeichnung auf den Zehnfrankenscheinen für ihn bedeutete. Lächelnd steckte sie ihm die beiden rotbraunen Scheine vorne ins Jackett, küßte ihn flüchtig auf die Lippen und stieß ihn resolut zum Ausgang. Noch einmal blickte Sembritzki zurück. Dann ging er schnell hinaus. Als er drüben ankam, ging die Tür schon auf und ein breitschultriger Mann, den einen Arm ausgestreckt, stand vor ihm. Ein loser Hemdsärmel, von der Zugluft, die durch die geöffnete Türe schoß, mit Leben vollgepumpt, flatterte heftig.

»Ich bin Konrad Sembritzki. Ein Freund Ihres verstorbenen Vaters.«

Miroslav Havaš schloß schweigend die Tür und schaute Sembritzki im Licht der nackten Glühbirne prüfend an. Dann griff er mit der rechten intakten Hand unter seinen dicken rotbraunen Wollpullover und zog ein kleines Foto heraus, blickte darauf, schaute dann Sembritzki mißtrauisch ins Gesicht und ließ das Bild wieder unter dem weiten Pullover verschwinden.

»O. K. Come in«, sagte er.

»Sie sprechen kein Deutsch?«

Miroslav schüttelte den Kopf, daß seine langen strähnigen Haare flogen.

»Russisch und Englisch!«

Das war kein Handicap für das, was die beiden miteinander auszuhandeln hatten. Havaš winkte Sembritzki zu sich her, schaute ihn aus einem Paar goldgelber Augen lange an, verzog dann sein langes junges, aber mit vielen Falten durchzogenes Gesicht zu einem mühsamen Lächeln, das eher einer Grimasse glich, und forderte Sembritzki auf, ihm in die Küche zu folgen.

»Kann ich offen sprechen? Marika hat mir gesagt…«

»Marika ist in Ordnung!« antwortete er schnell. »Sie ist fix mit den Händen und mit dem Köpfchen. Auch ihre Lippen geben kein unnötiges Wort frei!«

Sembritzki saß auf dem unbequemen, weißgestrichenen Küchenstuhl, die eine Hand auf dem blauweiß karierten Wachstuch, das den Tisch bedeckte, und war unschlüssig. Er war entschlossen, sich nicht ein weiteres Mal kalt erwischen zu lassen. Aber da nahm ihm Havaš auch schon die Entscheidung einer Frage ab.

»Sie brauchen eine Waffe!«

Sembritzki antwortete nicht. Er schaute Havaš nur überrascht an.

»Ich habe nur eine kleine Auswahl an Pistolen und sozusagen nichts Brauchbares aus dem Westen!«

»Tut nichts.«

Jetzt hatte Sembritzki Farbe bekannt. Jetzt hatte er sich seinem Partner ausgeliefert. Aber Havaš lächelte nur, diesmal mit gewisser Herzlichkeit.

Er stand auf, ging in seinen schweren Holzpantinen durch die enge Küche, öffnete einen weißen Küchenschrank, griff hinein, kramte lange darin herum, schien sich durch viele verschiedene verborgene Fächer vorzutasten und kam dann mit einem in ein gelbes Flanelltuch eingewickelten Gegenstand zurück, den er auf den Tisch

legte, und trat dann wie ein Zauberer, bevor er mit einem verblüffenden Trick den Zuschauern den Atem abwürgt, einen Schritt zurück.
»Was erwarten Sie?«
Sembritzki zuckte die Schultern.
»Mir ist es egal.«
Havaš öffnete das Tuch. Sembritzki erkannte die Waffe sofort. Zuerst wollte er schnell zugreifen, dann aber zog er gehemmt die Hand wieder zurück.
»Sie kennen die Waffe?«
Sembritzki nickte. »Ja, ich kenne sie. Sie hat Ihrem Vater gehört. Eine Stechkin. Kaliber 7,65.«
»Woran erkennen Sie die Pistole meines Vaters?« fragte Havaš gespannt.
»An dem kleinen grünen Fleck am Griff!«
Jetzt trat Havaš auf Sembritzki zu und umarmte ihn.
»Sie waren ein Freund meines Vaters! Nur Ihnen hat er diese Pistole gezeigt. Da!«
Er streckte Sembritzki die Waffe auf der flachen Hand hin.
»Wieviel?«
Aber Havaš schüttelte den Kopf.
»Nur leihweise, Mr. Sembritzki!«
Und dann nach einer Pause mit einem kleinen bitteren Lächeln:
»Die Miete haben Sie sicher schon bezahlt!«
»Zweihundert Schweizer Franken! Ist das genug?«
Havaš nickte abwesend. Er saß jetzt auf einem hochlehnigen Stuhl mit großem Blumenmuster, in welchem der alte Havaš immer gesessen und gehorcht hatte, wie das Kaffeewasser kochte. Die Stille wurde unerträglich. Sembritzki, noch immer die Pistole in der Hand, auf dem weißen harten Küchenstuhl, wußte nicht, was er vom jungen Havaš noch erwarten konnte.
»Mirek, kann ich von Ihnen weitere Hilfe erwarten?«
Jetzt schaute der junge Mann mit leerem Blick auf und schüttelte leise den Kopf.
»Nein, Sembritzki. Ich bin ein Geschäftsmann. Ich verstehe etwas von Waffen, mehr als das, was mir die Sowjets beigebracht haben. Aber ich handle nicht mit Ideologien. Harte Geschäfte. Ware gegen Geld. Da ist alles. Alles andere führt zu nichts!«
»Ich werde Sie bezahlen, Mirek!«
»Wofür?«
»Wenn Sie überall weiterverbreiten, daß ich in Prag bin!«

»Überall?« Havaš' Lachen klang hart.
»Sie verstehen mich. Bei Ihren Freunden. Bei den Freunden Ihrer Freunde. Ich kann nicht ewig unterwegs sein und alte Kontakte anknüpfen. Dazu fehlt mir die Zeit. Ich muß mich darauf verlassen können, daß die Leute zu mir kommen!«
»Ich bin nicht Ihr Pfadfinder, Sembritzki. Ich werde meine Freunde nicht auf dem Präsentierteller dem STB ans Messer liefern! Mit mir können Sie das nicht machen!«
Was hätte Sembritzki darauf antworten können? Der junge Havaš, in der Armee zum kalten Rechner zurechtgeschliffen, hatte nur noch die Liebe und das Andenken an seinen Vater in die Gegenwart hineingerettet. Eine neue Generation, die Sembritzki in manchem fremd war. Und trotzdem mochte er Miroslav Havaš. Seine Ehrlichkeit. Und seine Illusionslosigkeit.
»Das wär's dann wohl!«
Sembritzki stand auf. Aber Havaš bewegte sich nicht. Nur die Finger seiner rechten Hand trommelten einen Wirbel auf die verschnörkelte Stuhllehne.
»Wait a minute!«
Sembritzki blieb stehen und schaute den jungen Havaš verwundert an. Erst jetzt bemerkte er die gepflegten, sauber geschnittenen, ja gefeilten Fingernägel. Da hatte sich wohl die fixe Pedikura daran versucht. Jetzt ballte Miroslav Havaš die Hand zur Faust und stand auf.
»Mr. Sembritzki«, murmelte er und stand auf, indem er sich auf seinen rechten Arm abstützte und mit einer blitzschnellen Drehung seines Oberkörpers in die Senkrechte schnellte: »Ich möchte nicht, daß Sie schlecht von Marika denken.«
»Warum sollte ich!« Sembritzki versuchte, seiner Stimme einen unbefangenen Unterton zu geben. Es gelang ihm nicht ganz. Verletzter Stolz klang mit.
»Marika stammt aus einer ungarischen Zirkusfamilie. Sie war Kunstreiterin. Und dann starben ihre Geschwister, eines nach dem andern an einer Epidemie. Sie blieb allein mit ihren Eltern zurück. Und sie konnte sich nur mit kleinen Diebstählen über Wasser halten. Das hat sie sich nicht mehr abgewöhnt. Und manchmal ist es auch einträglich, Mr. Sembritzki. Besser, als die Straße zu machen!«
»Warum entschuldigen Sie sich für Marika?«
»Weil ich sie liebe, und weil Sie meinen Vater gekannt haben. Mein Vater war ein ehrlicher Mensch.«

Sembritzki nickte.

»Ich bin käuflich, Mr. Sembritzki. Mein Herz schlägt dort, wo die Banknoten rascheln!«

»Was wollen Sie damit sagen, Mirek?«

»Ich will damit sagen, daß ich Sie für Geld verraten könnte. Mehr als eine Gruppierung wäre an Ihnen interessiert.«

Sembritzki schüttelte lächelnd den Kopf.

»Sie irren sich, Miroslav! Ich nehme Ihnen die Entscheidung ab. Daß ich hier bin, ist kein Geheimnis. Daß ich Kontakte anknüpfe, ebensowenig. Und bevor ich diese Kontakte hergestellt habe, bin ich in Sicherheit. Ich allein bin kein Fang, mein Lieber.«

Jetzt ließ sich Havaš krachend in den Stuhl zurückfallen. Mit der rechten Hand fuhr er sich über die Stirn, wo kleine Schweißtröpfchen perlten.

»O. K.!« schnaufte er. »Ich bin froh, daß Sie es mir gesagt haben. Sie nehmen mir die Entscheidung wirklich ab. Sie machen es mir nicht schwer, die Erinnerung an meinen Vater rein zu halten und Sie hier als Freund zu entlassen. Leben Sie wohl, Sembritzki! Und kommen Sie erst wieder zurück, wenn Sie die Pistole nicht mehr nötig haben!«

»Ich komme nicht wieder zu Ihnen zurück. Ich werde Ihnen die Pistole durch einen Boten bringen lassen, um Sie nicht dann, wenn ich meine Mission erfüllt habe, wirklich in Versuchung zu bringen.«

Sembritzki drehte sich erneut um und ging zur Türe.

»Moment!«

Was wollte er jetzt noch? Havaš hatte sich wieder in die Höhe gewuchtet, schlurfte wieder zum Schrank, wo er herumkramte und mit einem metallisch blau schimmernden Gegenstand zurückkehrte.

»Hier!«

»Ein Schalldämpfer?«

»Als Zugabe. Geben Sie her!«

Aber Sembritzki schüttelte den Kopf.

»Nein, Miroslav! Ich gebe meine Waffe nicht mehr aus der Hand!«

»Etwas gelernt?«

Havaš lächelte bitter und streckte ihm den Schalldämpfer hin. Dann löschte er das Licht in der Küche.

»Reine Vorsichtsmaßnahme, Sembritzki.« Vorsichtig öffnete er die Tür und spähte hinaus auf die Straße.

»Gehen Sie, Sembritzki! Ich habe es nicht für Sie, sondern für mei-

nen Vater getan. Und was ich jetzt noch tun werde, tue ich für mich!«
Sembritzki verstand die letzten Worte nicht. Er schaute seinen eigenartigen Gastgeber noch einmal kurz an, drückte ihm den Unterarm und trat dann hinaus auf die Straße. Und dann sah er auch schon den Mann in der Nische, sah, wie sich ein Umriß bewegte, ein Mann aus dem Schatten auf die Straße trat, zwei Schritte auf ihn zu tat. Dann hörte er das dumpfe Geräusch, das er so gut kannte und ihn an Neujahrsfeiern und knallende Sektpfropfen erinnerte. Es fiel mit dem dritten Schritt des Mannes im Dunkel zusammen, den er nicht ganz zu Ende brachte. Einen Augenblick hing er allen physikalischen Gesetzen zum Trotz schräg in der Luft und fiel dann schwer vor Sembritzkis Füße.
»Sie waren nicht mißtrauisch genug, Sembritzki«, flüsterte Havaš, als er seine eigene Pistole mit Schalldämpfer unter dem weiten Pullover verschwinden ließ. »Man hat Sie verfolgt. Ich hatte die Wahl, Sie zu erschießen oder diesen Mann aus dem Weg zu räumen.«
»Sie haben sich für den andern entschieden!«
»Ja. Aber nicht, weil ich Sie schonen wollte, sondern weil ich dem STB eine Chance geben will, Sie im richtigen Augenblick zu schnappen!«
»Und jetzt werden Sie geschnappt, wenn man Sie als Mörder eines STB-Agenten entlarvt.«
Havaš' Lachen klang rauh und böse.
»Keine Angst, Sembritzki. Das ist kein STB-Mann. Ich glaube, das ist einer von den Hussiten!«
»Hussiten?«
Sembritzki verstand nicht.
»Sie werden es noch früh genug erfahren, Sembritzki. Warten Sie's ab! Mir bringt dieser Skalp einen Orden oder eine Belohnung ein. Leben Sie wohl!«
Jetzt schaute sich Sembritzki nicht mehr um. Die Angst hatte ihn gepackt. Angst vor der Kälte, vor dem mörderischen Klima, das hier herrschte. Der Mond war jetzt hinter den Wolken hervorgekommen und warf sein weißes Licht auf die zerbröckelnde Fassade der Pedikura. Sembritzkis Schritte hallten laut auf dem holprigen Pflaster, und er beeilte sich, wieder unter Leute zu kommen. Doch bald merkte er, daß er nicht allein war. Man hatte seine Spur wieder ausgemacht. Man? Sembritzki ging weiter und horchte im Gehen auf die Schritte in seinem Rücken. Die Kadenz unterschied sich von seiner eigenen. Da war auch weniger Gewicht dahinter. Eine Frau!

Und wer anders könnte es sein als die fixe Marika! Sembritzki war beruhigt. Aber nur deshalb, weil er mit einiger Bestimmtheit wußte, mit wem er es zu tun hatte. Marika war wohl fix mit den Händen. Aber an Erfahrung draußen zwischen den Hauswänden war sie ihm bestimmt unterlegen. Elf Uhr zwanzig! Ihm blieben noch vierzig Minuten bis zum Zusammentreffen mit Eva. Zeit genug für ein Bier! Er fühlte die Nervosität. Die Angst vor der Wiederbegegnung. Vor diesen ersten Augenblicken der Leere.

Noch war der Altstädter Ring belebt. Touristen standen auch nachts vor der Rathausuhr, dem Orloj, und warteten auf das Defilée der Heiligen. Und auf das Krähen des Hahnes! Wer verriet heute wen? Und wer hatte wen schon verraten? Havaš? Das war eine Figur im großen Spiel. Dieser Mann ließ sich nicht einfach mit einem Pils hinunterspülen. Sembritzki starrte in seinen halbleeren Humpen, der vor ihm auf der hölzernen abgeschliffenen Tischplatte stand. Über den zerkratzen Rand des Glases schaute er auf die Straße hinaus. Und dann sah er sie. Sie hatte sich unter die Touristen vor dem Rathaus gemischt. Sie trug jetzt ein schwarzes Kopftuch mit roten Mohnblumen. Und sie hatte ihn im Visier, ohne hinzuschauen. Aber sie schien nicht zu wissen, daß es in diesem Bierlokal auch einen Hinterausgang gab. Sembritzki legte ein paar Münzen auf den Tisch, und als neue Gäste durch die Türe drängten und ihn für kurze Zeit abdeckten, stand er schnell auf, ging durch die Türe, über der Toalety stand. Das Fenster zum Hof stand offen. Er kletterte schnell hindurch. Er sah auf der Gegenseite die Toreinfahrt, in deren Schatten er untertauchte. Marika war ausgeschaltet. Ihm blieben noch zehn Minuten. Es war spät, und er beeilte sich. Zehn Minuten würden nicht ausreichen, und er ärgerte sich deshalb, weil er es sich zur Gewohnheit gemacht hatte, immer mindestens eine Viertelstunde vor der fixierten Zeit an einem Treffpunkt anzukommen. Er wollte sich nicht überraschen lassen. Er mußte den andern ankommen sehen! Aber diesmal war es nicht irgendein Kurier. Diesmal war es die Frau, die er geliebt hatte. Und vielleicht noch immer liebte. Vor dieser Frage fürchtete er sich. Vor der Antwort darauf.

Es schlug von irgendeinem Kirchturm zwölf, als er aus dem Gewirr der Gassen auf dem Karlsplatz auftauchte und schon wieder zwischen eng stehenden Häusern verschwand. Er schlug einen Bogen um den barocken Prunkbau des Klosters St. Ignatius und näherte sich dann über die Benátská dem Emmauskloster. Sein Herz klopfte bis zum Hals. Aber nicht, weil er so schnell gegangen war.

Die konkaven Spitztürme der Marienkirche stachen in den milchigen Himmel. Seine Schritte hallten laut und aufdringlich auf dem Kopfsteinpflaster. Es roch nach Keller. Moderduft. Als er anhielt und sich in eine Mauernische drückte, hörte er nahe das sanfte Rauschen der Moldau. Er steckte einen Zigarillo in den Mund und wartete.
Es dauerte etwa zehn Minuten, bis er das kurze Aufflackern eines Zündholzes sah. Ungefähr zwanzig Meter von ihm entfernt. Vorsichtig und auf den Zehenspitzen drückte er sich an einer überhängenden Hausmauer entlang. Dann sah er sie. Ihren Schatten. Dann eine ovale Scheibe vor schwarzem Hintergrund.
Wenn er jetzt nur hätte weglaufen können! Seine Handteller waren feucht. Und dann war es geschehen. Er konnte nicht mehr zurück. Er fühlte ihre Hand, die ihn ins Dunkel der Nische zog. Sie standen jetzt ganz nahe beisammen. Ihr warmer Atem glitt ihm ins Gesicht. Seine Hand umklammerte ihre Hand. Und er merkte, daß auch sie an den Händen schwitzte.
»Eva!«
Sie antwortete nicht. Statt dessen trat sie einen ganz kleinen Schritt zurück. Der Raum war eng. Mehr Abstand war nicht möglich.
»Du bist zurückgekommen?«
Er nickte. Die Frage, warum, konnte er so nicht umgehen. Aber sie stellte diese Frage nicht. Aus Angst, vielleicht eine Lüge zur Antwort zu bekommen?«
»Ein Auftrag?« fragte sie statt dessen.
»Ja«, krächzte er mit unnatürlicher Stimme. Und dann erzählte er ihr alles. Er erzählte von Seydlitz, von Stachow, von Bartels, von Römmel. Sie schwieg. Erst als er im Gegenlicht das Zucken ihrer schmalen Schultern sah und dann den kleinen unterdrückten Seufzer hörte, wußte er, daß er sie getroffen hatte. Sie hatte erwartet, daß er etwas von ihr und von sich selbst sagen würde. Er hob ganz langsam die rechte Hand, daß sie jetzt aus der Schwärze der Nische herauswuchs und vom Mondlicht beschienen wie ein abgetrennter Körperteil in die stille Gasse hinausragte. Dann spreizte er den Daumen ab, so fest er konnte, bis er den rechten Winkel immer mehr dehnte und dehnte, und der Schmerz bis hinauf zum Ellbogen kroch. Eine Weile geschah nichts. Seine Hand zitterte vor Anstrengung, aber er ließ sie nicht sinken. Er wartete. Und dann kam die Antwort. Ihre Hand schmuggelte sich aus dem Dunkel neben seine ins Licht, eine feine, kleine Hand, die vergeblich die Konkurrenz mit seiner breiten Männerhand suchte. Langsam zwang sie ihren

Daumen nach unten. Er bewegte sich wie ein Uhrzeiger, immer weiter, bis er endlich schräg auf den Boden zeigte. Ein Todesurteil? Plötzlich kippte die Situation um. Die Erinnerung an ihre früheren Versuche, durch den möglichst weit abgespreizten Daumen ihre Durchschlagskraft unter Beweis zu stellen, ihn gewissermaßen als Indikator für Energie und seelische Kraft zu benützen, wurde abgewürgt. Ein Hauch von Tod und Zerstörung umhüllte sie.
»So weit konntest du früher deinen Daumen nie abspreizen, Eva!« flüsterte er.
»Einsamkeit macht stark. Ich hatte Zeit zum Üben.«
Sie lehnte sich an seine Schulter. War es Erschöpfung? Weil sie sich zu lange dagegen gewehrt hatte! Er strich ihr über die Haare, aber nur ganz leicht und beinahe beiläufig. Er fürchtete, daß ihre Nähe ihn einnebeln könnte.
»Mlha houstne!« flüsterte er ins Ohr.
»Der Nebel wird dichter«, flüsterte auch sie. Dann wurde ihr Körper steif. Sie trat wieder einen Schritt zurück und schaute ihm ins Gesicht. Er sah ihre großen Augen wie Höhlen. Und die kleine Nase saß im Dunkel sogar beinahe gerade im Gesicht.
»Das war wohl der Auftakt zur zweiten Runde! Die Geschäfte warten, Konrad!«
Er schüttelte bekümmert den Kopf.
»Das hat jetzt doch einen doppelten Sinn. Ich fühle, wie die Erinnerungen mich einnebeln. Und –«
»Und gleichzeitig erinnerst du dich daran, daß wir nicht in erster Linie gezeichnete Liebende sind, sondern Befehlsempfänger, die sich zu identifizieren haben. Was willst du von mir, Konrad Sembritzki?«
»Die Identität eines Mannes. Römmel!«
»Der BND-Mann?«
»Ja. Ich will wissen, woher er kommt. Was er war. Welche Verbindungen er hatte! Seinen Lebenslauf!«
»Auf dem Tablett serviert?«
Sie lachte rauh, dann hustete sie. Sie hatte ihre Stimme nicht im Griff. Der Ausflug in die Pose, der Versuch, ihrer Stimme jede Zärtlichkeit zu nehmen, war ihr nicht bekommen.
»Auf dem silbernen Tablett, Eva! Genau. Du kennst doch viele Leute. Du hast selbst Zugang zu den Archiven. Man vertraut dir in Regierungskreisen.«
»Was versprichst du dir von der Rekonstruktion dieses Lebenslaufes?«

»Eine Antwort auf die Frage, warum Stachow ermordet wurde. Ich muß wissen, wo Römmel steht. Für wen er arbeitet!«
»Du hältst ihn für einen Doppelagenten?«
»Die einzige logische Möglichkeit, Eva.«
»Das ist wohl nur ein Teil deines Auftrags?«
»Ja. Der Rest ist meine Sache!«
»Du willst dein Netz wieder mobilisieren?«
»Das ist mein Auftrag!«
»Du weißt, welches Risiko du damit eingehst?«
Sie strich ihm ganz schnell und sacht über die rechte Wange.
»Ich weiß es«, preßte er hervor. »Aber solange ich nicht alle Männer kontaktiert habe, bin ich sicher!«
»Etwas verstehe ich nicht, Konrad. Warum macht man es dir so leicht? Du bist doch kein unbeschriebenes Blatt bei uns. Du warst einer der meistgefürchteten Agenten. Und jetzt kommst du zurück. Und man empfängt dich wie einen alten Freund.«
»Eben. Auch das möchte ich herausfinden. Warum man mir die Rückkehr so leichtmacht. Ich soll herausfinden, ob wirklich Truppenverschiebungen im Gange sind, ob bereits die ersten SS-Raketen im Land sind. Das ist der BND-Auftrag.«
»Und der Auftrag deines toten Chefs?«
»Der deckt sich beinahe mit dem Auftrag Römmels. Nur darf eine Hand nicht wissen, was die andere tut!«
»Dein Chef ist tot, Konrad! Du hast nur noch einen Vorgesetzten: Römmel!«
»Eben! Aber ich weiß nicht, wer Römmel ist. Ich weiß nicht, was er mit meinen Informationen anfängt und mit meinen Agenten.«
»Wenn du dein Netz wieder aufdeckst, lieferst du all deine Leute dem STB ans Messer!«
»Wenn ich nicht vorsichtig bin!«
»Du bist allein in einem fremden Land!«
»Bin ich allein?«
Jetzt schwiegen beide.
»Ich kann dir nur wenig helfen, Konrad. Ich habe eigene Aufgaben!«
Hätte er sie danach fragen sollen? Aber er fürchtete sich vor ihrer Weigerung, ihm Auskunft zu geben. Und doch ärgerte es ihn, daß sie ihn nicht ins Vertrauen zog. Noch bei ihrem letzten Zusammentreffen waren trotz der langsam zerbrechenden Liebe keine Geheimnisse zwischen ihnen gewesen. Kein Geheimnis, was ihre Bindungen, ihr Engagement, ihr Denken betraf. Und jetzt spürte er,

daß sie einem anderen, ihm fremden Zirkel von Menschen angehörte.
»Morgen?«
Er nickte. »Der offizielle Besuch!«
»Vielleicht kann ich dir bis dann schon ein paar Informationen über Römmel geben.«
»So schnell?«
»Die Archive sind komplett. Wenn Römmel ein ehemaliger Wehrmachtsoffizier war, der in sowjetische Gefangenschaft geriet, und das auf tschechischem Boden, wird wohl etwas zu finden sein. Der Mann gehört zum BND. Da wird es hier eine Akte über ihn geben. Da wird man hier doch genau wissen, woher er kommt. Die müssen doch im Bilde darüber sein, mit wem sie es drüben zu tun haben.«
»Und du hast Zugang zu diesen Archiven?«
»Ich nicht. Aber ich habe Freunde –«
Wieder sprach sie von Freunden. War es Eifersucht, die Sembritzki am Wickel packte? Eifersucht auf wen? Und weswegen?
»Leb wohl«, flüsterte sie, und ihre Lippen preßten sich einen kurzen Augenblick lang auf seine. Er hielt sie fest und drückte dann seinerseits seine Lippen fest auf ihre. Aber sie stieß ihn zurück.
»Keine Kraftakte, Sembritzki!«
Er biß auf die Zähne. Und dann stellte er eine jener Fragen, die ihn wieder einmal wie ein Blitz aus heiterem Himmel durchfuhren: »Wer sind die Hussiten?«
Täuschte er sich, oder war sie wirklich zusammengezuckt?
»Woher hast du diesen Namen?«
Sollte er antworten? Er zögerte. Aber dann drängte sie sich ganz nahe an ihn und fragte noch einmal: »Woher, Konrad? Sag es mir! Es ist wichtig.«
»Havaš: Miroslov Havaš!«
»Wer ist Havaš?«
»Der Sohn eines toten Freundes. Der Mann, der mir eine Pistole verschafft hat.«
»Weiter!«
Er spürte ihre Anspannung. Aber er wußte nicht, weshalb sie so drängte. »Als ich aus seinem Haus ging –«
»Was war da, Konrad? Sag es schnell!«
»Ich wurde überwacht. Ich war sicher, meinen Verfolger vom STB abgeschüttelt zu haben. Aber da stand wieder einer in der Nische. Havaš muß es gewußt haben. Er hat ihn sicher schon gesehen, bevor ich bei ihm eintraf.«

»Und dann, Konrad?«
»Dann? Dann hat er den Mann erschossen. Es ging alles sehr schnell. Havaš stand hinter mir. Er hat seine Pistole mit Schalldämpfer unter dem weiten Pullover getragen!«
»Er hat ihn erschossen?«
Ein Stöhnen drang aus der Tiefe ihres Innern.
»Kalt. Perfekt.«
»Mein Gott!« Sie barg den Kopf zwischen den Händen.
»Was ist los, Eva? Kennst du den Mann?«
Aber sie schüttelte den Kopf.
»Laß mich jetzt. Geh! Geh schnell! Wir sehen uns morgen!« Und beinahe heftig stieß sie ihn aus der Nische auf die Straße hinaus. Noch einmal schaute er zurück. Aber sie hatte sich jetzt ganz in den Schatten verzogen. Sie weinte. Um wen? Weshalb?
Ohne sich noch einmal umzudrehen, ging er zurück, quer durch die ganze Stadt ins Hotel. Die Halle war leer, bis auf den riesenhaften Amerikaner, der mit ausgestreckten Beinen in einem der hellbraunen Kunstledersessel vor sich hindöste, in der Hand eine Bierflasche.
»Einen Gutnacht-Drink, Herr Kollege?«
Aber Sembritzki schüttelte stumm den Kopf und ging über die Treppe nach oben.

8

Sembritzki erwachte mit schwerem Kopf. Er erinnerte sich nicht mehr, wie er ins Bett gekommen war. Er sah jetzt nur, mit halb geöffneten Augen, die drei leeren Flaschen auf dem Kühlschrank stehen, eine bunte Mischung von Wein, Wodka und Sekt. Er wälzte sich aus dem Bett, stand einen Augenblick leicht schwankend und benommen da, holte sich ein Mineralwasser aus dem Kühlschrank, leerte es in einem Zug und drehte dann das Radio an. Die Stimme der DDR holte ihn endgültig aus schweren Träumen in eine schwere Wirklichkeit hinein. Er dachte an Evas Erschrecken, als er von Havaš' Meisterschuß erzählte. Was hatte es mit dem Erschossenen auf sich? Wer waren die Hussiten? Er versuchte, Zusammenhänge mit der historischen Figur des Johannes Hus herzustellen. Was wußte er noch? Hus war es gelungen, während fast eines Jahrzehnts inmitten eines von Kaiser und Klerus beherrschten Europas eine Gegenwelt aufzubauen. Böhmen war seine Welt gewesen. Da

hatte er versucht, die kühne Vision einer besseren und gerechteren Welt zu realisieren. Was war davon übriggeblieben? Eine gescheiterte Utopie! Johannes Hus, der Bauernsohn, zum fünften Evangelisten geschlagen, war Ende 1414 nach Konstanz gegangen, um sich dem Konzil zu stellen. Und im Juni 1415 wurde er auf dem Scheiterhaufen als Ketzer verbrannt. Was aber hatte all das mit Eva zu tun? Was für eine neue Bewegung hatte sich in Böhmen formiert? Und welche Rolle spielte Eva? Aber noch im Bad, das ihn warm und sanft umschäumte, fand er keine Lösung. Sollte er Eva direkt fragen? Er war noch immer nicht zu einem Entschluß gekommen, als er vor dem Spiegel stand und sich rasierte. Mit der Linken hielt er den Stecker des Kabels fest, der immer wieder aus der Steckdose fiel, mit der Rechten den Rasierapparat. Aber irgendwie beruhigte ihn diese Manipulation, hinderte sie ihn doch daran, sich beim Rasieren anschauen zu müssen.
Als er im Frühstücksraum ankam, der aus dem vorderen Teil des Speisesaales bestand, saß der unvermeidliche Amerikaner schon dort.
»Good morning, Sir! Sit down!«
Er wies mit seiner Pranke auf den freien Stuhl an seinem Tischchen, das mit Orange-Juice, Käse, Spiegelei, Speck und Corn-flakes völlig bedeckt war.
»Ich spreche kein Englisch«, log Sembritzki!
»Tut nichts«, grinste der Riese. »Ich spreche deutsch!«
Was blieb Sembritzki anderes übrig, als sich an den Tisch des Kolosses zu setzen. Mühsam suchte er zwischen Corn-flakes und Eiern einen Platz für seine Ellbogen, klaubte sich einen Zigarillo aus der Schachtel und bereute jetzt zum ersten Mal wieder, daß er nicht mehr rauchte. Wie gerne hätte er dem Amerikaner, der ihn mampfend anstrahlte, den Rauch in die rotangelaufene Visage geblasen.
»Kongreßteilnehmer?« fragte der Amerikaner.
Sembritzki nickte.
»Aus Deutschland?«
»Aus der Schweiz!«
»Die Berge!« jubelte der andere. »Matterhorn. Luzern.«
Sembritzki schwieg. Mit einem Mal hatte der Amerikaner sein Mißtrauen geweckt. Die Aneinanderreihung von Klischees, die die Schweiz betrafen, gehörte nicht ins Repertoire eines Antiquars.
»Antiquar?«
»Aus Baltimore!«
Sembritzki bestellte nur einen Orangensaft und Kaffee.

»Zum ersten Mal in Prag?«
Was hätte Sembritzki auf diese Frage antworten sollen. Er wollte dem Sightseeing-geilen Ami nicht als Führer dienen. Wenn der Mann sich an seine Fersen heftete, war er in seiner Bewegungsfreiheit eingeschränkt.
»Ja. Bis auf einen ganz kurzen Besuch vor Jahren.«
Der Amerikaner grinste. »Eine Liebschaft?«
Sembritzki sah den Mann erstaunt an. Aber er antwortete nicht. Hatte der Amerikaner einen Zufallstreffer gelandet?
»Geschäfte«, antwortete Sembritzki beiläufig.
Der Amerikaner sah auf seine goldstrahlende Armbanduhr. Schweizer Fabrikat, daran zweifelte Sembritzki nicht. The famous Swiss watches!
»It's time, Mr. Sembritzki!«
Sembritzki sah seinen Tischpartner erstaunt an. Woher kannte er seinen Namen? Der Amerikaner lachte schallend.
»Ich habe die Liste der Teilnehmer studiert. Und dann habe ich beim Portier nach andern Kongreßbesuchern gefragt. Und weil ich seither mit allen gesprochen habe, die hier im Alcron wohnen, sind Sie übriggeblieben, Mr. Sembritzki. Mein Name ist Thornball. Dwight Fitzgerald Thornball.«
Er wuchtete den massigen Körper in die Höhe und winkte Sembritzki zu. »Kommen Sie. Ich habe ein Taxi bestellt!«
Sembritzki blätterte dem wartenden Kellner ein paar Mahlzeitencoupons hin und erhob sich dann seufzend. Auf der Fahrt zum Carolinum, wo in der Aula der offizielle Eröffnungsakt stattfand, schwiegen beide. Thornball schaute aus dem Fenster, und Sembritzki machte sich Gedanken über seinen Mitpassagier. Erst kurz bevor sie auf dem Kreuzherrenplatz ankamen, schaute der Amerikaner zu Sembritzki hinüber.
»Wissen Sie, daß der böhmische Reformator Johannes Hus Rektor der Karlsuniversität war?«
Sembritzki, der sein Interesse auf das Kreuzherrenkloster gerichtet hatte, wo seine Kollegen vom tschechischen Geheimdienst über ihren Plänen brüteten, und das jetzt hinter Gerüsten verschwand, da man es für nötig befunden hatte, die zerbröckelnde Fassade aufzufrischen, schaute den Amerikaner elektrisiert an.
»Sie haben sich gut vorbereitet, Mr. Thornball!«
Thornball schmunzelte geschmeichelt.
»Nicht alle Amerikaner sind Kulturbanausen. Auch uns ist Johannes Hus ein Begriff!«

»Wegen seines Abgangs auf dem Scheiterhaufen? Oder wegen seiner Utopien?«
»Utopien interessieren mich nicht, Mr. Sembritzki. Idealisten gehören auf den Scheiterhaufen!«
Über diesen Satz dachte Sembritzki noch nach, als er neben dem schnaufenden Amerikaner über die Treppe stieg.
Der Amerikaner machte vor der Leninbüste, die in einer Nische über den Eintretenden wachte, eine kleine ironische Verbeugung. »Filozofická Fakulta University Karlovy«, sagte er. »Was hat da Kollege Lenin zu suchen?«
Sembritzki antwortete nicht. Und er schwieg auch während des ganzen Eröffnungsaktes. Er ließ noch einmal alles, was er bisher in Prag erlebt hatte, Revue passieren. Alles und alle. Havaš, Eva, Thornball, Marika. Den Mann, der Havaš erschossen hatte. Die anonymen Hussiten. Smetanas »Moldau«, von einem Kammerorchester intoniert, schwemmte ihn wieder aus der Tiefe seiner Erinnerungen in die Gegenwart zurück. Der Eröffnungsakt war vorbei. Jetzt verfügte man sich in eines der kleineren Auditorien zur ersten Arbeitssitzung. Erste Referate über die Grundlagenforschung in der Geschichte der Medizin. Einige interessante Publikationen vermochten Sembritzkis Aufmerksamkeit nur für Augenblicke zu wecken. In der ersten Pause schlich er sich aus dem Hörsaal, aus dem Dunstkreis Thornballs, hastete über die Treppe nach unten, ging aus dem Gebäude, vorbei am Kreuzherrenkloster, warf nur einen schnellen Blick auf die Überwachungskameras und verlangsamte seinen Schritt erst, als er auf der weitläufigen Náměstí Krasnoarmějců anlangte. Er glaubte seinen Augen nicht zu trauen, als er ganz oben auf dem Balkon des Hauses der Künstler, das den Platz beherrschte, eine Hakenkreuzflagge sich sanft in der lauen Luft winden sah.
»Alles war ja damals nicht so schlecht, was uns in den Krieg trieb!«
Hatte der tote Stachow nicht auch diesen Satz Sembritzki auf seinen Weg in die Tschechoslowakei mitgegeben? Sembritzki starrte auf das schwarze Hakenkreuz im weißen Rund. Und dann fiel ihm ein anderer Satz Stachows ein: »Dieser ganze Wahnsinn darf doch nicht einfach umsonst gewesen sein!«
Stachow ein Idealist? Ein fanatischer Wahrheitssucher? Wie paßte das mit seinem Beruf als Mann des Nachrichtendienstes zusammen? »Je besser ein Nachrichtendienst, desto geringer die Kriegsgefahr.« Auch das war ein Satz von Stachow gewesen.

Jetzt flatterte eine zweite Fahne über der Brüstung des klassizistischen Prunkgebäudes, in dem die Tschechische Philharmonie zu Hause war. Und erst jetzt sah Sembritzki das Kamerateam, das die Fahnen filmte: ein Stück der Geschichte von Unterdrückung und Demütigung, von denen Böhmens Vergangenheit reich war.
Sembritzki ging weiter. Saturn! Wenn er diesen Mann ausmachen konnte, würde er sich sicherer fühlen. Saturn war eine Garantie. Seine Unzerstörbarkeit. Seine Vitalität, die man ihm nicht ansah, wenn er täglich, einmal vormittags, einmal gegen Abend, die schwarze kunstledernde Einkaufstasche in der Hand, über den Altstädter Ring schlurfte. Sembritzki schaute auf die Uhr. Halb zwölf! Der Platz war bereits von Touristen überlaufen. Aber im kleinen Straßencafé erspähte er einen Platz. Da setzte er sich hin und bestellte einen Kaffee und wartete auf Saturn. Er sah ihn in Gedanken vor sich, die kleine gedrungene Gestalt mit den weiten Hosen, die hinkend über den Platz ging, der auf seinen breiten Schultern einen viel zu großen Kopf balancierte, von einem viel zu kleinen grauen Filzhut mit einer kleinen roten Feder bedeckt. Sembritzki mußte lächeln, wenn er an die grellbunten Krawatten dachte, die Saturn täglich wechselte. Der einzige Luxus dieses ehemaligen Volksschullehrers.
Schon drängten sich die Leute vor der astronomischen Uhr, um das Defilée der Heiligen nicht zu verpassen. Nur Saturn zeigte sich nicht. Was blieb Sembritzki anderes übrig, als wiederzukommen. Immer wieder, bis Saturn sich zeigen würde!
Sembritzki realisierte die Gegenwart eines Touristen, der sich an seinen Tisch gesetzt hatte, erst, als dieser sich mit einem gemurmelten »Sayonara« verabschiedete. Bekannte Klänge! Aber gerade der Umstand, daß es sich bei dem Mann, der jetzt zum Ausgang strebte, nicht um einen Japaner, sondern eher um einen Mann aus Südostasien handelte, machte Sembritzki stutzig. Und dann vor allem die Fototasche aus schwarzem weichem Leder, die der Fremde auf dem dritten Stuhl am Tisch scheinbar vergessen hatte. Sembritzki zögerte nur einen kurzen Augenblick lang. Hätte er aufstehen und dem Fremden nachlaufen sollen? Bei jedem andern Touristen hätte er es getan. Aber der Mann war Asiate. Naras Präsenz schien allgegenwärtig. Sein Arm reichte wohl bis Prag. Sembritzki schaute sich um. Er sah den Fremden auf einer Bank sitzen und zu ihm herüberspähen. Man ging also auf Numero Sicher. Unauffällig zog Sembritzki den Stuhl mit der Tasche zu sich her, öffnete dann vorsichtig den Reißverschluß und schaute hinein. Da lag es, schwarz glän-

zend, diskret trotzdem, ein handliches Funkgerät, und daneben, wie es sich gehörte, ein Fotoapparat, Zusatzobjektive. Sembritzki hob beiläufig die Hand, strich sich dann über die Stirn und ging ins Hotel zurück, wo er endlich nach langem Überlegen hinter dem Kühlschrank ein Versteck für das Funkgerät fand. Um zwei Uhr war er wieder im Carolinum. Thornball hatte ihn vermißt. Er schien ärgerlich zu sein, daß er Sembritzkis Abgang verpaßt hatte.
»Schon genug von der Wissenschaft?«
Sembritzki schüttelte den Kopf.
»Mir war nicht gut, Mr. Thornball!«
»Dwight«, röhrte der Amerikaner und streckte Sembritzki seine Pranke hin, die dieser nur zögernd ergriff. Was sollte er mit diesem Mann und seinem Vornamen anfangen?
»Ich habe zuviel getrunken gestern abend«, antwortete er und gab so zu erkennen, daß ihm am Austausch der Vornamen nichts gelegen war. Aber Thornball schien das gar nicht zu bemerken. Er faßte Sembritzki am Arm und zog ihn mit sich in die Wandelhalle, wo sie sich eine Weile schweigend zwischen Pfeilern aus Marmor und unter weißen gotischen Bögen ergingen.
»Sie haben sich in der Stadt umgesehen?«
Sembritzki antwortete nicht. Er entzog dem fetten Amerikaner seinen Arm und nahm Distanz.
»Man darf vor dem russischen Bären nicht kuschen!«
Sembritzki schaute Thornball von der Seite an. Was sollte das? Das waren doch lauter Statements, die keine Antwort verlangten. Sie verlangten lediglich Sembritzkis Unterwerfung unter die Meinung des Sprechenden. Und er erinnerte sich, wie er als kleiner Junge im Stadtwald spielte und plötzlich ein paar hochgeschossene Bengel einer feindlichen Bande vor ihm und seinem Freund standen und die beiden dazu zwangen, einen Stein aufzuheben und dann kniend vor ihren Peinigern darunterzuspucken, einmal, zweimal, dreimal! Spucken, und immer wieder spucken, und immer neue Steine zusammensuchen, darunterspucken und die Spucke mit dem Stein zudecken. Sembritzki scheuchte mit einem gepreßten Lachen seine Erinnerungen fort.
»Beschwören Sie den russischen Bären nicht in seiner benachbarten Höhle, Mr. Thornball!«
»Ich werde ihn immer wieder beschwören, mein Freund! So lange, bis der letzte Naivling gemerkt hat, daß er uns am Kragen gepackt hat. Man hat uns überrumpelt, Sembritzki. 1975 schon. Abrüstung wurde vorgegaukelt oder Status quo. Einfrieren. Aber wir haben

uns von eisigen sibirischen Winden einfrieren lassen, während die Sowjets ihre scheinbar tiefgefrorenen Raketen aufgetaut haben.«
»Sie sind ja ein Dichter, Mr. Thornball!«
Sembritzki versuchte, die Tiraden des Amerikaners zu neutralisieren. »Sie sind Amerikaner, Mr. Thornball, was kümmert's Sie, wenn die Sowjets hier in Europa mit dem Säbel rasseln?«
»Ich bin ein Weltbürger. Ein Europäer im Geiste!«
Die Nähe zum berühmten Kennedy-Zitat irritierte Sembritzki.
»Aber kein Prager!«
Jetzt schaute Thornball Sembritzki gehässig an.
»Nein, Mr. Sembritzki! Ich hasse all die verdammten Schlitzohren auf dieser Seite des eisernen Vorhangs! Das ist nicht unsere Welt!«
»Es *war* auch unsere Welt, die die Prager Universität gründete: Karl IV., im Namen des Römischen Reichs. Sie vergessen, Karl war Kaiser der ganzeuropäischen Welt, und Prag war seine Hauptstadt!«
»Fuck him!«
Damit fegte Thornball mit einer einzigen obszönen Bewegung das Römische Reich Deutscher Nation hinweg. Ohne sich weiter nach Sembritzki umzusehen, der stehengeblieben war, wuchtete sich Thornball durch die Menge, schaffte sich mit den Ellbogen Raum, brachte eine Reihe von Körperchargen an den Mann, an denen die Recken der amerikanischen Professional Hockey League ihre helle Freude gehabt hätten, und verschwand dann im Hörsaal. Wahrlich, Thornball wirkte wie ein gepanzerter Hockeyspieler, und dieses Bild trug Sembritzki, selbst im Sog Thornballs, in den Hörsaal hinein. Er dachte noch darüber nach, als vorn längst über Aspekte der Quellenforschung in der Geschichte der Medizin doziert und später in hitzigen Voten darüber debattiert wurde. Aber all das lief an Sembritzki wie ein Film vorbei. Kurz vor Ende des ersten Kongreßtages zog er sich denn auch zurück, schlich an den irritierten Augen seiner Kollegen vorbei aus dem Saal, ging, ohne sich umzusehen, die paar Schritte zum Clementinum hinüber, wo Eva schon auf ihn wartete. Wie konnte er wieder in ein sachliches oder mindestens pseudosachliches Gespräch einsteigen nach dem brüsken und bitteren Ende, das die nächtliche Begegnung genommen hatte?
»Nazdar!«
Sembritzki versuchte ein Lächeln, aber er schaffte es nicht, obwohl Eva jenen Ausdruck von Schmerz und Trauer, der in der Nacht aus schrägeinfallendem Mondlicht herauszubrechen gewesen war, verscheucht hatte.
»Ahoj!« antwortete Eva und schaute an ihm vorbei. In der Hand

trug sie einen schweren, vergilbten Folianten, den sie vorsichtig auf ihren mit Papieren und Bücher bedeckten Schreibtisch legte. Sembritzki starrte auf das Husákbild in ihrem Rücken an der Wand und wartete auf ein einziges erlösendes Wort, das die Spannung sprengen würde. Aber er suchte vergeblich nach Lauten aus einer gemeinsamen Erinnerung. Eva setzte sich auf einen mit rotem Kunstleder bezogenen Drehstuhl und lehnte sich dann ein wenig zurück, so daß er ihre kleine Narbe am Hals sehen konnte.
»Sie suchen eine Beziehung zwischen Wallenstein und Pegius, Herr Sembritzki?«
Jetzt verstand er. Und schon entdeckte er auch die beiden Kameraaugen über den hohen Büchergestellen aus rohem Holz. Es war das erste Mal, daß er in diesem mit Mikrofonen und Kameras verseuchten Büro saß, und so war er eigentlich naiv, ganz auf Eva und ihre gemeinsame Erinnerung konzentriert, bei ihr eingedrungen.
»Es muß eine Beziehung geben. Ich bin überzeugt, daß sich das Geburtsstundenbuch in Wallensteins Bibliothek befunden hat.«
»Bis jetzt habe ich keine direkten Hinweise gefunden, Herr Sembritzki. Allerdings habe ich mich auch noch nicht intensiv damit befassen können. Dazu war die Zeit zu kurz.«
Sembritzki lächelte.
»Ich weiß. Mein Entschluß, nach Prag zu fahren, fiel etwas spät.«
»Ich habe da ein paar Kontakte draußen auf dem Land. Leute, die sich mit Wallensteins Bibliothek aus ganz privatem Interesse heraus befaßt haben. Ich werde Ihnen die Adressen geben. Vielleicht, daß man Ihnen dort weiterhilft.«
»Und Sie können nichts für mich tun, Frau Straková?«
Er wußte, wieviel von ihrer Antwort abhing. Er schaute ihr jetzt in die Augen, sah das kleine Zucken in den Augenwinkeln, sah, wie ihre Augen verschwammen, als ein leichter Tränenschleier über sie hinweghuschte, aber sogleich wieder verdunstete, als sie sich entschlossen erhob, mit Zeige- und Mittelfinger der rechten Hand eine blondbraune Haarsträhne aus der Stirn strich und dann an Sembritzki vorbei zur Türe ging, wo sie stehenblieb und sich nach ihm umwandte.
»Vielleicht kann ich Ihnen helfen, Herr Sembritzki. – Wenn Ihnen zu helfen ist!«
Sie ging aus dem Büro, und er folgte ihr durch die Korridore des ehemaligen Jesuitenkollegs. Sie sprachen kein Wort. Nur als ein offenes Fenster den Blick auf den Südwesthof freigab, hob Eva den Arm und zeigte auf die Statue des »Prager Studenten«, der an den

Einsatz der Studenten erinnerte, die gegen Ende des Dreißigjährigen Krieges die Karlsbrücke gegen die anstürmenden Schweden verteidigt hatten. Damit beschwor sie wieder Wallensteins Schatten, allerdings einen Todesschatten, in dem sich Sembritzki schon bewegte und von dem er nicht wußte, ob er ihn am Ende seiner Mission wieder freigeben würde. Eva öffnete mit einem der vielen Schlüssel, die sie an einem Ring am Gürtel trug, eine schwere Eichentüre und ging voran in einen kleinen Raum, eher ein Gewölbe mit kreuzweise versetzten Nischen, in denen kleine, mit grünem Filz bespannte Tischchen standen. An der schneeweißen Decke hing eine einzige Glühbirne in einer kupferrot glänzenden Fassung an einem zerschlissenen Kabel. Eva zeigte auf einen Katalog, der auf einem der Tischchen lag.
»Dort!«
Er schaute sie zögernd an.
»In diesem Katalog findest du alles, was du suchst, Konrad.« Und nach einer kleinen Pause, während der sie den Atem anhielt und er ihre Halsschlagader hervortreten sah: »Fast alles, Konrad. Es gibt Dinge, die du nie finden wirst. Du bist ein Narziß. Du findest bei andern nur das, was in dir selbst irgendwo und irgendwie vorhanden ist. Aber alles andere bleibt dir verschlossen, weil du es gar nicht wissen willst. Du liebst nur dich selbst!«
Sembritzki schwieg. Wenn er sie jetzt so ansah, wie sie mit ihrem kleinen schmerzlichen Lächeln vor ihm stand, überkam ihn plötzlich das Gefühl, daß die Liebe doch nicht erloschen war. Aber vielleicht war es nur ein Bild in der Erinnerung, dem er nachtrauerte. Und wenn er jetzt auch das Bedürfnis nach ihrer körperlichen Nähe kaum zu unterdrücken vermochte, so war er sich nicht im klaren darüber, ob er sich nur danach sehnte, von ihr berührt zu werden, oder ob er sie berühren wollte. Aber er rührte sich nicht, um ihr keine neue Angriffsfläche zu bieten. Er schwieg.
»Du liebst die Liebe. Vielleicht tun wir das beide!«
Dann ging sie zum Fenster und schaute hinunter in den Hof. Er sah ihren Halsansatz zwischen den Spitzen des kurzgeschnittenen Haares.
»Es gibt keine präzise Akte über den BND-Mann!«
»Römmel!«
Sembritzkis Antwort kam schnell, und er sah auch schon, wie sie zusammenzuckte. Sein Interesse an seinem Auftrag war stärker als sein Interesse an ihr. Das hatte sie sofort bemerkt. Aber sie mußte auch wissen, daß ein Agent im Dienst zuerst seine Aufgabe im Auge

behalten mußte. Und doch war er selbst überrascht, wie sehr ihn sein Auftrag schon in Besitz genommen hatte.
»Was hast du herausgefunden, Eva?«
Sie spürte seine Spannung im Rücken und drehte sich langsam zu ihm um, die Hände auf dem Fensterbrett abgestützt.
»Römmel war an der Westfront und geriet während der Invasion der alliierten Truppen in Gefangenschaft. Später arbeitete er als Jurist bei BMW. Dann muß er irgendeinmal nach dem Krieg vom BND angeworben worden sein.«
»Aber was war vorher, Eva?«
Sie zuckte mit den Schultern.
»Ich weiß es nicht. Die Akte ist unvollständig. Es war da auch eine diesbezügliche Notiz.«
»Man hat seine Spuren verwischt!«
»Wer?«
»Entweder der STB selbst oder deine Leute.«
Sembritzki setzte sich auf einen harten Stuhl, stützte seine Ellbogen auf den Knien ab und dachte nach. Eines war sicher: Römmel hatte etwas zu verbergen. Aber wer hatte ein Interesse daran, ihm bei diesem Versteckspiel zu helfen? Der Osten oder der Westen? Oder gar beide?
»Und jetzt?«
Zum ersten Male war ihr Lächeln ohne Trauer. Sie hatte ihn am Kragen, das wußte er. Und sie kostete ihren kleinen Triumph aus.
»Ich habe da eine Adresse in der Anenská. Ein ehemaliger Jurist. Unter Dubček arbeitete er im Justizministerium. Dann wurde er von den Sowjets nach dem Einmarsch zusammen mit der ganzen Führungsspitze in Haft gesetzt. Später ließ man ihn dann frei. Seither arbeitet er als Übersetzer.«
»Was ist mit dem Mann?«
»Er kannte Römmel!«
»Woher?«
»Laß es dir von ihm erzählen!«
»Wann gehe ich hin?«
»Jetzt gleich!«
»Jetzt nicht, Eva. Ich brauche deine Hilfe!«
»Ist das neu?«
Er biß auf die Zähne. Die Abhängigkeit irritierte ihn und demütigte ihn gleichzeitig, weil er nicht mit Liebe zurückbezahlen konnte, was sie ihm gab. Oder mit Informationen, die für sie entsprechenden Wert hatten. Er schaute auf seine Armbanduhr. Halb sechs. In

einer Stunde mußte er den ersten Kontakt mit München aufnehmen. Seydlitz. Oder Wanda!
»Kannst du mich irgendwohin fahren, wo ich ungestört Funkkontakt mit München aufnehmen kann?«
»Du willst mich also in deine Geschäfte hineinziehen, Konrad? Ich bin nicht dein Komplize. Ich bin die Frau, die dich geliebt hat. Das läßt sich nicht unter einen Hut bringen.«
»An wen soll ich mich denn sonst wenden, Eva?«
»Es ist nicht mehr wie früher, Konrad! Ich kann es mir noch weniger als damals leisten, gefaßt zu werden!«
Er schaute sie an, stellte aber keine Frage. Er fühlte nur, daß er dem Geheimnis auf der Spur war, das ihn in der Nacht zuvor schon irritiert hatte.
»Machen wir ein Geschäft, Herr Sembritzki?«
Jetzt war es also soweit! Information gegen Information. Die Liebe war aus dem Spiel.
»Was soll ich tun?«
»Heute nacht, Konrad. Bei mir zu Hause!«
»Du verlangst keine Sicherheiten?«
»Ist unsere versunkene Liebe nicht Pfand genug?«
Sembritzki zweifelte am Wert der Erinnerungen, aber er schwieg. Erinnerungsbilder waren keine Tauschware. Ungedeckte Wechsel.
Eva hatte sich vom Fensterbrett abgestoßen und kam jetzt auf ihn zu. Dicht vor ihm blieb sie stehen und schaute auf ihn herab. Langsam senkte er den Kopf und drückte seine Stirn gegen ihren Schoß. Sie ließ es sich gefallen, kurz nur, dann trat sie zurück. Aber sie hatte wieder diesen verschwommenen Ausdruck auf dem Gesicht, den er von früher her kannte, wenn sie sich geliebt hatten.
»Jemand wird dich im Hotel abholen. In einer halben Stunde. Warte in der Halle!« Er sah ihr an, wie sie sich über die Schwäche ärgerte, die sie gezeigt hatte.
»Kann ich dem Mann vertrauen?«
»Er ist ein Freund.«
»Und woran erkenne ich ihn?«
»Er ist Taxifahrer.«
Sembritzki erhob sich von seinem harten Stuhl.
»Ich danke dir!«
Mehr brachte er nicht heraus. Und er scheute sich, sie zu küssen.
»Und vergiß nicht, den Mann zu besuchen, der über Römmel Bescheid weiß.«

Sie schob ihm einen Zettel mit einer Adresse hin.
»Laß dich nicht beschatten, Konrad! Aber das muß ich dir wohl nicht sagen. Du bist ein Meister der Tarnung!«
Er schaute sie prüfend an. Wie sie das wohl gemeint hatte? Er griff sich den Katalog auf dem filzbespannten Tischchen und ging zur Türe. Schweigend gingen sie nebeneinander durch die Gänge. Ihre Schritte hallten laut und erschlugen alle Versuche, Zärtlichkeit wieder aufleben zu lassen.

Er saß vor einem Campari im vorderen Teil der Halle des Hotels Alcron, als der Mann mit der schwarzen Kunstlederjacke im Haupteingang auftauchte und ohne zu zögern auf Sembritzki zuging.
»Taxi?«
Sembritzki stand auf und nickte.
»Eva?« flüsterte er.
Der andere grinste.
»Grüße aus dem Paradies!«
Sembritzki folgte ihm zum Ausgang. Der Mann hielt ihm die vordere Türe auf und fragte laut: »Nationaltheater?«
»Ja, bitte!«
Und dann saß er auch schon neben Sembritzki, der, seine Ledertasche auf den Knien, geradeaus sah, als er fragte: »Eine kleine Stadtrundfahrt?«
»Ich bin Stanislav.«
Das mußte als Antwort genügen. Stanislav schaute in den Rückspiegel.
»Wir haben eine Eskorte, Herr Sembritzki!«
»Ich heiße Konrad!«
Sie fuhren die Václavské Náměstí hinunter, bogen dann rechts in die Na Přiøkopě ab, immer auf Distanz von einem dunkelgrauen Skoda begleitet. Vor dem Nationaltheater bremste Stanislav ab, beugte sich zu Sembritzki hinüber, als ob er Geld in Empfang nähme, und flüsterte ihm zu: »Gehen Sie zur Billettkasse, dann durch den Gang rechts und zur Hintertüre wieder hinaus. Hier ist ein Schlüssel, falls die Türe verschlossen sein sollte. Ich warte am Hinterausgang.«
Sembritzki schaute den Fahrer nur kurz an, steckte den Schlüssel in die Tasche und betrat dann das Theater. Im Reflex der Glastüre sah er, wie Stanislav davonbrauste, während der Skoda am Randstein anhielt, einen Mann ausspuckte, der dann, eine Zeitung unter dem Arm, hinter Sembritzki herging. Jetzt mußte er sich beeilen. Er hatte

nicht damit gerechnet, daß man ihm so direkt auf den Fersen bleiben würde. Schnell drängte er sich durch die Wartenden, entdeckte eine Türe, auf der WC stand, stieß sie auf, ohne einzutreten, ließ sie wieder zufallen, als der Mann im Eingang auftauchte, und zog sich dann schnell in eine Nische zurück.
Der Mann schien beruhigt. Seine Schritte waren verstummt. Unterdessen zog Sembritzki die Schuhe aus und schlich den langen Korridor entlang, immer in der Hoffnung, daß er mit den Schuhen in der Hand niemandem begegnen würde. Als er am Ende des Ganges vor einer Türe ankam, versuchsweise und vergeblich auf die Klinke drückte, klaubte er den Schlüssel hervor, den ihm Stanislav gegeben hatte. Täuschte er sich, oder hörte er jetzt Schritte im Korridor? War der STB-Mann mißtrauisch geworden? Sembritzki ärgerte sich über seine zitternden Hände, als er den Schlüssel ins Schloß steckte. Es ging. Schnell schlüpfte er hinaus, als die Schritte näher kamen. Geräuschlos drehte er den Schlüssel von außen. Da war für seinen Verfolger kein Durchkommen.
Er sah Stanislavs Tatra auf der andern Straßenseite stehen, zog schnell die Schuhe an und hastete zum Wagen hinüber. Kaum war er drinnen, brauste der Fahrer auch schon los.
»Wohin?«
Stanislav fuhr jetzt im dichter werdenden Verkehr über die Švermůvbrücke, tauchte unter dem weitleuchtenden Sowjetstern in den Straßentunnel ein und bog dann scharf nach Westen ab.
»Wieviel Zeit brauchen Sie?«
»Eine Minute Vorbereitung. Eine Minute Sendung.«
»Mehr liegt auch nicht drin, Konrad.«
»Wohin also?«
»Zwischen dem Veitsdom und der alten Reitschule gibt's einen Abhang. Dort können Sie senden! In der Höhle des Löwen!«
Sembritzki nickte. Auf dem Hradschin also.
»Ich weiß. Den habe ich schon einmal als Fluchtweg benützt.«
Jetzt schwiegen beide. Stanislav schaute ab und zu prüfend in den Rückspiegel, und Sembritzki bereitete sich auf seinen Einsatz vor. Er steckte das Kabel für den Kopfhörer in die Buchse und stellte die Frequenz ein. Es war jetzt zwanzig nach sechs. Stanislav kurvte über den Hradschin-Platz und parkte seinen Wagen zwischen zwei protzigen Westbussen. Sembritzki warf nur einen schnellen Blick auf die kämpfenden Giganten, die das Portal zum Ehrenhof flankierten, ging dann schnell nach links, durch den Basteigarten, der bereits in blauer Dämmerung versank, und hastete dann über die

Staubbrücke. Auf der anderen Seite vor der alten Reitschule angekommen, schaute er sich schnell und vorsichtig um. Niemand. Der Veitsdom mit seinen beiden Türmen wuchs hinter den noch kahlen Bäumen wie ein bizarrer Stalagmit in den blaßblauen abendlichen Himmel. Es roch nach feuchter Erde. Eine der vielen grünen Prager Laternen schummerte auf der Brücke vor sich ihn. Sembritzki sah jetzt die beiden Uniformierten, die im Haupteingang der Reitschule auftauchten und zur Weinstube beim Löwenhof hinaufstrebten. Schnell schwang er sich über die Brüstung und ließ sich vorsichtig am Abhang hinuntergleiten. Er hatte mit den Füßen Halt gefunden und lehnte sich mit dem Rücken gegen einen kümmerlichen Baumstamm. Hier in der Höhle des Löwen würde ihn niemand suchen. Noch zwei Minuten. Noch einmal schaute er sich um, bevor er die Kopfhörer überzog. Jetzt war er taub, nur noch empfänglich für Wandas Botschaften. Und erst in diesem Augenblick wurde ihm seine groteske Situation bewußt, gegängelt von zwei Frauen, mit denen er geschlafen hatte; ihr Geschöpf, ihr Werkzeug und gleichzeitig der Mann, der die Fäden in der Hand hatte, der Marionettenspieler.

Jetzt hatte Sembritzki das Kabel über einen vorstehenden Ast geworfen. Vom Veitsdom schlug die Glocke schwer und voll. Sembritzki ließ eine Reihe von Vs in die Luft schwirren und wartete dann auf die Antwort. Und da kam sie auch schon. Wanda! – Er begann trotz der Kälte, die langsam aus dem feuchten Boden an ihm hochkroch, zu schwitzen. Er hatte seinen Text im Kopf. Aber seine Finger wollten nicht. Sie schmerzten ihn an den Gelenken. Ansätze von Arthritis. Hundertfünfzig Zeichen in der Minute. Oben ging jemand über die Brücke. Es war eine Frau. Ein erschrockener Vogel flatterte aus einem Gebüsch. Und jetzt hatte sich Sembritzki wieder in der Gewalt, informierte Seydlitz über seine bisherigen Recherchen, fragte nach der Identität von Thornball, verlangte Direktiven für weiteres Verhalten. – Ende. Sembritzki reihte eine Reihe von drei Punkten abwechslungsweise mit Strich-Punkt-Strich wie auf einer Perlenkette auf. Eine Minute und zehn Sekunden für hundertfünfzig Anschläge. Nara wäre nicht zufrieden gewesen. Er holte das Kabel ein, versorgte das Funkgerät in der Tasche und krabbelte dann den Abhang hinauf zur Brücke.

Stanislav saß rauchend im Wagen, als Sembritzki zurückkam. Er stellte keine Frage, sah aber prüfend zu seinem Fahrgast hinüber.
»Geschafft! Danke, Stanislav.«
Stanislav zuckte mit den Schultern und fuhr los.

»Wohin?« fragte Sembritzki.
»Anenská! Zu Václav Šmíd!«
Stanislav kannte Sembritzkis Parcours genau. Sie fuhren jetzt von der Kleinseite wieder hinüber ins eigentliche Zentrum. In der Nähe des Clementinums verließ Sembritzki Stanislav. Mit einem kleinen Wink tauchte er in das Gewirr der Altstadtgassen ein. Anenská! Eine enge Gasse mit Kopfsteinpflaster und aufgequollenem Belag auf dem Gehsteig. Sembritzki ging im Schatten einer zerfallenden Fassade. Nackte Backsteine waren wie Wundmale sichtbar. Hinter vergitterten Fensteröffnungen klafften zerbrochene Scheiben. Linker Hand sah er jetzt den Toreingang, den ihm Eva beschrieben hatte. Ein Rundbogen in einer Fassade aus verblichenem Rot. Auf der halbgeöffneten Türe aus Holz stand mit weißer Farbe geschrieben »Punk is not dead«. Im Hof zwei Autos, das eine ohne Vorderachse. Sembritzki ging durch den Toreingang. Er hatte sich jetzt an die Dunkelheit gewöhnt. Auf der linken Seite sah er eine Türe mit einem Namensschild: Václav Šmíd. Keine Klingel. Kein Türklopfer. Sembritzki pochte vorsichtig gegen das rissige Holz. Er hörte Schritte. Die Tür tat sich auf, und im schummerigen Licht, das aus dem Hausflur drang, sah er die Umrisse einer jungen Frau. Sembritzki suchte seine kümmerlichen Kenntnisse der tschechischen Sprache zusammen: »Prosím, je pan Šmíd doma?«
»Jste pan Sembritzki?«
Sembritzki nickte.
»Kommen Sie herein«, sagte die Stimme jetzt auf deutsch. Die Spannung war gewichen. Die junge Frau öffnete die Tür ganz, und Sembritzki trat in einen weißgestrichenen Flur, an dessen Wänden überall Schmetterlinge in ovalen Rahmen hinter Glas hingen.
Sie stand in ihrem weinroten Pullover mit den feinen Mustern lächelnd vor ihm und schaute ihn aus ihren dunklen, intensiven Augen prüfend an.
»Sie wollen zu meinem Vater?«
»Wenn Sie die Tochter sind, ja!«
»Ich bin die Tochter von Václav Šmíd. Barbara.«
»Kein tschechischer Name!«
»Meine Großmutter war Deutsche.« Sie sprach mit ihm, als ob sie sich schon seit langer Zeit kennen würden. »Kommen Sie herein. Mein Vater erwartet Sie!«
Sie führte ihn in eine im selben grellen Weiß wie der Flur gestrichene Wohnküche. Da saß auf einem zerschlissenen Ledersessel ein magerer Mann mit kurzgeschorenem weißem Haar und tieflie-

genden hellgrauen Augen, der sich jetzt schnell und mühelos erhob und zwei Schritte auf Sembritzki zutat. »Herr Sembritzki, ich freue mich, Sie kennenzulernen. Eva hat mir von Ihnen erzählt.«
»Sie kennen Eva?«
»Wären Sie sonst hier?« Šmíd lächelte, und Sembritzki schämte sich über seine Frage.
»Möchten Sie einen Tee, Herr Sembritzki?« fragte jetzt Barbara.
»Ich bitte darum.« Sembritzki war irritiert. Die gestelzte Sprache war das Resultat seiner Irritation, die Evas Omnipräsenz ausgelöst hatte. Er setzte sich an den mit einem blau-weiß karierten Tuch bedeckten Tisch, Šmíd gegenüber, der seinen Platz gewechselt hatte.
»Sie möchten über Römmel Bescheid wissen!«
Sembritzki nickte. Aber er war noch nicht bei der Sache. Er starrte auf Barbaras Rücken am Kochherd.
»Wir waren Studienkollegen!«
Jetzt schaute Sembritzki Šmíd an.
»Wo?«
»Frankfurt am Main.«
»Sie stammen aus Westdeutschland. Aus der heutigen BRD?«
»Meine Mutter war Frankfurterin. Mein Vater Tscheche.«
»Und Römmel?«
»Römmel war Sudetendeutscher.«
Hatte Sembritzki jetzt das Ende eines Fadens in der Hand?
Barbara stellte eine dampfende Tasse Tee vor ihm auf den Tisch. Dabei streifte ihre Hüfte seine Schulter. Šmíd registrierte Sembritzkis Irritation.
»Barbara, laß uns bitte eine halbe Stunde allein!«
Es war kein Befehl. Es war eine Bitte, die aber so bestimmt klang, daß Sembritzki aufschreckte. Šmíd war ein Mann, der keinen Widerspruch duldete. Barbara schaute im Vorbeigehen über den Kopf ihres Vaters hinweg Sembritzki mit einer kleinen Grimasse an und ging dann hinaus.
»Wir studierten beide bei Ernst Forsthoff.«
Sembritzki versuchte sich an diesen Namen zu erinnern.
»Forsthoff? Ein Jurist?«
Šmíd nickte.
»1933 wurde er als junger Rechtsgelehrter nach Frankfurt am Main berufen. Zwei Jahre später wurde er Professor in Hamburg.«
»Sie folgten ihm?«
Šmíd schüttelte den Kopf.
»Römmel ja. Ich blieb bis Kriegsausbruch in Frankfurt und schloß

dort auch meine Studien ab. Aber Römmel konnte sich Forsthoffs Einfluß nicht entziehen. Sie kennen sein Buch mit dem Titel ›Der totale Staat‹?«

»Tut mir leid. Da kenne ich mich überhaupt nicht aus.«

»1933 hat Forsthoff ein Buch herausgegeben, in dem er Hitler und Mussolini als große Staatsmänner hochjubelte.«

»Das war ja nichts Außergewöhnliches damals.«

»Das ist richtig. Aber seine Attacken gegen die Juden, die Vehemenz und Entschlossenheit, mit der er auf die Liquidierung des bürgerlichen Zeitalters und auf eine bessere Zukunft hindrängte, machten ihn zum Vorkämpfer der Judenverfolgung. Ernst Forsthoff war ein Fanatiker. Es gibt da einen Satz, den ich nie mehr vergesse: ›Die nationalsozialistische Revolution hat das deutsche Volk zu einer wirklichen Gemeinschaft geformt. Erst damit ist die große Aufgabe, das Deutsche Reich zu einem Staat des Rechts zu machen, wieder verheißungsvoll geworden, denn erst jetzt kann wieder gemeinschaftsverbindlich das Recht von dem Unrecht unterschieden werden.‹«

»Das hat Sie als Jurist getroffen!«

»Anders, als es Römmel getroffen hat. Mich hat es verletzt. Römmel aber wurde von solchen Sätzen infiziert. Er wurde zu Forsthoffs glühendem Partisanen.«

»Sie haben also Römmel aus den Augen verloren?«

»Nur vorübergehend. 1936 lehrte Forsthoff in Königsberg. Da habe ich dann Römmel während der Semesterferien noch einmal getroffen, bevor der Krieg losging.«

»Römmel war Nazi!«

»Ein überzeugter Nazi!« Šmíd nickte verbissen.

»Wie kommt es, daß dieser Mann jetzt in leitender Stellung im BND sitzt?«

»Wie kommt es?« Šmíd stieß ein meckerndes Lachen aus. »Das ging doch nahtlos ineinander über. Nazigeheimdienstleute waren Profis. Und Profis konnten die Amis auch in ihren Reihen brauchen! Gehlen war ein guter Mentor!«

»Römmel war doch kein Nazi-Geheimdienstmann!«

»Nicht gleich, Herr Sembritzki. Er war noch vor Stalingrad dabei. Panzeroffizier!«

»Ich weiß. Division Brandenburg.«

»Eine taktische Truppe der Abwehr.«

»Die Haustruppe von Canaris.«

»Wir haben Mansteins großen Panzerangriff auf Dünaburg mitge-

macht. Damals hatten wir mit dem 56. Panzerkorps 275 Kilometer in vier Tagen hinter uns gebracht. Wir waren noch zu weit vor Stalingrad, als die Retourkutsche der Sowjets kam.« Šmíd holte tief Atem. Er schaute jetzt durch Sembritzki hindurch, beschwor jene unauslöschlichen Bilder aus seiner Erinnerung in einer Weise, die Sembritzki an Stachow erinnerte. Und in diesem Augenblick wurde ihm auch klar, wie wenig er eigentlich von Stachow wußte, viel weniger als jetzt von Römmel.
»Tazinskaja!«
Das Wort schwirrte durch die Luft wie eine verirrte Kugel.
»Weihnachten 1942?«
Šmíd nickte. »Badanows Weihnachtsbescherung! Tazinskaja war Versorgungszentrum und Verkehrsknotenpunkt. Es lag hinter der zerbrochenen italienischen Front. Die Armeeabteilung Hollidt, östlich von Tazinskaja am Tschir, sah sich im Rücken angegriffen. Damals gehörten Römmel und ich zum 48. Panzerkorps. Manstein befahl Hoth – das war unser Chef –, einen Teil seiner Truppen zur Rettung Tazinskajas abzugeben. Und die schlagkräftigste seiner Divisionen, die 6. unter General Raus, wurde dazu ausersehen!«
»Sie und Römmel waren dabei?«
»Wir haben Badanows Panzern standgehalten. Am 28. Dezember haben wir die Sowjets verjagt. Aber das hat Römmel nicht mehr mitbekommen. Er war verwundet worden und lag bis zu unserem Sieg mit hohem Fieber ohne Bewußtsein. Und in seinen Fieberphantasien glaubte er immer, wir seien geschlagen worden. Wissen Sie, was er immer und immer wieder gemurmelt hat?«
Sembritzki antwortete auf diese rhetorische Frage nicht. Er hatte die Teetasse mit beiden Händen umfaßt und schaute über deren Rand sein Gegenüber an, auf dessen eingefallenen Wangen fiebrige Flecken aufgetaucht waren.
»Da bin ich auch hier eiskalt. Wenn das deutsche Volk nicht bereit ist, für seine Selbsterhaltung sich einzusetzen, ganz gut: dann soll es verschwinden!«
»Ein Hitler-Zitat!«
»Ich war mit Römmel als Offiziersanwärter dabei, als uns Hitler solche Worte einhämmerte. 1940 war das. Und Römmel hat sie niemals mehr vergessen!«
»Und dann?«
Šmíd lehnte sich jetzt wieder zurück. Die fiebrige Spannung fiel von ihm ab. »Römmel bekam Heimaturlaub. Genesungsurlaub. Bis März 1943 war er in der Tschechoslowakei bei seinen Eltern. Dann

wurde er an die Westfront verlegt. Aber er war jetzt ein anderer Mann geworden. Ich habe ihn noch einmal in Prag getroffen. Er hatte sich damals über Anzeichen von Defätismus im deutschen Volk geäußert und gesagt, daß solche Auswüchse von innen her bekämpft werden müßten. Ich bekam die Gewißheit, daß Römmel für den Geheimdienst arbeitete. Sein Einsatz an der Westfront hatte nicht rein militärischen Charakter. Ein paarmal soll er hinter den feindlichen Linien sogar in Schottland abgesprungen und immer wieder zurückgekehrt sein. Ich weiß nicht, wie viele eigene Leute, die sich negativ über Hitler äußerten, er ans Messer geliefert hat. Ich habe da nur einiges munkeln gehört.«

»Römmel hat sich als Rechtsvertreter des deutschen Gedankens im Dunstkreis Forsthoffs verstanden. Ein Rächer? Ein Vertreter eines ehernen Gesetzes?«

»Ganz recht, Herr Sembritzki. Das war Römmel. Und ich denke, das ist er heute noch.«

»Und dann? Wie ging es weiter?«

Šmíd zuckte die Achseln.

»Ich habe mich abgesetzt, Herr Sembritzki. Ich bin in Böhmen untergetaucht. Heimaturlaub. Als Tscheche hatte ich mit den Deutschen gekämpft. Weil ich mich als Deutscher gefühlt habe. Und dann mußte ich merken, daß ich eben mit Leib und Seele Tscheche war.«

»Sie waren bei der Vertreibung der Sudetendeutschen aus der Tschechoslowakei dabei?«

Šmíd nickte.

»Als Beobachter. Als feiger Beobachter, der zusah, wie deutsche Frauen von Tschechen geschändet und erniedrigt wurden. Der all die Grausamkeiten wie von einer Loge aus als unbeteiligter Zuschauer verfolgte, um festzustellen, daß er in seiner Seele kein Deutscher war. Wenn du das aushältst, sagte ich mir, dann kannst du dich ruhig von diesem Volk, dessen Blut auch in deinen Adern rollt, lossagen. Ich habe es geschafft. Es war eine Tortur. Ich habe mich tagelang erbrochen. Aber ich habe es überlebt.«

»Und Römmel?«

Šmíd nickte vielsagend.

»Römmel war damals auch dabei. Und auch er hat es geschafft. Und dabei habe ich an die Hitler-Worte denken müssen: Wenn sich das deutsche Volk nicht für seine Selbsterhaltung einsetzen will, soll es verschwinden.«

»Damals fühlte sich Römmel nicht als Sudetendeutscher?«

Römmel hatte seinen Namen geändert. Offiziell war der Römmel von der 6. Panzerdivision vermißt gemeldet worden. Vermutlich beim Fronteinsatz an der Westfront von Kampffliegern getroffen. Der Mann, der damals im Mai 1945 in Prag war und zu den geheimen Fadenziehern der Massaker an Sudetendeutschen gehörte, hieß Havel.«
»Es war Römmel?«
Šmíd nickte.
»Ich habe ihn gesehen. Und obwohl er damals einen Schnurrbart trug und seine Haare blond gefärbt hatte, habe ich ihn erkannt. Er war noch den ganzen Sommer 1945 über in Prag, als das Hin und Her zwischen den Siegermächten um die Vertreibung der Sudetendeutschen aus jenen Gebieten, die sie immerhin siebenhundert Jahre lang bewohnt hatten, immer größere Ausmaße annahm.«
Sembritzki ließ den kaltgewordenen Tee in großen Schlucken durch seine Kehle gurgeln. Dann stellte er die Tasse mit heftiger Bewegung hin, so daß Šmíd, der gedankenverloren vor sich hinstarrte, aufschreckte.
»Und wann ist Römmel wieder auferstanden?«
»Das kann ich nur vermuten. Ich nehme an, daß er offiziell zwar als vermißt gemeldet worden war, dann aber scheinbar aus amerikanischer Kriegsgefangenschaft wieder auftauchte. Dann kam die juristische Arbeit bei BMW. Später der offizielle Eintritt in den Bundesnachrichtendienst.«
»In Wirklichkeit war er von den Amerikanern schon lange auf diesen Einsatz vorbereitet worden?«
»Anzunehmen. Der Übergang war fließend. Nicht nur bei Römmel. Gehlen baute mit seinen alten Leuten einen neuen deutschen Geheimdienst auf. Diesmal einfach auf der Seite der ehemaligen Gegner.«
»Unter Protektion der CIA!«
Mehr gab es jetzt wohl nicht mehr zu sagen. Und trotzdem. Gab das alles einen Sinn? Römmel, ein Mann der Amerikaner? Und was unterschied ihn denn von Stachow? Haßte er nun die Tschechen, die ihn und seine Landsleute aus der ČSSR vertrieben hatten? Haßte er die Deutschen, deren Selbsterhaltungstrieb nicht stark genug gewesen war? Oder setzte er auf ein neues, starkes deutsches Volk, das sein Territorium mit aller Gewalt, mit letzter militärischer Kraft, gegen alle seine Feinde verteidigen sollte, um eine Wiederholung dessen, was ihm widerfahren war, zu verhindern? Was von all dem traf zu? Sembritzki wußte, daß er die Antwort erst dann ken-

nen würde, wenn er herausgefunden hatte, mit wem Römmel in Verbindung stand. Leise betrat Barbara den Raum, als ob sie gespürt hätte, daß das Gespräch nichts mehr hergab.
»Noch etwas Tee?«
Sie schaute Sembritzki über die Schulter ihres Vaters hinweg an. Was war es, was Sembritzki anzog? Ihr klarer Blick? Ihr eigenartiges Lächeln? Oder war es ganz einfach seine Angst vor Evas Umarmung, nach der er sich während all der Zeit, in der er sie nicht mehr gesehen hatte, gesehnt hatte und vor der er sich jetzt plötzlich zu fürchten begann?
»Sie bleiben doch noch?«
Barbara schaute ihn noch immer an. Erst als er jetzt ihren Blick bewußt erwiderte, wanderten ihre Augen ab.
»Herr Sembritzki ist verabredet«, antwortete jetzt Šmíd an seiner Stelle. Ihre Augen kamen zurück. Aber Sembritzki wich ihrem Blick aus. Šmíd hatte die Situation im Griff, das spürte er. Und Šmíd war nicht der Mann, der je die Fäden aus der Hand gab. Sembritzki stand auf.
»Sie haben recht, Herr Šmíd. Es ist Zeit. Sie haben mir sehr geholfen.«
Auch Šmíd hatte sich jetzt erhoben, stand steif und ganz aufrecht vor Sembritzki und schaute ihn ausdruckslos an.
»Wenn Sie den Mann zur Strecke bringen, Herr Sembritzki, bin ich Ihnen zu Dank verpflichtet. Kennen Sie folgenden Satz: ›Böhmen ist ein kleines Land mitten in Europa, und wer dort wohnt, kann nirgendwohin mehr ausweichen, um neu zu beginnen!‹«
Sembritzki nickte. »Römmel hat neu begonnen, Herr Šmíd!«
»Die Vergangenheit wird ihn einholen. Mit Ihrer Hilfe, Herr Sembritzki. Ich bin der Gefangene dieses Regimes und dieser Landschaft. Aber Sie…!«
Er griff nach Sembritzkis Händen und drückte sie fest. Was hätte er jetzt antworten können oder sollen? Er nickte nur, obwohl er wußte, daß auch er ein Gefangener Böhmens und seiner Geschichte war.
›Das Spiel mit der Vergangenheit mußte einmal aufhören.‹ Diesen Satz hatte Šmíd nicht ausgesprochen. Und er war doch viel wichtiger als der andere.
»Leben Sie wohl, Herr Šmíd!«
Sembritzki wandte sich zur Tür.
»Du begleitest Herrn Sembritzki besser nicht weiter als bis zur Haustüre, Barbara!«

Šmíd blockierte Sembritzkis Abgang, der auf Barbaras Begleitung gehofft hatte.
»Es ist zu gefährlich, wenn man Herrn Sembritzki in deiner Begleitung sieht. Du bist meine Tochter!«
»Und deine Gefangene, Vater!«
Dieser Vorwurf kam ganz emotionslos. Und Šmíd reagierte auch nicht darauf. Er hatte sich wieder an den Tisch gesetzt, aufrecht, steif, während Sembritzki, von Barbara begleitet, wieder in den schneeweiß gestrichenen Flur mit den Schmetterlingen hinaustrat. Barbara hatte die Küchentür leise geschlossen und löschte jetzt auch das Licht im Flur, als sie die Türe zum Hof halb aufzog. »Leben Sie wohl!«
Sie küßte ihn schnell und flüchtig auf den Mund. Impulsive Bewegungen gehörten nicht zu Sembritzkis Wesen, und trotzdem zog er sie jetzt schnell und heftig an sich. Er hatte Angst, Unausgesprochenes hier zurücklassen zu müssen. Seine Sehnsucht, diese Frau kennenzulernen. Aber als er sie küßte, fühlte er auch schon, daß er nur in seine eigene Trauer, in seine eigene Sehnsucht eintauchte, die sich zwar mit jener Barbaras decken mochte, die aber doch nichts miteinander zu tun hatten.
»Leb wohl!«
Langsam löste er sich von ihr und trat einen Schritt zurück. Sie hatte beide Hände, die Handflächen gegen ihn, erhoben, stand da, wie von einer Waffe bedroht, als er ihr ein letztes Mal über den fein geschwungenen Nasenrücken strich, dann über ihre leicht geöffneten Lippen.
»Komm wieder, Konrad Sembritzki!« flüsterte sie. Und er nickte, obwohl er wußte, daß jetzt schon alles gesagt und getan worden war. Noch einmal schaute er zurück, als er durch den Hof ging und dann unter dem Tor angekommen war. Aber obwohl er ihre dunklen Umrisse in der Haustüre stehen sah, starrte er jetzt, bevor er sich der Straße zuwandte, fasziniert auf den strahlend weißen Satz auf dem brüchigen Holz des Eingangstores: »Punk is not dead!«
»But love!«
Sembritzki hatte das Bedürfnis, den Satz zu ergänzen, der auf dem Tor stand. Wozu? Solange der Satz nicht dastand, hatte die Liebe noch eine Chance.
In der Nähe der Karlsbrücke fand er ein Taxi und ließ sich zum Praha Střed, zum Bahnhof Prag-Mitte, fahren. Dort tauchte er in der Halle unter und erschien dann nach ein paar Arabesken, um mögliche Beschatter abzuschütteln, in der Sokolovská wieder, ging

unter der Eisenbahnunterführung durch und schwenkte dann nach links in die Pobřežní ab. Der Schatten einer langen Zeile gleichförmiger Häuser verschluckte ihn. Im Dunkel versuchte er, die Hausnummern zu erkennen. Vorsichtig drückte er auf die Klinke, als er sich vor der richtigen Tür wähnte. Eine mattgelbe Glühbirne erhellte kaum die ersten Treppenstufen. Sembritzki horchte. Keine Stimmen. Nur ab und zu Füßescharren. Er stieg über eine ausgetretene Treppe nach oben. Vor einer Türe aus geripptem Glas, verziert mit Jugendstilmotiven, stand er still. Obwohl da ein Klingelknopf war, klopfte er gegen das Glas. Er fürchtete sich davor, diese unheimliche Stille zu brechen. Das Füßescharren hatte aufgehört. Stille. Er klopfte ein zweites Mal. Diesmal stärker. Jetzt hörte er Schritte. Jemand manipulierte umständlich am Schloß herum. Dann tat sich die Türe einen Spaltbreit auf. Ein Männergesicht mit schwarzem Bart erschien in der Öffnung.
»S kým mám tu čest?« – Mit wem habe ich die Ehre?
»Konrad Sembritzki!«
Die Türe ging ganz auf, und Sembritzki betrat einen hohen kahlen Korridor.
»Ich bin Zdenek«, sagte jetzt der andere und streckte Sembritzki die Hand hin. »Kommen Sie!«
Er führte ihn in eine große kahle Wohnküche, wo ein Dutzend junger Männer und Frauen auf Kisten, Hockern und Kissen saßen. Eva lehnte am Fenster, das mit einem schwarzen Karton abgedeckt war. Sie bewegte sich nicht, als er eintrat. Es roch nach Zigarettenrauch und Verbranntem.
»Das ist Konrad Sembritzki«, sagte jetzt Eva.
»Ahoj!« Ein paar von den Anwesenden murmelten einen Gruß. Eine junge Frau mit schneeweißem, ovalem Gesicht, die Haare im Nacken zusammengebunden, hielt ihm ein Glas hin.
»Wein?«
Sembritzki nickte. Was hatte er hier zu suchen? Er fühlte sich als Fremder, und auch Eva unternahm gar nichts, ihn aus dieser Position herauszuholen.
»Ich heiße Dagmar«, sagte jetzt die junge Frau mit dem ovalen Gesicht, schenkte Sembritzkis Glas voll und rutschte dann zur Seite, so daß er neben ihr auf einem Schaumgummikissen am Boden Platz fand. Da saß er nun. Seine Knie ragten spitz vor ihm auf und verdeckten ihm die Sicht auf die andern, die zum Teil wie er auf Kissen saßen. Lagerfeuererinnerungen tauchten auf. Bilder, wo er sich in der verschworenen Gemeinschaft der Hitlerjungen wohl gefühlt

hatte. Aber jetzt kam er sich deplaziert vor. Und so alt. Er hatte keinen Sinn für alles Sektiererische mehr. Bekenntnisse in der Gemeinschaft waren ihm verhaßt. Waren das die »Hussiten«? Er war sich bewußt, daß er, seit er wieder nach Prag zurückgekommen war, eine Menge neuer Leute kennengelernt hatte, aber die Leute, die er treffen wollte, deretwegen er hier war, hatte er noch nicht wiedergesehen.

»Was ist mit den Kontakten zu Holland?«

Zdenek stellte diese Frage. Aber sie galt nicht Sembritzki. Es wurde ganz einfach eine Diskussion wieder aufgenommen, die bei seiner Ankunft unterbrochen worden war.

»Man kann doch nicht einfach die nuklearen Probleme von den gesamten Rüstungsproblemen isolieren«, sagte Eva. »Die Rüstungsprobleme sind gesellschaftliche Probleme. Wer steckt hinter diesem Rüstungswettlauf? Gesellschaftliche Kräfte. Interessengemeinschaften. Damit müssen wir uns beschäftigen!«

»Krieg ist kein brauchbares politisches Ziel mehr, um politische Zielsetzungen durchzusetzen.« Sembritzki sah verwundert in das magere Gesicht des jungen Mannes mit der Nickelbrille. Was hatte er hier verloren? Er stand auf. Eva sah seine zusammengekniffenen Lippen und wußte, daß er als kalter Krieger, als Geheimdienstmann sich hier fehl am Platze fühlte. Aber das durfte sie jetzt nicht aussprechen. Er wußte, daß sie seine Tarnung als Antiquar selbst Freunden gegenüber nicht durchbrechen würde. Aber was wollte man denn von ihm?

»Konrad, wir brauchen deine Hilfe!«

Er sah Eva irritiert an.

»Wir?« Er schaute sich um. »Wer seid ihr? Gehört ihr zur Charta 77?«

Jetzt schälte sich ein kleiner Mann mit zotteligem dunkelbraunem Haar und Stirnglatze aus einer Wolldecke und stand auf.

»Die Bürgerrechtsbewegung ist isoliert. Die Bevölkerung ist entpolitisiert. Es sind nur wenige von damals übriggeblieben, Milan, Jan, zum Beispiel.«

Er zeigte auf zwei Männer in karierten Flanellhemden.

»Und ihr?«

Sembritzki schaute herausfordernd im Kreis herum.

»Friedensbewegung?«

Eva nickte.

»Du kannst es so nennen!«

»Und welche Rolle ist mir darin zugedacht?«

Sie fühlte den bitteren Unterton.
»Wir möchten, daß du all die Informationen, die wir sammeln, in den Westen trägst!«
»Welcher Art sind diese Informationen?«
»Werkspionage zum Beispiel. Wir wissen, was in tschechischen, zum Teil aber auch in andern Fabriken des Ostblocks für Waffen hergestellt werden. Wir kennen den täglichen Ausstoß. Wir haben sogar Informationen aus der Sowjetunion!«
»Und wie wollt ihr dieses Material einsetzen?«
»Zur Aufklärung, Konrad Sembritzki! Es soll auf keinen Fall militärischen Stellen in die Hand fallen. Wir möchten es ähnlichen Organisationen im Westen weitergeben, als Propagandamaterial gegen Aufrüstung weltweit.«
»Ihr werdet euren westlichen Kollegen die Geheimdienste aus Ost und West auf den Hals hetzen!«
»Damit müssen sie rechnen! Aber der Einsatz lohnt sich!«
Sembritzki mußte lächeln. Welcher Einsatz lohnte sich denn überhaupt?
»Früher oder später *werden* diese Informationen den Geheimdiensten in die Hand fallen. So dicht ist kein Netz, daß sich das geheimhalten ließe. Und so verschwiegen sind nicht einmal Sektierer!«
Bevor er das Wort ausgesprochen hatte, reute es ihn auch schon. Er wußte, daß sich seine ganze Aggressivität im Grunde genommen gegen Eva richtete, gegen die Tatsache, daß sie sich in einem Zirkel engagiert hatte, der ihm fremd war. Sie hatte ihn verlassen. Jetzt, in diesem Augenblick, fühlte er es. Aber er fühlte auch, wie sie darunter litt, daß sie beide zu Geschäftspartnern geworden waren.
»Sie sind ein Zyniker, Konrad Sembritzki«, sagte jetzt Zdenek, und sein schwarzer Bart zitterte leicht.
»Es tut mir leid! Es war nicht so gemeint. Ich habe nun einmal eine Aversion gegen verschworene Gemeinschaften.«
Er leerte sein Glas und hielt es Dagmar hin, die es wieder füllte. »Ihr wollt den westlichen Friedensbewegungen Argumente in die Hand spielen.«
»Fakten, Konrad Sembritzki«, sagte Zdenek.
»Man wird sich fragen, woher diese Fakten kommen!«
»Wir werden sie nur einem ganz kleinen Teil von Eingeweihten weitergeben. Absolut vertrauenswürdigen Leuten. Und die sollen sie dann andern Gruppierungen übermitteln.«
»Ein Tanz auf dem Vulkan. Was ihr tut, ist im Grunde nichts anderes als Nachrichtendienst. Spionage.«

»Das wissen wir!« Evas Stimme klang fest, zu bestimmt, dachte Sembritzki. »Wir haben nichts anders im Sinn, als eine Gegenwelt zur bestehenden aufzubauen.«
Jetzt hatte Sembritzki begriffen. Da waren Reformatoren am Werk, die sich ihre eigene Gesellschaftsform zurechtgelegt hatten, eigene Rituale und Gesetze zu leben versuchten. Da bauten sie an der kühnen Vision einer besseren und gerechteren Welt wie damals die Hussiten. Und jetzt sah Sembritzki auch mit einem Male den kleinen silbernen Kelch, der am Armband Dagmars baumelte und der wohl an die Kelchkriege der Hussiten erinnerte, als sie zwischen 1420 und 1431 gegen die Ritterheere angetreten waren.
»Ich nehme an, daß der STB über eure Tätigkeit informiert ist.«
»Man weiß, daß es uns gibt. Aber wir sind noch nicht wirklich identifiziert«, antwortete Dagmar.
»Je größer euer Kreis wird, desto größer wird die Möglichkeit, daß man euch identifiziert.«
»Wir sind nur dann eine wirkliche Gegenkraft, wenn wir zur Massenbewegung werden.«
»Die Massenbewegung ist euer Ende! Sei nicht Menge, sei Mensch!« – Suso klang so.
»Wenn sich der Kampf gelohnt hat…!«
Jetzt lachte Sembritzki laut heraus. »Was nützt euer ganzes Märtyrertum! Was nützt es euch, wenn ihr auf dem Scheiterhaufen landet, den die Rüstungsbefürworter in Ost und West schon für euch bauen! Mit Idealismus haltet ihr diesen Krieg doch nicht auf!«
»Auf welcher Seite stehen denn Sie, Konrad Sembritzki?«
Zdeneks Frage kam wie ein Peitschenschlag, schnell und scharf. Sembritzki zögerte. Auf welcher Seite stand er denn wirklich? Auf der Seite Stachows wohl. Aber wer war Stachow wirklich gewesen? Und war das, was er zu vertreten vorgegeben hatte, nicht genauso vage, genauso utopisch gewesen wie das, was die Hussiten da vor sich hinsangen? Was aber Sembritzki ärgerte, war die Naivität dieser Leute. Da führten sie sich auf wie die ersten Christen, die unweigerlich in den Löwenkäfigen landen würden.
»Wie ist denn eure Organisation aufgebaut?«
»Wir sind keine militärische Organisation. Die Informationen, die wir erhalten, erreichen uns durch die verschiedensten Kanäle. Aber da ist kein System dahinter. Und vieles ist zufällig, was uns erreicht. Wichtig ist einfach, daß man im Westen und im Osten merkt, daß Gegenkräfte am Werk sind, daß die Rüstungsleute und Militärs nicht mehr einfach machen können, was sie wollen. Wenn wir über

östliche Rüstungsanstrengungen informieren, decken wir die Machenschaften der Ostblockstaaten auf.«
»Womit Sie aber nur den Rüstungsbefürwortern im Westen in die Hände arbeiten!«
»Nein. Durch die Veröffentlichung von geheimem Material und durch Aufrufe blockieren wir den Osten und den Westen in ihren Aufrüstungsversuchen.«
»Ihr wollt also eine Gegenmacht zu den bestehenden politischen Systemen schaffen.«
»Das Netz existiert schon. In Deutschland. In Holland. In Schweden. Auch in Frankreich und Belgien und der DDR. Aus diesem vorläufig noch unpolitischen System werden die neuen Führungsleute hervorgehen. In Ost und West.«
Jetzt lachte Sembritzki nicht mehr. Das Sendungsbewußtsein dieser Leute traf ihn zutiefst.
»Ihr wollt eure Macht weitergeben?«
»Wenn sie zur Macht geworden ist. Dann legen wir sie in die Hände verantwortungsbewußter Männer und Frauen. Aber das können wir nur, wenn wir weltweit alle Informationen austauschen und gewissermaßen eine inoffizielle Abrüstungskontrolle bilden.«
Sembritzki nahm einen tiefen Schluck und schaute zu Eva hinüber, die noch immer am schwarz verhüllten Fenster lehnte. Welche Rolle spielte sie in dieser Bewegung? Und welche Rolle war ihm zugedacht?
»Du kannst unsere Informationen in den Westen bringen, Konrad.«
»Ein V-Mann der Friedensbewegung?«
Er biß auf die Zähne. Sembritzki im Einsatz an allen Fronten, an der Kriegs- und der Friedensfront.
»Wenn du es nicht aus Überzeugung tun willst, dann wenigstens aus Fairneß.«
»Ein Deal! Informationen über einen gewissen Herrn Römmel gegen Dienstleistungen in der Friedensbewegung! So ist es doch!«
»Wenn du es so sehen willst, Konrad!« Evas Stimme zitterte jetzt leicht.
»Wie bringe ich die Informationen auf die andere Seite?«
Er wählte bewußt den geschäftlichen Duktus.
»Wir dachten, daß Sie einen Vorschlag hätten!« Dagmar sagte das jetzt ganz schüchtern. Er war sich bewußt, daß man ihn für einen Profi hielt. Was mochte Eva erzählt haben? Sicher nichts über seine Verbindungen zum BND.

»Ich werde mir etwas einfallen lassen!«
»Wann reisen Sie wieder ab?« fragte Zdenek.
»Eine Woche bleibe ich sicher noch!«
»Gut! Bis dahin haben wir alles Material gesichtet und zusammengestellt. Eva hält den Kontakt zu Ihnen!«
Zdenek erhob sich, ging auf Sembritzki zu und drückte ihm die Hand. Dann formte er mit beiden Händen einen Kelch. Die anderen hatten sich jetzt auch alle erhoben und taten es ihm nach. Aber Sembritzki brachte es trotz der flehenden Blicke von Eva nicht über sich, seinerseits die Hände zu erheben. »O. K.«, sagte er im CIA-Jargon. Er kam sich dabei blöd vor. Aber er suchte einen Ausweg aus der pseudofeierlichen Situation.
»Ahoj!« Es war jetzt Dagmar, die sich klar darüber geworden war, daß sich Sembritzki nicht zum Partisanen ihrer Bewegung machen lassen wollte. Nicht auf die Schnelle jedenfalls. Sie winkte ihm zu und ging dann leise hinaus. Und jetzt bröckelte langsam der Zirkel ab, ging einer nach dem andern; in Abständen von ein paar Minuten gingen sie einzeln und in Gruppen von zweien und dreien. Und dann, als es von weit her elf schlug, war er mit Eva allein. Sie stand noch immer vor dem schwarzen Vorhang und schaute ihn erstaunt an.
»Du hast dich verändert, Konrad. Dieser Zynismus. Diese Härte. So warst du früher nicht!«
»Ich will überleben! Nichts weiter, Eva.«
»Egal, unter welchen Umständen?«
Er wußte, wie sie sich vor seiner Antwort fürchtete. Ein Test für ihre Beziehung.
»Das habe ich mir nicht überlegt, Eva. Liebe wäre ein Motiv, um überleben zu wollen.«
»Und für die Liebe sterben?«
»Nein, Eva. Nicht mehr. Ich will die Liebe leben, aber nicht für sie sterben.«
»So laß uns die Liebe leben, Konrad!«
Sie machte einen Schritt auf ihn zu. Er stand jetzt am Tisch, fühlte die Kante unter dem Gesäß, hatte keine Möglichkeit, einen einigermaßen würdigen Rückzug anzutreten.
Sie stürzten sich aufeinander wie zwei Gegner, die sich zerfleischen wollten. Sie teilten aus. Sie bissen sich. Als Eva sich nach einer kurzen Viertelstunde ermattet und geschunden zurückfallen ließ, als sie sich ein Schaumgummikissen unter das Kreuz schob, rollte er sich stöhnend von ihr, lag auf dem Bauch und vergrub das Gesicht

in den Händen. Er hätte weinen mögen, lauschte auch nach diesem bittersüßen Gefühl in seinem Innern, schaffte es aber nicht, es aufzuspüren.
»Du hast gewonnen, Konrad. Der große Sieger in einer großen Schlacht!«
»Sieger über ein streitbares Mitglied der Friedensbewegung! Was für ein Erfolg!« murmelte er, stand dann auf und zog sich an.
Eva lag noch immer nackt auf dem Kissen auf dem Küchenboden, zwischen umgekippten Aschenbechern, mit Asche verschmiert und ausgelaufenem Wein tätowiert.
»Dobrou noc!« flüsterte er und steckte sich einen Zigarillo in den Mund.
»Gute Nacht«, flüsterte auch sie. Aber sie rührte sich nicht. Mit geschlossenen Augen lag sie da. Sembritzkis wilde Attacken hatten ihr nichts anhaben können.
»Gute Nacht«, sagte er noch einmal. Dann verließ er die Wohnung Evas, ohne sich noch einmal umzusehen.

9

Es war schon halb zehn, als Sembritzki am andern Morgen erwachte. Das Klappern des Geschirrs und das Klimpern des Bestecks hatten ihn aus einem traumlosen tiefen Schlaf gerissen. Als er unten in der Halle ankam, bemerkte er aufatmend, daß der aufdringliche amerikanische Kollege aus Baltimore schon weg war. Dafür stand Stanislav, der Taxifahrer, vor dem Eingang und schob seine Schirmmütze ins Genick, als er Sembritzki sah.
»Taxi, mein Herr?«
»Nein danke!«
»Heute nicht?« Stanislav schien enttäuscht zu sein. Hatte er Spaß an Sembritzkis geheimen Missionen bekommen oder war er von Eva und ihren Leuten als Bewacher Sembritzkis vorgesehen?
»Heute abend vielleicht?«
Stanislav war wieder glücklich. »Heute abend. Um fünf Uhr. Ich werde dasein. Ausflug auf den Hradschin?«
»Vielleicht haben Sie einen andern Vorschlag.«
»Habe immer Vorschläge«, grinste Stanislav und grüßte, den Zeigefinger am Mützenrand.
Sembritzki ging die Štěpánská hinauf, vorbei an jenem Bierlokal, vor dem er vor zwei Tagen gefilzt worden war. Aber jetzt war da al-

les still. Sembritzki ging weiter. Erst vor dem Haus mit der Aufschrift »Opravy Hudebních Nástrojů, piana harmoniky« blieb er stehen. Das Herz klopfte ihm bis zum Hals. Der erste Versuch einer Kontaktaufnahme mit einem seiner Hausmeister. Merkur! Er erinnerte sich an das dürre Männchen mit dem weißen, strähnigen Haar, das hinten über den verwaschenen Kragenrand abstand und vorn in einer kunstvollen Tolle die rosafarbene Kopfhaut, die oben durchschimmerte, kaschieren sollte. Wie lange konnte Sembritzki da stehen, ohne aufzufallen? Sein STB-Begleiter stand im Schatten eines Torbogens und war mit einer Zeitung beschäftigt. Daß diesen Leuten nie ein besseres Attribut als eine Zeitung einfiel! Sembritzki konnte nicht länger warten, ohne die Aufmerksamkeit des STB-Mannes zu sehr auf das Musikhaus zu lenken. Er kehrte um und ging zum Hotel zurück. Stanislav stand noch immer da. Sembritzki mußte es wagen.
»Taxi!«
»Also doch!« Stanislav öffnete den Schlag und ließ Sembritzki hinten einsteigen. »Wohin?«
»Egal, wo! Ich möchte Sie bitten, eine Nachricht für mich weiterzugeben!«
»Wem?«
»Ich kenne den Namen nicht, Stanislav. Der Mann wohnt und arbeitet im Haus an der Štěpánská, wo ›Opravy piana harmoniky‹ geschrieben steht.«
Er beschrieb Merkur. Stanislav nickte, fuhr zum Altstädter Ring, wo Sembritzki ausstieg. Es hatte leicht zu regnen begonnen, und er hatte so keine Gelegenheit, im Straßencafé auf seinen wichtigsten Mann zu warten: Saturn! Sein Burberry-Regenmantel wies ihn eindeutig als Westler aus, und so schloß er sich denn auch harmonisch jener Burberry-Gemeinde an, die vor der astrologischen Uhr auf das Erscheinen der Prozession wartete. Weiter hinten sah er die pompöse Fassade der St.-Niklas-Kirche. Der Regen hatte auf dem gelben Verputz große dunkle Flecken hinterlassen. Die grünen Kupferdächer glänzten vor Nässe. Noch heute diente diese Kirche den Hussiten als Gotteshaus.
Dieses Stichwort schüttelte Sembritzki wieder aus seinen Träumen heraus. Er war hierhergekommen, um seine Agenten wieder zu mobilisieren. Allen voran Saturn! Er ging jetzt quer über den Platz zur Niklas-Kirche hinüber. Jeden Augenblick war er darauf gefaßt, den untersetzten Mann mit der schwarzen Einkaufstasche auftauchen zu sehen. Aber die Zeit verging, die astrologische Uhr hatte längst

zehn geschlagen und ihre Prozession in den Regen wieder abgeblasen, aber Saturn war nicht erschienen. War er gestorben? Weggezogen? Zum ersten Mal ärgerte sich Sembritzki darüber, daß ihm Saturn nie hatte sagen wollen, wo er wohnte. Saturn war ein vorsichtiger Mann, vorsichtiger und umsichtiger als alle andern Agenten, mit denen es Sembritzki zu tun gehabt hatte. Er hatte alle überflüssigen Kontakte und jeden überflüssigen Informationsaustausch vermieden. War das das Geheimnis seiner Unzerstörbarkeit gewesen? Viele hatten über die Klinge springen müssen. Wie oft hatte Sembritzki bei seinen Besuchen in der Tschechoslowakei neue Leute rekrutieren müssen in langen, mühseligen Prozessen. Nur die Festung Saturn und die andern, Merkur, Venus, Erde, Jupiter und Mond, hatten sich nicht aus ihrer Bahn werfen lassen. Unzerstörbar wie die Himmelskörper waren sie Sembritzkis Fixpunkte geblieben, die ehernen Pfeiler seines Systems.

Es hatte keinen Sinn, länger zu warten. Saturns Einkaufszeit war vorbei. Immer war er zur selben Zeit gekommen. Er war pünktlich gewesen wie der Planet, der ihm seinen Namen geliehen hatte.

Sicher wartete Thornball schon sehnsüchtig auf Sembritzki, und auch andere Antiquare würden seine Abwesenheit bemerken. Sembritzki platzte mitten in das Referat eines französischen Kollegen, der über den Einfluß der Gestirne auf die Gesundheit und den Charakter des Menschen sprach. Er unterstrich seine Ausführungen mit zahlreichen Lichtbildern aus einem Handschriftenband, der im 15. Jahrhundert in Nürnberg entstanden war und eine Reihe von wichtigen Abhandlungen im Zusammenhang mit der spätmittelalterlichen Heilkunde enthielt. Thornball hatte Sembritzki zugewinkt und ihn gebieterisch an seine Seite beordert.

»Sie kneifen, was?«

»Verschlafen!«

»Reges Nachtleben, was?« Thornball stieß Sembritzki den mächtigen Ellbogen in die Rippen, daß ihm beinahe der Atem wegblieb.

»Morgen gibt es einen organisierten Ausflug nach Karlstein und Konopiště! Kommen Sie mit?«

Sembritzki überlegte. Er konnte sich nicht gut absetzen, ohne Thornballs Mißtrauen weiter zu schüren. Und abgesehen davon, hatte er dabei vielleicht Gelegenheit, Kontakte mit der »Erde« aufzunehmen, die als Fremdenführerin im vorübergehenden Refugium Wallensteins arbeitete, der sich nach der Schlacht am Weißen Berg für kurze Zeit dorthin zurückgezogen hatte.

»Ich komme mit«, flüsterte Sembritzki.

»Fine«, röhrte Thornball. Ein paar Kongreßteilnehmer drehten sich empört nach dem transatlantischen Ruhestörer um, der sich aber überhaupt nicht um diese Reaktionen scherte. Für Augenblicke hatte sich Sembritzki von der naiven Unbekümmertheit fesseln lassen, mit der der mittelalterliche Künstler seine vierundfünfzig Miniaturen geschaffen hatte. Erst als dann das Bild Merkurs vorn auf der Leinwand zitterte, fand Sembritzki wieder in die Realität zurück. Er starrte auf die Figur eines nackten Jungen, dessen Geschlechtsteil von einem sechszackigen Stern abgedeckt war, und der in der rechten Hand ein kleines Säcklein aus Leinen, in der andern eine schwere Kette trug. Merkur! Sembritzki schaute auf die Uhr. In eineinhalb Stunden mußte er seinen ersten Kontaktversuch mit Merkur starten. Wenn Stanislav nicht versagt hatte.
»Gehen wir zusammen essen?«
Thornballs Fürsorge war nicht zu überbieten. Sembritzki nickte ergeben. Solange er Thornballs wahre Identität nicht kannte – und er zweifelte keinen Augenblick daran, daß der Amerikaner etwas zu verbergen hatte –, konnte er sich keinen Schlachtplan zurechtlegen, wie man ihn ausschalten könnte. Zusammen schlenderten sie zum Altstädter Ring hinauf, Thornball schwatzte fortwährend auf Sembritzki ein, während dieser überlegte, wie er sich zu gegebener Zeit mit Anstand absetzen und den Kontakt mit Merkur suchen konnte.
»Kriegstreiber!« murmelte Thornball zwischen den Zähnen und wies mit seinem dicken Zeigefinger auf eine Gruppe von Uniformierten der Tschechischen Volksarmee. »Überall Militär!«
»Wie in der Bundesrepublik auch, Mr. Thornball«, antwortete Sembritzki. »Überall Amerikaner!«
»Wissen Sie, daß sich das Wirtschaftswachstum der Sowjets immer mehr verlangsamt und die Militärausgaben pro Jahr um fünf Prozent steigen? Alles, was da an Forschung betrieben wird, kommt den Militärs zugute. Alles, was in Fabriken an Metall bearbeitet wird, landet bei der Armee. Fast alles.«
»Ein Fünftel, Mr. Thornball!« korrigierte Sembritzki.
Sie saßen jetzt in einer Weinstube und starrten über das sanft in den Gläsern vibrierende Getränk auf den Platz hinaus.
»Von mir aus ein Fünftel! Sie sind gut informiert, Mr. Sembritzki! Ein Amerikahasser, was?«
Er leerte das Glas mit dem Weißwein in einem Zug und knallte es dann auf den Tisch.
»Another one!« brüllte er durch den Raum. Eine stämmige Servie-

rerin stellte Thornball wortlos gleich zwei gefüllte Weingläser hin. Thornball griff zu, leerte das erste in einem Zug und schaute dann Sembritzki aus seinen glitzernden Äuglein böse an.
»Wissen Sie, daß unsere Freunde vom KGB genaue Statistiken haben, wie sich das westliche Bündnis weiter entwickeln wird?«
»Möglich!« Sembritzki zuckte gleichgültig die Schultern und steckte sich dann einen Zigarillo zwischen die Lippen. Er war auf der Hut. Wohin wollte ihn Thornball führen?
»Sie wissen, daß der GRU –!«
»GRU?« Sembritzki beschloß, die naive Tour zu spielen.
»Der Sowjetische Geheimdienst!«
»Ist das nicht der KGB?«
»Das ist das sowjetische Komitee für Staatssicherheit!«
»Nicht dasselbe?«
»Wollen Sie mich auf den Arm nehmen, Sembritzki? Ich weiß doch, wer Sie sind!«
»Und wer sind *Sie*, Mr. Thornball?«
»Ein Antiquar aus Baltimore, Mr. Sembritzki. Und ein glühender Patriot!«
»Das soll ich Ihnen abnehmen?«
»Was bleibt Ihnen anderes übrig, Mr. Sembritzki! Sie sind hier nicht im Westen. Keine Datenbanken stehen Ihnen zur Verfügung! Sie sind isoliert. Für Sie bin ich, solange Sie hier in Böhmen sitzen, Mr. Thornball. Antiquar aus Baltimore. Ein Freund, der es gut mit Ihnen meint. Das dürfen Sie mir glauben.«
Er streckte Sembritzki seine Pranke hin. Aber dieser übersah sie. Statt dessen griff er nach dem Weinglas.
»Was tun Sie denn hier in der Höhle des Löwen, Thornball?«
»Ein Büchernarr!« kicherte der Amerikaner. Er genoß es, Sembritzki zappeln zu sehen.
»Sie kennen sich auch in der weltweiten Buchhaltung aus!«
»Eben, Sembritzki! Zum Beispiel weiß ich, daß die Sowjets mit ihren SS-Raketen vom eigenen Territorium aus jedes wichtige Ziel in Westeuropa treffen.«
»Nichts Neues!« wehrte Sembritzki ab.
»Aber Sie wissen vielleicht auch, daß keine der landgestützten Raketen der NATO in Europa bis in die Sowjetunion hinein eindringen kann!«
»Konnte, Mr. Thornball. Wir haben jetzt ja die Pershings. Und der neue Boden-Boden-Marschflugkörper Thomahawk ist auch bald einsatzbereit!«

Thornball pfiff bewundernd durch die Zähne.
»Ihr wißt, daß ihr ohne die Amis begraben werdet, mein Lieber. Die Sowjets rechnen doch mit all den europäischen Absatzbewegungen vom Bündnis. Sie rechnen mit Streiks und Demonstrationen. Sie rechnen mit der Solidarität der westeuropäischen Regierungen. Friedensbewegung, Studenten, Umweltschützer, das sind doch die Partisanen der Sowjets. Das ist ihre fünfte Kolonne im Westen. Und dann schlagen sie zu. Und sie werden zuschlagen, das garantiere ich Ihnen, Sembritzki. Sie schlagen zu, wenn...!«
»Wenn wir nicht aufrüsten. Wenn wir nicht ganz Europa zum waffenstrotzenden Territorium machen.«
»Wir brauchen neue Waffen. Das ist richtig.«
»Sie rüsten auf einen Dritten Weltkrieg hin!«
»Wir rüsten auf den ewigen Frieden hin, Mr. Sembritzki. Das ist der Unterschied. Unser Gegner ist stark, aber doch nicht so stark, daß sich für ihn, wenn wir ihm Paroli bieten, ein Angriff lohnt. Abschreckung!«
»Die Bundesrepublik als Schild der NATO!«
»Schön formuliert. Und ganz in der Terminologie unserer Militärs!«
»Sie gehören zu den Totengräbern der europäischen Geschichte!«
»Was haben die Europäer aus ihrer Geschichte gemacht? Sie haben sie zweigeteilt. Das Heilige Römische Reich Deutscher Nation ist vor die Hunde gegangen.«
»Weil wir Europäer uns nicht von den Supermächten emanzipieren!«
»Ohne die Supermächte krepieren die Europäer, auf welcher Seite des Vorhangs auch immer sie beheimatet sind.«
»Mit Landesverteidigung hat das alles doch gar nichts mehr zu tun. Wir verteidigen Blöcke. Wir verteidigen die Ideologie der Amerikaner und der Spanier. Und jene der Schweden und Niederländer. Aber nie die eigene!«
»Weil wir alle im selben Boot sitzen!«
»Als Kanonenfutter, lieber Mr. Thornball. Die Führungsleute werden von den Amis gestellt. Und sie sitzen doch alle jenseits des Atlantik.«
»Saceur sitzt in Brüssel!«
»Ja, der oberste alliierte Befehlshaber in Europa: ein Amerikaner!«
Jetzt hob Thornball langsam und beinahe feierlich sein Glas. »Auf unseren obersten Schirmherrn: Saceur!«

Sembritzki lächelte nur mitleidig.
»Ist das nicht auch Ihr oberster Schirmherr, schließlich...«
»Schließlich was?«
Sembritzki musterte den Amerikaner mißtrauisch.
»Hören Sie, Sembritzki!« Thornball lehnte sich vor und legte seine Pranke anbiedernd auf Sembritzkis Unterarm. »Leute wie Sie haben es in der Hand!«
Das hatte Sembritzki schon einmal gehört.
»Sembritzki, Sie kommen an Informationen heran, an die ein gewöhnlicher Sterblicher nicht herankommt!«
»Das sagen Sie!«
Sembritzki fühlte sich wie als Kind im Karussell. Immer glaubte er sich hoch zu Pferde unterwegs, hatte sich verzweifelt in die Mähne des weißen Renners verkrallt oder in seine Ohren, glaubte den scharfen Wind im Gesicht zu spüren und das Getrampel der Hufe auf der Steppe, und immer und immer wieder hatte er doch im Vorbeireiten dieselben Gesichter gesehen, lachende Münder, Vater, Mutter, winkende Hände und immer dieselben wehenden Taschentücher in immer denselben Farben. Und jetzt hatten Thornball und der geheimnisvolle Monsieur Margueritte aus Frankreich die Stelle seiner winkenden Eltern eingenommen.
»Sembritzki, Sie wollen doch wieder zurück in die Bundesrepublik!«
»In die Schweiz, Mr. Thornball!«
Thornball wiegte den mächtigen Schädel, und Sembritzki dachte darüber nach, was der Amerikaner vorhin gemeint hatte.
»Bis später!«
Sembritzki erhob sich und ging davon, ohne sich noch einmal umzuschauen. War er jetzt überhaupt noch auf das angewiesen, was Seydlitz und seine Helfershelfer zu Hause über die Identität des Amerikaners herausbekommen hatten?
Es hatte aufgehört zu regnen, und eine fahle Sonne versuchte sich gegen wallende Nebel durchzusetzen. Langsam schälte sich die Karlsbrücke aus dem Dunst und gab den Blick auf den Hradschin auf der Kleinseite frei. Ein einsames Fischerboot war unterhalb der Brücke inmitten der Moldau verankert. Sembritzki bemerkte seinen Schatten sofort, als er sich sinnend am Ende der Brücke vor die Skulptur des heiligen Veit hingestellt und dabei auch einen Blick über seine rechte Schulter geworfen hatte. Gegen Frömmigkeit hatte man beim STB sicher etwas einzuwenden, besonders deshalb, weil die zahlreichen Orte christlicher Einkehr beliebte Treffpunkte

von Agenten und Rebellen aus dem eigenen Lager waren, wo man sich im Dunstkreis des lieben Gottes immer wieder der direkten Bewachung entziehen konnte.
Sembritzki ging unter dem Kleinseiter Brückenturm hindurch und am Rathaus vorbei zur Kleinseiter Niklaskirche. In seinem Rücken hatte er jetzt ein langgestrecktes Gebäude, dessen eine Toreinfahrt von einem Uniformierten bewacht wurde: »Vysoká Škola Politická ÚV KSČ«, stand da auf einer braunroten Tafel, und etwas kleiner: »Studijní Středisko«. Aber er schaute nur schnell zurück, als eine Troika von schwarzen Tatra-Limousinen vom Hradschin her mit kostbarer politischer Fracht heruntergesaust kam und um die Kurve verschwand. Dann betrat er die Kirche, erging sich unter dem monumentalen Deckengemälde im Mittelschiff, das Szenen aus dem Leben des heiligen Nikolaus wiedergab, und widmete dann seine Aufmerksamkeit vor allem den zahlreichen Seitenaltären. Ein Bild eines geflügelten Jünglings, der im Begriff war, einen angeketteten nackten, sich vor ihm auf dem Boden wälzenden Teufel ins Gesicht zu treten, zog Sembritzkis Aufmerksamkeit besonders an. »Nevstupovat! – Nicht betreten« stand auf einem kleinen Täfelchen, das an den Altarstufen befestigt war.
Er warf einen Blick über die rechte Schulter, um seinen Beschatter auszumachen. Dieser stand im Eingang, von einer Säule leicht abgedeckt. Sembritzki zog eine Rose, die er unterwegs gekauft hatte, unter der Jacke hervor und machte dann einen Schritt auf das verbotene Territorium, und während er mit der rechten Hand die Blume in eine der Vasen steckte, klaubte er mit der linken schnell den kleinen grauen Karton aus der Ritze zwischen Altar und Altaraufsatz hervor. Dann, nach einem kleinen Kniefall, verließ er die Kirche wieder. Sein Begleiter mochte sich den Kopf darüber zerbrechen, warum Sembritzki ausgerechnet dem geflügelten Teufelsbezwinger seine Referenz erwiesen hatte. Er mußte jetzt die Zeit, die der STB-Mann brauchte, um beim Seitenaltar zu überprüfen, ob Sembritzki dort eine Nachricht hinterlassen hatte, nützen, um ihn abzuschütteln. Er wandte sich beim Kirchenausgang nach links, scheinbar in der Absicht, über die Karlsbrücke ins eigentliche Zentrum zurückzukehren, ging an der Parteischule, im ehemaligen Palais Liechtenstein untergebracht, vorbei und kehrte dann in einem Bogen auf der andern Seite der Niklaskirche zurück, vorbei an der Dechiffrierabteilung seiner ČSSR-Kollegen, und stieg jetzt die steil ansteigende Treppe zum Hradschin hinauf, vorbei an den pittoresken Fassaden der Mostecká.

»Kloster Strahov, Gedenkstätte für Nationale Literatur. 15.00«, stand mit blauem Farbstift auf dem kleinen grauen Karton geschrieben, den Sembritzki im Gehen zwischen den Fingern drehte. Oben auf dem Hügelzug sah er das Kloster, einen langgestreckten gelbbraunen Bau, hinter dem die beiden Türme mit ihrem zwiebelartigen Aufsatz hervorragten. Er ging jetzt auf der schmalen Rampe unterhalb der Stützmauer, erregt beim Gedanken, daß er endlich den ersten Kontakt herstellen würde: Merkur! Durch das große Barocktor betrat er den Klosterhof, stieg dann vom Kreuzgang aus über die Treppe nach oben in den ersten Stock und betrat den Philosophischen Bibliothekssaal. Und da sah er ihn auch schon. Er stand, den gebeugten Rücken Sembritzki zugewandt, vor einem gewaltigen Globus, in dessen Plexiglasschutzhülle sich Szenen aus der Geistesgeschichte der Menschheit vom Deckenfresko Franz Albert Maulpertschs spiegelten. Sembritzki stellte sich neben Merkur, der schnell über seine weiße Tolle strich und dann murmelte: »Lange her, Konrad Sembritzki!«
»Nichts vergessen?«
»Nichts«, murmelte Merkur. »Neue Aufträge?«
»Ja«, flüsterte Sembritzki und ging weiter, hinüber zu einem schweren Tisch aus Eichenholz, auf dem ein gewaltiger, geöffneter Foliant lag. Merkur folgte ihm nach einer Weile, starrte an seiner Seite auf die vergilbten Pergamentseiten und fragte dann: »Worum geht es?«
»Sie reisen noch immer durch das Land?«
Merkur nickte.
»Ich brauche Informationen über Truppenverschiebungen. Und vor allem: was hat es mit der Stationierung von SS-Raketen in Böhmen auf sich?«
»Sie wissen, daß die SS-Raketen auf mobilen Startrampen befestigt sind. Schwer auszumachen!«
»Ich weiß. Aber ich weiß auch, daß Sie überall Ihre Fühler haben!«
Merkur strich sich geschmeichelt übers Haar. Er ging zu einem der reich geschmückten Bücherschränke hinüber und hob dann plötzlich wie zufällig die rechte Hand, spreizte die Finger weit ab und ballte sie dann wieder zur Faust. Sembritzki kannte die Geste. Merkur hatte den Preis genannt. Fünftausend also? Wenn er Merkur einfach über die deutsche Botschaft bezahlen ließe? Offiziell war das ja ein Auftrag des BND. Nur mußte er verhindern, daß Merkur identifiziert wurde. Stachow hatte nicht gewollt, daß Römmel von

Sembritzkis Kontakten erfuhr. Aber fünftausend Dollar: Das konnten weder Seydlitz noch er selbst bezahlen.
»Fünfhundert?« sagte er darum im Vorbeigehen.
»Fünftausend«, zischte Merkur.
»Tausend, wenn die Informationen brauchbar sind.«
»Fünfhundert sofort!«
Merkur hatte sich jetzt Sembritzki direkt zugewandt und grinste ihn mit feuchtem Lächeln an. Er roch den säuerlichen Atem und sah, wie aus Merkurs Mundwinkel ein kleines bräunliches Rinnsal seinen Weg durch die Falten und Runzeln zum Kinn hinunter suchte. Der Mann war alt und tatterig geworden. Aber seine Verschlagenheit hatte er wohl bewahrt. Merkur klaubte einen Krümel aus der Mundecke und stopfte sich neuen Tabak in den Mund.
»Möchten Sie in meinen Katalog sehen?«
Er hielt Sembritzki den geöffneten Katalog hin, den dieser dankend entgegennahm, scheinbar interessiert darin herumblätterte und ihn dann, nachdem er fünf Hundertdollarscheine hineingelegt hatte, dankend zurückgab.
»Am Samstag vor der astrologischen Uhr. Zwölf Uhr mittag!«
Mit einem Nicken ging Merkur davon. Schien es nur so, oder war im Abgang Merkurs eine Grazie enthalten, die Sembritzki vorher nicht bemerkt hatte? Der Handel mit dem Gott des Handels war gemacht. Die fünfhundert Dollar hatten dem dürren Männchen seine Jugend zurückgegeben.
Es war bereits vier, als Sembritzki endlich wieder im Carolinum unter seinen Kollegen auftauchte. Es war gerade Pause. Thornball, wie immer unübersehbar, winkte ihm mit verschwörerischer Geste zu. Sembritzki bedachte ihn mit einem schiefen Lächeln, hütete sich aber, erneut in seinen Sog zu geraten. Um fünf wartete Stanislav auf ihn. Es war sinnlos, für eine halbe Stunde am Kongreß teilzunehmen, selbst auf die Gefahr hin, daß seine Kollegen den unzuverlässigen Mann aus Bern längst im Visier hatten. Als die Pause vorüber war, verließ Sembritzki das Carolinum und ging zum Hotel zurück. Zusammen mit dem Schlüssel übergab ihm der Concierge, den Sembritzki unschwer als Spitzel ausmachen konnte, einen Briefumschlag, der das Wappen der Stadt Prag trug, die drei Türme, flankiert von drei aufrecht stehenden Löwen; »Praha, matka měst – Prag, die Mutter aller Städte«. František Pospíchal nahm sich die Freiheit, Herrn Sembritzki diesen Abend im Hotel aufzusuchen, um ihm bei seinen Forschungen im Zusammenhang mit dem Geburtsstundenbuch des Martin Pegius behilflich zu sein.

Als Sembritzki gegen sieben Uhr von seinem Ausflug mit Stanislav in die nähere Umgebung Prags zurückkam, saß František Pospíchal schon rauchend in der Halle hinter einem Campari. Der Funkkontakt mit München hatte sich problemlos abgewickelt, allerdings hatte er noch nichts Präzises über Thornball erfahren. Hingegen – und das war mindestens ein aufschlußreiches Negativergebnis – schien die Akte Römmel im CIA-Archiv von Langley zur Zeit nicht greifbar zu sein. Jedenfalls machte es den Anschein, als ob die verantwortlichen Dokumentalisten, die von Bartels im Umweg über einen befreundeten amerikanischen CIA-Mann aufgeschreckt worden waren, nicht in der Lage wären, das gefragte Material schnell zu beschaffen.
»Immer auf Achse, Herr Sembritzki!«
Pospíchal hatte seinen Kunden sofort erkannt und präsentierte seine weit auseinanderstehenden langen Pferdezähne. Sembritzki irritierte diese urdeutsche Formulierung.
»Herr Pospíchal? Darf ich Ihnen sagen, wie sehr ich mich über Ihre Hilfe freue!«
»Es ist mir eine Ehre, für Sie arbeiten zu dürfen!«
Oder gegen Sie, hätte Sembritzki am liebsten ergänzt. Aber Freundlichkeiten gehörten nun einmal zu den Spielregeln. Beide wußten, wer der andere war oder mindestens welcher Berufsgattung man ihn zuzuordnen hatte, und trotzdem behielt man die Maske auf, ganz nach der alten Regel, wo es hieß: »Ich bin alles, was du siehst, und alles, was du dahinter fürchtest!« Und dieses zweite Gesicht hinter der lächelnden Maske war das Kapital des Agenten und vor allem das seines Beschatters. Sembritzki wußte nicht, was der andere von ihm alles wissen mochte.
»Gehen wir zusammen essen? Auf Kosten der Regierung, selbstverständlich«, lächelte Pospíchal und deutete damit an, daß sich die Regierung den Kontakt mit Sembritzki etwas kosten lassen wollte.
In Pospíchals Škoda fuhren sie aus der Stadt hinaus in westlicher Richtung. Die Pferderennbahn lag ausgestorben da. Oben auf dem Hügelzug thronten die Mächtigen der tschechischen Zelluloidbranche, die für hartes Westgeld schon so oft ihre Studios und ihr Gelände aufwendigen amerikanischen Produktionen überlassen hatten. Wie viele amerikanische Cowboys sind schon auf tschechischem Boden gestorben! Die Moldau lag wie ein bleiernes Band zwischen den Wäldern. Doch jetzt bog die Straße scharf nach Norden ab und stieg steil an. Sie erklommen mit klopfendem Motor ein Hochplateau und fuhren dann eine von Nußbäumen gesäumte

Straße entlang, wortlos, begleitet nur von amerikanischem Folksongs, die aus dem Autoradio tönten. Sembritzki hatte sich einen Zigarillo zwischen die Lippen gesteckt und wartete ab.
»Wir sind gleich da, Herr Sembritzki. Ich möchte noch einen kleinen Besuch machen, bevor wir zum Essen gehen. Eine Überraschung!«
Sembritzki lächelte, aber er war jetzt aufmerksam geworden.
»Ich habe bereits meine Fühler ausgestreckt, müssen Sie wissen. Es gibt da einen Mann in Třebotov…«
»Třebotov!« sagte Sembritzki schnell. Zu schnell.
Pospíchal wandte den Kopf. »Kennen Sie den Ort?«
Aber jetzt hatte sich Sembritzki wieder in der Gewalt.
»Nein. Es klang nur so vertraut.«
»Tschechische Namen sind Heimwehnamen, Herr Sembritzki. Die vielen Os und As nehmen den Heimatlosen auf wie große, weiche Heuhaufen.«
Nach einer kleinen Pause, während der Pospíchal das Radio abdrehte, sagte er mit einer Stimme, die die Spannung nicht ganz zu unterdrücken vermochte: »Ich war nicht untätig. Der Mann, den wir treffen, wird Sie interessieren. Vor allem weiß er über Dinge Bescheid, über die auch Sie genau Bescheid wissen wollen!«
»Pegius und Wallenstein?« fragte Sembritzki und merkte schon, daß diese Frage überflüssig, ja beinahe tödlich gewesen war.
»Natürlich Pegius und Wallenstein. Was denn sonst, Herr Sembritzki. Das ist doch Ihr Interessengebiet!«
Was hätte er darauf antworten können? Pospíchal war ein Meister in seinem Fach. Und so sehr sich Sembritzki auch bemühte, er fand den Tschechen nicht einmal unsympathisch. Aber er war jetzt auf der Hut und würde künftig alle verbalen und anderen Schachzüge Pospíchals zu parieren versuchen. Rechtzeitig. Třebotov war eine Falle, das wußte er. Aber was wußte Pospíchal?
Er wußte sehr viel. Dies stellte Sembritzki gleich fest, als der Tscheche seinen Škoda am westlichen Dorfausgang zum Stehen brachte, von wo aus man den kleinen Friedhof zwischen den Bäumen sehen konnte. Sembritzki warf nur einen schnellen Blick auf das geduckte graue Haus, das inmitten eines gepflegten Gemüsegartens stand, um festzustellen, was jetzt auf ihn zukam.
»Bitte, wir sind angekommen«, sagte Pospíchal und versuchte seine Stimme neutral klingen zu lassen. Aber schwang da nicht Vorfreude mit? War Pospíchal noch nicht so abgebrüht, daß er seine Falle stellen konnte, ohne Aufmerksamkeit zu erregen? Sie

gingen hintereinander über den schmalen Gartenweg. Der Kies knirschte unter ihren Schuhen, und im Gehen überlegte Sembritzki, wie er sich jetzt, in diesem entscheidenden Augenblick, verhalten sollte. Als sie vor der Türe standen und Pospíchal seinen gekrümmten Zeigefinger dreimal gegen das Holz hatte schnellen lassen, begann Sembritzki mit lauter Stimme zu sprechen. Es kam jetzt darauf an, daß der Mann hinter der Türe seine Stimme erkannte, bevor er ihn zu Gesicht bekam:

»Nun brennt der Mond geruhig
Über die Wälder hinaus
Und legt die funkelnde Heimat
Wie einen Kronschatz aus.«

Pospíchal war irritiert. Das merkte Sembritzki sofort. Er mochte die Absicht ahnen, fand aber keine Replik auf diese überraschende Finte.
»Sind Sie ein Dichter?«
»Kennen Sie Hans Watzlik nicht?«
»Ein deutscher Name!«
»Trotzdem ein großer Böhme!«
Und als das Licht innen aufflammte, obwohl Sembritzki das Gefühl gehabt hatte, daß jemand schon eine Weile hinter der Türe gestanden und gelauscht habe, setzte er seine Rezitation fort:

»Des Dorfes weiße Mauern,
Die Firste silbergesäumt,
Und silbrige Ährenwipfel –
Gedämpft der Brunnen träumt –«

Mit dem letzten Wort der zweiten Strophe öffnete sich die Türe, und im Lichtschwall, der von innen hinausdrängte, wurde die Fortsetzung mitgeschwemmt:

»Ein letztes Einödglöcklein
Zagt fernwo und verhallt.
Vergessen Schwedenschanzen
Umschlummert der schwarze Wald.«

Jetzt trat der Mann über die Schwelle und hielt Pospíchal und Sembritzki beide Hände entgegen. Und als Sembritzki zugriff, schnell die rechte Hand des Mannes in der Türe drückte, rezitierten sie gemeinsam die letzte Strophe:

»Heimat, du meine Erde!
Du muttereinz'ger Ort!
Heimat, du wundervolles,
Du starkes, gutes Wort!«

»Die Herren kennen sich?« wollte der verwirrte Pospíchal wissen.
»Woher denn, Herr Pospíchal? Wir kennen nur die deutsch-böhmische Literatur. Ein schöner Zufall!«
»Hans Watzlik!« sagte jetzt der Mann in der Türe. »Viel Gefühl und viel Schmalz. Mit wem habe ich die Ehre?«
»Konrad Sembritzki aus dem Westen. Aus der Schweiz.«
»Willkommen, Herr Sembritzki. Willkommen auch Sie, Herr Pospíchal.« Das Deutsch des Hausherren war makellos. Er öffnete jetzt die Türe ganz, und sie betraten ein blitzsauberes Haus, überall mit alten braunen Fotografien aus Böhmens Vergangenheit geschmückt: Ansichten von Landschaften, von Häusern, Menschen auf Hochzeiten, Taufen und Begräbnissen.
»Was führt Sie zu mir?«
Der Hausherr stand im Licht einer schmiedeeisernen Lampe, die von der Decke hing. Sembritzki sah das feine Lächeln im geröteten Gesicht dieses weißhaarigen Mannes, der auch zu Hause seine Krawatte nicht ablegte, wie er überhaupt makellos angezogen war, in schwarzgestreifter Hose, einem hellgrauen Sakko und darunter einer weinroten Weste. Sembritzki war, als ob die Zeit stehengeblieben sei.
»Herr Sembritzki interessiert sich für Wallensteins Sternenhörigkeit!«
»Interessant, sehr interessant!« nickte der Hausherr. »Mein Name ist Hájek. Milan Hájek! Darf ich Sie bitten?«
Er öffnete die Türe zum Wohnzimmer und sagte laut und deutlich:
»Darf ich dir Herrn Sembritzki vorstellen!«
Sembritzki fiel auf, wie sehr Hájek seinen Namen betonte. Die Frau mit dem schneeweißen Haar unter einem kleinen Spitzenhäubchen sah denn auch nur einen ganz kurzen Augenblick lang überrascht auf ihre Besucher. Dann brachte ein feines Lächeln ein verzweigtes Netz von Falten und Furchen zum Tanzen. Sie saß da, eine scheinbar unendlich lange Schleppe aus weißem Tüll mit Spitzen auf den Knien, die sich durch das ganze Zimmer wand und den Besuchern den Eintritt verwehrte.
»Bitte, treten Sie ein, meine Herren«, sagte sie mit feiner und leicht zitternder Stimme auf deutsch und holte mit kleinen Bewegungen das kostbare Gebilde aus Spitzen und Tüll wie ein Fahnentuch ein.
Sembritzki stand jetzt mitten im Zimmer, neben ihm Pospíchal, der seinen braunen Hut in der Hand hielt und völlig aus dem Konzept geraten war. Auf diesen Empfang war er nicht gefaßt gewesen. Die

Falle hatte nicht zugeschnappt. Sie setzten sich, nachdem Milan Hájek ihnen die Mäntel abgenommen hatte, an einen Tisch, der von einem mit weißen Spitzen eingefaßten Damasttischtuch bedeckt war. In der Mitte des Tisches stand eine kleine Vase aus dunkelblauem Glas mit einem Schneeglöckchenstrauß. Hájek kam mit zwei Flaschen Wein.
»Veltliner?«
Sembritzki schaute seinen Gastgeber erstaunt an.
»Ein Überrest von früher. Freunde aus dem Westen haben mir einmal eine Kiste voll davon geschenkt.«
»Ein würdiges Getränk für ein Gespräch über Wallenstein!«
Pospíchal hatte den Faden noch immer nicht gefunden, als Hájek den Wein in kostbare Kelche aus Kristall gurgeln ließ.
»Na vaše zdraví!« sagte Hájek und hob sein Glas gegen das Licht der Jugendstillampe in der Form eines Blumenkelches aus milchigem Glas.
»Na vaše!« knirschte Pospíchal zwischen den Zähnen.
»Prost!« murmelte Sembritzki und hob ebenfalls sein Glas. Er schaute Hájek in die glasklaren Augen.
»Mit Veltliner hat Wallenstein seine Gicht zu vertreiben versucht! Wir vertreiben mit ihm allen Haß und alle Feindschaft aus unseren Herzen!«
Frau Hájek nickte ihrem Mann anerkennend zu. Sie saß in einem hochlehnigen Stuhl, die Füße in einem Futteral aus besticktem Filz.
»Wie kann ich Ihnen helfen, Herr Sembritzki?«
»Herr Hájek, Sie sind ein Wallensteinkenner, habe ich mir sagen lassen. Sie wissen Bescheid über alle seine Feldzüge, über seine Bewaffnung, über seine Feldlager.«
Hájek wiegte den Kopf hin und her. »Leider, Herr Sembritzki, muß ich Sie enttäuschen. Mit fortschreitendem Alter interessieren einen die kriegerischen Belange weniger. Da konzentriert man sich eher auf ideelle Werte.«
»Welches sind die ideellen Werte bei Wallenstein?«
»Wallenstein war ein Sternengläubiger, sagt man.«
»Glauben Sie an die Macht der Sterne, Herr Sembritzki?«
Es war Pospíchal, der wie mit einer Peitsche diese Frage knallen ließ.
Sembritzki schreckte aus tiefem Nachdenken auf. Was hatte das wohl zu bedeuten, was Hájek vorhin gesagt hatte, er interessiere sich nicht mehr für Feldzüge? War er ausgestiegen? Hatte Sem-

britzki einen wichtigen Mann in seinem Netz eingebüßt? Hájek, der Mond! Der Dorfschullehrer und Organist hatte früher seine Augen und Fühler überall in der Gegend gehabt. Er war in seiner Funktion als Organist der ganzen Landschaft hier oben überall in den Dörfern herumgekommen, hatte zu Hochzeiten, Begräbnissen und Taufen gespielt, so wie schon sein Vater und sein Urgroßvater vor ihm. Hájeks Informationen waren immer sehr präzis und vor allem immer von äußerster Wichtigkeit für den Westen gewesen. Er hatte über Truppenbewegungen, über den Einsatz neuer Waffen und auch über die Truppenstärke immer sehr genau Bescheid gewußt. War jetzt Sembritzkis Mond untergegangen? Hájek hatte beim Zusammentreffen, das von Pospíchal zweifelsohne ganz bewußt inszeniert worden war, seine Kaltblütigkeit bewahrt und keinen Augenblick lang zu erkennen gegeben, daß er Sembritzki zuvor schon gesehen hatte. Aber das war jetzt das mindeste, was er hatte tun können.
Pospíchal hatte, aus welchen Gründen auch immer, Hájek als Mann des Westens ausgemacht. Er hatte ihn lahmgelegt. Man würde ihn, mindestens solange Sembritzki im Land war, nicht mehr aus den Augen lassen.
»Sie träumen, Herr Sembritzki!«
»Nein, Herr Pospíchal. Ich habe eben über Ihre Frage nachgedacht.«
»Und?«
»Da bin ich doch in guter Gesellschaft, wenn ich an die Macht der Sterne glaube, Herr Pospíchal. In guter, was Wallenstein betrifft, in zweifelhafter, was Heinrich Himmler angeht, ebenfalls ein Sternenhöriger. Und wissen Sie, daß in Deutschland jeder zweite Bürger an den Einfluß der Gestirne auf sein Leben glaubt?«
»Tschechen sind weniger anfällig für Horoskope«, sagte Pospíchal.
»Da wäre ich mir nicht so sicher«, erwiderte Hájek. »Nur, weil bei uns die Horoskope in den Zeitschriften eine weniger große Rolle spielen? Die Astrologie ist eine Vorform der Wissenschaft. Sie hat jedenfalls nicht weniger Gewicht und Aussagekraft als die Graphologie!«
»Es ist doch anzunehmen, daß die astrologischen Orakel der Vulgärastrologie gewissen sozialpsychologischen Bedürfnissen mancher Menschen entgegenkommen«, ergänzte Sembritzki.
»Obwohl solche Horoskope in Zeitschriften nur vom jeweiligen Stand der Sonne in bezug auf die zwölf Tierkreise ausgehen!«

Hájek nickte und ergänzte. »Während die seriöse Astrologie zehn Planeten als Ausgangslage benützt, was im Endeffekt die astronomische Zahl von zwölf hoch zehn verschiedenen Kombinationsmöglichkeiten von Planet und Zeichen ergibt. Und das ist nur ein Teil der Interpretationsgrundlage eines individuellen Horoskops.«
Sembritzki war unter Kennern. Auch Pospíchal war auf diesem Gebiet zu Hause, das war offensichtlich: »Mit andern Worten: in einem Land von der Größe der Bundesrepublik Deutschland haben im Durchschnitt nur zwei Menschen in Wirklichkeit ein identisches Horoskop.«
»Bravo, Herr Pospíchal. Sie sind ausgezeichnet vorbereitet.«
Pospíchal hörte den Spott in Sembritzkis Worten und versuchte, dem Gespräch eine andere Richtung zu geben.
»Wir sind wegen Wallenstein und Pegius hergekommen. Ein anderer Grund bestand wohl nicht!«
Jetzt hatte der STB-Mann wieder die Initiative an sich gerissen. Und mit dem kleinen Schlenker am Schluß des Satzes wollte er Sembritzki deutlich machen, daß er ihn am Kragen gepackt hatte.
»Zweifelsohne hat sich das Geburtsstundenbuch des Pegius in Wallensteins Bibliothek befunden. Ich habe genügend diesbezügliche Hinweise in der einschlägigen Literatur gefunden. Eger!«
»Cheb!« korrigierte Pospíchal schnell.
Hájek lächelte: »Zu Wallensteins Zeiten hieß die Stadt Eger, Herr Pospíchal. Und wir beziehen uns jetzt auf diese Zeit.«
Frau Hájek hatte ihre Stickarbeit wieder aufgenommen. An der Wand tickte eine alte böhmische Uhr, und jeder der drei Männer träumte sich auf seine Weise in die Vergangenheit hinein, gegängelt vom schweren Wein, der ihr Denken langsam vernebelte und sie empfänglicher machte für die Botschaften der Planeten. Wer würde sich am längsten dem Einfluß von Wein und Gestirnen entziehen können, dachte Sembritzki, als Hájek die zweite Flasche entkorkte.

> »Und wenn der Stern, auf dem du lebst und wohnst,
> Aus seinem Gleis tritt, sich brennend wirft
> Auf eine nächste Welt und sie entzündet,
> Du kannst nicht wählen, ob du folgen willst;
> Fort reißt er dich in seines Schwunges Kraft,
> Samt seinem Ring und seinen Monden.«

Es war Hájek gewesen, der in das Schweigen hinein diese Schillerverse rezitiert hatte. Was wollte er damit sagen? War das der bloße

Versuch, den Geist Wallensteins zu beschwören, oder war in diesen Versen eine Botschaft versteckt, die Hájek Sembritzki zukommen lassen wollte?
Der Name Saturn war verschlüsselt gefallen.
»Ich sagte Eger!« nahm jetzt Hájek nach diesem Exkurs den Faden wieder auf. »In Eger ist Wallenstein ermordet worden. Und in Eger gibt es weitere Dokumente, die Ihnen nützlich sein könnten, Herr Sembritzki.«
»Sie meinen, eine Reise dahin lohnt sich?«
»Ganz bestimmt!«
Pospíchal war irritiert. Er wußte nicht, handelte es sich hier um eine chiffrierte Botschaft oder um die Ansätze zu einem mehr oder weniger wissenschaftlichen Gespräch.
»Sie haben Zweifel, Herr Pospíchal«, lächelte Hájek. »Die Astrologie ist keine geistige Epidemie wie der Hexenglaube. Das sagt Golo Mann. Vergessen Sie nicht, Wallensteins Astrologen waren alles seriöse Wissenschaftler, Giovanni Pieroni, von Beruf Baumeister, die Ärzte Herlicius und Fabricius und Pater Forteguerra, der Generalvikar des Heeres war.«
»Aber da war noch dieser Scharlatan Senno!« sagte Pospíchal.
»Aber auch Johannes Kepler«, ergänzte Sembritzki.
»Aber es war Sennos Einfluß, der zersetzend auf Wallensteins Geist gewirkt hat«, hielt Pospíchal fest.
»Wallenstein war kein wirklichkeitsfremder Mann, Herr Pospíchal«, warf Hájek ein. »Zwar ließ sich Wallenstein im Umweg über die Sterne erzählen, was sich in Spanien, Schweden oder Deutschland in den Köpfen seiner Gegner und in der scheinbaren Realität tat. Wie hat es doch Golo Mann gesagt: Die Sternkunde war für Wallenstein eine Art verkürzter Nachrichtendienst. Trotzdem hat er sich von Senno nicht so weit verführen lassen, daß er in entscheidenen Augenblicken nicht allein auf seinen gesunden Menschenverstand vertraut hätte.«
»Wie heißt es doch bei Schiller?« Einen Augenblick lang überlegte Sembritzki. »›Des Himmels Häuser forschend zu durchspüren, ob nicht der Feind des Wachsens und Gedeihens in seiner Ecke schadend sich verberge!‹«
Er wußte, was er jetzt für ein gefährliches Spiel trieb. Während er die Schillerverse rezitierte, hatte er Pospíchal genau beobachtet. Aber dieser hatte keine Reaktion gezeigt. Zwar schien er über Sembritzkis Identität genau im Bilde zu sein, wußte anscheinend auch, daß Hájek in Sembritzkis Tätigkeitsbereich eine gewisse Rolle

spielte, aber über das Prinzip, nach dem Sembritzki sein Netz konstruiert hatte, und die Namen, die dahinterstanden, war Pospíchal offensichtlich im unklaren. Sicher war ihm Sembritzki als romantischer Spinner, als verschrobener Antiquar, der einen mittelalterlichen Astrologiewälzer mit sich herumschleppte und dessen Spuren in der Vergangenheit auszumachen versuchte, beschrieben worden. Und er hatte wohl die Aufgabe bekommen, sich an Sembritzkis Fersen zu heften, um herauszufinden, welche Kontakte er aufnehmen würde. Aber in wessen Auftrag? Da ging die Rechnung für Sembritzki nicht auf. Es war doch der BND gewesen, der ihn auf seine ehemaligen ČSSR-Agenten angesetzt hatte, und jetzt hatte er plötzlich einen STB-Mann im Nacken.
»Als Kepler 1630 starb, wurde Wallenstein vom Glück verlassen«, sagte jetzt Pospíchal mit einem hämischen Lächeln. Wußte der Mann doch mehr, als er zugeben wollte?
Hájek schenkte die Gläser wieder voll. Alle drei schwiegen jetzt. Man hörte nur das Ticken der Uhr und das Rascheln, wenn Frau Hájek die große weiße Schleppe näher zu sich heranzog.
»Die Glückssträhne Wallensteins war gerissen. Er zerfiel gesundheitlich und trank nur noch Veltliner, um seine Schmerzen abzutöten!« Noch einmal hatte Pospíchal den Faden aufgenommen. Doch Sembritzki war nicht mehr bereit, ihm weiter zu folgen. Zu gefährlich war das Territorium, auf das ihn der Tscheche zu locken versuchte. Hájek war aufgestanden, war hinüber zu einem alten Biedermeiersekretär gegangen und hatte eine Weile darin herumgekramt. Dann kam er mit einem Blatt Papier zurück, das er vor Sembritzki auf den Tisch legte. Es war eine Fotokopie, kaum leserlich, aber Sembritzki wußte sofort, um was es sich handelte: es war die Kopie der Titelseite des Geburtsstundenbuchs.
»Woher haben Sie diese Kopie, Herr Hájek?«
»Ich habe sie in einem Archiv gefunden!«
»Wo?«
»Eger. Sie muß schon ziemlich lange dort gelegen haben.«
»1570 ist das Buch herausgekommen. Wer hat diese Kopie angefertigt?«
»Ich weiß es nicht, Herr Sembritzki. Jedenfalls ist sie schon alt. Es ist die Kopie einer sorgfältigen Abschrift. Da unten ist eine Zahl, wahrscheinlich irgendeine Karteinummer.« Sembritzki erkannte das Zeichen sofort: es war das Venussymbol. Ob es wohl Pospíchal ebenfalls erkannt hatte? Jedenfalls wollte Sembritzki ihm gleich zu Anfang den Wind aus den Segeln nehmen.

»Das ist leider keine Archivnummer, Herr Hájek. Da hat jemand ganz einfach das Venussymbol hingekritzelt.«
»Zeigen Sie her!« Hájek spielte das Spiel mit. »Tatsächlich. Ich hätte es erkennen müssen. Aber meine Augen!«
»Jedenfalls ist der Hinweis äußerst interessant, Herr Hájek. Ich habe das Buch in Österreich erstanden. Diese Kopie stammt aus Böhmen. Demzufolge muß sich das Buch doch einmal in Böhmen befunden haben.«
»Der Besuch scheint doch nicht ganz erfolglos gewesen zu sein, Herr Sembritzki«, lächelte Pospíchal.
»Ich bin Ihnen zu Dank verpflichtet. Und auch Ihnen, Herr Hájek.«
Pospíchal war aufgestanden. Der Wein war ihm in den Kopf gestiegen und hatte feuerrote Male auf seine Wangen gezaubert. Auch Sembritzki hatte sich erhoben, machte ein paar Schritte auf Frau Hájek zu, griff vorsichtig nach ihrer zerbrechlichen Hand und schüttelte sie dann wortlos.
»Auf Wiedersehen, Herr Sembritzki!« – Dann korrigierte sie sich. »Auf Wiedersehen im Himmel!«
Sembritzki schaute erstaunt zu Hájek hinüber.
»Meine Frau ist sehr krank, Herr Sembritzki. Glauben Sie mir, ich hätte Ihnen sehr gerne bei Ihren Nachforschungen geholfen. Aber ich kann sie jetzt wirklich nicht allein lassen. Keinen Augenblick.«
Sembritzki hatte begriffen. Sein Mond würde nicht mehr aufgehen. Eine weiße Stelle in seinem System. Sie waren zum Ausgang gegangen. Hájek warf jetzt einen langen Blick zum kleinen Friedhof hinüber, drückte Sembritzki die Hand und sagte: »Ich liebe dieses Land, Herr Sembritzki. Ich könnte es nie verlassen, weil es so voller Erinnerungen ist. Ich bin ein Gefangener meiner Erinnerungen und darum – verzeihen Sie, Herr Pospíchal – werde ich ihm treu bleiben, selbst wenn ich mich mit unserem politischen System nie werde befreunden können.«
Pospíchal schaute Hájek schweigend an und ging dann wortlos über den knirschenden Kies. Ob nun seine Reaktion echt oder gespielt war, jedenfalls gab sie Sembritzki und Hájek Gelegenheit, ein paar letzte Worte unbeaufsichtigt zu wechseln.
»Leb wohl, Milan! Ich danke dir!«
»Konrad, ich kann es nicht. Glaub mir. Meine Frau stirbt. Ich kann sie nicht allein sterben lassen. Ich muß bei ihr bleiben. Venus, Konrad! Halte dich an sie!«

»Ich weiß! Mach dir keine Sorgen! Leb wohl!«
Sembritzki wandte sich schnell ab und folgte Pospíchal, der am Gartentor wartete. Nur noch einmal blickte er zurück, sah Hájek als Umriß im hellerleuchteten Türausschnitt stehen, die Hand zum Gruß erhoben, zu seinen Füßen der Kiesweg, im Licht des Mondes wie ein kostbarer Brautschleier. Hájek, auch er ein Gefangener Böhmens und ein Gefangener seiner und Böhmens Vergangenheit.
Schweigend fuhren sie davon. Pospíchal schien verstimmt zu sein. Er hatte sich eine Zigarette angesteckt und starrte angestrengt auf die Straße.
»Gehen wir essen«, brummte er endlich, verließ die Hauptstraße und fuhr jetzt auf einem Feldweg quer durch die mondbeschienene Landschaft.
»Nun brennt der Mond geruhig über die Wälder hinaus«, murmelte Sembritzki vor sich hin.
»Solchen Schwulst kann nur ein Deutscher geschrieben haben!« knirschte Pospíchal zwischen den Zähnen.
»Ein Deutscher mit einer böhmischen Seele!« korrigierte Sembritzki.
Sie waren jetzt in einem verlassenen Dorf angekommen, das Sembritzki nicht kannte. »Kuchar« oder ähnlich, hatte er auf der Tafel am Dorfeingang gelesen, nachdem sie unter einer Bahnunterführung durchgefahren waren. Pospíchal brachte seinen Wagen vor der Dorfwirtschaft zum Stehen. Als sie eintraten, verstummte der Lärm, den ein paar kartenspielende Bauern an einem runden Tisch verursachten.
»Dobrý večer!« schnarrte Pospíchal und musterte die Gäste.
»Dobrý večer«, tönte es mürrisch zurück. Man hatte den Städter, den Mann der Regierung, sofort erkannt, und war nicht bereit, sich den Abend verderben zu lassen, Witze über das Regime zu unterdrücken.
Sie setzten sich an einen Tisch auf der entgegengesetzten Seite unter eine tiefhängende Imitation einer Petroleumlampe. Der Wirt, ein mürrisch dreinblickender Bauer in einer abgetragenen Militärjacke, schlurfte heran.
»Čím vám mohu posloužit? – Womit kann ich dienen?«
»Mögen Sie Speckknödel, Herr Sembritzki?« fragte Pospíchal auf deutsch.
»Ja.«
»Špekové knedlíky. Dva krát!«

»Ich habe schon verstanden«, brummte der Wirt. »Habe mein Deutsch nicht vergessen. Wodka?«
Sembritzki nickte. Er war jetzt gespannt, was Pospíchal mit ihm vorhatte. Der Abend war noch nicht gelaufen. Jetzt würde wohl Pospíchals Attacke kommen.
»Prost, Konrad Sembritzki«, sagte Pospíchal und benützte zum ersten Mal den Vornamen.
»Na vaše! Pane Pospíchal«, gab Sembritzki zurück und leerte sein Glas in einem Zug. Würde Pospíchal mithalten? Und wer hatte das größere Standvermögen? Sembritzki wollte es darauf ankommen lassen. Der Wirt schenkte ein und ließ die Flasche auf dem Tisch stehen. Zwei lahme Fliegen kreisten müde unter der Lampe. Die Bauern hämmerten ihre Karten auf den Tisch. In der Küche brutzelten die Speckknödel. Der Zigarettenrauch Pospíchals kräuselte sich im Licht und drängte dann in großen Schwaden zum halbgeöffneten Fenster. Jetzt kam der Wirt mit den Knödeln, und immer noch hatte Pospíchal kein Wort gesprochen. Sie aßen schweigend, und Sembritzki achtete darauf, daß er nicht mehr trank als sein Gegner am Tisch.
»Sie sind eben doch ein Sternengläubiger, Konrad Sembritzki«, sagte Pospíchal endlich und spülte die Knödel mit Wodka hinunter. Seine Augen waren vom Alkohol und Rauch gerötet.
»Nicht mehr oder weniger als Wallenstein, Pospíchal. Ich vertraue mich keinem Scharlatan an, wenn mein gesunder Menschenverstand von mir eine realistische Lösung verlangt.«
Sie tranken gleichzeitig, und Sembritzki hatte das Gefühl, daß es auch Pospíchal darauf ankommen lassen wollte, wer am Ende mehr Widerstandskraft hatte.
»Vertrauen Sie sich meinem Horoskop an, Herr Sembritzki?«
Worauf hatte es der Tscheche abgesehen?
»Wenn Sie ein gewiegter Astrologe sind!«
»Ihr Geburtsdatum, wenn ich bitten darf.«
Sembritzki zog seinen Paß aus der Tasche und hielt ihn Pospíchal geöffnet hin. Täuschte er sich, oder schaute der STB-Mann kaum auf das Geburtsdatum? Hatte er es bereits im Kopf? Pospíchal holte eine abgegriffene Tabelle mit vielen Zahlen aus der Tasche und breitete sie vor sich auf dem Tisch aus. In der linken Hand hielt er das Wodkaglas, als er sich tief über das Papier beugte und dazu die Lippen bewegte. Dann holte er ein Notizbuch aus der Tasche und kritzelte ein paar Zahlen hinein. Als er das Glas leerte, hielt sich Sembritzki zurück.

»Sie trinken nicht?«
Pospíchal hatte bemerkt, daß sein Gegner eine Runde auslassen wollte. Beinahe verschämt goß Sembritzki den Wodka hinunter und schaute weiterhin verwundert Pospíchals astrologischen Vorbereitungen zu, immer noch im unklaren darüber, wo die Grenze zwischen Schein und Sein verlief. Endlich schaute Pospíchal auf. Seine Hand zitterte leicht, als er Wodka nachgoß und in der zerknautschten Packung nach seiner letzten Zigarette fingerte.
»Sie sind ein Saturngeborener, Sembritzki!«
Pospíchal sprach diesen Satz wie ein Todesurteil aus, und Sembritzki erschrak. Aber nicht wegen dieses Verdikts, sondern wegen der Tatsache, daß aus den Daten, die in Sembritzkis gefälschtem Paß standen, nicht hervorging, daß er unter dem Schatten des Saturns auf die Welt gekommen sei, sondern daraus ließ sich eindeutig der Jupitergeborene ableiten. Aber Sembritzki schwieg.
»Haben Sie wohl gewußt?«
Sembritzki nickte.
»Erinnern Sie sich an Wallenstein. Auch er war ein Saturngeborener. Und er fiel durch die Hand von Verrätern.«
»Zuviel der Ehre, Pane Pospíchal. Wallenstein war ein großer Feldherr, ein politischer Kopf.«
Wieder leerte Pospíchal sein Glas in einem Zug, und wieder tat Sembritzki es ihm nach. Der Tscheche grinste hinterhältig.
»Walleinstein war doch im Grunde genommen nichts anderes als ein Gekaufter, ein Söldner!«
Sembritzki wußte jetzt, worauf Pospíchal hinauswollte.
»Seine Erfolge als Feldherr und Stratege veredelten diese Tatsache.«
»Aber er entging seinem Schicksal trotzdem nicht. Saturngeborene sind gefährdete Menschen. Sein Einfluß ist schwer und dauerhaft. Er ist der Planet der Melancholie, der Stern der Kälte.«
Der Wirt war unbemerkt an den Tisch geschlurft und fragte, ob eine zweite Flasche Wodka gefällig sei. Pospíchal schaute wütend auf.
»Bringen Sie die Pulle und lassen Sie uns in Ruhe, Dušan!«
Pospíchal konnte den eiskalten Blick, den der Wirt ihm zuwarf, nicht sehen, auch nicht die Grimassen, die die Bauern am runden Tisch schnitten. Funktionäre waren hier nicht beliebt.
»Saturn vergeudet die Zeit des Menschen, Konrad Sembritzki. Er hemmt den Fortschritt. Er zehrt Energien auf. Er ist stärker als all das, was andere Planeten an Positivem versprechen.«
Er schaute Sembritzki triumphierend an. Jetzt war alles gesagt.

Sembritzkis Bemühungen waren umsonst. Die Gegenseite war stärker. Daß Sembritzki wirklich ein Saturngeborener war, wußte nur der BND, weil Sembritzki, mehr aus einer Laune als aus der Überzeugung heraus, daß ein gefälschtes Geburtsdatum als Tarnung besonders hilfreich sein könnte, seinen Geburtstag um drei Jahre in die Zukunft hineingeschoben hatte. Auf diese Weise hatte er sich etwas mehr aus dem Sog des Zweiten Weltkrieges manövriert, hatte die Spuren seines Herkommens verwischt. Woher hatte Pospíchal die richtigen Daten? Pospíchal, das war jetzt klar, war mit gewissen Informationen über Sembritzkis Horoskop zum Gefecht angetreten, um seinen Gegner zum Rückzug zu veranlassen oder ihn mindestens so zu verunsichern, daß er einen Fehler beging. Aber Pospíchal hatte sich auf Sembritzkis richtiges Geburtsdatum abgestützt, das er in Wirklichkeit gar nicht kennen sollte, es sei denn, man habe ihn aus einer BND-internen Datenbank gespeist. Wer war Pospíchal? Ein Doppelagent? Aber diese Möglichkeit wollte Sembritzki einfach nicht gefallen. Viel eher nahm jetzt eine andere Möglichkeit immer mehr Kontur an.

»Ein gut akzeptierter Saturn übt einen veredelnden und Würde verleihenden Einfluß aus«, sagte jetzt Sembritzki endlich.

»Ein schlecht akzeptierter Saturn bewirkt Ängste und langwierige, schwer zu diagnostizierende oder depressive Krankheiten«, konterte Pospíchal.

Jetzt schwiegen beide. Dušan, der Wirt, hatte eine neue Wodkaflasche auf den Tisch geknallt. Pospíchal war aufgestanden und hatte mit dem Zeigefinger auf die angelaufene Fensterscheibe im Rücken Sembritzkis das Symbol des Saturn gezeichnet, dieses Kreuz, das in eine geschwungene Linie mündet, einem kleinen H ähnlich. Eine Weile starrte der Wirt gebannt auf das Zeichen, dann schaute er zu Sembritzki hinüber und fragte: »Sind Sie ein Saturngeborener?« Sembritzki nickte. »Der Herr da sagt es!« Er zeigte auf Pospíchal.

»Ich bin auch ein Saturngeborener«, sagte jetzt der Wirt. »Schweigsamkeit und Zurückhaltung gehören auch zu unserm Wesen. Sehr hilfreiche Charakterzüge im Leben«, ergänzte er mit einem Blick zu Pospíchal hinüber.

Sembritzki hob sein Glas. »Trinken Sie ein Glas mit, Dušan?« Der Wirt nickte und verzog die harten Lippen zu einem schiefen Grinsen. Er schlurfte zum Tresen und kehrte mit einem Glas zurück, das er füllte und dann gegen das Licht der Lampe hielt.

»Na zdraví!«

»Na vaše!« antwortete Sembritzki, hielt Dušan sein Glas entgegen und leerte es dann wie der Wirt in einem Zug. Pospíchal schaute diesem Zeremoniell mit bitterem Lächeln zu. Ihm war diese Verbrüderung zwischen seinem Schützling und dem böhmischen Wirt zuwider.

Dušan stellte das Glas mit hartem Knall auf den Tisch, füllte die Gläser seiner beiden Gäste und zog sich dann wieder hinter den Tresen zurück. Die Bauern, die angespannt zu ihnen hinübergeschaut hatten, nahmen ihr Kartenspiel wieder auf, aber der magische Ring, der wie die Fesseln des Saturns Pospíchal und Sembritzki aneinandergekettet hatte, war jetzt gesprengt. Und wenn auch Pospíchal einen letzten Versuch machte, seinen Gegner noch einmal festzunageln: »Saturngeborene im Zeichen des Wassermanns, mein lieber Konrad Sembritzki, haben etwas Kauziges an sich. Und oft kommen sie mit dem Gesetz in Konflikt.«

Diesen letzten Satz hatte Pospíchal stehend gesagt. Auch wenn er sich dabei mit der einen Hand an der Tischkante festhielt, konnte er nicht verstecken, daß er seine Glieder nicht mehr unter Kontrolle hatte.

»Saturngeborene im Wassermann haben sehr viel gesunden Menschenverstand. Ihre Vorstellungen sind nüchtern und realistisch, lieber František«, antwortete Sembritzki und erhob sich ebenfalls. Auch er hielt sich mit der linken Hand an der Tischkante fest, als er erneut sein Glas hob und es auf Augenhöhe Pospíchal entgegenhielt. Mit unsicherer Bewegung grabschte dieser nach der Flasche, versuchte in mehreren Anläufen sein Glas zu füllen, wobei der Wodka auf den Tisch schoß. Der Wirt und auch Sembritzki hatten Pospíchals Niederlage unbewegt zugeschaut. Sembritzki führte jetzt sein Glas mit aufreizender Langsamkeit zum Mund, wobei auch er nicht verhindern konnte, daß seine Hand ins Zittern geriet und ein Teil des Getränks überschwappte. Aber er schaffte es. Und im Augenblick, als er die Lippen öffnete, hatte auch Pospíchal mit letzter Anstrengung den Weg zum Mund gefunden und ließ wenigstens einen kleinen Teil des Wodkas in die feuchtglänzende Höhle gurgeln. Jetzt stand Pospíchal mit zusammengepreßten Lippen da. Schweißtropfen sammelten sich an seinem spärlichen Haaransatz, und Sembritzki sah, während es ihn selbst im Hals zu würgen begann, wie Pospíchal das Glas aus der Hand fiel und am Boden zerscherbelte, wie er dann die Hand zum Mund führte, sie gegen die Lippen preßte, und während zwischen seinen Fingern langsam eine braungelbe Flüssigkeit hervorsickerte, hörte Sembritzki noch die keuchend hervorgewürgten Worte: »Heute bist du Sieger, Sem-

britzki«, und dann stürzte Pospíchal am Wirt vorbei durch die Türe hinaus, wo er sich lange und ausgiebig im Schein des Mondes über der böhmischen Landschaft erbrach.
Als sie dann eine halbe Stunde später langsam nach Prag zurückfuhren, erinnerte sich Sembritzki noch einmal an die Worte, die ihm der Wirt zugeflüstert hatte, den Blick durchs angelaufene Fenster hinaus zum kotzenden Funktionär.
»Das wird er Ihnen nicht verzeihen. Bis jetzt hat er jeden unter den Tisch gesoffen, vergessen Sie das nicht!«
Sembritzki tastete nach der Pistole unter seiner linken Achselhöhle und dachte an Miroslav Havaš und seinen Vater.

10

Soviel Mühe hat es Sembritzki noch nie gekostet, am Morgen aus dem Bett zu steigen. Wohl eine Viertelstunde hielt er den Kopf unter den eiskalten Wasserstrahl. Erst dann fühlte er sich etwas besser. Der Gedanke, daß er jetzt an Thornballs Seite in einem mit Antiquaren vollbesetzten Reisebus durch die Gegend schaukeln mußte, verursachte ihm erneut Übelkeit. Er verzichtete auf das Frühstück und nahm nur eine Tasse Kaffee zu sich, in gebührendem Abstand zu Mr. Thornball, der genießerisch an Eiern und Speck herumhantierte. Zusammen fuhren sie dann im Taxi zum Hotel Intercontinental, wo der Bus des Tschechischen Fremdenverkehrsbüros ČEDOK schon bereitstand. Wieder fuhr Sembritzki anfangs dieselbe Strecke, die er in der Nacht zusammen mit Pospíchal absolviert hatte. Vorbei an den langen Fabrikanlagen an der südlichen Peripherie der Stadt, vorbei an der verlassenen Pferderennbahn, vorbei an den Barandov-Studios auf dem Hügel. Aber Sembritzki schreckte aus seinem Halbschlummer erst auf, als sie, auf dem Hochplateau angekommen, am Friedhof von Třebotov und an Hájeks Haus vorbeifuhren. Thornball, der bis dahin Sembritzki in Ruhe gelassen hatte, war dessen Irritation nicht entgangen.
»Schlechte Erinnerungen, Konrad?«
»Warum sollte ich?«
Thornball grinste nur vor sich hin, schwieg aber. Überhaupt war es auffallend, wie zurückhaltend sich der Amerikaner heute gab. Als sie auch jetzt wieder durch Kuchar fuhren und Sembritzki die Szenerie bei Tag begutachten konnte, vermochte er die eigenartige mysteriöse Stimmung von der Nacht zuvor nicht mehr zu beschwören.

Als ob das alles ein anderer erlebt hätte. Sie fuhren jetzt durch eine Fahrverbotstraße, die, abgesehen von Militärkonvois und Polizeifahrzeugen, nur noch der ČEDOK offenstand, durchquerten dann einen dichten Wald, stürzten sich auf einer steil abfallenden Straße gleichsam ins Gehölz hinein, wobei Sembritzki der kalte Schweiß ausbrach und er sich verzweifelt gegen Schwindelanfälle wehren mußte. Endlich kam der Bus an einer Straßenverzweigung im Wald zum Stehen. Durch die Bäume konnte man die glänzendste Perle unter Böhmens Burgen sehen: Karlstein. Sembritzki erinnerte sich, daß auch die Hussiten zu den zahlreichen und erfolglosen Belagerern dieser Burg gehört hatten. Und jetzt war sie der Invasion einer Horde von Antiquaren preisgegeben. Er hatte Karlstein schon öfter besucht, und er wollte sich diese Erinnerungen nicht zerstören lassen. Erinnerungen an Eva.
»Ich mache mir auch nichts aus Schloßbesichtigungen«, sagte jetzt Thornball, als er sah, daß Sembritzki zurückblieb. Damit hatte dieser nicht gerechnet. Doch jetzt war es zu spät, sich den anderen noch anzuschließen. Sie setzten sich nebeneinander auf eine Holzbank im Schloßhof, die von den ersten Strahlen einer schüchternen Morgensonne beschienen war.
»Haben Sie Ihre Meinung geändert?«
Sembritzki schaute den Amerikaner verwundert an. Worauf spielte er an?
»Ich weiß nicht, was mich in so kurzer Zeit dazu veranlassen könnte, meine Meinung zu ändern!«
»Sind Sie denn so naiv, Sembritzki? Das mag und kann ich nicht glauben!«
Sembritzki schaute Thornball verwundert an.
»Sembritzki, ich sagte es Ihnen schon letztes Mal. Hier kommen Sie nicht lebendig heraus, wenn Sie sich nicht uns anvertrauen!«
Sembritzki war irritiert. »Uns? In wessen Namen sprechen Sie denn, Thornball?«
»Im Namen der Vernunft. Und als vernünftiger Mensch fühle ich mich auf dieser Welt, Gott sei Dank, nicht ganz allein.«
»Im Namen welcher Vernunft, Thornball?«
»Gibt es nicht nur eine einzige Vernunft, lieber Freund?«
In diesem Augenblick fiel ein verlorener Sonnenstrahl auf Thornballs Kopf und verlieh ihm das Aussehen eines grotesken Heiligen. Thornball blinzelte und hielt die Pranke vor die geblendeten Augen, als er sagte: »Das Waffenarsenal in der Bundesrepublik ist nicht groß genug. Das sollten Sie jetzt festgestellt haben.«

Sembritzki schüttelte den Kopf: »Ich habe gar nichts festgestellt, Mr. Thornball.«
»Sie lügen, Sembritzki! Sie stecken Ihre Nase in jede finstere Ecke dieses verfluchten Landes. Sie ziehen in Begleitung immer anderer Leute durch die Gegend. Zum Teufel, Sie müssen doch davon gehört haben, daß nicht nur die Tschechoslowakei, sondern auch all die andern verdammten Ostblockstaaten gut gefüllte Waffenkammern der Sowjets sind. Wenn man da nicht mit gleicher Münze zurückzahlt...«
»Zurückzahlt? Bis jetzt ist doch noch gar nichts geschehen!«
»Stellen Sie sich naiv oder sind Sie es wirklich, Sembritzki? Wenn wir nicht aufrüsten, wenn wir nicht für den atomaren Gegenschlag bereit sind, werden die uns begraben.«
»Das hat schon Chruschtschow damals gesagt!«
»Und er hat es auch so gemeint. Die Sowjets haben einen langen Atem. Merken Sie denn nicht, daß Sie die Argumente in der Hand haben, die eine Nachrüstung im Westen rechtfertigen?«
»Was wissen Sie, Thornball? Noch einmal: wer sind Sie? Mit welchen Informationen handeln Sie?«
Vom Wehrgang her winkten ein paar verlorene Antiquare in den Hof hinunter. Müde winkte Thornball zurück. Die Türme von Karlstein lagen im goldgelben Licht der Morgensonne. Irgendwo krähte ein Hahn. Hühner gackerten. Ein Bild des Friedens, und Sembritzki weigerte sich, nur einen einzigen Gedanken an Krieg und Zerstörung zu verschwenden. Jetzt packte Thornball mit seiner gewaltigen Pranke Sembritzkis Oberarm und drückte zu. Und dann plötzlich verklärte ein spitzbübisches Lachen sein Gesicht: »Da laufen Sie mit einer Schulterhalfter samt Inhalt durch die Gegend und weigern sich, an irgendeine Gefahr zu glauben!«
Sembritzki ärgerte sich, daß er nicht, wie ursprünglich vorgehabt, seine Pistole im Hotel gelassen hatte. Er wußte, daß er jetzt noch keine Waffe benötigen würde. Der große Show-down war für später vorgesehen. Aber er fürchtete, jemand könnte bei der Durchsuchung des Hotelzimmers auf seine Pistole stoßen. Und so hatte er sie eben mitgenommen. Aus demselben Grund hatte er dem Taxifahrer Stanislav sein Funkgerät anvertraut.
»Machen Sie mir nichts vor, Sembritzki. Ich weiß, wer Sie sind und für wen Sie arbeiten!«
»Wissen Sie das wirklich?« Sembritzki genoß es, diese doppeldeutige Frage zu stellen. Sicher wußte Thornball, woher auch immer, daß er für den BND arbeitete. Aber er wußte über Stachows Paral-

lelauftrag nicht Bescheid. Und Sembritzki fühlte sich noch immer als Stachows Mann.
»Wieviel wollen Sie?« Thornballs Stimme war jetzt drohend.
»Wofür?« Immer wieder dieselben Fragen.
»Wie auch immer, Sembritzki: entweder rüstet der Osten gewaltig auf. Entweder haben Sie von Ihren Leuten erfahren, was sich hier tut, wo neue Raketenstellungen vorbereitet werden oder...«
»Ich habe gar nichts erfahren, Thornball.«
»Oder dann...«
»Ja?« sagte Sembritzki schnell und steckte sich einen Zigarillo zwischen die Zähne. Was kam jetzt? Wieder krähte der Hahn. Wieder gackerten die Hühner. Eine Staffel von MIG donnerte im Tiefflug über das Schloß und zerstörte die Idylle. Und noch in den gewaltigen Donner der davonbrausenden Jagdbomber hinein begann Thornball zu sprechen, formulierte er, sekundiert vom Kriegsgebrüll des östlichen Mars, sorgfältig und kalt seine Offerte: »Auch wenn Sie keine Informationen haben, Herr Sembritzki, können Sie mit Informationen in den Westen zurückkehren, die den Interessen der westlichen Welt entgegenkommen!«
»Welches sind die Interessen der westlichen Welt?« fragte Sembritzki und horchte den entschwindenden Flugzeugen nach.
»Die Nachrüstung ist unumgänglich. Sie läßt sich aber nur dann abstützen, wenn die Öffentlichkeit von verantwortungsbewußten Männern davon überzeugt werden kann, daß der Ostblock schon nachgerüstet hat.«
Sembritzki hatte verstanden: »Sie verlangen von mir nichts anderes, als daß ich Phantominformationen weitergebe.«
»Wer sagt Ihnen, daß es diese Raketenstellungen nicht gibt? Haben Sie nicht vorhin behauptet, daß es Ihnen noch nicht gelungen ist, Informationen einzuholen?«
»Ich habe gar nichts behauptet!«
»Hören Sie, Sembritzki!« Thornball rückte jetzt ganz nahe, und Sembritzki steckte einen neuen Zigarillo zwischen die Zähne. Den alten hatte er während des vorangegangenen Gesprächs bis zum Ansatz abgenagt.
»Hören Sie, Sembritzki. Sie werden nie und nimmer an die Informationen herankommen, die Sie wünschen. Da haben Sie es mit cleveren Gegnern zu tun.«
»Das lassen Sie meine Sorge sein!«
War das nicht schon wieder ein Eingeständnis seiner Agentenfunktion? Aber darauf kam es wohl jetzt gar nicht mehr an.

»Warum gehen Sie dieses Risiko ein? Warum machen Sie es sich und uns nicht leichter? Liefern Sie uns und der westlichen Welt jene Informationen, die wir brauchen, und jedermann läßt Sie in Ruhe!«
»Informationen über Raketenstellungen in der ČSSR?«
»Und anderswo im Ostblock«, nickte Thornball. »Nicht umsonst, Mr. Sembritzki!«
Jetzt lachte Sembritzki laut heraus. Maître Margueritte grüßte von weitem. Thornball war wütend. Sein Gesicht war dunkelrot angelaufen, als er sagte: »Ich wiederhole es noch einmal. Sie kommen da nicht mehr lebend heraus, wenn Sie nicht klein beigeben, Sembritzki!«
»Und wer will mir denn da heraushelfen? Sie zum Beispiel, Mr. Thornball?«
»Ich zum Beispiel«, nickte der Amerikaner. »Andernfalls...« Er brach ab.
»Andernfalls werden Sie dafür sorgen, daß ich da nicht lebend herauskomme! Das wollten Sie doch sagen?«
»Sie haben noch eine Gnadenfrist, das wissen Sie, Sembritzki. Sie sind ein raffinierter Mann. Vielleicht schaffen Sie es wirklich, im Umweg über Ihre Mittelsmänner Raketenstellungen in Böhmen auszumachen. Und Informationen über östliche Rüstungsanstrengungen im allgemeinen. Wenn nicht...«
»Bin ich für den Westen ein toter Mann! Und wenn ich es herausfinde, bin ich für den Osten ein toter Mann!«
»Im zweiten Fall können Sie auf unsere Hilfe zählen. Ich sagte es schon. Das Beste für Sie wäre, Sie verlassen das Land mit Phantominformationen, die den Nachrüstungsbeschluß untermauern.«
Sembritzki war jetzt aufgestanden.
»Sie vergessen etwas, Mr. Thornball. Der Nachrüstungsbeschluß mag vielleicht im Interesse der NATO sein. Atomwaffen auf deutschem Boden! Ist das aber auch im Interesse der Bundesrepublik?«
Ohne sich umzudrehen ging er durch das Schloßtor hinaus und über die schmale Straße zum Bus zurück. Hatte er jetzt Stachow richtig interpretiert? War das sein Interesse gewesen? Die Bundesrepublik aus diesem Teufelskreis doch noch herauszuhalten?
Als die andern, unter ihnen Thornball, zurückkehrten, saß Sembritzki schlafend auf seinem Sitz, einen abgekauten Zigarillo zwischen den Lippen. Ob Sembritzki wirklich schlief, konnten die zusteigenden Kollegen nicht ausmachen. War es nicht vielmehr dieser Erschöpfungszustand, der ihn immer dann heimsuchte, wenn die

Ereignisse ihn zu überrollen drohten? Immer dann flüchtete er sich in einen tiefen Schlaf, der ihn aus der Realität davontrug und ihm für Augenblicke Ruhe verschaffte.
Thornball setzte sich ganz vorn neben den Fahrer. Er hatte beschlossen, Sembritzki schmoren zu lassen. Sembritzki erwachte nur einen Moment lang, als der Bus anfuhr, sank dann wieder in seinen Erschöpfungsschlaf zurück. Zwischenhinein schreckte er auf, nahm eine Ortstafel wahr, Dobřichovice, sah einen abgelegenen Bahnhof, nahm die Einfahrt in einen dichten Eichenwald zur Kenntnis, durch den sich der Bus mühsam in die Höhe fraß und dann in die Autobahn einspurte. Erst als erneut die Moldau im Blickfeld auftauchte, schüttelte Sembritzki seine Lethargie ab. Die böhmische Landschaft nahm ihn wieder ganz gefangen. Er starrte auf das verschlammte Ufer, duckte sich, als rechter Hand ein gewaltiger Steinbruch die Straße bedrohte, und atmete erst auf, als das Tal breiter wurde und ihm die Moldau gemächlich entgegenfloß. Auf diesen Augenblick hatte er gewartet. Er starrte auf die glatte Oberfläche, in der sich der Wald spiegelte. Er atmete auf. Noch einmal fühlte er Zuversicht in sich aufsteigen, die ihn auch dann noch wach hielt, als der Bus jetzt die wieder schmaler werdende Moldau links liegenließ und erneut über eine steil ansteigende Straße an Höhe gewann und, endlich auf der Hügelkuppe angekommen, Böhmens Geschichte der Niederlagen einmal mehr beschwor, als der Fahrer über das Mikrophon auf den Ort Štěchovicce hinwies, der als ehemaliger Exerzierplatz der Waffen-SS eine Bastion Hitlers in Böhmen gewesen war. Erst jetzt erinnerte sich Sembritzki daran, daß er im Halbschlaf schon zuvor, unten am Ufer noch, den Hinweis auf eine Gedenksäule mitbekommen hatte, die nach dem Krieg errichtet worden war, zur Erinnerung an eine Unzahl erschossener tschechischer Geiseln, die dafür hatten büßen müssen, daß ein einzelner Böhme während einer Stunde einen deutschen Panzer an der Brücke aufgehalten hatte. Wie hatte es doch Stachow formuliert: »Es kann doch nicht alles umsonst gewesen sein!«
Diese Worte klangen in Sembritzki noch nach, als sie über den gewaltigen Staudamm fuhren und dann durch eine unendlich weite braungelbe Gegend auf Klonoriče zuhielten: *Die Langeweile in Böhmen*. Wohl nirgends anderswo in der Tschechoslowakei hatte dieser Satz mehr Gültigkeit als hier: Slopy, ein Dorf, eine Gegend, in der die Prager ihre Wochenenden verbrachten, eingeklemmt von schnurgerade angelegten Äckern und Feldern, in hellem Braun zwischen wenigen schmalen Streifen blaßgrünen Wiesenlandes.

Gegen Mittag kamen sie beim Motel an, in dem das Essen schon bereit stand. Auch hier gelang es Sembritzki, sich von Thornball fernzuhalten. Allerdings war auch das Gespräch über die Reize der böhmischen Landschaft mit Kollegen aus Spanien, Belgien und Österreich mühsam, und Sembritzki war froh, als man sich endlich aufmachte, um nach einem halbstündigen Gang quer durch den Wald hinunter das Schloß Konopiště zu besuchen. Sembritzki fühlte sich jetzt wieder besser. Der Gedanke an die Begegnung mit Vera hatte ihn wieder stimuliert. Gleichzeitig aber hatte ihn erneut die Angst gepackt. Milan Hájek war ausgestiegen. Würde ihm Vera erhalten bleiben? Als er in der Schlange vor dem gläsernen Windfang stand, wo die Kasse untergebracht war, schaute er sich nach Thornball um. Er wollte nicht, daß ihn der Amerikaner bei seiner Kontaktnahme mit »Erde« beobachtete. Aber da war noch ein zweites. Sembritzki war überzeugt, daß sich unter den Fahrgästen ein STB-Mann befand. Aber bis jetzt hatte er nicht herausgefunden, wer es war. »Wollen Sie mir bitte folgen?«
Sembritzki erschrak, als er die Stimme hörte. Es war Vera, die im Eingang stand. Sie hatte ihn zuerst entdeckt, und er hörte, wie ihre Stimme leicht zitterte. Aber das war sicher nur ihm aufgefallen. Thornball unterhielt sich mit einem Kollegen, und auch sonst richtete keiner der Besucher den Blick auf Sembritzki, sondern starrten alle verzückt auf die dunkelhaarige Frau mit den glasklaren großen Augen, die wie Seen in einer Landschaft lagen: Erde! Noch nie war Sembritzki aufgefallen, wie gut der Name paßte. Jetzt drehte sich Vera um, und die Gruppe von Antiquaren aus aller Welt folgte der kundigen Führerin willig in das Schloß des habsburgischen Thronfolgers, dessen gewaltsamer Tod in Sarajewo den Ersten Weltkrieg ausgelöst hatte.
Im unendlich langen Korridor, wo der Habsburger seine Jagdtrophäen versammelt hatte, wo sich Büffel aus den nordamerikanischen Steppen, russische Bären, Antilopen, Gemsen, Hasen, Füchse und mancherlei Geflügel und Wild aus einheimischen Wäldern in gewaltiger Anzahl gefunden hatten, ein Gewirr von Schädeln, Geweihen und ausgestopften Körpern, schaute Vera Sembritzki zum ersten Mal in die Augen. Täuschte er sich, oder mußte sie sich zwingen, seinem Blick standzuhalten? Im Salon mit dem sogenannten Theynitzer Steingut kam sie für einen kurzen Augenblick an seine Seite. Er stand da, den Rücken seinen Kollegen zugewandt, und starrte durch das Fenster in den Park hinunter auf die Säule eines Heiligen, den er nicht zu identifizieren vermochte.

»Nach der Führung im Pavillon dort drüben«, flüsterte sie ihm zu und ging gleich wieder weiter. Erst jetzt bemerkte er unter den verkrüppelten Resten einer gewaltigen Eiche den kleinen kapellenartigen Turm mit den Fresken rechts und links des Rundbogeneingangs. Ob die Kontaktnahme glücken würde? Oder ob sich der noch nicht identifizierte STB-Mann dazwischenstellen würde? Thornball würde sich höchstwahrscheinlich zurückhalten, denn ihm war ja auch daran gelegen, daß er im Umweg über Sembritzki zu seinen Informationen kam. Und dem tschechischen Agenten ging es wohl in erster Linie darum, Sembritzkis Kontaktperson zu identifizieren. Sembritzki mußte also darauf achten, dieses Zusammentreffen möglichst unauffällig zu gestalten, um Vera nicht zu gefährden. Den Rest der Führung absolvierte er wie im Traum. Nur in der Rüstkammer mit Stücken aus der Sammlung des Ferdinand d'Este war er noch einmal hellwach, als er in der zweiten Reihe einer Gruppe von Kolleginnen und Kollegen stand, die eine prachtvolle silberne Turnierrüstung bestaunten. Und da sah er den kleinen silbernen Ring mit dem braungoldenen Bernstein an der Hand der Frau, die unmittelbar vor ihm stand. Es war nicht eigentlich der Bernstein, der ihn aufmerksam werden ließ, sondern die geschwungene Form des Ringes. Eva hatte den gleichen Ring, und sie hatte ihm damals auch gesagt, als er ihn bewundernd zwischen den Fingern gedreht hatte, daß es nur ganz wenige Exemplare mit genau dieser Fassung gebe, und daß nur ein einziger Mann in einem verlassenen Dorf in der Hohen Tatra diesen Ring genau in der Art herstelle. Ein Tip für Eingeweihte, für Einheimische. Die Frau aber gab sich als Fremde aus: »Gisela Breitwieser, Wien«, stand auf dem Schildchen, das an ihrem Schal steckte. Und jetzt erinnerte sich Sembritzki auch, daß diese Frau beim Mittagessen an seinem Tisch gesessen hatte. Die Auswahl an Beschattern und Beschatterinnen, die der STB mobilisiert hatte, war wirklich beeindruckend. Und alle, um einen einzigen Mann zu überwachen. Konrad Sembritzki, ein Agent des BND, unter irgendeiner Codenummer in den Archiven des STB geführt. Aber Sembritzki war jetzt froh, daß er den weißen Fleck auf seiner ganz persönlichen Landkarte ausgefüllt hatte. Und so begab er sich denn auch nach Schluß der Führung, die im Schloßhof geendet hatte, rund um das imposante Gebäude herum auf die andere Seite, schaute, daß ihm niemand folgte, ließ die Dame mit dem Ring bei einem Abstecher auf die Toilette zurück und fand sich schließlich im Schatten des kleinen Pavillons an der Seite Veras wieder.

»Du hast sie abgeschüttelt?«
»Sie? Wen meinst du?«
Er stand jetzt ganz nahe vor ihr und wehrte sich dagegen, in ihren klaren wasserblauen Augen zu ertrinken.
»Ich habe dich genau beobachtet, Konrad, als du die Frau als STB-Agentin identifiziert hast.«
»Du kennst sie?«
Vera nickte. Aber ihre Stimme und ihre Bewegungen wirkten traurig. Als ob sie sich nicht freute, ihn wiederzusehen.
»Was ist los, Vera? Wir haben uns zwei Jahre nicht mehr gesehen.«
»Eben!« Sie schaute an ihm vorbei in den Park. Man hörte Gesprächsfetzen herüberschwirren, Schritte auf dem Weg und das Plätschern eines Springbrunnens.
Brauchte er jetzt überhaupt noch eine Antwort? Die Erde war geborsten. *Seine* Erde war geborsten. Er hatte auch hier den Boden unter den Füßen verloren.
»Du willst nicht mehr, Vera?« flüsterte er. Ein bitteres Gefühl stieg in ihm auf und Wut über die Einsamkeit um ihn herum, die immer größer wurde. »Böhmen, Geschichte der Niederlagen.« Noch blieb ihm Merkur. Noch hatte er Venus nicht getroffen. Jupiter war aufzusuchen. Und dann Saturn! Aber die Erde war für ihn verloren. Auch der Mond. Warum? Er fühlte sich verraten, im Stich gelassen, ausgestoßen, ausgespuckt, ein Fremdkörper in einem Land, das er zu lieben glaubte und das ihm jetzt immer fremder wurde, mit jedem Freund, den es ihm entriß.
»Warum denn, Vera? So sag mir doch, um Himmels willen, warum!«
Jetzt lächelte sie. Aber das Lächeln galt nicht ihm. Es galt einem Bild, das vor ihren Augen immer mehr an Kontur anzunehmen schien. »Die Liebe!« murmelte er. Er hatte dieses Wort neutral, ganz emotionslos aussprechen wollen, aber es gelang ihm nicht. Klang da nicht Verachtung mit? Hatte sie ihn um eines andern willen geopfert? Aber was hatte sie denn überhaupt geopfert? Eine Überzeugung? Sie hatte ihn verraten oder preisgegeben, um ihr Land nicht mehr zu verraten? Oder war es nur die Liebe, die sie gepackt hatte?
»Ein Mann?«
Sie nickte, und ihre Augen glänzten. Sembritzki ärgerte sich. War es die Eifersucht auf einen Mann, den er nicht kannte, dessen Gegenwart stärker zu sein schien als die Vergangenheit, die ihn mit Vera

verband? Ihre Zusammenarbeit war mehr als nur ein geschäftlicher Austausch gewesen. Er hatte sie gern gehabt. Ihre Wärme in der Begegnung und ihre Professionalität in der Abwicklung aller Geschäfte.
»Kannst du nicht noch ein einziges Mal…?« Er konnte den Satz nicht zu Ende sprechen, weil er sich vor ihrer Antwort fürchtete.
Sie hob beide Hände, griff unter das lange braune Haar, schob es über die Schulter nach hinten und schaute ihn dann, die Hände hinter dem Nacken gefaltet, traurig an.
»Konrad Sembritzki, ich habe dir alles geliefert, was du brauchtest. Und mehr. Und du hast mich dafür bezahlt wie eine Prostituierte. Was ich in gewissem Sinne auch war. Jetzt nicht mehr, Konrad Sembritzki. Ich liebe einen Mann. Und ich lasse mir diese Liebe nicht durch deine Geschäfte zerstören. So weit hast du mich noch nicht gebracht, daß ich nicht noch zu echten Gefühlen fähig wäre. Ich bin nicht mehr käuflich. Ich habe nicht deine Kälte und nicht deinen Zynismus. Laß mich, Konrad Sembritzki. Gib der Liebe eine Chance, wenn du nicht imstande bist zu lieben!«
Ihre Hände wurden langsam unter ihrem Haar wieder sichtbar. Eine Weile hielt sie ihren Hals umklammert, dann ließ sie die Arme plötzlich sinken.
»Geh, Konrad Sembritzki«, flüsterte sie. »Und komm nie wieder!«
»Wer ist der Mann?« fragte er, obwohl er wußte, daß diese Frage überflüssig war. Aber er wollte jetzt wieder ein Stück Wirklichkeit spüren, wollte etwas in den Händen haben, nicht nur Gefühle, Haß, Ablehnung. Er wollte, daß das Bild eines Mannes Kontur annahm, auf das sich seine ganze Verachtung, seine ganze Bitterkeit richten konnte.
»Ein Offizier der Volksarmee! Begreifst du jetzt?« murmelte sie und schaute dabei wieder über seine Schulter in den Park hinaus. Und er wußte jetzt auch, daß sie log. Sie hatte diesen Offizier in seiner braunen Uniform mit den silbernen Achselstücken erfunden, um ihren Abgang für ihn erträglicher zu gestalten.
»Leb wohl, Vera!« sagte er und konnte nicht verhindern, daß sein Lächeln zur Grimasse wurde.
»Laß mich zuerst weggehen!«
Das waren die letzten Worte, die er von ihr hörte, als sie grußlos aus dem Schatten in den Park hinaustrat und zwischen den Büschen, am unbekannten Heiligen auf seiner Säule vorbei, zurück zum Schloß ging. Kein Abschiedsgruß, nichts. Die Erde war tot.

Die argwöhnischen und später spöttischen Blicke Thornballs, als er sich beim Schloßeingang wieder der Gruppe anschloß, ärgerten ihn. Doch dieser Ärger machte dann auf der Rückfahrt nach Prag leisem Spott und Schadenfreude Platz, als er beim Blick über die Schulter sah, wie sich der Amerikaner ganz hinten im Bus unter dem Einsatz all seiner plumpen Mittel der Verführungskunst ausgerechnet um die mysteriöse Dame mit dem Bernsteinring bemühte.

Als Sembritzki zwei Stunden später in einem Wäldchen im Osten Prags am Boden kauerte, den Draht, der ihn mit München verband, über den verdorrten Ast einer Eiche, fühlte er diese Verlassenheit etwas weniger, die ihn seit seiner Begegnung mit Vera einhüllte. Da verbanden ihn ein paar Impulse mit einem Freund, selbst wenn dieser Kontakt mit Seydlitz nur im Umweg über eine Frau hergestellt wurde, mit der er ein paar beinahe emotionslos absolvierte Minuten körperlicher Annäherung gemeinsam hatte. Und doch unternahm er jetzt, als er seine Lebenszeichen im wahrsten Sinne des Wortes durch den Äther jagte, den lächerlichen Versuch, wie ein Pianist Gefühl, Ausdruckskraft in seinen Tastenanschlag zu legen. Es war dies das hoffnungslose Kommandounternehmen eines Mannes, sich Anteilnahme, Liebe aus jener Ecke der Welt zu ergattern, wo er noch die Partisanen seines ganz persönlichen Engagements wähnte. Doch wofür engagierte er sich überhaupt? »Ich habe nicht deine Kälte und nicht deinen Zynismus«, hatte Vera gesagt. Wie hatte sie das gemeint? Immer mehr bekam er das Gefühl, daß seine Aktionen in Böhmen einem Postenlauf gleichkämen, wo ihm jedesmal, wenn er sich angekommen wähnte, ein neues Ziel gegeben wurde, dem er nachzujagen hatte, ein Parcours ohne Ende. Sembritzki lehnte sich erschöpft zurück. Er hatte all seine Enttäuschungen, sein vergebliches Bemühen um Kontakte, um zählbare Resultate, in seine Botschaft hineingelegt und wartete gierig auf ein Lebenszeichen von jenen, die zwar wie er auf geheimen Pfaden wandelten, aber doch auf jenem Boden standen, den sie als Heimat bezeichnen durften, während dieses Gefühl, dem Sembritzki seit seiner Rückkehr nach Böhmen nachhorchte, sich einfach nicht mehr einstellen wollte. Böhmen war nicht seine Heimat, wie er geglaubt hatte. Du hast deine Heimat, wo du geliebt wirst und wo du liebst, dachte er für sich. Und hier stieß er nur immer wieder auf gebrochene Beziehungen, und nur ganz im geheimen gestand er sich ein, daß eben all diese scheinbar gefühlsgeladenen Beziehungen auf falschen Voraussetzungen beruht hatten: es waren Geschäftsbezie-

hungen gewesen. Prostitution hatte Vera gesagt. Mit echten Gefühlen konnte das wohl gar nichts zu tun haben. Auch mit Vaterlandsliebe nicht. Verzweifelt suchte Sembritzki nach einem Motiv, das ihn hier festhielt, das seinen abgewürgten Motor wieder in Bewegung setzte, das ein Durchziehen der Aktion Eger rechtfertigte. Eger – ein Name, der für Verrat stand.
Stachow! War das ein Motiv, das vertretbar war? Darüber dachte er nach, als ihm endlich auf der neuen Frequenz eine Reihe von Vs entgegenkamen und in ihrem Schlepptau dann endlich die erwarteten Informationen über die Identität Thornballs, die er später im Hotel dechiffrierte: »Thornball, Mike, alias Hawk, Ken, früherer Mitarbeiter der CIA, heute Führungsmitglied im amerikanischen Rüstungskonzern M.M. in Maryland; Herstellung erster Prototypen der Flugabwehrwaffe Stinger, die ab 1983 bei USAREUR im Einsatz stehen soll.« Thornball war also ein Mann der Aufrüstung, ein Kriegsprofiteur, der die Streitkräfte der Vereinigten Staaten in Europa mit Raketenabwehrwaffen ausrüsten sollte. Doch Thornball gab noch mehr her. Er war gleichzeitig Berater jener Kreise in Deutschland und Frankreich, die an der Weiterentwicklung des deutsch-französischen Panzerabwehr-Lenkwaffensystems HOT arbeiteten. Jetzt waren also auch Deutschland und Frankreich im Gespräch. Der Kreis weitete sich. Sembritzki dachte an Monsieur Margueritte. Er fühlte sich jetzt wieder etwas besser. Mindestens ein paar brauchbare Informationen hatte sein Böhmenaufenthalt provoziert. Und dann, als Sembritzki schon das Ende der reichen Botschaft aus Münchens Umgebung gekommen geglaubt hatte, war noch ein Nachsatz gekommen. Nara, der schlagkräftige Söldner in Seydlitz' Diensten, hatte Informationen über den mysteriösen Freizeitreiter und Sembritzki-Beschatter von Bern anzubieten. Abzuholen bei einem Vertreter der thailändischen Botschaft in Prag in der Halle des Hotels Alcron.
Langsam fügten sich jetzt die Teile eines gigantischen Puzzles zusammen. Sembritzki wußte jetzt, warum ihm Thornball so auf der Seele herumkniete. Aber ihm war nicht klar, warum er jetzt zusätzliche Informationen über seinen Berner Beschatter erhalten sollte. Der Mann war von der Bildfläche verschwunden, und Sembritzki war überzeugt, daß er ihm sicher nicht entgangen wäre, wenn er sich in Prag aufgehalten hätte. Andererseits war Nara ein mit allen Wassern gewaschener Mann, der sicher an Informationen herankam, die nicht jedermann in diesem Zirkel zugänglich waren. Sembritzki beschloß, die Augen offenzuhalten.

Weit und breit kein Asiate in der Halle, als Sembritzki nach seiner Dechiffrierarbeit in die Hotelhalle zurückkehrte. Thornball war da, aber er würdigte Sembritzki keines Blickes, sondern war noch immer mit der scheinbaren Wienerin beschäftigt, die Sembritzki einen kurzen Blick zugeworfen hatte, als er eintrat. Er setzte sich an einen freien Tisch und wartete ab. Unter den Augen des ehemaligen CIA-Agenten und einer Vertreterin des tschechischen Geheimdienstes würde er jetzt mit einem Mann von der thailändischen Botschaft, wahrscheinlich auch der geheimdienstgeschult, Kontakt aufnehmen. Ein Vierertreff. Wer wußte was von wem? Sembritzki grinste in sein Campariglas hinein, als sich ein Mann mit gelbbrauner Hautfarbe, aber kaum geschlitzten Augen und mit ein paar braunen Strähnen im sonst schwarzen Haar nach einer kleinen Verbeugung zu ihm setzte.

»Ist es erlaubt?« fragte er in perfektem Deutsch. Schimmerten da Seydlitz' pädagogische Fähigkeiten durch? War der Mann Student am Goethe-Institut unter Seydlitz gewesen?

»Bitte«, antwortete er und stellte sein Glas auf den Tisch. Die Eisstücke schaukelten sanft im roten Getränk. Thornball schenkte dem Neuankömmling, sekundiert von seiner Gesprächspartnerin, einen aufmerksamen Blick. Blitzte Mißtrauen in seinen Augen auf? Spannten sich seine Muskeln unter dem straffsitzenden Anzug? Umklammerten die Finger der Dame den Handgriff ihrer Tasche nicht plötzlich fester?

»Ein Bier!« sagte der Fremde zum Kellner. Und dann zu Sembritzki: »Nara läßt grüßen!«

Jetzt fühlte sich Sembritzki wieder besser. Seydlitz hatte seine Vasallen in Trab gesetzt. Man würde ihn nicht im Stich lassen. Doch es kam jetzt darauf an, daß der Austausch mit dem Mann von der thailändischen Botschaft schnell und sachlich ablief und daß beide sich den Anschein gaben, ein oberflächliches Zufallsgespräch zu liefern.

»Sein Name ist Ronald Malone. Früher war er bei den Green Berets!«

»Ein Amerikaner?«

Sembritzki hatte Mühe, diese Frage mit einem Lächeln zu formulieren, um den Anschein der Harmlosigkeit zu wahren.

»Er hatte eine deutsche Mutter. Und zudem war er lange bei der Rheinarmee. Geboren 1937 in Seattle.«

Jetzt hob der Asiate lächelnd sein Glas und prostete Sembritzki zu.

»Malone wurde 1959 zur Ausbildung einer Spezialeinheit der Army zugeteilt!«
»Geheimdienstausbildung? Fort Bragg?«
»Einsatz in Südostasien. Kontrolliert von der CIA. Vietnam. Ausbildung von zivilen Kräften im Einsatz gegen den Vietcong.«
Der Mann bestellte noch ein Bier.
»1965 Einsatz in der Dominikanischen Republik.«
»Kuba?« fragte Sembritzki lächelnd.
»Auch Kuba!« Lächelnd hob Naras Mann sein Glas. »Er war an der Ermordung Che Guevaras beteiligt.« Er wischte sich den Schaum von den Lippen und schaute einen Augenblick lang zu Thornball und der Frau hinüber, die aber an Sembritzkis Gesprächspartner nicht interessiert zu sein schienen. Oder hatte es nur den Anschein?
»Später kehrte er nach Südostasien zurück. Vietnam und Diensteinsätze in Thailand. Nara hat ihn dort gesehen.«
»Weiter? Welche Funktion hat er jetzt?«
Der andere zuckte die Achseln. »In Libyen hat er Terroristen ausgebildet. Dann ist er eine Weile von der Bildfläche verschwunden. Soll geheiratet haben. Eine Belgierin. Aber nach einem Jahr hat sie ihn verlassen, und gleich danach tauchte Malone wieder auf, erst in El Salvador, dann plötzlich in Europa.«
»Kaum anzunehmen, daß Malone, ein Mann mit dieser Vergangenheit, einfach so nach Europa kommen kann, ohne identifiziert zu werden.«
»Die Amerikaner in Europa wissen natürlich Bescheid. Und es scheint, daß noch andere Kreise eingeweiht sind!«
»Wer?« fragte Sembritzki schnell.
Aber der Thailänder mit dem europäischen Touch zuckte die Achseln. »Bloße Vermutungen. Offiziell ist Malone wirklich als Geschäftsmann hier.«
»Gefälschte Papiere!«
Der andere stieß gleichgültig die Luft durch die Nase. »Wundert Sie das?«
Sembritzki schwieg. Wie gerne hätte er gewußt, wer alles über Malone informiert war. Aber was hatte das überhaupt mit ihm zu tun? Sollten sich doch Nara und Seydlitz um diesen Killer kümmern. Er balancierte zwei beinahe geschmolzene Eisstücke auf der Zunge, als ihm der Asiate gleichsam den Todesstoß versetzte.
»Malone ist heute von Zürich nach Prag abgeflogen.«
Sembritzki schaute erschrocken auf. Er stellte das Glas so heftig ab,

daß der Rest des Campari überschwappte und auf den Fingern seiner rechten Hand eine rote Spur zeichnete. Thornball war jetzt aufmerksam geworden und schaute zu ihnen herüber. Aber Sembritzki hatte sich wieder in der Gewalt. Er lächelte seinen Tischpartner freundlich an, wischte sich entschuldigend mit dem Taschentuch den Campari von der Hand und fragte: »Kann ich irgendwelche Hilfe von Ihnen erwarten?«
Der Thailänder schüttelte bedauernd den Kopf. »Das einzige, was wir tun konnten, war, Sie zu warnen. Unsere Interessen sind zu sehr mit jenen der Amerikaner verknüpft. Auch wenn Malone nicht unser Mann ist, können wir es uns in diesem Land nicht erlauben, Aufmerksamkeit zu erregen.«
»Warum haben Sie und Nara dann überhaupt für mich gearbeitet?«
Jetzt lächelte der andere entschuldigend. »Für Geld tut mancher manches, mein Herr, was er vielleicht offiziell nicht verantworten könnte.«
»Sie wurden bezahlte?«
Der Thailänder nickte.
»Von wem?«
Jetzt lachte er laut heraus, als ob ihm Sembritzki einen Witz erzählt hätte. Nichts mehr von der asiatischen Verschlossenheit und Würde. Der Thailänder schüttelte den Kopf und schaute Sembritzki mit leicht herabgezogenen Mundwinkeln und leiser Verachtung an. »Nara hatte recht, als er sagte, sie seien naiv, Mister. Geldgeber pflegen anonym zu bleiben. Sollten Sie das etwa nicht gewußt haben?«
Sembritzki lächelte. Natürlich hatte er das gewußt. Er hatte nur gehofft, dem Thailänder die Würmer aus der Nase ziehen zu können. Aber der Mann hielt dicht. Anfangs hatte Sembritzki vermutet, daß Seydlitz, als Stachows Gefolgsmann gewissermaßen, die ganze Aktion aus seinem eigenen Ersparten bezahlte. Aber jetzt war ihm klar, daß dieser Apparat, der doch größer war, als Sembritzki anfangs gedacht hatte, nur von potenteren Geldquellen gespeist werden konnte, als sie Seydlitz zur Verfügung standen.
Der Asiate war jetzt aufgestanden. Er zeigte wieder sein undurchsichtiges Lächeln, als er zum Schluß leise sagte: »Leben Sie wohl!«
Wieviel Ironie lag doch in diesen Worten! Geradesogut hätte er sagen können: »Sterben Sie wohl!« Überall, wo Malone aufgetaucht war, waren Tote übriggeblieben. In Vietnam, in der Dominikani-

221

schen Republik, in Kuba, in Thailand, in Libyen. In Deutschland? Stachow war tot und der tschechische Kellner in Konstanz auch.
»Vergessen Sie nicht, Malone hat früher, als Junger, wegen bewaffneten Raubüberfalls gesessen! Den Mord konnte man ihm nicht nachweisen. Der ging auf die Kappe eines Komplizen. Erst später hätte man die unverwechselbare Handschrift Malones erkannt. Er kann alles: ein perfekter Schütze, ein mit allen Wassern gewaschener Nahkämpfer. Der perfekte Killer!«
All das sagte der Thailänder lächelnd im Stehen, blätterte eine Banknote auf den Tisch und ging dann mit federndem Schritt davon. Sembritzki schaute ihm nach und beneidete diesen Mann, der jetzt in seine Diplomatenwohnung mit Türwache, in die Arme seiner Frau und zu seinen Kindern zurückkehren konnte. Sembritzki hatte keine Wache und keinen diplomatischen Schutz. Er war Freiwild, zum Abschuß freigegeben. Ihm blieb noch eine Gnadenfrist, so lange, bis er auch Saturn gefunden hatte. Dann war die Endzeit abgebrochen. Wäre es nicht besser, jetzt abzureisen? Er hatte noch immer Gelegenheit, Thornballs alias Hawks Vorschlag anzunehmen. Aber konnte er Seydlitz im Stich lassen? Konnte er Stachows Erbe einfach so verraten? Wie auch immer: Ohne Verrat würde er aus dieser Geschichte nicht herauskommen. Verrat an der Sache. Verrat an sich selbst. Verrat an andern, so wie sie ihn verraten hatten.
Hatte Thornball seine Unsicherheit bemerkt? Er kam jetzt mit einem vollen Glas Campari zu Sembritzki herüber, nachdem er seine Gefährtin verabschiedet hatte, und ließ sich mit einem zufriedenen Seufzer in den Sessel an Sembritzkis Seite fallen. »Werden Sie weich, Sembritzki?«
Was sollte er darauf antworten? Konnte und wollte er zurückhalten, was er über den Amerikaner wußte? Aber was half es ihm, wenn er sein angeschlagenes Selbstbewußtsein daran aufrichtete, daß er dem Amerikaner zeigte, wie gut informiert er sogar diesseits des Eisernen Vorhangs war. Aber würde das Sembritzkis Abgang aus dieser Welt nicht beschleunigen? Eine kleine Rache konnte er wenigstens noch anbringen. Er griff über den Tisch nach Thornballs Glas, leerte es in einem Zug, stand dann auf, schaute mit bösem Lächeln auf den Koloß hinunter und sagte: »Ich habe gar nicht gewußt, Mr. Thornball, daß Ihr Herz für tschechische Geheimagentinnen schlägt!«
Jetzt starrte ihn Thornball mit offenem feuchtem Mund an. »Wie meinen Sie das? Wollen Sie sich über mich lustig machen?«

»Aber nein, Mr. Unbekannt. Die Dame vorhin an Ihrem Tisch ist Mitglied jenes Vereins, den Sie so hassen: STB!«
Und im Augenblick, als er das Wort STB aussprach, ließ er wie aus Versehen das Campariglas aus der Hand fallen. Mit lautem Knall explodierte es auf der Tischplatte vor Thornballs gespreizten Beinen. Sembritzki aber ließ zwei Banknoten auf den Tisch flattern und ging, ohne sich umzusehen, durch die Halle hinaus auf die Straße. Es war zehn nach acht. Malone mußte sich bereits seit über zwei Stunden in Prag befinden. Das letzte Kapitel war eröffnet.

11

Am anderen Vormittag saß Sembritzki schon zeitig im Café am Altstädter Ring und wartete auf Saturn. Aber auch diesmal war sein Warten vergeblich. Weder Saturn noch Malone bekam er zu Gesicht. Je weiter der Vormittag fortschritt, desto deprimierter wurde er. Er hatte vielleicht den fünften Kaffee getrunken, als er Havaš über den weiten Platz gehen sah. Und in diesem Augenblick hatte er eine Idee, die ihm wieder etwas von der versickernden Lebenskraft zurückgab. Hatte er doch noch eine Chance? Er stand auf und ging zum Hotel zurück.
Die Sonne schien warm. Es war richtig Frühling geworden. Oder schien es nur so? Über den Türmen der Teynkirche, deren Helme wie riesige Flugkörper wirkten, bestückt von zusätzlichen Raketen, baute sich ein gewaltiges schwarzes Wolkengebirge auf. Ein Schwarm Tauben fiel vom Himmel, als ob sie von einem unsichtbaren Schützen heruntergeholt worden wären.
Vor dem Hoteleingang stand schon František Pospíchals Škoda. Er selbst ging auf dem Trottoir ungeduldig auf und ab, eine Zigarette zwischen den Lippen. Eger! Heute würde er Venus treffen. Wie aber konnte er sich seines Begleiters entledigen?
»Konrad Sembritzki!« Pospíchal verzog sein Gesicht zu einem künstlichen Lächeln, das es nicht einmal schaffte, die auseinanderstehenden Pferdezähne freizulegen. Die Erinnerung an seine Niederlage von Třebotov war noch nicht weggewischt. War heute der Tag seiner Rache?
Sembritzki fiel auf, daß Pospíchal nicht den direkten Weg nach Eger, hin zur deutsch-tschechischen Grenze wählte, sondern die gleiche Richtung wie damals in der Nacht einschlug.
»Sie haben es nicht eilig, Herr Pospíchal?«

Pospíchal schüttelte den Kopf. »Die Gegend bei Tag zu sehen, die wir letztes Mal nur nachts durchfahren haben, ist einen Umweg wert.«
»Wollen Sie Erinnerungen aufwärmen?«
»Ich erinnere mich nur an das, was mir eine Erinnerung wert ist.«
»Zum Beispiel?«
»An ein Gedicht von Hans Watzlik.«
»Diesen Namen haben Sie nicht vergessen.«
»Er hat mir einen unauslöschbaren Eindruck hinterlassen«, sagte Pospíchal spöttisch.
Es hatte leicht zu regnen begonnen, und Pospíchal schien es mit Befriedigung zur Kenntnis zu nehmen. Auf jeden Fall begann er plötzlich zu pfeifen, präsentierte seine ganz eigene Vulgärfassung von Smetanas *Moldau*, als sie durch ein großes Dorf mit dem Namen Netvořice fuhren. Täuschte sich Sembritzki, oder war Pospíchal wirklich gespannt? Er hatte aufgehört zu pfeifen und starrte mürrisch auf die schwarzglänzende Straße. Als sie an einem langgestreckten grünen Gebäude vorbeifuhren, auf dem Hradištko stand, fluchte Pospíchal auf tschechisch leise vor sich hin.
»Ich hätte den andern Weg nehmen sollen. Es tut mir leid. So verpassen wir die Einfahrt auf die Autobahn.«
Er bremste kurz, wendete dann auf dem Dorfplatz seinen Wagen und fuhr über eine schmale Straße quer durch die Landschaft auf einen nahen Wald zu. Die Wolken hingen grau und schwer in die geometrisch angelegten Äcker und Felder hinunter.
»Dort drüben, jenseits des Waldes, kommen wir wieder auf die Hauptstraße«, sagte Pospíchal, den Blick geradeaus gerichtet. Sie fuhren durch eine Nußbaumallee, und ein paar hundert Meter später nahm sie ein dichter Wald auf. Sembritzki tastete nach seiner Pistole unter der linken Achsel, obwohl er sich nicht vorstellen konnte, daß es Pospíchal jetzt schon auf sein Leben abgesehen hatte. Aber welcher Plan lag Pospíchals Sternfahrt zugrunde? Warum dieses Umwegmanöver?
Als sich die Bäume schon lichteten und Sembritzki nach einer langen Rechtskurve darauf wartete, wieder ins freie Feld hinauszugelangen, bremste Pospíchal plötzlich so scharf, daß Sembritzki beinahe in der Windschutzscheibe gelandet wäre. »Verdammt«, brüllte Pospíchal und brachte seinen auf der nassen Straße schlitternden Wagen endlich zum Stehen. Einen Meter vor der Kühlerhaube von Pospíchals Škoda versperrte ein Laster die Fahrbahn. Er stand quer auf der Straße. Schmutzige Leinensäcke, wahrschein-

lich mit Kohle gefüllt, lagen wild verstreut überall herum. Hinter der Ladebrücke stieg eine dünne blaue Rauchsäule in den grauen Himmel. Und erst jetzt sah Sembritzki, der sich vom ersten Schrekken wieder erholt hatte, daß da ein Zusammenstoß zwischen zwei Wagen stattgefunden haben mußte.
»Kommen Sie, schnell!« befahl Pospíchal und sprang auch schon aus dem Wagen. Sembritzki folgte ihm, ein ungutes Gefühl in der Magengrube. Er ging mit Pospíchal auf die andere Seite des Lasters. Der Aufprall mußte tödlich gewesen sein. Ein beiger PKW, ein Wartburg, war seitlich direkt in den Laster hineingefahren, der vermutlich aus einem Waldweg auf der Innenseite der Kurve auf die Hauptstraße hinausgefahren war, ohne sich vorher zu versichern, daß die Fahrbahn frei war. Der Fahrer, ein breitschultriger junger Mann, ein Bauer wahrscheinlich, in einen grünbraunen Overall gekleidet, stand mit hängenden Armen neben seinem Laster. Pospíchal redete auf tschechisch auf ihn ein, doch Sembritzki verstand nur wenig. Er ging um den verunfallten PKW herum. AJR-74-51. Eine Prager Nummer. Und in diesem Augenblick stieg ein schrecklicher Verdacht in ihm auf. Er schaute zu den beiden diskutierenden Männern hinüber. Wer war der Regisseur dieser tödlichen Show? Pospíchal? Doch die Rache von Třebotov?
»Da liegt ein Mann hinter dem Steuer.« Sembritzki sagte es kalt und teilnahmslos. Dabei beobachtete er Pospíchal. Dieser schlug sich mit der Hand gegen die Stirn.
»Verzeihen Sie, Sembritzki. Meine Wut über diesen Trottel macht mich blind für die Situation. Helfen Sie mir?«
Aber Sembritzki schüttelte den Kopf.
»Ich kann kein Blut sehen.«
Der STB-Mann schaute ihn überrascht an. »Sie können kein Blut sehen?« fragte er zweifelnd. »Dann kotzen Sie doch.«
»Wir sind dann wohl quitt, meinen Sie!«
Sembritzki verzog sein Gesicht zu einer Grimasse. Jetzt war der Fahrer hinzugetreten. Pospíchal wandte sich von Sembritzki ab und forderte den Fahrer auf, ihm beim Öffnen der Türe des Wartburgs zu helfen. Sembritzki hatte sich an einen Baum gelehnt, einen Zigarillo zwischen den Zähnen. Sie griffen ins Innere, zogen den Verunglückten vorsichtig aus seinem Auto und legten ihn auf eine ausgebreitete Wolldecke an den Straßenrand. Der Mann stöhnte. Seine Gesichtszüge waren nicht zu erkennen, aber Sembritzki sah die graue Haartolle, mit Blut verkrustet, die über die geborstene Stirn hing.

Merkur! Wieder war ein Stern untergegangen. Gewaltsam von Sembritzkis Firmament geholt worden. Zwar lebte er noch. Und vielleicht würde er auch überleben. Aber für Sembritzki war er tot. Pospíchal hatte ganze Arbeit geleistet. Er hatte seine Niederlage mehrfach gerächt. Er hatte sich als Meister des blutigen Arrangements erwiesen. Und vor allem hatte er über Merkurs Parcours genau Bescheid gewußt. Daß er Sembritzki zum Zuschauer dieses blutigen Aktes gemacht hatte, war nichts anderes als seine ganz persönliche Rache.
»Wollen Sie hier warten, Herr Sembritzki?« fragte jetzt Pospíchal ganz formell und schaute ihn lauernd an. Aber Sembritzkis Züge blieben gefroren. Kein Muskel zuckte.
»Warten worauf?«
»Bis ich im nächsten Dorf Hilfe angefordert habe!«
»Ist dem Mann noch zu helfen?«
Pospíchal zuckte die Schultern. »Es geschehen Wunder...« Er wendete seinen Wagen und fuhr ins Dorf zurück.
Sembritzki zögerte, den Verletzten näher anzuschauen. Er fürchtete sich vor Merkurs geöffneten Augen, vor einem Schrei des Erkennens, vor dem Fluch, der über seine Lippen kommen würde. Doch im Augenblick, als der Fahrer des Lasters damit beschäftigt war, die Schaufel zu versorgen, mit deren Hilfe Merkur aus dem Wrack befreit worden war, trat Sembritzki näher. Merkur stöhnte, und ein paar wässerige Blutbläschen zerplatzten in seinen Mundwinkeln. Ein Auge klappte auf, ein Zyklopenauge, und starrte Sembritzki an, böse, ohne zu zwinkern.
»Sembr...«, gurgelte der Verletzte. Er hatte ihn erkannt. »Du bist ein Mann des Todes...«
Der Nachsatz kam deutlich. Dann klappte das Auge wieder zu wie ein Sargdeckel. Und dann begann Merkur zu schreien. Er schrie in Sembritzkis Schoß so lange, bis endlich Pospíchal zurückkam und mit ihm der Arzt aus dem benachbarten Dorf, der Merkur mit einer Spritze zum Schweigen brachte – vorläufig –, denn das große Ausholen stand noch bevor. Die Schergen des STB würden nicht ruhen, bis sie auch den letzten Rest von Wahrheit aus Merkur herausgewühlt hatten.
»Kommen Sie, Konrad! Das ist jetzt nicht mehr Ihr Fall!«
Sembritzki verstand den Doppelsinn dieser Worte. Aber er antwortete nicht, sondern setzte sich schweigend an Pospíchals Seite. Nebelschwaden hatten sich bis in den Wald hineingefressen, und als sie wieder ins freie Feld hinausfuhren, hing ein grauer Schleier über

Böhmen und erstickte alles Leben und auch das Gespräch zwischen den beiden einsamen politischen Touristen. Es war schon dunkel, als sie endlich in Cheb eintrafen. Jetzt waren sie mitten im ehemaligen Sudetendeutschland, in Römmels Heimat. Von hier aus waren es nur ein paar Kilometer bis zur deutschen Grenze, und Sembritzki spielte mit dem Gedanken, sich einfach abzusetzen, sein Leben – wenigstens das – in Sicherheit zu bringen.
»Sie sind hier ja beinahe zu Hause, Konrad Sembritzki«, sagte Pospíchal mit einem schiefen Grinsen, als sie auf dem alten Marktplatz angekommen waren. Sembritzki sah auf der Nordseite die schwarzen gedrungenen Umrisse des Stadthauses, wo Wallenstein den Tod gefunden hatte. Pospíchal war seinem Blick gefolgt. »Oder wollen Sie auf Wallensteins Spuren bleiben bis zum bitteren Ende?«
»Bitter?« Sembritzki schaute Pospíchal kalt und herausfordernd an.
»Sie sind ein Saturngeborener wie Wallenstein. Vergessen Sie das nicht!«
»Ich vergesse es nicht, lieber Franz. Ich vergesse nie etwas.«
Sie stiegen aus und gingen quer über den Marktplatz, der ausgestorben und matt glänzend im Licht ein paar kümmerlicher Laternen dalag.
»Wissen Sie, an wen wir uns wenden müssen?«
»Ich habe von Herrn Hájek eine Adresse bekommen. Es gibt da eine Gruppe von Schauspielern, die früher einmal in Prag gespielt haben und die jetzt in die Provinz abgeschoben wurden.«
»Dubček-Leute?«
»Dubček? Den Namen kennen wir hier nicht. Kein geläufiger Name, Konrad Sembritzki.«
»Kennen Sie Namen, die geläufiger sind?«
Pospíchal zuckte die Achseln. Er hatte den Kragen hochgeschlagen und den braunen Hut tief ins Gesicht gezogen. Ihre Schritte hallten laut auf dem Pflaster. Sie gingen am Stadthaus vorbei und schwenkten dann in eine schmale Gasse ein. Nach etwa hundert Metern, die sie in beinahe völliger Dunkelheit zurückgelegt hatten, blieb Pospíchal vor einem Haus stehen, dessen Fassade sich bedrohlich gegen die enge Straße hin senkte. Er öffnete eine eisenbeschlagene Türe und trat dann in einen niedrigen Raum, mit schweren Balken an der Decke, in dem blaue Rauchschwaden die Sicht behinderten und aus dem scharf und bestimmt die Stimme eines einzelnen Mannes ertönte. Aber im Augenblick, als die Türe ganz geöffnet war, als jetzt

die Feuchtigkeit von außen hinein- und der Rauch hinausdrängte, und für die Leute im Raum sich Pospíchals Figur langsam aus den Schwaden herausschälte und zu erkennen war, wurde es still. Der Mann mit der scharfen Stimme drehte sich langsam und drohend um und sagte: »Sie platzen mitten in eine Leseprobe, mein Herr!«
Sembritzki hatte den Inhalt dieses Satzes verstanden, obwohl er seinen Blick unruhig durch den Raum wandern ließ auf der Suche nach Venus. Sie saß ganz unten am Tisch, die Haare zu einem straffen Knoten hochgesteckt. Die harten, beinahe männlichen Züge, die ihn früher oft erschreckt hatten, waren etwas gemildert dadurch, daß sie im Gesicht rundlicher geworden war. Aber ihre Lippen waren noch immer schmal und verschlossen. Ihre Augen blickten durchdringend, zuerst auf Pospíchal und dann auf Sembritzki, der ebenfalls ins Licht getreten war. Aber sie reagierte in keiner Weise. Gleichgültig wandte sie sich wieder ab und blickte auf das Textbuch auf dem Tisch vor sich. Unterdessen sprach Pospíchal noch immer tschechisch auf den Mann mit der scharfen Stimme und dem beinahe ganz kahlen schmalen Kopf ein. Endlich wandte sich Pospíchal wieder Sembritzki zu.
»Wir sind da mitten in eine Probe geplatzt, Herr Sembritzki. Eine Stunde noch, dann steht uns der Herr hier zur Verfügung.«
»Probe? Was für ein Stück wird geprobt?«
Pospíchal machte eine bedeutungsvolle Pause und sagte dann mit boshaftem Lächeln: »Ob Sie es nun gerne hören oder nicht, lieber Konrad Sembritzki: *Wallensteins Tod* von Friedrich Schiller. Auf tschechisch natürlich.«
Sembritzki erschrak. Natürlich war es ein Zufall. Und trotzdem hatte er mit einem Mal das Gefühl, er sei Gefangener einer Situation, der er nicht mehr gewachsen war. Er war Figur eines Dramas geworden, dessen Textbuch er nicht kannte.
»Eine Stunde, Sembritzki. Wir gehen unterdessen essen. Ich habe Hunger.«
Er wandte sich zur Türe, aber Sembritzki hielt ihn am Ärmel zurück.
»Ich möchte zuhören, wenn es erlaubt ist.«
»Ein Theaterliebhaber?« schnaubte Pospíchal verächtlich.
»Es ist erlaubt«, sagte jetzt der Kahlköpfige auf deutsch.
Jetzt war Pospíchal in der Klemme. Sembritzki merkte, wie ungern er ihn hier zurückließ. Aber er würde sich sicher beeilen und schnell wieder zurückkommen, um Sembritzki keine Möglichkeit zu Extratouren zu geben. Er zuckte die Achseln. »Wie Sie wollen!

Aber ich warne Sie: Sie verpassen den besten Entenbraten mit Rotkraut, den es weit und breit gibt.«
»Ich lebe nun einmal von der Kunst, lieber Herr Pospíchal.«
»Wie Sie meinen.« Wütend schloß er die Türe.
Anzunehmen, daß Pospíchal auch hier unter diesen Schauspielern einen Spitzel plaziert hatte. Eine Weile noch war es still im Raum. Alle schauten zu Sembritzki, der sich auf einen Stuhl in eine Ecke gesetzt hatte, von wo aus er Venus im Blick hatte. Der Kahlköpfige gab ein Zeichen und begann zu sprechen. Es dauerte eine Weile, bis Sembritzki wußte, worum es ging. Aber plötzlich begannen die tschechischen Worte zu klingen, erreichten sie zuerst seinen Verstand und dann sein Herz. Es waren Wallenstein und Terzky, die miteinander im Gespräch waren. Jetzt kam Buttler hinzu, und dann hätte Sembritzki, kurz bevor Venus, die die Rolle der Gräfin Terzky innehatte, zu Worte kam, Wallensteins Text gewissermaßen simultan mitsprechen können:

>»Es ist entschieden, nun ists gut – und schnell
>Bin ich geheilt von allen Zweifelsqualen,
>Die Brust ist wieder frei, der Geist ist hell,
>Nacht muß es sein, wo Friedlands Sterne strahlen.
>Mit zögerndem Entschluß, mit wankendem Gemüt
>Zog ich das Schwert, ich tats mit Widerstreben,
>Da es in meine Wahl noch war gegeben!
>Notwendigkeit ist da, der Zweifel flieht,
>Jetzt fecht ich für mein Haupt und für mein Leben.«

Sembritzki war, als ob ihn der Darsteller des Wallenstein anschaute. Oder war es Venus? War es ihr durchdringender Blick, der ihn wieder zurückholte? Nein, es war ihre Stimme, die ihn jetzt elektrisierte, ihn eindringlich in ihren Bann zog. Und langsam schälten sich aus dem tschechischen Idiom jene Worte, die sie ganz eindeutig ihm zugedacht hatte: »Wenn wir / Von Land zu Lande wie der Pfalzgraf müßten wandern, / Ein schmählich Denkmal der gefallnen Größe – / Nein, diesen Tag will ich nicht schaun! und könnt / Er selbst es auch ertragen, so zu sinken, / *Ich* trügs nicht, so gesunken ihn zu sehn.«
Sembritzki fühlte, wie der Schweiß ihm auf die Stirne trat, wie ihm das Atmen schwer wurde und seine Beine zu zittern begannen.
»Promiňte«, murmelte er und stand auf. Venus, die ihn scharf beobachtet hatte, faßte nach seinem Arm.

»Ist Ihnen nicht gut?«
Sembritzki nickte. »Es geht vorüber«, murmelte er. Er fühlte, wie ihre Finger stärker zudrückten.
»Die Luft hier drin. Kommen Sie ins Nebenzimmer. Dort können wir ein Fenster öffnen.«
Und sie führte ihn wie einen Blinden am Ellbogen hinüber in eine Art Aufenthaltsraum, wo altmodische Sessel an den Wänden entlang standen, die mit verschiedenen Ansichten des Prager Theaters am Geländer geschmückt waren. Auf dem niedrigen Holztisch stand in einem weißen Tellerchen eine abgebrannte Kerze. »Setz dich, Konrad.«
Ihre harte Stimmte klang plötzlich ganz weich. »Ich habe dich erwartet.«
»Der Mond?«
Sie nickte. »Komm, wir haben wenig Zeit.«
»Ich weiß, *ich* habe wenig Zeit!«
»Warum bist du zurückgekommen, Konrad? Was willst du wem beweisen? Es ist doch alles vorbei.«
Er schaute sie erstaunt an. »Nein, es ist nicht vorbei. Noch nicht.«
»Was willst du wem beweisen? Das hat doch alles nichts mehr mit dem zu tun, was uns vor ein paar Jahren noch verband.«
Sie kratzte mit ihrem rotlackierten Fingernagel das Wachs vom Teller. Dann ließ sie das zerbröselnde Wachs wie einen feinen Schneeschauer auf den Tisch rieseln und schaute ihn nachdenklich an.
»Tust du es für Geld? Ein Söldner? – Ein schmählich Denkmal der gefallnen Größe! – Wessen Überzeugung vertrittst du?«
»Meine eigene«, sagte er ohne Überzeugung in der Stimme.
»Du *suchst* deine eigene Überzeugung. Du wirst sie nicht finden. Nicht in diesem Land!«
»Was hat sich denn geändert?«
»*Wir* haben uns geändert, Konrad. Ich will wieder spielen. Ich will zurück nach Prag. Zurück in unser Theater, aus dem wir damals verjagt wurden. Ich habe es satt, mich auch im Leben zu verstellen. Die Bühne ist genug, Konrad Sembritzki.«
»Ja, die Bühne ist genug!« Er nickte mit einem schiefen Lächeln auf dem Gesicht.
»Du spielst im falschen Stück, Konrad Sembritzki!«
»Und wenn schon! Ich muß es zu Ende spielen. Wer wüßte das besser als du! Man kann nicht mitten im Stück aussteigen.« Und nach einer Pause murmelte er: »Jetzt fecht ich für mein Haupt und für

mein Leben.« Ihm fielen keine eigenen Worte ein. Es waren die Worte eines andern, die Sätze, die Schiller Wallenstein in den Mund gelegt hatte, dessen Schatten Sembritzki bis hierher nach Eger nachgejagt war.
»Hilf mir!« Er schämte sich über eine Stimme, die so schwach und dünn klang.
»Ich kann dir nicht helfen. Nur einer kann dir jetzt noch helfen – wenn es nicht zu spät ist.«
»Saturn«, sagte Sembritzki schnell.
Sie nickte.
»Was ist mit Jupiter?«
»Vergiß Jupiter, Konrad Sembritzki. Jupiter sitzt im Gefängnis. Er war Mitglied der Charta 77. Sie haben es erst spät herausgefunden.«
»Ein Agent darf sich politisch nicht exponieren!« sagte Sembritzki wütend.
»Was tust du anderes? Dein Engagement macht dich verletzlich. Du bist nicht mehr zurückgekommen. Wir haben dich aufgegeben. Auch Jupiter hat dich aufgegeben. Da hat er selbst zu handeln begonnen.«
»Du auch!«
Sie nickte.
Sie schwiegen beide. Von drüben hörte man dumpf Fragmente aus Schillers *Wallenstein*. Venus hatte eine Zigarette angezündet. Sie lehnte sich in ihrem Sessel zurück und wartete. Worauf? Auf Sembritzkis Kapitulation?
»Saturn!« Noch einmal würgte Sembritzki diesen klobigen Namen heraus. »Wo ist Saturn?«
»Er allein ist übriggeblieben. Wahrscheinlich war er schon damals zu alt, um sich noch einmal nur ganz auf sich selbst zu besinnen. Das heißt...« Sie machte eine Pause und verschlang eine große blaue Rauchwolke.
»Das heißt...?«
»Wenn er noch lebt!«
Jetzt war sie wieder die Alte. Erbarmungslos, hart. Sie sprach den Satz aus wie ein Todesurteil. Und Todesurteile hatte Sembritzki in den vergangenen Tagen schon genug gehört.
Sie drückte ihre Zigarette im Teller mit der Kerze aus und lehnte sich dann zurück.
»Saturn ist schwer krank. Krank auf den Tod.«
»Wo ist er?«

»Er war bis gestern noch in einem staatlichen Sanatorium, nicht weit von hier im Böhmerwald.«
»Bis gestern?«
»Ich habe ihn besucht und ihm erzählt, daß du zurückgekommen bist.«
»Und wie hat er reagiert?«
Wieviel hing doch von der Antwort auf diese Frage ab.
»Er hat es gewußt. Saturn kehrt nach Prag zurück. Vielleicht ist er schon zurückgekehrt.«
»Meinetwegen?«
»Deinetwegen.«
Aufatmend lehnte sich Sembritzki zurück und dachte an den alten Mann mit den vielen bunten Krawatten und seiner Einkaufstasche aus Kunstleder. Was konnte ihm Saturn bieten? Eine Lebensversicherung? Oder den Tod?
»Wie hat er es geschafft, nach Hause entlassen zu werden, wenn er doch krank ist?«
»Er wollte nach Prag zurück, um dort sterben zu können.«
»So schlimm ist es?«
Sie nickte.
»Der Unzerstörbare stirbt.« Sembritzki sagte diesen Satz eher für sich.
»Täusch dich nicht in Saturn. Der Mann ist wirklich unzerstörbar. Das ist deine Chance. Er *ist* unsterblich.«
Sembritzki verstand nicht, was sie damit sagen wollte. »Nur darum hat er überlebt, Konrad. Nur darum ist nie einer vom STB oder KGB in sein Spannungsfeld eingedrungen. Er ist ein Meister der Tarnung.«
Sembritzki dachte daran, daß Saturn nicht einmal ihm seine Adresse gegeben hatte. Aber wie war Venus in Kontakt mit diesem Mann getreten, der niemandem als sich selbst zu trauen schien?
»Wie hast du seinen Aufenthaltsort ausgemacht?«
»Er weiß, daß er sterben muß. Und er hat, woher auch immer, erfahren, daß du in Prag bist. Ich weiß nicht, woher er wußte, daß ich zu deinem Netz gehörte, Konrad. Jedenfalls hat er es gewußt und hat über einen jungen Schauspieler zu mir Kontakt aufgenommen. Ich habe ihn dann besucht und mit Hájek Kontakt aufgenommen, um dich zu benachrichtigen.«
»Woher wußte Hájek, daß ich in Prag bin?«
Sie schüttelte den Kopf. »Nicht Hájek wußte es. Saturn war darüber informiert. Er weiß alles, Konrad.«

Sie zündete eine neue Zigarette an, und Sembritzki steckte sich einen Zigarillo zwischen die Lippen.
»Wo finde ich Saturn?«
»Er hat mir seine Adresse gegeben, Konrad. Für dich. Seminařská 12. Wenn eine Topfpflanze im Fenster des ersten Stockwerkes steht, kannst du hinein. Das Haus erkennst du an einer steinernen Rosette auf der Hausmauer.«
Jetzt war alles gesagt. Die Schauspielerin hatte die Eröffnungsworte zum letzten Akt gesprochen. Sie war aufgestanden. »Ich muß zurück, Konrad. Komm bald nach. Und leb wohl!«
Sie reichte ihm die ausgestreckte Hand. Keine Zärtlichkeit. Keine Sentimentalität. Ein sachlicher, untheatralischer Abschied. Und dann sagte sie noch einen Satz zum Abschied, das Vermächtnis einer Schauspielerin: »Man kann eine Rolle nicht nur spielen, man kann sie auch leben, Konrad Sembritzki. Auf die Gefahr hin, daß man an ihr zerbricht.«
Dann ging sie zurück zu den andern. Sembritzki saß noch eine Weile benommen da und dachte über all das nach, was ihm Venus erzählt hatte. Venus! Was für ein Deckname für diese harte Frau!
Als er die Tür öffnete, schlug Wallenstein wieder zu. Zwar brauchte Sembritzki eine Weile, bis er sich wieder im Stück orientiert hatte. Dann aber löste er vorsichtig unter dem Tschechischen Schillers Originalverse heraus, identifizierte im rothaarigen Schauspieler an der Seite des kahlköpfigen Wallensteindarstellers den wendigen Seni, der Wallenstein drohte, daß der Planetenstand Unglück von falschen Freunden verheiße. Aber was kümmerte das den kahlköpfigen Wallenstein? Leichthin antwortete er: »Von falschen Freunden stammt mein ganzes Unglück,/Die Weisung hätte früher kommen sollen,/Jetzt brauch ich keine Sterne mehr dazu.«
Sembritzki war froh, daß der Schauspieler in der Leseprobe diese Worte so beiläufig sagte, wahrscheinlich beiläufiger, als er sie dann auf der Bühne sprechen würde. Und trotzdem trafen ihn diese Sätze. Sie trafen ihn und betrafen ihn. Saturn war der letzte noch mögliche Freund. Alle andern waren von ihm abgefallen. Freundschaften, die wohl nichts anderes gewesen waren als Handelsbeziehungen, Interessen. Sembritzki hörte erst wieder hin, als František Pospíchal die Türe aufstieß und hereinstampfte, mitten in die Mordszene, die jedoch in diesem Kreis nur angedeutet wurde, so aber nur noch hinterhältiger wirkte.
»Hilfe! Mörder!« sagte der Schauspieler, der den Kammerdiener mimte, sachlich unterkühlt.

»Nieder mit ihm!« antwortete der Darsteller Buttlers in gleicher Weise.
»Jesus Maria!« Diesmal hob der Kammerdiener die Stimme etwas. Und auch Buttler nahm die Tonlage auf, als er abschließend brüllte: »Sprengt die Türen!«
Einen Augenblick lang schaute Pospíchal irritiert. Glaubte er sich in einem falschen Stück? Glaubte er, die Revolution sei ausgebrochen? Fürchtete er um seinen Kopf? Aber dann wich seine Irritation einem verständnisvollen Grinsen. Schließlich war Pospíchal ein gebildeter Mann, der seinen Schiller kannte. Leise schloß er die Türe und schmuggelte sich diskret an Sembritzkis Seite, während die Schauspieler auf das Ende hindrängten. Wallenstein war tot. Hier in Eger war Wallenstein am 25. Februar 1634 ermordet worden. Vor etwas mehr als einer Stunde war Sembritzki mit Pospíchal zusammen am Stadthaus vorbeigegangen, wo jene Szene in der Realität gespielt hatte, die jetzt hier im Rauch von Zigaretten und Pfeifen nur angedeutet worden war. Von Schauspielern, die es von der Großstadt in die Provinz verschlagen hatte, weil sie sich nicht für die richtige Seite entschieden hatten.
»Sie haben etwas verpaßt, Sembritzki«, flüsterte ihm Pospíchal zu und rieb sich die Hände. »Die Ente war vorzüglich!«
Sembritzki nickte gleichgültig. Er war zu seinen Informationen gekommen. Das Stück war unterdessen zu Ende gegangen. Die Schauspieler klappten ihre Textbücher zu, und man öffnete die Fenster. Der Kahlköpfige trat auf Sembritzki zu und fragte in leicht gefärbtem Deutsch: »Herr Pospíchal sagte mir, Sie interessieren sich für Wallensteins Bibliothek?«
Sembritzki nickte, obwohl ihm jetzt alles, was nicht mit Saturn zusammenhing, viel weniger wichtig schien.
»Das ist Jaroslav...«
»Jaroslav genügt«, unterbrach der Schauspieler Pospíchal. Er hatte eine dicke Jacke mit grün-rotem Schottenmuster angezogen und eine Strickmütze über den kahlen Schädel gestülpt.
»Gehen wir!«
»Nur wir allein?« fragte Pospíchal mißtrauisch.
»Mein Wissen muß Herrn Sembritzki genügen«, sagte Jaroslav, als sie jetzt aus der schmalen Gasse auf den Marktplatz hinaustraten. Es regnete immer noch, und dazu hatte sich jetzt ein immer dichter werdender Nebel über die alten Giebel gesenkt. »Mlha houstne«, murmelte Jaroslav und schaute Sembritzki dabei an.
»Der Nebel wird dichter«, übersetzte Pospíchal. Hatte er den Code

geknackt, jenen Satz, mit dem Sembritzki Freunde identifizieren konnte? Und mit dem sich Freunde zu erkennen gaben?
»Ich habe es verstanden, Herr Pospíchal. Einer der wenigen tschechischen Sätze, die ich verstehe.«
Der Nebel war wirklich dichter geworden, so daß Sembritzki die beiden gotischen Häuser, vor denen sie einen Augenblick stehengeblieben waren, nur noch schemenhaft erkennen konnte. »Kavárna Spalicek« stand auf dem einen Haus mit dem hohen Giebel und dem Erker, das die Farbe gebrannter Siena hatte. Jaroslav hatte jetzt seinen rechten Arm theatralisch erhoben und deklamierte Verse, die Sembritzki vertraut in den Ohren klangen: »Unsäglich ist's, in welche übergroße Herrlichkeit Gott der Herr seinen geschaffenen Menschen gesetzet und ihn mit seiner göttlichen Leh seines gefälligen Willens erleuchtiget hatte.«
»Pegius! Sie kennen Pegius?« fragte Sembritzki überrascht, obwohl ihm klar war, daß Hájek Jaroslav auf Sembritzkis Besuch vorbereitet hatte und daß das, was er vorgesetzt bekäme, nichts anderes war als die perfekte Show eines raffinierten Schauspielers, der seine Rolle gut gelernt und jetzt Sembritzkis Besuch in Eger gleichsam absegnen würde. Man würde, was Pegius und Wallenstein betraf, Sembritzki ein paar Scheininformationen liefern, um Pospíchals Mißtrauen nicht zu schüren. Jaroslav wußte über Pegius nicht mehr als irgendeiner. Und als sie dann zusammen das alte Haus betraten, wo Jaroslav ein Zimmer gemietet hatte und wo er, wie er sagte, alle Unterlagen hortete, die im Zusammenhang mit der *Wallenstein*-Inszenierung von Bedeutung waren, hatte Pospíchal auch schon gemerkt, daß ihn Rotkraut und Entenbraten von seiner Arbeit abgelenkt hatten. Der Abend war für Pospíchal gelaufen. Nicht nur für ihn. Auch Sembritzki verfolgte Jaroslavs »Pegius«-Inszenierung nur noch mit halbem Herzen, konnte nicht einmal mehr Bewunderung für dieses Scheingefecht um den Bestand von Wallensteins Bibliothek aufbringen, das der Schauspieler lieferte, ohne auch nur einmal aus der Rolle zu fallen.
»Was halten Sie von dem, was Jaroslav Ihnen geliefert hat?« fragte Pospíchal, als sie zwei Stunden später nach Prag zurückfuhren.
»Ein paar interessante Informationen. Aber den Beweis, daß sich das Geburtsstundenbuch wirklich in Wallensteins Bibliothek befunden hatte, hat mir Jaroslav nicht liefern können.«
»Spekulationen. Aber dafür, so nehme ich an, sind Sie in den Genuß anderer Informationen gekommen«, sagte Pospíchal hinterhältig.

Einen Augenblick lang war Sembritzki versucht, die Maske fallen zu lassen. Sie wußten ja beide, was gespielt wurde. Und Pospíchal wußte genauso wie Sembritzki, daß Pegius nur ein Vorwand gewesen war, um alte Kontakte wieder aufzunehmen. Was für ein lächerliches Zweigespann, Sembritzki und Pospíchal. Aber Sembritzki war jetzt entschlossen, die endgültige Trennung herbeizuführen.
»Das Unternehmen Pegius ist beendet. Vorläufig mindestens.«
»Ihr Vorgehen kann man wohl nicht in guten Treuen als wissenschaftlich bezeichnen, lieber Konrad Sembritzki. Hier ein wenig recherchieren, dort ein wenig graben.«
»Ich bin es müde geworden. Es gibt nichts her.«
»Sie resignieren?« fragte Pospíchal und schaute Sembritzki von der Seite an.
»Vielleicht, Herr Pospíchal, vielleicht«, murmelte er und starrte auf den weißen Strich in der Mitte der Straße, der durch den Nebel zu einem unbestimmten Ziel führte.
Als sich Sembritzki dann vor dem Hotel Alcron dankend vom lächelnden Pospíchal verabschiedete, wußte er, daß es das letzte Lächeln des STB-Mannes gewesen war, das einem lebenden Sembritzki gegolten hatte. Jetzt war die Jagd eröffnet, und Pospíchal hatte sein Gewehr schon im Anschlag und wartete auf eine günstige Gelegenheit zum erfolgreichen Blattschuß. Unter dem Eingang drehte sich Sembritzki noch einmal um, hob ironisch die Hand zum Abschiedsgruß, und dann sah er über Pospíchals rechter Schulter im Hauseingang gegenüber einen bekannten Umriß. Mr. Ronald Malone hatte Stellung bezogen.
Die Staffettenübergabe funktionierte reibungslos. Pospíchal lieferte Sembritzki im Alcron ab, die Dame mit dem deutschen oder österreichischen Namen Gisela Breitwieser nahm ihn in der Eingangshalle gewissermaßen in Empfang. Und auch der unvermeidliche Mr. Thornball saß schon dort. Alle waren sie da. Draußen der Mann der CIA und František Pospíchal. Drinnen der Rüstungsvertreter Thornball und Pospíchals Kollegin. Wer fehlte noch? Doch auch diese Frage erfuhr bald eine Antwort, denn im Augenblick, als Sembritzki, den Schlüssel in der Hand, zum Lift gehen wollte, schnitt ihm ein gutgekleideter, distinguierter Herr den Weg ab.
»Verzeihen Sie, Herr Sembritzki.«
Er legte ihm die Hand auf den Arm.
»Bitte?«
»Ich bin von der Botschaft der Bundesrepublik Deutschland. Haben Sie einen Augenblick Zeit für mich?«

Römmels Sendbote griff jetzt auch ein.
»Ich bin müde, Herr...«
»Vieweg.«
»Herr Vieweg.«
»Im Černy pivovar!«
»Karlovo náměstí?« Sembritzki schaute den Mann von der Botschaft belustigt an. »Die Restaurants sind voll von Spitzeln.«
Aber Vieweg zuckte nur die Schultern. »Wen kümmert das, Herr Sembritzki? Wir haben nichts zu verbergen!«
Vieweg zog eine Dunhill aus einem silbernen Futteral, zündete sie an und verschwand. Zehn Minuten später sah er ihn im Bierlokal wieder. »Herr Sembritzki, man interessiert sich für die Resultate Ihrer Recherchen.«
»Man?« Sembritzki hatte sich einen Zigarillo zwischen die Zähne gesteckt und kaute wild darauf herum.
»Sie brauchen keine Namen.«
»Ich will aber einen Namen, Herr Vieweg.«
»Ist Rübezahl ein Name, der Sie befriedigt?«
Sembritzki nickte. »Das ist ein Name.«
»Und?« Vieweg lehnte sich leicht nach vorn und wartete gespannt auf eine Antwort.
»Nichts, lieber Herr Vieweg. Rein gar nichts. Ich habe nichts herausgefunden.«
Vieweg lächelte mitleidig. »Das glaube ich Ihnen nicht. Unsere Informationen...«
»Unsere?« unterbrach ihn Sembritzki. »Sie sprechen im Plural?«
Aber auf diese Frage ging Vieweg nicht ein. »Ihnen bleibt ja noch Zeit, lieber Herr Sembritzki.« Viewegs Lächeln war voller Hinterhältigkeit.
»In drei Tagen reise ich ab. So oder so. Ich habe meinen Flug schon gebucht.«
»Wir haben den Flug für Sie gebucht, vergessen Sie das nicht. Und vergessen Sie nicht, daß wir von Ihnen konkrete Informationen erwarten.«
»Das heißt...«
»Das heißt, daß Ihr Rückflug annulliert wurde.« Mit einem Male hatte Viewegs Stimme einen metallenen Klang angenommen. Er ließ den zerfleddernden Schaum in seinem Bierglas kreisen.
Jetzt war also die Falle zugeschnappt. Sembritzki durfte ohne Informationen nicht mehr aus diesem Land hinaus. Dafür würde man beim BND sorgen. Man würde ihn so lange schmoren lassen, bis er

brauchbares Material zusammengekratzt hatte. Und mit brauchbarem Material in der Tasche würde der STB dafür sorgen, daß er das Land nicht mehr verließ. Sembritzki schaute den eleganten Herrn beinahe verwundert an. Und während er jetzt selbst das Bier in sich hineingurgeln ließ, kam ihm ein fürchterlicher Gedanke. Er fühlte, wie seine Hände feucht wurden, und er mußte das Glas hinstellen, um es nicht fallen zu lassen. Hatte er denn überhaupt noch eine Chance?
Er hatte eine. Vieweg zeigte ihm einen Ausweg.
»Sembritzki!« Er hatte die höfliche Anrede beiseite gelassen. »Sie sind doch nicht so naiv, wie Sie sich geben!«
Sembritzki antwortete nicht. Worauf wollte der andere hinaus?
»Sie wissen doch genau, daß die neue Regierung ein schweres Erbe übernommen hat.«
Sembritzki schwieg.
»Was den BND betrifft!«
»Ach!« Jetzt war der Schuß draußen. »Was hat das mit mir zu tun?«
»Sie sind nicht kompromittiert. Sie waren eine Weile weg vom Fenster. Sie wären ein möglicher Mann in der Zentrale.«
»Nein, lieber Herr Vieweg. Das war mein letzter Auftrag. Ich kehre nicht mehr in den BND zurück.«
»Ihr letzter Auftrag.« Vieweg nickte abwesend. »Wollen Sie es sich nicht doch überlegen?«
Sembritzki stand auf und schaute auf den makellosen Scheitel des BND-Mannes hinab.
»Gute Nacht!«
Er leerte sein Glas und ging und trat in die Nacht hinaus. Mit Heldentum hatte das gar nichts zu tun, wenn er Viewegs Offerte abgelehnt hatte. Er kauerte vor dem Kühlschrank in seinem Zimmer und angelte nach der Wodkaflasche. Er war nicht auf Römmels Seite. Das war ganz einfach. Aber Römmel bedeutete überleben. Diese Rechnung wollte nicht aufgehen. Er nahm einen tiefen Schluck aus der Flasche und setzte sich dann auf das Bett. Morgen würde er, wenn alles nach Plan lief, Saturn treffen. Aber dann war es auch höchste Zeit unterzutauchen. Man würde ihn nicht abfliegen lassen, das wußte er. Aber man würde damit rechnen, daß er es mindestens versuchte. Er mußte auf andere Weise aus dem Land kommen. Aber nicht mit dem Zug. Im Zug gab es kein Entkommen, wenn man ihn einmal entdeckt hatte.
Nara! Seydlitz mußte den Japaner einfliegen lassen. Ihn oder einen

andern Babysitter. Er brauchte eine Eskorte, die sich auskannte. Die ihn gegen Anschläge von links oder rechts abschirmen konnte. Morgen würde er wieder mit München in Funkkontakt treten, morgen mußte er Naras Hilfe anfordern. Und dann mußten sie gemeinsam Saturns Material aus dem Land schmuggeln, in die Hände seines geheimnisvollen Auftraggebers. Nur etwas wußte Sembritzki jetzt auch. Daß seine Bewegungsfreiheit mit dem Auftauchen Malones noch mehr eingeschränkt worden war. Malone war ein Profi. Das Netz zog sich immer enger zusammen.

12

Am andern Morgen ging er schon früh aus dem Haus. Er wollte den Kontakt zu Thornball vermeiden. In der Halle nickte ihm Gisela Breitwieser freundlich zu. Sie war es wohl, die ihn heute beschatten würde. Er schlenderte durch die Lucerna-Passage, die am Tag verlassen und noch unwirtlicher wirkte als bei Nacht. Dann bog er, wieder unter freiem Himmel, nach rechts ab und bog in die Václavské Náměstí ein. Hier auf dem breiten Boulevard war beinahe mehr Betrieb als in der Nacht. Er machte sich nicht die Mühe, über die Schulter nach einem Beschatter Ausschau zu halten. Er überquerte die Straße und schwenkte dann nach rechts in die Na Příkopé ab. Beim Pulverturm überquerte er erneut die Straße und betrat dann an der Ostseite auf der Náměstí Republiky das Kaufhaus Kotva. Er schlenderte zwischen den Gestellen, auf denen Dinge gestapelt waren, die ihn nicht interessierten.
Es war nicht Gisela Breitwieser und nicht František Pospíchal. Es war ein neuer Mann, der heute auf Sembritzki angesetzt worden war, ein kurzbeiniger, gedrungener Herr, der den Zenit seiner Jugend schon um einiges überschritten hatte. Erst jetzt wurde Sembritzki bewußt, daß Malone sich nicht hatte blicken lassen. Aber warum sollte er auch! Malone war wohl nur eingeflogen, um Sembritzkis Abreise zu verhindern. In Thornballs Auftrag? Ein Versuch, ihn weichzukriegen?
Es fiel Sembritzki nicht schwer, seinen Verfolger abzuschütteln. Ein paar Haken zwischen den Gestellen genügten, und er war wieder an der frischen Luft, während sein Bewacher ihn wohl noch zwischen chinesischem Kunsthandwerk und Möbeln aus der DDR auszumachen versuchte. Es kostete ihn ein paar Minuten, bis er endlich die kleine Gasse gefunden hatte, in der Saturn wohnte.

Eine traurige Umgebung. Verfallende Gemäuer, mit Brettern vernagelte Türöffnungen, blinde Fensterscheiben, viele davon in Scherben. Eine Reihe von blauen Hausnummern, eine der grünen Prager Laternen an einer Stützmauer, beinahe das einzige intakte Element in dieser zerbröckelnden Welt. Jetzt hatte Sembritzki die Rosette auf der Mauer unmittelbar neben der Laterne entdeckt. Aber da war keine Topfpflanze im Fenster. Kein Vorhang bewegte sich in diesem Haus, das wie eine Oase in einer trostlosen Wüste stand. Er durfte nicht stehenbleiben. Schon glaubte er Schritte zu hören. Und wirklich, als er nach ein paar Schritten am Brückenkopf der Karlsbrücke wieder die intakte mittelalterliche Welt Prags betrat, sah er den kurzbeinigen Verfolger mit rotem Kopf und außer Atem in seinem Rücken auftauchen. Sembritzki war enttäuscht. Nicht deshalb, weil ihn sein Beschatter wieder eingeholt hatte, sondern weil eine Kontaktaufnahme mit Saturn ein weiteres Mal gescheitert war. Er bog nach rechts ab, und obwohl es ihn mit aller Macht über die Brücke zog, hinauf zum Hradschin, der jetzt in strahlendstem Sonnenlicht über der Moldau thronte, unterdrückte er all seine ganz persönlichen Bedürfnisse, noch einmal auszubrechen, wie ein Tourist durch Prag zu schlendern, dann auf die Kleinseite hinüber, hinauf auf den Hügel zum Loretoplatz, ein Pilger, der Böhmens berühmtesten Wallfahrtsort seine Referenz erwies. Aber da würde ihn schon wieder Wallensteins Schatten einholen, wenn er ganz in der Nähe in den Sog von Wallensteins ehemaligem ganz persönlichem Reich geraten würde, wo der Generalissimus zwischen 1624 und 1630 residiert hatte. Überall, wo er ging, verfing er sich wie in einem weiten Mantel in Wallensteins noch immer drohender Präsenz.
Sembritzki riß sich los, zwang sich in die Gegenwart zurück, und Gegenwart bedeutete für ihn jetzt Carolinum, bedeutete einen Kongreß über die Geschichte der Medizin und bedeutete auch die erdrückende Gegenwart von Mr. Thornball. Aber dem war nun nicht mehr auszuweichen. Die nächsten zwei Stunden lenkten ihn aber doch mehr ab, als er erhofft hatte. Für Minuten ließ er sich von den engagierten Ausführungen eines italienischen Kollegen davontragen, tauchte noch einmal, vorübergehend nur, in jene Welt ein, die ihn während Jahren beschäftigt hatte. Doch das war nur ein kurzer Ausflug in einen Bereich, der ihm immer fremder wurde. Der Faden war gerissen.
In der Pause dann schlenderte er, unbelästigt von Thornball, auf Distanz von Frau Breitwieser im Auge behalten, noch einmal wie zufällig durch die Semianka. Aber auch diesmal war keine Topf-

pflanze auf dem Fenstersims des Hauses mit der steinernen Rosette. Saturn war entweder noch nicht zurückgekehrt oder er wußte, daß das Haus bewacht wurde, und wollte eine günstige Gelegenheit abwarten. Die Zeit verrann langsam, und Sembritzki war ihr Gefangener. Zum Mittagessen ging er wieder durch die Semianka, wieder erfolglos, zum Hotel zurück. Der Funkaustausch mit München war auf dreizehn Uhr festgelegt worden. Stanislavs Wagen stand schon vor dem Hotel, aber Sembritzki nickte ihm nur kurz zu und ging dann hinein. Aber ihm war es nicht nach Essen. Er fühlte sich müde, ausgebrannt. Und er war froh darüber, daß ihm der Kontakt mit München einen Anflug von Geborgenheit, von Heimatgefühl zurückgeben konnte.
Stanislav schaute heute mürrisch in die Welt. »Ich bin verhört worden.«
Sembritzki war nicht überrascht. Trotzdem traf ihn diese Mitteilung stärker, als er sich anmerken ließ. Wieder geriet ein Pfeiler ins Wanken.
»Was wollte man von Ihnen wissen?«
»Wohin ich Sie fahre.«
»Was haben Sie geantwortet?«
Stanislav grinste. »Was hätte ich antworten sollen? Sightseeing und Frauen.«
»Das hat man Ihnen nicht abgenommen.«
»Natürlich nicht.«
»Man wollte Sie einschüchtern?«
Stanislav nickte und startete den Motor.
»Bei Tag ist es schwieriger, einen Verfolger abzuschütteln.«
Stanislav lachte. »Ich habe vorgesorgt.«
Jetzt sah Sembritzki, als er sich zurückwandte, wie Malone aus der Lucerna-Passage trat und ein Taxi herbeiwinkte. Und gleichzeitig fuhr ein schwarzer Tatra aus einer Parklücke. Doch im Augenblick, als Stanislav in die Václavské Náměstí einbog, schoß hinter ihnen ein grauer Lada aus einer Lücke und blockte die Verfolger ab.
»Gut gemacht, Jiří!« jubelte Stanislav. Und wirklich, der graue Lada blieb mit abgewürgtem Motor wie eine dicke Schildkröte mitten in der Štěpánská stehen und verwehrte den Verfolgern jede Sicht auf den davonbrausenden Sembritzki. Natürlich war es wahrscheinlich, daß die Verfolger jetzt über Funk Verstärkung anforderten. Aber das würde eine Weile dauern, und bis dahin würde sich der clevere Stanislav verkrümelt haben. Sie fuhren jetzt aus der Stadt hinaus, diesmal in östlicher Richtung, wo sich Sembritzki we-

niger auskannte. Vorerst sah er linker Hand noch die Moldau, doch dann bog Stanislav nach Süden ab und brachte seinen Wagen in einer Waldschneise in Deckung.
»Beeilen Sie sich, Konrad. Ich weiß nicht, wie lange mein Kollege Ihre Verfolger aufhalten kann.«
Sembritzki arbeitete sich mit seiner schwarzen Ledertasche durch das hüfthohe Gebüsch tiefer in den Wald hinein. Endlich hatte er in einer Lichtung einen ihm günstig scheinenden Platz gefunden. Er rollte sein Kabel ab und warf es über einen vorspringenden Ast. Dann hockte er sich nieder und strahlte Punkt dreizehn Uhr seine Identifikationssignale aus. Und schon kam die Antwort, und gleich darauf Seydlitz' erste Information.
Sembritzki wartete. Aber das war vorläufig das Ende. Wanda schwieg. Dann kam das Zeichen, daß keine weiteren Meldungen folgen würden. Jetzt war Sembritzki an der Reihe. Er biß auf die Zähne. Es fiel ihm nicht leicht, seinen Hilferuf durch den Äther zu schicken: »Brauche Hilfe. Schickt mir Nara. Umgehend. Dringend.«
Er lehnte sich gegen die rissige Rinde der Eiche und wartete auf die Quittung. Wanda würde wahrscheinlich ein paar Augenblicke brauchen, um Sembritzkis Meldung zu dechiffrieren. Die Minuten verrannen. Es kam keine Antwort aus München. Sembritzki forderte Replik. Wieder nichts. Er wechselte die Frequenz. Wieder nichts. Noch einmal versuchte er es auf der ersten Frequenz. Aber der Kontakt war abgewürgt. Sembritzki wußte nicht, ob seine Botschaft angekommen war. Er packte sein Funkgerät wieder ein, zog den Draht vom Baumast, rollte ihn zusammen und ging zu Stanislav zurück.
»Geklappt?«
Sembritzki schüttelte den Kopf. »Ich weiß nicht, ob meine Nachricht angekommen ist. Ich habe keine Bestätigung erhalten.«
»Versuchen Sie es später noch einmal!«
»Um zwei Uhr. Das ist der nächste Ausweichtermin. Was machen wir bis dahin?«
»Warten. Es ist zu riskant, wenn wir uns in der Gegend zeigen. Wir müssen in Deckung bleiben.«
Er zog eine kleine Wodkaflasche aus der Jackentasche, hielt sie Sembritzki hin, der einen großen Schluck nahm und sie dann zurückgab. Eine Stunde später war die Flasche leer, und Sembritzki fühlte sich wieder voller Hoffnung. Noch einmal pirschte er durch den Wald, noch einmal rollte er den Draht aus, noch einmal be-

schwor er Wanda im fernen München. Aber Wanda schwieg. Sie schwieg auch auf allen anderen möglichen Frequenzen. Wanda war aus dem Verkehr gezogen worden. Diese Möglichkeit bestand, und je länger er darüber nachdachte, desto mehr setzte sie sich in seinem Kopf fest. Aus München hatte er keine Hilfe zu erwarten. Noch einmal katapultierte er seine Signale in den Äther, eine Reihe von drei Punkten, gefolgt von einem Strich: V wie Victory. V wie Verdammnis, V wie Venus, V wie Verrat.
Was hatte er hier verloren, im böhmischen Frühling, der sich mit Macht durchgesetzt hatte, der ihn jetzt in seine Wärme hüllte, ihm zwitschernd in die Ohren sprang und seine Nasenflügel zum Beben brachte?
Stanislav stellte keine Frage. Er hatte sofort gemerkt, daß Sembritzkis Kontaktversuche auch diesmal umsonst gewesen waren.
»Morgen noch einmal! Zum letzten Mal, Stanislav. Wenn morgen kein Kontakt...«
Er sprach den Satz nicht zu Ende. Er mochte mit dieser Möglichkeit nicht rechnen. Auf der Rückfahrt in die Stadt dechiffrierte Sembritzki Wandas letzte Nachricht: »Treffpunkt Konstanzer Inselhotel. Dort weitere Meldungen an der Reception. Termin offen. Aber sofort nach Rückkehr.«
War das Wandas Vermächtnis? Würde er in Konstanz den großen Unbekannten treffen, Stachows Auftraggeber?
Wenn Sembritzki überhaupt zurückkehrte! Saturn war seine letzte Hoffnung. Und da war noch eine Möglichkeit, die ihm damals auf dem Altstädter Ring in den Sinn gekommen war.
»Setzen Sie mich im Osten der Stadt ab, Stanislav. In der Nähe des Bahnhofs Prag-Mitte. Und gib mir meine Tasche, Stanislav. Es war wohl das letzte Mal.«
Er faßte Stanislav an die Achsel und drückte zu. Worte kamen ihm keine. Der Tscheche nickte.
»Leb wohl, Konrad Sembritzki. Und gute Rückkehr!«
Sembritzki schob ihm einen Umschlag mit Westgeld in die Jackentasche. Dann schwiegen beide. Wieder eine Freundschaft, die mit Geld abgegolten wurde. Beim Bahnhof verließ Sembritzki den Škoda und tauchte ins Gedränge ein, absolvierte noch einmal den Parcours, den er vor ein paar Tagen schon einmal hinter sich gebracht hatte. Ihm schien, als lägen Jahre dazwischen. Und dann stand er wieder vor Marikas Pedikura. Er drückte auf die Klinke. Die Türe war nicht verschlossen. Er hörte Gelächter, als er durch den Flur schritt. Marika, in einen weißen Arztkittel gekleidet, kam

ihm entgegen, in der Hand eine Schere und ein Stück Verbandstoff.
»Konrad Sembritzki!« rief sie und zeigte ihre weißen Zähne. »Was machen Sie hier?«
»Wo ist Havaš?«
Ihm war jetzt nicht nach einem Präludium. Er hatte Angst. Und Marika schien es ihm anzusehen.
»Mirek kommt erst in einer Stunde. Ich habe noch eine Kundin, Sie müssen warten, Konrad. – Wodka gefällig?« Sie lachte ihn an in Erinnerung an das letzte Mal.
Aber er schüttelte den Kopf. Miroslav Havaš war ein ernstzunehmender Gegner. Man konnte ihm nicht alkoholisiert entgegentreten. Er setzte sich unter die vielen Pferdedarstellungen auf Marikas Sofa und wartete. Manchmal hörte er draußen auf der engen Straße Absätze über das Kopfsteinpflaster klappern. Tauben gurrten oben unter dem Dach. Dazwischen schoß Marikas Lachen wie eine Fontäne in Sembritzkis Gedankengänge hinein. Eigenartig, daß er sich hier für Augenblicke zu entspannen vermochte. Er war in einer Wohnung und nicht in einem Hotelzimmer. Da wurde gelebt und auf diesem Sofa wahrscheinlich auch geliebt. Und dieses Leben kroch ihm langsam aus allen Ritzen und Ecken entgegen. Es nistete in den samtenen Kissen, schwebte aus den Spitzen des goldgelben Tischtuchs und fiel wie feiner Staub aus den schweren Damastvorhängen.
Er trat ans Fenster und schaute hinaus. Die Sonne fiel schräg auf das gegenüberliegende Haus und brach einen goldenen Streifen aus dem grauen Gemäuer, in dem noch die Kälte des Winters hockte. Und als dann eine halbe Stunde später die Sonne weitergewandert war und das dunkelrote Holz der Haustüre gegenüber zum Glühen brachte, kam Havaš endlich. Er ging ganz nahe der Hausmauer entlang. Sein Schritt war geschmeidig, lautlos, und immer wieder drehte er sich um, schaute nach rechts und links und hatte Sembritzki auch schon hinter dem Vorhang ausgemacht, bevor dieser in Deckung hatte gehen können. Da stand er jetzt von der Frühlingssonne vergoldet im Türrahmen und hob ganz leicht die rechte Hand zum Gruß. Dann ging er hinein.
Leise verließ Sembritzki Marikas Wohnung, machte ein paar schnelle Schritte über die Gasse und trat in Havaš' Wohnung. Havaš stand da, den rechten Arm unter seinem weiten Pullover, und schaute mit wachsamem Blick zur Türe.
»Sie bringen mir meine Pistole zurück?«

Er sagte es mit einem feinen hintergründigen Lächeln, das Sembritzki nicht zu deuten vermochte.

»Nein. Ich komme, um Sie um Hilfe zu bitten!«

Jetzt war es gesagt. Havaš sah ihn erstaunt an. Dann schüttelte es ihn plötzlich.

»Hilfe! Mich hat noch nie jemand um Hilfe gebeten, Konrad Sembritzki.« Er holte die Hand unter dem weiten Pullover hervor und schlug sich gegen die Stirn. »Havaš bittet man nicht, Sembritzki. Havaš ist nur für Geschäfte zu haben.«

»Dann eben ein Geschäft. Entschuldigen Sie die falsche Formulierung. Ich dachte, ich spreche mit dem Sohn eines toten Freundes.«

»Lassen Sie die Toten ruhen, Sembritzki!« sagte Havaš schnell und schaute ihn dabei haßerfüllt an. »Mein Vater war ein Narr. Ich bin nicht sein Testamentsvollstrecker.«

Er ging zum Tisch hinüber und ließ sich schwer auf den Stuhl fallen. Eine Weile saß er schweigend da, das Kinn auf die rechte Hand gestützt. Dann fegte er mit einer wilden Bewegung einen Apfel vom Tisch und schaute Sembritzki mit zusammengepreßten Lippen an.

»Was für ein Geschäft?«

»Bringen Sie mich an die Grenze, Mirek!«

Havaš' Augenbrauen bildeten einen frühgotischen Bogen. »Sind Sie nicht allein Manns genug?«

»Zu viele wollen meinen Skalp.«

Sembritzki ärgerte sich über diese Formulierung, bevor er sie ganz ausgesprochen hatte. Da hatte er sich, ohne es zu wollen, in seine eigene Kindheit zurückgeträumt, hatte Bilder heraufbeschworen, die sich in seinem Gedächtnis festgesaugt hatten, Tomahawks aus Holz, das Wäscheseil seiner Mutter, Hosen aus Sacktuch. Aber diese Erinnerungen an kindliches Kriegsgeheul und Szenen am Marterpfahl hatten damals doch immer im warmen Wasser der Badewanne geendet und waren endlich beinahe übergangslos in den kindlichen Traum hinübergeschwommen, der dann in einem neuen und hellen Morgen seine scheinbar tödliche Endgültigkeit abgestreift hatte. Diesmal aber war es kein Traum. Diesmal erwartete ihn kein versöhnlicher Morgen.

»Wer hat es auf Sie abgesehen?« fragte Havaš und forderte Sembritzki mit einer Handbewegung auf, sich zu setzen.

»Ihre Landsleute zuerst.«

»Der STB?« Havaš wiegte den Kopf. »Ich kann Sie doch nicht vor dem STB beschützen, Konrad Sembritzki!«

»Warum können Sie das nicht? Ein Geschäftsmann kann alles!«
Havaš erhob sich, ging zum Schrank und kam mit einer Flasche Weißwein aus Ungarn zurück. Er ließ sich Zeit. Sein Gehirn hatte schon zu arbeiten begonnen. Jetzt kam er mit den Gläsern. Dann holte er sich eine rot-weiß karierte Serviette und rieb lange und gründlich an den Gläsern herum, die er dazu unter den Armstumpf klemmte. Dann kramte er ein großes Stück Käse aus dem weißen Küchenschrank mit den weiß-rot karierten Vorhängen. Dann setzte er sich wieder an den Tisch und starrte Sembritzki an.
»Wer noch? Wer hat es außer dem STB auf Sie abgesehen?«
»Die Amerikaner!«
»Was?« Havaš' Mund blieb erstaunt offen. »Die Amis wollen Sie killen? Das glaube ich Ihnen nicht!«
Sollte Sembritzki ihm alles erzählen? Seinen Verdacht? Aber mindestens einen Teil dessen, was er wußte und vermutete, mußte er Havaš mitteilen, wenn er ihn überzeugen wollte.
»Aus irgendeinem Grund haben Ihre Leute...«
»Es sind nicht meine Leute, Sembritzki!« unterbrach ihn Havaš brüsk.
War das so gemeint, wie es gesagt wurde? Es würde Sembritzkis Aufgabe erleichtern. Er nahm den Faden wieder auf.
»Aus irgendeinem Grund, den ich hier nicht aufrollen möchte, haben der STB und der BND zusammengespannt.«
»Der STB und der BND! Sie sprachen von den Amerikanern!«
»Warten Sie. Das kommt noch. Ich weiß, daß der STB über meine Mission hier in Böhmen genau Bescheid wußte.«
»Auch der STB hat seine Spione im Westen. Oder glauben Sie, die Zentrale in Pullach ist sauber?«
»Eben, das ist es. Der STB muß aus irgendeiner Quelle vom BND erfahren haben, daß ich in Böhmen einen bestimmten Auftrag zu erledigen habe.«
»Was für einen Auftrag?« fragte Havaš gleichmütig.
»Das gehört wohl nicht zu unserem Geschäft, Miroslav!«
»Wir werden sehen. Fahren Sie fort!«
Havaš schenkte die Gläser voll und prostete dann Sembritzki zu.
»Na zdraví«, sagte Sembritzki einmal mehr und trank sein Glas in einem Zug leer. Havaš füllte es von neuem und zündete sich dann eine Zigarette an.
»Es gibt Hinweise, daß der STB genau wußte, warum ich hergekommen bin. Und diese Hinweise konnten nur aus dem BND stammen.«

»O.K. Sembritzki. Was aber ist mit den Amerikanern?«
»Die Amerikaner wollen von mir Informationen!«
»Welcher Art?«
»Ungefähr dieselben, die man im BND von mir erwartet.«
»Man hat Kontakt mit Ihnen aufgenommen?«
Sembritzki nickte und griff nach dem Käse, den Havaš ihm hingeschoben hatte.
»Drohungen?«
Sembritzki nickte wieder.
»Haben Sie Hinweise dafür, daß diese Drohungen ernst zu nehmen sind?«
»Ein CIA-Killer ist in Prag aufgetaucht.«
»Woher wissen Sie...«
»Meine Sache, Havaš!«
Er durfte Havaš nicht mehr sagen als unbedingt nötig.
»Und der BND? Ist der in diesem Mordkommando auch vertreten?«
»Dafür habe ich keine Hinweise. Aber das ist auch gar nicht nötig. Der BND kann damit rechnen, daß mich der STB nicht aus dem Land läßt.«
»Warum wollen Ihre Leute Sie hochgehen lassen, Sembritzki?«
»Kein Kommentar!«
Sembritzki brach sich eine Ecke vom harten Brot ab und spülte es mit dem Wein vom Plattensee hinunter. Havaš war aufgestanden. Mit großen Schritten ging er im Raum auf und ab. Auf der Gasse hörte man die klappernden Absätze einer Frau. Die Türe ging auf, und Marika, mit feuerrotem Pullover und schwarzem Rock, stand vor ihnen, lächelnd, herausfordernd. Sie wippte in den Hüften und streckte ihr rechtes Bein herausfordernd vor.
»Hinaus!« brüllte Havaš. »Hau ab, Schlampe!« Er stürzte sich auf sie, faßte sie an der Schulter und schüttelte sie wild hin und her. Dann plötzlich fiel sein Zorn von ihm ab wie ein zu großer Mantel. »Promiň, Marika!« Er küßte sie auf die Stirn und schob sie dann durch die Türe hinaus auf die Straße.
Sembritzki hatte die Szene zuerst verwundert, dann erschreckt verfolgt. Dieser brüske Stimmungswechsel, das Hin und Her zwischen unbeherrschtem Zorn und Zärtlichkeit irritierte ihn. Aber als dann Havaš an den Tisch zurückkehrte und sich sein Glas von neuem vollschenkte, sah er, daß nicht eine Spur von Zärtlichkeit in seinen Augen schwamm.
Havaš hatte sich wieder in der Hand. Er wollte Marika keinen An-

laß liefern, irgendwo jemandem etwas zuzutragen, was seinen Plänen hinderlich sein könnte. Havaš war ein Rechner. Und ein gnadenloser Killer. Malone würde einen vollwertigen Gegner haben, wenn Havaš Sembritzkis Angebot annahm.
»Sorry, Sembritzki. War nicht so gemeint.«
Sembritzki wußte, daß es wohl so gemeint gewesen war. Doch er schwieg.
»Wenn ich Ihnen helfen soll, muß ich genau wissen, mit wem wir es zu tun haben.«
»Ich kann Ihnen nicht sagen, wen der STB auf mich ansetzt.«
Havaš machte eine wegwerfende Handbewegung.
»Der STB kümmert mich nicht, Konrad Sembritzki. Mich interessiert der Mann aus den Staaten.«
Sembritzki erzählte ihm, was er über Malone wußte. Havaš hörte aufmerksam zu.
»Ein Profi!« Das war sein ganzer Kommentar.
»Sie sind auch ein Profi, nehme ich an!« Sembritzki lächelte hoffnungsvoll.
»Woher wollen Sie das wissen, Konrad Sembritzki? Sie vergessen, daß ich nur einen Arm habe.« Er schaute verächtlich auf den leeren Ärmel an der linken Seite. »Etwas ist sicher, Sembritzki. Der STB wird Sie nicht killen. Die werden Sie ganz einfach als Spion entlarven und einbuchten.«
Der Gedanke an ein tschechisches Gefängnis ließ Sembritzki zusammenzucken. Natürlich. Man würde ihn abservieren. Mehr brauchte es nicht. Damit war auch Römmel gedient, wenn er ihn wirklich loshaben wollte.
Havaš hatte sich jetzt wieder erhoben und schritt mit flatterndem Ärmel in der Küche auf und ab. Sembritzki trank sein Glas leer. Plötzlich blieb Havaš stehen und wandte sich brüsk seinem Gast zu. »Und was zahlen Sie?«
Sembritzki zuckte mit den Schultern. »Was fordern Sie?«
»Geld, natürlich. Zuerst einmal Geld!«
»Wieviel?«
»Tausend Dollar!« Er schaute Sembritzki lauernd an.
»Tausend Dollar. O.K., Mirek. Ein hoher Preis. Aber schließlich geht es um mein Leben! Ist ein Scheck gut genug?«
Havaš nickte. »Ich habe Freunde, die ihn einlösen können.«
Sembritzki war erleichtert. Er stand auf und streckte Havaš die Hand hin. Aber Havaš griff nicht zu. Er trat einen Schritt zurück und lächelte Sembritzki zwinkernd an.

»Das wäre die Geldgeschichte, Sembritzki.«
Sembritzki setzte sich wieder. Was wollte der Mann denn noch?
»Ich verstehe Sie nicht!«
»Ich brauche auch eine Lebensversicherung, Sembritzki. Geld allein genügt nicht.«
Sembritzki griff mit zitternder Hand nach dem Glas und verschüttete etwas vom Wein, als er es zum Mund führte. Havaš hatte seine Nervosität bemerkt.
»Was wollen Sie, Havaš?«
Wollte er Informationen wie alle andern? Auch er?
»Nicht jetzt. Den Scheck jetzt. Den Rest nach geleisteter Arbeit. So ist es üblich unter Geschäftspartnern.«
»So ist es üblich, Havaš. Das ist richtig.« Sembritzki hatte sich jetzt wieder in der Gewalt. »Aber es ist auch üblich, daß der Preis genau festgelegt wird. Bei Vertragsabschluß!«
»Wollen Sie an die Grenze, Sembritzki? Oder wollen Sie ins saftige böhmische Gras beißen oder hinter tschechischen Mauern vermodern?«
Sembritzki wußte, daß er sich jetzt in Abhängigkeit von Havaš manövriert hatte. Natürlich konnte er einen Ausbruchsversuch auf eigene Faust versuchen, dann aber würde er zusätzlich noch Havaš, der schon zuviel wußte, auf dem Hals haben. Es war besser, Havaš als Freund, als gekauften Freund, als in der Rolle des Feindes zu wissen.
»Warum nennen Sie den Preis erst später?«
»Lassen Sie das meine Sache sein, Konrad Sembritzki.«
»Es ist unsere Sache, Miroslav Havaš!«
»Gibt es etwas, was mehr wert ist als das Leben? Der Preis kann gar nicht hoch genug angesetzt werden«, sagte Havaš voller Zynismus.
»Was führen Sie im Schild?«
Aber Havaš antwortete auch diesmal auf Sembritzkis drängende Frage nicht. Er hatte die Gläser wieder vollgeschenkt und holte zu einem neuen Trinkspruch aus: »Auf das Gelingen der Aktion Eger!«
Sembritzki stellte erschrocken sein Glas, das er schon erhoben hatte, wieder auf den Tisch.
»Eger? Wie kommen Sie auf diesen Namen, Havaš?«
Havaš sah seinen Auftraggeber erstaunt an.
»Ein naheliegender Name, Sembritzki. Eger liegt in der Nähe der deutschen Grenze. Dort müssen wir einen Übergang finden!«

»Aber Eger ist befestigt, eine totale Grenze. Da ist doch eine Warschaupakt-Garnison in der Nähe! Das weiß ich!« Wieder machte sich Wallensteins Schatten breit. Der Schatten des Verrats auch.
»Wann läuft die Sache?« fragte jetzt Havaš, ohne auf seinen Einwand einzugehen.
»Morgen oder übermorgen. Oder auch erst in drei Tagen. Es hängt davon ab…« Sembritzki brach den Satz ab. Den Namen Saturn wollte er nicht fallenlassen.
»Wovon hängt es ab?« fragte Havaš gespannt.
»Auch ich habe meine Geheimnisse, Mirek. Wie nehme ich Kontakt mit Ihnen auf, wenn es soweit ist?«
»Sie rufen Marika an und melden sich unter dem Namen Farda zur Behandlung an. Lassen Sie sich von Marika die genaue Uhrzeit geben und halten Sie sich dann daran!«
»Wo treffen wir uns?«
»Auf der Ostseite des Loreto. Dort wird zur Zeit gebaut. Und dort wird ein Laster stehen, grau mit einem roten Pfeil auf der rechten Türe.«
»Sie fahren einen Laster?« fragte Sembritzki zweifelnd und schaute auf den traurig hängenden Pulloverärmel.
»Ich habe jemanden, der den Laster fährt. Wir müssen so schnell wie möglich aus der Stadt, bevor die Sperren errichtet sind. Und dann in die Wälder. Und jemand muß dann den Wagen zurückfahren. Weitere Fragen?«
Sembritzki fühlte die Ironie in der Frage beinahe körperlich. Er durfte Havaš' Kompetenz nicht weiter in Frage stellen. Auch wenn es sich hier um ein reines Geschäftsabkommen handelte, so mußte sein Zusammenspiel mit Havaš doch reibungslos funktionieren, wenn er lebend über die Grenze kommen wollte.
»Keine weiteren Fragen«, sagte jetzt Sembritzki wie im Verhör und unterschrieb beinahe feierlich den Scheck. Havaš nahm ihn wortlos entgegen und steckte ihn in die Gesäßtasche seiner Hose.
»Das wär's wohl!«
Sembritzki erhob sich und schaute seinen Begleiter ruhig an. Havaš lächelte nicht. Er wartete ab, bis Sembritzki seinen Blick von ihm abwandte, und ging dann zur Tür.
»Auf bald, Konrad Sembritzki!«
Die schnelle Bewegung mit dem Zeigefinger auf Sembritzkis Brust, als ob er dort anklopfen wollte, war wohl die einzige Äußerung von Zuwendung. War es seine Unterschrift unter ein fragwürdiges Abkommen?

»Auf bald, Mirek!« antwortete Sembritzki. Aber seine Stimme klang unnatürlich, als ob sie einem andern gehörte.
Die Sonne war untergegangen. Noch einmal kroch Winterkälte aus den Ritzen, als Sembritzki, die Hände tief in den Taschen einer dunkelgrünen Lederjacke vergraben, über das Kopfsteinpflaster ging. Noch zwei Menschen hatte er zu treffen, bevor er einen Ausbruchsversuch wagte. Saturn und Eva.
»Das Spiel mit der Vergangenheit mußte einmal enden.« Das war ein Satz, der ihn wie ein Leitmotiv immer wieder einholte. Und dann der andere: »Die Geschichte Böhmens ist eine Geschichte der Niederlagen. Jedesmal hatte es mit einem gutgemeinten Aufstand begonnen. Es ist nicht vollbracht, soll auf unserem Kreuz stehen.«
Es war schon dunkel, als er nach vielen Umwegen endlich bei Eva ankam. Er fühlte, wie die Beklemmung in ihm hochstieg. Noch nie, seit er wieder in Prag war, hatte er sich so nach ihrer Nähe gesehnt wie gerade jetzt. Aber wenn er ehrlich war, mußte er sich auch eingestehen, daß es seine Angst vor der Einsamkeit – vor der Einsamkeit eines möglichen Todes, vor der Einsamkeit im Sterben – war, die ihn mit aller Macht zu ihr zurücktrieb, und gleichzeitig war er sich auch der Absurdität dieses Bedürfnisses bewußt, denn auf der Flucht vor dem körperlichen Tod begab er sich in den scheinbaren Schutz einer sterbenden Liebe, und einen Augenblick lang fragte er sich, was denn schlimmer sei, eine sterbende Liebe oder der eigene Tod.
Eine Weile stand er wartend und lauschend vor ihrer Wohnungstür. Aber da war kein Wispern und Schlurfen. Da war nur Stille, die ihn von allen Seiten umfing. Sein rechter Arm hing wie Blei an seiner Seite, und er benötigte all seine Willenskraft, um ihn zu heben und dann seinen gekrümmten Finger gegen das gerippte Glas schnellen zu lassen. Aber nur einmal. Es kostete ihn zuviel Kraft.
Die Türe ging sofort auf. Hatte sie auf ihn gewartet? Sie stand im weinroten Pullover vor ihm, verletzlich und verletzt. Noch immer hatte sie den flackernden Blick des Verlierers, den er nach dem letzten wilden Kampf auf dem Küchenboden mit sich in die Nacht hinausgetragen hatte. Er war Sieger geblieben. Jetzt wußte er es. Und er hatte ihr und ihrer Liebe damals endgültig den Todesstoß versetzt.
»Böhmen, eine Geschichte der Niederlagen.«
Sie zog ihn schnell in den Flur und dann in die Küche, die diesmal aufgeräumt und freundlich wirkte. Es war niemand sonst in der Wohnung. Sie standen sich gegenüber, zwischen ihnen ein kahler Küchentisch. Und zwischen ihnen eine Reihe von Erniedrigungen,

von Abwehr- und Rettungsversuchen und auch der Gedanke, daß es aus dieser Bindung kein Aussteigen mehr gab. Sie gehörten zusammen.
»Ich reise ab«, murmelte er und wußte auch schon, wie verlogen diese Formulierung war. Eine Reise in Havaš' Gesellschaft war keine Reise.
»Wann?« Ihre Frage kam beinahe ohne Atem daher. Sie war einfach so hingehaucht, ohne Echo.
»Morgen oder übermorgen. Es kommt darauf an.«
Sie fragte ihn nicht, worauf es ankam. Doch jetzt streckte sie den Arm aus. Eine Weile hing er zitternd über dem Tisch, dann griff Sembritzki nach ihrer Hand und hielt sie fest. War das ein Versprechen? Wer aber versprach wem was?
»Du kommst nie wieder?«
Sembritzki schüttelte den Kopf.
»Das Netz hat sich zugezogen. Ich kann nicht mehr zurück, Eva. Nie mehr!«
Das galt in jeder Hinsicht, und sie wußte es.
»Und wenn ich käme...?«
Sembritzki erschrak, und er wußte, daß sie sein Erschrecken bemerkt hatte.
»Keine Angst, Konrad. Ich komme nicht. Jetzt nicht mehr. Hättest du mich damals darum gebeten, wäre ich mit dir gegangen. Aber jetzt haben wir den richtigen Augenblick verpaßt. Wir müssen mit unserer Erinnerung leben und mit der Aufgabe, die wir uns anstelle der Liebe vorgenommen haben.«
Er zog sie über den Tisch zu sich her. Und als er ihren Kopf an seinem Hals fühlte, merkte er, daß sie weinte. Da kniete er nun mit einem Bein auf dem Hocker und war froh, daß ihn der Schmerz im Bein, verursacht durch die unbequeme Stellung, davon abhielt, auf einer sentimentalen Welle davonzuschwimmen. Hatte sie es auch bemerkt? Jedenfalls löste sie sich von ihm, stützte sich mit beiden Händen auf dem Tisch ab und schaute ihn aus verschwommenen Augen prüfend an.
»Kommen wir zur Sache, Agent Sembritzki. Der geschäftliche Teil!«
Jetzt war es an ihm, verletzt zu sein. Ihre Distanzierungsversuche schmerzten ihn, obwohl er nicht wußte, ob es verletzte Liebe oder brüskierte Eitelkeit war. Er setzte sich und wartete ab. Sie war unterdessen zu der alten braunen Kommode in der Ecke gegangen und kam mit einem gelben Briefumschlag zurück.

»Hier sind die Informationen, die du in den Westen bringen sollst.«
»Holland?«
Sie nickte. »Die Adresse des Empfängers findest du im Umschlag.«
»Einfach so?« fragte er verwundert. »Und wenn ich die Unterlagen verlieren sollte?«
»Nein, nicht einfach so. Verschlüsselt natürlich.«
»Und wer hat den Schlüssel?«
»Die Empfänger in Holland.«
»Du traust mir nicht?«
Sie zuckte die Achseln. »Es geht nicht immer um dich, Konrad. Es geht darum, daß niemand anders als der Empfänger die Informationen entschlüsseln kann.«
»Und die Adresse?«
»Die lernst du jetzt auswendig!«
Sie klaubte einen rosa Zettel aus dem Umschlag und hielt ihn Sembritzki hin, Name und Anschrift sagten ihm nichts.
»Gut.« Er gab ihr den rosaroten Zettel mit zitternder Hand wie ein Billet-doux zurück. Damit war wohl alles gesagt. Aber noch nicht alles getan.
»Du weißt, was für uns von dir abhängt, Konrad!«
»Für euch? Ich dachte, für die ganze Welt?«
»Vielleicht für die ganze Welt.« Hatte sie resigniert? Glaubte sie schon nicht mehr an den Erfolg ihrer selbstgewählten Mission? Oder war ihr die Liebe wieder dazwischengekommen? Sembritzki fühlte, wie auch er ganz nahe daran war, alles fahrenzulassen. Alles aufzugeben, was er mit sich herumschleppte, Aufträge, Codes, Verstellungen. Aber auch hier hatte er seine Maske nicht abgelegt. Auch hier war es ihm nicht gelungen, den Code Evas zu knacken, und auch Eva war nicht bereit, sich zu öffnen. Was brauchte es denn noch? Welche Chiffre verschaffte ihm Zugang zu ihr, hinter ihre Maske?
Und dann war es Eva, die den Schlüssel gefunden hatte. Sie hob langsam die rechte Hand über den Tisch und spreizte den Daumen ab. Aber nicht wie früher. Sie bemühte sich nicht, den Winkel zwischen Daumen und Zeigefinger möglichst groß anwachsen zu lassen, sondern sie begnügte sich, ohne sich anzustrengen, mit einem Winkel von sechzig Grad. Sie gab sich geschlagen. Sie wollte geliebt werden, nicht ihre Durchschlagskraft unter Beweis stellen.
Und noch einmal liebte er sie wie früher. Noch einmal kam all das

zurück, was sie verband, tauchten sie zusammen in dieselben Bilder ein und vergingen in denselben Lauten und Seufzern. Dann war auch das getan. Sie lagen beide in Evas Bett auf dem Rücken, in zartblauen Leinentüchern, und starrten zur Decke, auf der große gelbe Wasserflecken eine bizarre Landkarte bildeten.
»Wie kommst du über die Grenze, Konrad?«
Sie hatte den magischen Zirkel wieder gesprengt, wollte zurück in eine Realität, die sie nicht mehr gemeinsam bewältigen würden.
»Ein Tscheche bringt mich rüber.«
»Zuverlässig?«
»Ich weiß es nicht, Eva«, murmelte er und schaute starr zur Decke, verzweifelt bemüht, aus dem gelben Flecken bekannte Landstriche herauszulösen, ein Stück Heimat, den Umriß der Schweiz vielleicht oder den Deutschlands.
Eva drehte sich auf den Bauch und legte ihren Arm über seine Brust. »Gibt es keinen andern Mann?«
»Es gäbe einen. Aber der Funkkontakt mit München ist unterbrochen, Eva. Das andere Geschäft dagegen ist perfekt!«
»Willst du es nicht noch einmal versuchen, Konrad? Vielleicht...«
Sie sprach den Satz nicht zu Ende. Wovor fürchtete sie sich?
»Jetzt? Hier?«
Sie nickte. Zum letzten Mal würde er es versuchen. Er rollte sich seitlich aus dem Bett und angelte nach seiner schwarzen weichen Tasche. Langsam und wie in Trance machte er sein Gerät funkbereit. Als er nackt am Fenster stand, als ihn ein kühler Wind von außen her angriff und er vorsichtig den Draht über den Fensterladen in den Hinterhof hängen ließ, hatte sie sich im Bett aufgesetzt, ein Schemen im verdunkelten Zimmer, ein verschwimmender Schatten in seinem abgelebten Leben. Er schaute auf die Uhr. Achtzehn Uhr. Noch fünf Minuten.
Draußen im Hof ließ jemand einen Eimer fallen. Eva schrak zusammen, als er scheppernd über den Asphalt rollte und dann an einer Hausmauer zum Stillstand kam. Ein Fensterladen wurde zugeklappt. Dann war es totenstill. Sembritzki hatte sich die Wolldecke über die Schultern gezogen. Sie warteten schweigend. Endlich katapultierte er seine Signale in den Äther: V – V – V!
Eva hatte sich nach vorn gebeugt. Und dann warteten sie auf die Antwort aus München. Beide hielten den Atem an. Beide hatten die Finger ineinander verflochten. V – V – V! Sembritzki wechselte die Frequenz und versuchte es noch einmal. Langsam schob Eva ihre Hand in seine, die beschwörend über der Morsetaste zitterte.

»Nichts, Eva. München antwortet nicht mehr. München ist tot. Von daher habe ich keine Hilfe mehr zu erwarten.«
Er lehnte sich zurück gegen die Bettkante. Havaš war jetzt seine letzte Hoffnung. Langsam erhob er sich, holte das Kabel ein, versorgte alles in der schwarzen Tasche und zog sich dann langsam an, ein Kleidungsstück nach dem andern, so, als ob er sich für eine Hinrichtung vorbereitete.
»V wie verlaß mich nicht!« sagte jetzt Eva beschwörend.
»Die Signale kommen nicht mehr an, Eva. Es ist vorbei. V wie vorbei!« Er lächelte matt. Er ging quer durch den Raum und setzte sich in einen zerschlissenen, hellblauen Sessel neben dem Fenster. Noch immer hatten sie kein Licht angezündet.
»Wir sind allein, Eva!«
»Nein, Konrad. Ich bin nicht allein. ›Im Osten wie im Westen gilt – Atomkraft killt!‹«
Sembritzki lachte spöttisch: »Overkill! Woher hast du diesen albernen Spruch? Glaubst du an solche Worte als völkerverbindenden Slogan?«
»Kein Slogan, Konrad. Bei euch in Deutschland gibt es die Linken, Gewerkschaftler, Kriegsdienstgegner, Naziverfolgte. Es gibt die Kirche, es gibt die Alternativen. Du weißt, wie alt die Friedensbewegung ist.«
»Eine sehr erfolgreiche Bewegung«, murmelte er. »Es hat sie schon im Ersten Weltkrieg gegeben.«
»In Böhmen gab es sie schon früher, Konrad. 1781 gab es ein Toleranzpatent zwischen Maria Theresia und der katholischen Kirche.«
»Eva, in Deutschland sind siebentausend Atomwaffen stationiert. Und wenn es nach den Amerikanern geht, kommen noch einmal mindestens hundert dazu. Moderne Raketen. Pershing 2. Und dann die Cruise Missiles. Noch einmal gegen hundert Stück.«
»Das ist es ja, Konrad. Diese Angst vor der Nachrüstung hat die letzten Zweifler aufgeschreckt. Wir haben nur dann eine Überlebenschance, wir und die, die nach uns kommen, wenn man diesen Rüstungswettlauf bremst!«
»Ihr wollt euch mit Pfeil und Bogen verteidigen? Mit Steinschleudern?« Sembritzki lachte, aber der Spott wollte sich nicht in diese rauhen Laute hineinschleichen. Eher war es Verzweiflung.
»Wenn wir den Frieden nicht von den Politikern erwarten können, müssen wir ihn eben aus dem Volk heraus erzwingen.«
»Wir? Wer ist denn wir? Alle, mit denen ich in diesen Tagen ge-

sprochen habe, haben sich in der Mehrzahl ausgedrückt. In wessen Namen sprichst denn du?«
»Im Namen aller, die den Frieden wollen, Konrad.«
Zwar sagte sie es ganz leise und ohne jedes Pathos. Aber er glaubte trotzdem, falsche Töne herauszuhören. Oder war es ganz einfach der Zweifel, der in ihrer Stimme mitschwang?
»Die Geschichte der Friedensbewegung ist eine Geschichte der Niederlagen. Nicht nur in Böhmen, Eva!«
»Diesmal unterschätzt du die Kraft der Bewegung, Konrad. Das ist keine Modeerscheinung, das ist ein Bewußtseinswandel!«
»Man wird auch diesen Bewußtseinswandel zu ersticken wissen, Eva. Die Argumente sind auf der Seite der Militärs und der Rüstungsindustrie. Es gibt keine einseitige Abrüstung.«
»Eben! Darum haben wir mit westlichen Bewegungen Kontakt aufgenommen. Wir tauschen unsere Informationen aus. Nur so können wir die Politiker zwingen, abzurüsten. Auf beiden Seiten!«
Sembritzki zog seine Lederjacke an.
»Auf wessen Seite stehst du, Konrad Sembritzki? Auf der Seite der Politiker oder auf der Seite der Opfer oder des Rechts?«
Einen Augenblick lang zögerte er die Antwort hinaus.
»Ich weiß es nicht, Eva. Ich weiß nur, daß ich nicht zu den Opfern gehören will.«
Aber als er das sagte, wußte er schon, wie absurd seine Antwort war. Wie auch immer man es drehte und wendete: immer gehörte er zu den Opfern. Opfer der Politiker und Opfer jener, die sich gegen die Entscheidungen der Politiker wehrten. Unter wessen Fahne marschierte sich besser?
Langsam ging er auf das Bett zu, beugte sich noch einmal zu Eva hinunter und küßte sie leicht auf die Stirn. Sie ließ es ohne Reaktion mit sich geschehen.
»Na shledanou«, murmelte er.
»Auf Wiedersehen?« Sie lachte ein tonloses Lachen. »Mnoho štěstí, Konrad Sembritzki!« Und dann sagte sie es noch einmal auf deutsch: »Viel Glück, Konrad Sembritzki!«
Als er schon unter der Türe stand und sich noch einmal nach ihren verschwommenen Umrissen auf dem Bett umwandte, zeigte er auf die schwarze Tasche mit dem Funkgerät, die er neben dem Bett am Boden zurückgelassen hatte. Es war so etwas wie ein letztes Band, das sie zusammenhielt, eine trügerische Hoffnung, daß sich ihre Gedanken im Äther noch einmal finden würden.
»V wie verlaß mich nicht«, flüsterte sie noch einmal.

Sembritzki schloß leise die Tür und kehrte in sein Hotel zurück. Wieder saß er wie am Tag seiner Ankunft im großen Eßsaal zu Füßen der braunen, nackten Frauenfigur, die sich emporzuschwingen versuchte. Wieder half der Stehgeiger mit den Augenbrauen den durchhängenden Tönen nach, beschwor er Wien und die ungarische Puszta herauf und ließ die kauenden Zuschauer mit vollem Magen sogar in den Fluten von Smetanas *Moldau* davonschwimmen. Und wieder strahlte ihn Thornball an, winkte ihm aufgeräumt zu. Ein letzter Akt der Freundschaft, bis der Vorhang endgültig riß.

»Bereit zum Aufbruch?« Thornball ließ sich krachend auf den Kunstledersessel fallen. Was wußte Thornball alias Hawk? Hatte ihn Malone über alle Schritte Sembritzkis informiert?

»Bereit, schlafen zu gehen, Mr. Thornball.«

Sembritzki betonte den Namen mehr als sonst, und der Amerikaner schaute ihn auch einen Augenblick lang irritiert an.

»Und?«

Thornball erwartete eine Antwort, eine Antwort, die für Sembritzki über Leben und Tod entscheiden konnte. Nur für ihn allein?

»Streichen Sie mich von Ihrer Wunschliste, Mr. Thornball.«

Thornball schaute ihn ungläubig an.

»Sie sind also ein Selbstmörder?«

»Ich wäre ein Selbstmörder, wenn ich es zulassen würde, daß nur wegen einer gezielten Falschinformation amerikanische Raketen in Überzahl aufgestellt würden.«

»Es ist an der Zeit, daß der Westen endlich ein Gegengewicht zu den sowjetischen Raketen schafft. Auch wir müssen die russischen Städte auslöschen können!« Thornball stampfte wie ein kleines Kind mit dem rechten Fuß auf den Boden.

»Seit einem Vierteljahrhundert liegt die Bundesrepublik vor den sowjetischen Abschußrampen!«

»Eben!«

»Nicht aufrüsten, Mr. Thornball. Abrüsten! Die Sowjets sollen ihre Raketen zurückziehen.«

»Die Abrüstung ist ein Mythos«, belferte Thornball.

»Sie wollen Ihr Atomspiel auf Kosten Deutschlands spielen?« Interpretierte er jetzt mit einem Male Stachows Programm? Stachows Überzeugung? Irgendwie fühlte er sich programmiert, als ob das, was er jetzt sagte, gar nicht aus seinem Innersten herauswüchse.

»Ein einseitiges Spiel, lieber Thornball. Die Stationierung der Pershings und der Cruise Missiles dient den Interessen der USA und

jenen Frankreichs. Erstens verdient ihr euch dort drüben eine schöne Stange Geld damit. Und zweitens macht ihr so die Bundesrepublik Deutschland zum Schlachtfeld. ›Du heiliger Sankt Florian...‹«
»Deutschland, die Bundesrepublik, ist nun einmal strategisch gesehen das geeignete Territorium für die Stationierung von Raketen mit kurzer Vorwarnzeit.«
»Keine Abrüstungsbereitschaft mehr, Thornball?«
Thornball schüttelte verbissen den Kopf. »Der Punkt ist überschritten. Die Sache ist ausgereizt. Bluff genügt jetzt nicht mehr. Jetzt müssen die Karten auf den Tisch. Und jetzt muß man zeigen, wer die stärkere Hand hat!«
»Sie rechnen nicht mit dem Widerstand der Friedensbewegung?«
Sembritzki kam sich wie ein fahrender Händler vor, der mit dem hausierte, was er mit sich herumtrug.
»Friedensbewegung!« Thornball machte eine wegwerfende Handbewegung. »Wenn man diese Spinner vor Tatsachen stellt, stürzen ihre Argumente wie Kartenhäuser zusammen. Die breite Öffentlichkeit steht nicht hinter diesen Phantasten! Also, Sembritzki, liefern Sie uns nun die Informationen, die wir von Ihnen erwarten?«
Sembritzki stand auf.
»Ich bin nicht Deutschlands Totengräber!«
Jetzt hatte sich auch Thornball aus der Tiefe seines Sessels erhoben. Er war um einen Kopf größer und schaute auf Sembritzki wie der Vater auf seinen Sohn herab: »So werden Sie zum Totengräber des gesamten Westens! Deutschlands Interessen lassen sich von jenen des gesamten Westens nicht mehr trennen!«
»Gerade das glaube ich nicht, Thornball. Weil ihr uns damals aus dem Dreck gezogen habt, könnt ihr nicht auf unsere ewige Gefolgschaft zählen. Wir wollen nicht noch einmal in denselben Dreck hinein. Alles kann doch nicht umsonst gewesen sein!«
Wieder hatte er Stachow zitiert. Und wieder kam er sich als Nachgeborener vor, als Second-hand-Händler von Überzeugungen, die nicht aus seinem Innern hervorgewachsen waren. Hatte er denn überhaupt noch eine Beziehung zu jenem Land, in dem er aufgewachsen war, und in das die sogenannten Befreier ihre Plastik- und Colakultur hineingetragen hatten?
»Ihr letztes Wort, Sembritzki?«
Was blieb ihm anderes übrig, als die Rolle bis zum bitteren Ende zu spielen. Wie hatte es Venus doch formuliert: »Man kann eine Rolle nicht nur spielen, man kann sie auch leben. Auf die Gefahr hin, daß man an ihr zerbricht!«

»Mein letztes Wort, Thornball!«
Thornballs Gesicht lief rot an. Seine Augen waren nur noch Schlitze, und langsam lief eine dünne Schweißspur über seine rechte Schläfe. Jetzt hob er mit einem höhnischen Grinsen feierlich den rechten Arm und deutete eine segnende Bewegung an. Dann wandte er sich mit glucksendem Lachen ab und stapfte zur Bar hinüber.
Als Sembritzki zum Lift ging, kreuzte er den Weg eines jungen Kellners, der ihm im Vorbeigehen zuflüsterte: »Saturn ist zurück. Morgen vormittag!«
Sembritzki blieb erstaunt stehen und schaute dem jungen Mann nach. Saturn war zurück! Die Zeit zum Aufbruch war gekommen. Thornball würde seine Hunde jetzt von der Kette lassen. Und alle andern.
In dieser Nacht schlief er in den Kleidern. Die Pistole lag in Griffnähe. Nur den Koffer hatte er absichtlich nicht gepackt. Alles, was er benötigen würde, hatte er in seiner Lederjacke mit den vielen Taschen verstaut, zum Teil sogar eingenäht. Am Fenstergriff hatte er einen Faden befestigt, den er am andern Ende um einen Löffel wand, der seinerseits wieder im Zahnputzglas steckte. Die Türe hatte er mit Stühlen blockiert. Trotz all dieser Vorsichtsmaßnahmen und der relativen Gewißheit, daß in dieser Nacht noch nichts geschehen würde, fand er kaum Schlaf und war froh, als sich endlich der Morgen durch die Vorhangritzen schlich. Er nahm ein Bad. Er rasierte sich lange, starrte in den Spiegel, um sich vielleicht ein letztes Mal von Angesicht zu Angesicht zu sehen, und ging dann betont langsam in den Frühstückssaal hinunter. Er aß viel. Eier, Speck, Wurst. Er trank Orangensaft und drei Tassen Kaffee. Dann steckte er sich einen Zigarillo zwischen die Zähne und zündete ihn – zum ersten Mal seit Jahren wieder – an. Aber er nahm nur drei tiefe Züge. Dann drückte er den glühenden Stengel im Aschenbecher aus und verließ das Hotel. In der Telefonkabine in der Lucerna-Passage rief er Marika an. »Farda«, murmelte er, als Marika den Hörer abnahm. »Chtěl bych se přihlásit«, las er von einem Zettel ab. »Ich möchte mich anmelden.«
Marika unterdrückte nur mühsam ein Kichern.
»Vaše příjmení?« fragte sie.
»Farda«, antwortete er.
»Vaše křestní jméno?« bohrte sie weiter. Das war boshaft.
»Antonin«, gab er zurück. Dieser Vorname war ihm gerade so eingefallen.

»Přesně v dvanact«, sagte sie jetzt.
Um zwölf Uhr also! Wenn er es bis dahin nur geschafft hatte! »Na shledanou!«
Sie hängte auf. Als Sembritzki die Telefonzelle verließ, sah er im spiegelnden Glas die Umrisse des CIA-Mannes, der, den Rücken Sembritzki zugekehrt, in das Schaufenster eines Reisebüros starrte. Als Sembritzki dann auf der andern Seite der Passage wieder in den nebligen Morgen hinaustrat, fühlte er, wie ihm die Kälte über den Rücken kroch, und er hatte Mühe, unbefangen weiterzugehen. Malone würde sich so leicht nicht abschütteln lassen!
Im Carolinum bereitete man sich für den letzten Konferenztag vor. Alles gab sich locker. Es wurde gelacht, gescherzt, und es wurden Adressen ausgetauscht. Nur für Sembritzkis Anschrift interessierte sich keiner. Er hatte nicht wirklich dazugehört. Er war gekommen und gegangen, hatte kaum jemals mit jemandem ein mehr als oberflächliches Gespräch geführt. Frau Breitwieser war da, auch Thornball. Sembritzki setzte sich auf einen Platz ganz außen an der Reihe. Auch Frau Breitwieser hatte einen Randplatz gewählt. Thornball dagegen thronte in der Mitte. Er hatte es ja auch gar nicht nötig. Er hatte Malone, den Killer von Fort Bragg.
Sembritzki wartete, bis der Redner vorn eine kleine Diskussionspause einschaltete. Dann schlich er sich aus dem Saal, in der Hoffnung, daß ihm seine pseudoösterreichische Beschatterin genügend Vorsprung lassen würde. Er hastete über die graue Treppe hinunter, vorbei an der Leninbüste, und bog dann, anstatt das Hauptportal zu benützen, nach rechts ab, ging an Studentinnen und Studenten vorbei, die den ihrem Alter entwachsenen Kommilitonen eher belustigt betrachteten, und gewann endlich nach einem Orientierungslauf durch Korridore und Türen das Freie. Er schaute sich um. Da, wo er jetzt stand, schien man keine Wache aufgezogen zu haben. Er tauchte von neuem in das Gewirr der Altstädter Gassen und Gäßchen ein, und dann endlich in die Semiarska. Auf dem Fenstersims im ersten Stockwerk stand eine grüne, halb verwelkte Topfpflanze. Sembritzki sah die Rosette aus Stein an der Mauer. Er glaubte, das Trillern eines Kanarienvogels zu hören. Aber weit und breit war kein Mensch zu sehen. Schnell schob er die Türe auf, die aus lose zusammengenagelten Brettern bestand, und betrat einen niedrigen Hausflur, wo an den Wänden die gelbe Farbe abblätterte und große feuchte Flecken sichtbar wurden. Die Treppenstufen waren beinahe durchgelaufen; schmutziggelbes Holz bildete eine eigenartige Spur, der Sembritzki folgte, bis er auf dem zweiten Treppenabsatz

vor einer niedrigen Tür aus weißgestrichenem Pavatex stand. Er klopfte, aber so vorsichtig, daß es wohl niemand hören konnte. Er hatte Angst, weil er wußte, daß der Kontakt mit Saturn sein Todesurteil bedeutete. Er klopfte noch einmal. Dann hörte er, begleitet von einem eruptiven Hustenanfall, eine Stimme: »Herein, Konrad Sembritzki!«
Er stieß die Türe auf und trat in einen düsteren Korridor, der überall mit Möbeln verstellt war. Tische, auf denen Geschirr aufgetürmt war, zerschlissene Sessel, aus denen Sprungfedern den Weg hinausgefunden hatten, und überall, über Stuhllehnen, Tischkanten, Schranktüren und auf Tablaren hingen und lagen farbige Krawatten, rote, gelbe, grüne, blaue, schwarze mit und ohne Muster, ja sogar hinter den Rahmen der Bilder an der Wand wuchsen sie hervor und bildeten in dieser chaotischen Umgebung exotische Ornamente. Mühsam bahnte sich Sembritzki einen Weg durch diesen Dschungel.
»Hier bin ich!« hörte er jetzt wieder die Stimme Saturns. Und wieder folgte eine Kaskade von bellenden Hustengeräuschen. Am Ende des Korridors stand eine Türe halb offen, und als Sembritzki sie ganz aufstieß, sah er ihn endlich.
Saturn lag auf einem blaurot gestreiften Liegestuhl inmitten eines sonst völlig kahlen Raumes. Auf einer Kiste neben ihm stand eine beinahe abgebrannte Kerze, lag ein beinahe leeres zerknautschtes Zigarettenpaket und standen drei Bierflaschen. An einem Haken an der Decke hing ein Käfig mit einem Kanarienvogel.
Sembritzki erschrak, als er den Mann sah. Die fiebrig glänzenden Augen blickten ihn aus tiefschwarzen Höhlen an. Seine Lippen waren aufgerissen, blutig gebissen. Und wie Pergament knitterte die Haut über den Schädelknochen. Aber er trug keinen Bart und machte einen gepflegten Eindruck. Sembritzki erinnerte sich an die Arbeit der Leichenwäscher, die auch seine Mutter noch einmal aus ihrem verschrumpelten Mumiendasein zu beinahe glühendem Leben im Tod zurückpräpariert hatten. Und auch Saturn hatte bereits dieses unnatürliche, dieses übernatürliche Aussehen. Er trug eine silberne Krawatte, ein schwarzes Jackett, und nur die graue Flanellhose war an den Knien ausgebeult.
»Setz dich!« Er tastete mit der linken Hand nach der Kiste. »Laß dich noch einmal ansehen, Konrad Sembritzki.«
Wie wenig hätte gefehlt, und Sembritzki wäre vor diesem sterbenden Mann auf die Knie gesunken. Es war nicht Ehrfurcht, die ihn gepackt hatte. Es war vielleicht die unendliche Erleichterung, nicht

mehr allein zu sein, so etwas wie einen Freund um sich zu wissen, selbst wenn es nur ein sterbender Freund war. Und da kam noch ein anderes Gefühl in ihm hoch, das nie mehr in ihm vibriert hatte: das Gefühl, das ein Sohn einem lange vermißten Vater gegenüber empfindet.
Langsam schwammen Saturns Augen in seine Richtung, als Sembritzki jetzt auf der abgeräumten Kiste saß und fühlte, wie sich die Späne in seine Haut drängten.
»Jan!« flüsterte er und griff nach der welken Hand des Kranken.
»Letzter Akt!« lächelte Saturn.
»Ich weiß«, nickte Sembritzki.
Aber Saturn schüttelte den Kopf. »Nicht dein letzter Akt, mein Lieber. Nur *mein* Exitus steht bevor.«
Wieder schüttelte ein Hustenanfall seinen Körper, der ihn nach vorne schnellen ließ und dann in immer neuen Zuckungen das Leben aus ihm herauspreßte. Der Kanarienvogel trillerte.
»Hast du deine Flucht vorbereitet?«
Sembritzki nickte.
»Wer? Havaš?«
Sembritzki zuckte zusammen. »Woher weißt du es?«
Ein Anflug von erlöschendem Stolz huschte über Saturns eingefallene Züge. »Ich weiß noch mehr, Konrad Sembritzki. Havaš ist gut. Eine perfekte Eskorte.«
»Ich werde sie brauchen können. Da ist der STB und auch ein CIA-Mann!«
»Den STB brauchst du nicht zu fürchten! Du wirst dich durchmogeln. Der CIA-Mann ist gefährlich!«
Woher das Saturn wußte, war Sembritzki schleierhaft. Auch er schien wie Nara über eine geheime Informationsquelle zu verfügen, die Sembritzki verborgen war.
»Zur Sache, Konrad. Wir haben wenig Zeit.«
»Hast du Informationen über Truppenbewegungen im Land oder die Montage neuer Raketenstellungen?«
»Nichts Neues, Konrad. Das übliche.«
»Bist du ganz sicher?«
Ein verschmitztes Lächeln erschien auf den zerfasernden Lippen. »Ich bin ganz sicher!«
»Jan, du bist krank. Schwer krank. Woher...?«
»Später«, wehrte Saturn ab. »Das kommt später. Vorerst mußt du mir einfach einmal glauben, was ich dir sage. Ein Bier!« Er zeigte zur Tür. »Im Kühlschrank!«

Als Sembritzki sich draußen im Korridor umschaute, sah er denn auch den Kühlschrank, von dem beinahe alle Farbe abgeblättert war, halb zugedeckt von einem gehäkelten Tischtuch. Mit drei Flaschen Pils kehrte er zu Saturn zurück, den unterdessen ein neuer Hustenanfall geschüttelt hatte. Sie ließen die Flaschen aneinanderprallen, tranken ein paar Schlucke und rückten dann wieder zusammen.

»Es tut sich nichts Neues hier, Konrad. Die Sowjets haben Angst vor einer westlichen Überreaktion.«
»Aber darüber wissen die NATO-Leute doch Bescheid!«
»Natürlich wissen sie Bescheid. Satelliten genügen doch.«
»Satelliten genügen nicht in jedem Fall. Für irgend etwas hat man mich doch hierher geschickt!«
»Satelliten genügen nicht in jedem Fall. Das stimmt. Sie genügen für Raketenstellungen. Sie genügen bei Manövern. Sie genügen nicht, wenn neue Waffen im Spiel sind.«
»Sind neue Waffen im Spiel, Jan?« Sembritzki erschrak. Hatte Thornball doch recht? Und war es jetzt noch Zeit, sich mit ihm zu einigen?
»Die Sowjets haben den Prototyp eines Marschflugkörpers entwickelt, der von mobilen Abschußrampen aus den am westlichsten gelegenen Warschaupaktländern aus Westeuropa erreichen könnte! 3050 Kilometer Reichweite!«
»Bist du ganz sicher, Jan?«
»Ganz sicher bin ich nicht. Aber gewisse Informationen deuten darauf hin. Ein Gegengewicht zu den Cruise Missiles.«
»Weiter?«
»Neue Lager von C-Waffen sind geplant.«
»In der ČSSR?«
»Unter anderem.«
»Und all das in nächster Zeit?«
»Es hängt von der Reaktion des Westens ab.«
Saturn schüttete Bier in sich hinein. Der Schaum klebte an seinen Lippen, aber er war zu erschöpft, um ihn wegzuwischen.
»Was geschieht, wenn die NATO mit den Pershing 2 auffährt?«
»Ich bin kein Militär und kein politischer Kopf, Konrad. Aber mein gesunder Menschenverstand sagt mir, daß dann die Sowjets nachziehen werden.«
Jetzt schwiegen beide. Sembritzki fragte sich, warum Saturn, dieser kranke, immobile Mann, so gut informiert war. Er hatte die Frage schon einmal gestellt. Er würde sie später noch einmal stellen. Aber

jetzt war Saturn erschöpft. Mit geschlossenen Augen lag er da, seitlich abgedreht, um den Hustenattacken besser begegnen zu können.
Sembritzki war zum Fenster getreten und schaute auf die enge Straße hinab, vom zerschlissenen Vorhang geschützt. Täuschte er sich, oder hatte er hinter der mit Brettern verbarrikadierten Türe im Haus gegenüber wirklich einen Schatten gesehen?
»Natürlich warten die auf dich, Konrad!«
Saturn hatte seinen Gang zum Fenster verfolgt.
»Die wissen über deine Tätigkeit Bescheid?«
Saturn lächelte müde.
»Ich habe es bis zuletzt verbergen können, Konrad. Aber als ich dann zurückverlangte, als ich denen sagte, ich wolle zu Hause sterben, haben sie Verdacht geschöpft.«
»Und warum haben sie dich gehen lassen?«
»Um sicherzugehen, daß ich der letzte Mann in deinem Netz bin.«
»Du bist der letzte Mann!«
Saturn lächelte wieder. Aber er schwieg.
»Wäre ich nicht zu dir gekommen, hätte ich dich nicht enttarnt.«
Aber Saturn wehrte mit einer müden Handbewegung ab. »Was gibt es bei einem Sterbenden noch zu enttarnen? Deshalb bin ich das Risiko eingegangen. Und deshalb habe ich versucht, mit dir Kontakt aufzunehmen.«
»Was können die aus dir herausholen, Jan?«
»Ein Leben, das schon unterwegs hinüber ist, mehr nicht.«
Wieder griff er mit unsicherer Hand nach der Flasche und führte sie zum Mund. Aber die Hand zitterte so sehr, daß Sembritzki nachhelfen mußte und ihm endlich das Bier wie einem Säugling einflößte.
»Ich sitze in der Falle?«
»Vielleicht, Konrad. Du bist ein guter Mann. Du hast eine Chance, herauszukommen. Und du hast Havaš!«
»Wenn ich es bis zu Havaš schaffe!«
»Sie werden dich erst dann packen wollen, wenn sie deine Fluchtabsichten merken. Und auch dann noch werden sie zuwarten, bis du aus dem Zentrum hinaus bist. Die Semiarska liegt zu nahe bei der Karlsbrücke. Zu viele Touristen, Konrad.«
Wieder ging Sembritzki zum Fenster und spähte hinaus. Jetzt sah er ganz deutlich hinter der geborstenen Scheibe im Nachbarhaus die weißen Umrisse eines Gesichts. Mit dem Rücken zum Zimmer sagte er: »Wie kommt es, daß der STB mich so ungehindert hat agie-

ren lassen? Warum überhaupt haben die mich ins Land gelassen?«

Saturns keuchendes Lachen trieb ihn ins Zimmer zurück. »Das war doch ein Abkommen zwischen dem STB und deinen sauberen Freunden in Pullach.«

Sembritzki verstand nicht.

»Bist du denn so naiv, Konrad?«

Wie oft hatte er diese Frage schon gehört. Naivität gehörte zu seiner Tarnung, aber diesmal sah er wirklich nicht durch. »Der STB war froh, wenn dein altes Netz endlich ganz aufflog. Deshalb spannten sie mit deinem Auftraggeber in Pullach zusammen, dem genausoviel daran gelegen war, dich und deine Leute in der ČSSR aus dem Verkehr zu ziehen.«

»Also ist Römmel doch ein Doppelagent?«

»Warum sollte er? Römmel ist Stachows Nachfolger. Du warst ein Mann Stachows. Er wollte dich und dein Netz unschädlich machen und neue Leute einschleusen.«

»Aber weshalb denn, Jan?«

»Hättest du das Stachow gefragt. Der Schlüssel liegt bei Stachow.«

»Stachow ist tot!«

»Finde seine Mörder, und du hast den Schlüssel in der Hand, Konrad.«

War jetzt alles gesagt?

»Römmel hat es geschafft, Jan. Das Netz ist tot, wenn du nicht mehr lebst. Merkur wurde aus dem Verkehr gezogen. Der Mond will nicht mehr, die Erde will nicht mehr, Venus will nicht mehr, Jupiter sitzt im Gefängnis. Römmel hat gesiegt. Und ich habe genau das getan, was er von mir wollte. Das Netz ist zerrissen. Im Sinne Römmels und im Sinne des STB. Das Abkommen hat Früchte getragen.«

Saturn schwieg.

»Es ist Zeit, Jan!«

Sembritzki saß auf der Kiste, den Kopf in die Hände gestützt. Alles war zu Ende. Und wenn er jetzt versuchte, trotz allem über die Grenze zu entkommen, mit Havaš Hilfe, dann würde er wohl nichts anderes hinüberretten können als das klägliche Material, das Evas Friedensleute zusammengerafft hatten. Sembritzki, der BND-Agent, war schon jetzt zum Privatmann geworden, zum Touristen in Sachen Friedenssicherung. Aber ob dieses verschlüsselte Material da Garant genug war? Er stand auf.

»Setz dich, Konrad!«

Sembritzki war überrascht, wie kräftig Saturns Stimme plötzlich klang.
»Es war nicht umsonst, Konrad.«
Sembritzki schaute den Kranken an, der sich jetzt nach vorne gebeugt und Sembritzkis Hand ergriffen hatte.
»Leider verkrallst du dich nur immer in deine astrologischen Lehrbücher, lieber Konrad Sembritzki. Und darüber verlierst du die Astronomie aus den Augen. Du bist eben doch ein Mann von gestern.«
Er griff in seine obere Brusttasche und zog eine säuberlich zusammengefaltete Schweizer Zehnfrankennote heraus. »Schau! Das war dein Prinzip. Das Planetenbild des Leonard Euler. Aber auf diesem Stand bist du stehengeblieben. Für dich war und ist Saturn ein ferner Planet geblieben, geheimnisvoll, undurchschaubar, unerforschbar. Zwar weißt auch du, daß der Saturn Ringe hat, aber für dich waren sie nur eine Art dekoratives Element, ein Kennzeichen des Saturns. Etwas hast du vergessen: daß nach der neuesten Forschung der Saturn nicht all seine Energie von der Sonne bekommt. Die Sonne bist du, Konrad. Du hast uns in Trab gehalten, hast uns eingeheizt all die Jahre, in denen wir für dich arbeiteten.«
»War es denn nicht so?«
»Nicht in allen Fällen, Konrad. Jedenfalls nicht im Falle Saturn. Der Saturn – und Jupiter – beide erzeugen Eigenwärme.«
»Du und Jupiter?«
Saturn nickte. »Wir beide. Nur hat Jupiter sich verzettelt. Er hat Eigenwärme auf anderem Gebiet erzeugt. Er ist der Charta beigetreten. Und das hat ihn gefällt.«
»Und du, Jan?«
»Auch ich habe eigene Energie erzeugt.«
Sembritzki schwieg. Noch verstand er nicht alles, was Saturn sagte. Aber er fühlte, daß ihm hier etwas wie ein Rettungsring zugeworfen wurde.
»Noch heute rätseln die Himmelsforscher über die Entstehungsgeschichte der Saturnringe, Konrad. Bereits hat man sechs davon entdeckt. Aber das ist noch nicht das Ende. Moderne Forscher nehmen an, daß diese Ringe die Reste eines alten Urnebels sind, aus dem sich auch Saturn spiralisierend zusammenballte. Das war die Stunde Null.«
»Du sprichst in Bildern, Jan.«
Saturn lehnte sich erschöpft zurück. Seine Geschichte war erzählt, nur Sembritzki schien sie noch nicht ganz enträtselt zu haben.

»Konrad, dein mittelalterliches Weltbild verbaut dir die Sicht auf die Gegenwart! Ich sagte dir doch, Saturn entwickelt eigene Energien. Ich sagte dir doch, daß die Ringe des Saturns Teile des Urplaneten selbst sind.«
Saturns Stimme war jetzt ganz schwach geworden, und es gelang ihm nur unter letzter Kraftanstrengung, seine Sätze einigermaßen verständlich zu artikulieren. Doch dann kehrte noch einmal Kraft in seinen abgeschlafften Körper zurück.
»Ich habe meine eigenen Satelliten geschaffen, Konrad. Die Ringe des Saturns. Ich habe mein eigenes Netz aufgebaut. Eigene Leute. Ein verzweigtes Netz über ganz Böhmen. Das ist mein Vermächtnis!«
Jetzt sank er wieder zurück und lag mit geschlossenen Augen da. Dann hob er langsam seine Arme in die Höhe und riß den rostroten Schweizer Zehnfrankenschein mit dem Planetenbild Leonard Eulers in kleine Streifen. Sembritzkis Himmel war geborsten, und seine Teile tanzten wie roter Schnee auf den Fußboden. Und wieder jubelte der gelbe Vogel im Käfig.
»Wer weiß, wie viele Ringe Saturn wirklich hat? Laß die Forscher weiter rätseln, Konrad Sembritzki!«
Es war still im Zimmer. Saturns Brustkorb hob und senkte sich, und Sembritzki wartete darauf, daß die Haut platzen, in gewaltigen Blasen aufklaffen und eine einzig brodelnde rote Masse freigeben würde.
»Hier, Konrad!«
Saturn zog sich die silberne Krawatte vom Hals und hielt sie Sembritzki hin.
»Hier drin, eingenäht, ist mein ganzes Netz, nach unserem alten Code chiffriert. Da findest du die Namen, die Kontaktstellen. Bring es heil über die Grenze.«
Langsam zog Sembritzki die silberne Schlange aus Saturns Hand und band sie sich dann um den Hals. Zu sagen blieb jetzt nichts mehr.
»Geh über das Dach, Konrad. Da draußen ist eine Türe in der Decke, die auf den Boden führt. Dann findest du allein weiter!«
Sembritzki griff nach seiner Hand, aber sie ließ sich nicht mehr greifen, sie hing leer und kraftlos auf der Seite herab.
»Leb wohl, Konrad Sembritzki.«
»Leb wohl«, flüsterte Sembritzki, obwohl er wußte, wie unsinnig dieser Abschiedsgruß in Gegenwart eines Sterbenden war.
»Leb wohl, ganz richtig, Konrad Sembritzki. Alles ist schon ge-

packt. Mein ganzer Hausrat steht draußen bereit. Ich bin unsterblich, Konrad Sembritzki!«
Sembritzki zögerte. Noch stand er unter der Türe und schaute zu jenem Mann zurück, der ihm bis zum Schluß die Treue gehalten hatte. Aber aus welchen Gründen denn? Saturn, der Mann, der eigene Energien entwickelt hatte. Der Mann, der sich wahrscheinlich eine eigene Lebensphilosophie oder eine eigene Ideologie zurechtgelegt hatte. Einer, der nicht nur von Sembritzkis Aufträgen und jenem Geld, das er hierher transferierte, als Bezahlung für geleistete Dienste, lebte und gelebt hatte.
»Geh nur, Konrad«, flüsterte Saturn, und der Kanarienvogel in seinem Käfig an der Decke jubilierte.
»Und wer kümmert sich um dich?«
»Die werden schon kommen, wenn du weg bist. Das heißt, am liebsten würden die dich schon hier bei mir pflücken. Aber du mußt ihnen zuvorkommen, Konrad. Die erwarten dich beim Hauseingang. Geh!«
»Kein Arzt, Jan?«
»Die haben alles, was du willst, Konrad. Die haben auch einen Arzt, wenn es sein muß. Die haben Methode. Aber bei mir kommen die nicht mehr an. Da trete ich einfach weg. Für immer. Dich dürfen sie nicht erwischen. Geh jetzt. Geh!«
Sembritzki hob seine Hand und ging dann hinaus. Oben an der Decke sah er einen Haken und darum herum in Form eines langen Rechtecks den Umriß der Treppe, die auf den Boden führte. Er schaute sich um. In der Ecke lehnte ein Stab, der oben in einen eisernen Haken mündete. Sembritzki griff danach und steckte den Haken oben an der Decke in den andern Haken und zog dann langsam, bis oben eine bewegliche Leiter sichtbar wurde, die er nun ganz herabziehen konnte. Er klemmte sich den Stock unter den Arm und kletterte über die Leiter hinauf. Oben angekommen zog er die Leiter wieder ein und schaute sich dann um. Im Gegensatz zum Chaos in Saturns Wohnräumen war es hier blitzsauber. Zu sauber beinahe. Und bald merkte er auch, daß da jemand Ordnung gemacht hatte. Da waren Kisten abtransportiert und Drähte aus ihren Halterungen entfernt worden. Er befand sich jetzt in Saturns ehemaligem Operationsraum. Aber wer auch immer hier Ordnung gemacht hatte, er hatte das gründlich getan. Keine Spuren waren zurückgeblieben. Täuschte er sich, oder hörte er jetzt unter sich Geräusche, ein Klopfen, dann wieder und endlich Stimmen? Er trat zur Dachluke und schaute hinaus.

Eine schwarze Katze hockte auf einem Dachvorsprung und fixierte ihn mit ihren bernsteinfarbenen Augen mißtrauisch. Aus dem Schornstein kroch dünner blauer Rauch. Auf dem Dachfirst kippte ein schwarzes Amselmännchen seine Schwanzfedern auf und ab, von der Katze jetzt aufmerksam begutachtet. Ein Bild des Friedens. Sembritzki schwang sich hinaus aufs Dach und verscheuchte zuerst einmal die Amsel, die schimpfend entflog. Die Katze dagegen nahm sich Zeit. Sie machte einen Buckel, daß die Rückenhaare knisterten, und setzte sich dann mit einem Sprung in die Dachtraufe ab. Das war auch Sembritzkis Weg. Langsam ließ er sich über das Dach hinuntergleiten, bis er mit den Füßen Halt fand. Wenn die Dachtraufe nur nicht durchgerostet war! Aber da waren ja noch immer diese eisernen Halterungen im Dach, an denen er sich festklammerte, während er vorsichtig einen Fuß vor den andern setzte. Endlich war er am Ende des Daches angekommen. Aber schon war da ein zweites Dach, dessen Traufe aber um etwa einen halben Meter höher lag als die von Saturns Haus. Sembritzki äugte hinab in den Hinterhof. Da war kein Mensch, da wurde nur alter Plunder gelagert, Autoreifen, rostige Fahrräder und löcherige Fässer. Er fand Halt auf einem Mauervorsprung und zog sich dann auf das Dach des benachbarten Hauses hinauf. Hier bot eine aus rohem Holz schnell zusammengenagelte Leiter Hilfe. Sie war wohl von einem Dachdecker vergessen worden und führte hinauf zum First des Hauses. Über den First hinweg versuchte er in die enge Gasse hinabzuschauen. Aber die Perspektive war ungünstig. Er konnte nur einen Ausschnitt erhaschen, ganz am untern Ende der Semiarska, wo sie zur Karlsbrücke führte. Sembritzki konnte das Dach einer schwarzen Limousine sehen, die quer zur Straße stand und sie scheinbar gegen die Brücke hin abriegelte. Er mußte weiter und versuchen, auf der Gegenseite in eine Nebenstraße hinabzugelangen. Mit den Händen am First hangelte er sich weiter vorwärts, kam auf ein nächstes Dach, dann auf eine Zinne, dann sogar in einen kleinen Dachgarten, auf dem ein Säugling in einem Korbwagen schlief, die beiden Fäustchen geballt.

Vom Dachgarten aus erreichte er das Flachdach einer kleinen Fabrik, gekrönt von einem kleinen Aufbau, durch den er ins Innere gelangen konnte. Vorsichtig stieß er die mennigerote Eisentür auf und horchte dann. Aber es blieb still. Nur von ferne hörte er ein Trillern, das von Saturns Kanarienvogel stammen konnte. War alles blockiert? Blieb kein Ausweg?

Er mußte es versuchen. Langsam stieg er über eine steile Treppe

hinab. Er gelangte in einen Lagerraum, wo alte Kabel in Türmen aufeinandergeschichtet waren. In der Ecke hinter einer großen Holzspule entdeckte er eine Tür. Nur mit Mühe vermochte er den verrosteten Riegel zurückzuschieben. Doch warum war diese Türe von innen verriegelt? Gab es noch einen andern Ausgang hinter den aufgeschichteten Kabelrollen? Jedenfalls schien schon lange niemand mehr hier gewesen zu sein.
Die Treppe knarrte, als er hinunterschlich. Er horchte. Es blieb still, nur von draußen drangen ab und zu gedämpfte Geräusche von vorbeifahrenden Autos herein. Durch ein verrußtes Fenster konnte er jetzt hinausschauen. Er war nicht mehr auf der Seite der Semiarska. Das hatte er schon feststellen können, als er bei seiner Wanderung über die Dächer mehrmals die Richtung gewechselt hatte. Die Sonne schien jetzt von vorn auf die Fassade. Vorhin noch hatte alles im Schatten gelegen. Er mußte sich weiter südlich befinden. Jetzt entdeckte er in der südwestlichen Ecke des Raumes, in dem er sich jetzt befand und in dem verrostete Maschinen mit riesengroßen Rädern unter einer dicken Rußschicht vor sich hindämmerten, eine eiserne Wendeltreppe. Langsam und vorsichtig, um keine unnötigen Geräusche zu verursachen, schlich er sich nach unten.
Wieder gelangte er in eine Halle, wieder standen Maschinen herum, diesmal noch größere, aber auch diese verrostet und außer Betrieb. Linker Hand war ein Fabriktor, das sich auf Rollen, sofern diese nicht verrostet waren, aufschieben lassen sollte. Rechter Hand führte eine doppelflüglige Türe wahrscheinlich auf die Straße. Am Kopfende der Halle war eine dritte Türe, die wahrscheinlich zu den Büroräumen führte. Sembritzki beschloß, durch das große Tor in den Hof hinaus und von dort aus weiter in eine Straße zu gelangen, die möglichst weit von der Semiarska abgelegen war.
Wo war Malone? Sembritzki war überzeugt, daß er den STB-Leuten die Abriegelung der Semiarska überließ und sich überlegte, welchen Fluchtweg sein Opfer nehmen würde. Und dieser Fluchtweg über die Dächer war eine Möglichkeit, mit der Malone sicher rechnete. Sembritzki versuchte mit aller Kraft, das Tor aufzustoßen. Aber es gelang ihm nicht. Entweder war es gänzlich verrostet oder abgeschlossen. Ihm blieb nur die Flucht durch die Büroräume. Als er einen letzten wütenden Blick in den Hof warf, sah er Malone. Er stand, eine Zigarette in der Hand, in eine blaue Lederjacke und eine blaue Hose gekleidet, im Schatten der gegenüberliegenden Mauer und schaute zum Tor hinüber. Jetzt warf er die Zigarette weg, drückte sie mit dem Absatz seines halbhohen, silberbeschlagenen

Cowboystiefels aus und griff mit der rechten Hand unter seine Jacke. Aber die Hand kam nicht zurück. Sie blieb dort, am Griff seiner Waffe. Malone würde hier nicht schießen, auf jeden Fall nicht ohne Schalldämpfer. Und mit Schalldämpfer war die Distanz zu groß.
Leise zog sich Sembritzki zurück, öffnete die Tür zu den Büroräumen und suchte nach einem andern Ausweg. Vorn waren die STB-Leute, hinten lauerte Malone. Malone konnte ihn nicht verhaften. Malone mußte ihn erschießen. Aber das konnte er sich nur außerhalb der Stadt oder in einer stillen Ecke erlauben. Auch Malone war ein Fremder in diesem Land.
Der STB dagegen konnte es sich nicht erlauben, ihn einfach so abzuschießen. Sie mußten ihn verhaften, ohne viel Aufsehen zu erregen. Solange er unter Leuten war, war er sicher vor beiden. Sembritzki sah sich in dem mit gelbbraunen Büromöbeln verstellten Raum um. Wieder schaute er durch das Fenster. Er sah, wie Malone langsam, der Hausmauer entlang, zum großen Tor vordrang. Sembritzki war im Vorteil. Er hätte schießen können, aber dann hätte er sofort die Meute der STB-Leute auf dem Hals gehabt, die damit einen offiziellen Grund zur Festnahme gefunden hätten. Er ging durch eine Doppeltüre und fand sich in einem hellgrün gestrichenen steinernen Treppenhaus wieder, das einen strahlenden Gegensatz zu den trostlosen Fabrikräumen bildete. Aber auch hier war die Eingangstüre, die auf die Straße hinausführte, verschlossen. Es blieb nur das Fenster. Vorsichtig öffnete Sembritzki einen Flügel und spähte hinaus. Die Straße war leer. Und obwohl er im Augenblick die Orientierung verloren hatte, konnte er mit Hilfe des Sonnenstandes ausmachen, wo sich die Moldau befand. Schnell sprang er aus dem Fenster, das er sorgfältig hinter sich wieder schloß. Aus dem geöffneten Fenster im Haus gegenüber hörte er Musik. Es war zehn Minuten nach zwölf. Er hatte sich verspätet. Schnell wandte er sich nach rechts. Er hatte sich nicht getäuscht. Die kleine Straße, deren Namen er nicht kannte, mündete in den Smetana-Quai. Dort war er wieder unter Leuten. Ein Taxi würde er sich nicht ergattern können. Prag war nicht Paris und nicht London. Er mußte sich mitten unter die Touristen mischen und mit dieser Prozession hinauf zum Hradschin ziehen. Noch ein paar Schritte, und er hatte es geschafft.
Er wagte sich nicht umzusehen, aus Angst, Malone könnte über seinen linken aufgestützten Unterarm hinweg auf ihn anlegen. Aber nichts geschah. Er hatte die Hauptstraße erreicht und rettete sich

mit ein paar Sprüngen in den Schatten des Altstädter Brückenturms. Jetzt hatte er eine Eskorte erspäht, die ihm Schutz versprach. Eine Gruppe von Amerikanern sog ihn auf, schleppte ihn mit sich hinaus auf die Brücke, aber nur bis zum bronzenen Kruzifix, der ältesten Brückenplastik. Hier konnte er nicht bleiben. Er machte eine weitere Gruppe aus, die sich vor der Statue Johannes des Täufers aufgestellt hatte, und so schmuggelte er sich von Heiligem zu Heiligem, von Christopherus zu Johannes, von Ludmilla zu Antonius von Padua, von Augustinus zum heiligen Adalbert und weiter zu Wenzel. Er absolvierte ein gewaltiges Stück Kirchengeschichte in Raten, in englischer, deutscher, polnischer, jugoslawischer und amerikanischer Gesellschaft.

Wie aber kam er ungeschoren auf den Hradschin, konnte er sich in Havaš' Obhut flüchten? Er stand in einem Menschenknäuel vor den Kleinseiter Brückentürmen und sah zwischen diesen trutzigen Wahrzeichen der Kleinseite einerseits Kuppel und Turm der Niklaskirche, davor das Dach des langgestreckten graugelben Hauses, wo der STB seine Dechiffrierzentrale eingerichtet hatte, und rechter Hand auf dem Hügel den Hradschin, dessen grüner Kupferhelm in der Sonne leuchtete. Dort war sein Ziel. Noch war er unter den Touristen, als er unter dem Bogen, der die beiden Türme verband, durchging und am Kleinseiter Rathaus vorbei hinaufstrebte. Gerade, als er beschloß, das Risiko auf sich zu nehmen und die Besteigung des Hradschin gewissermaßen im Alleingang zu wagen, sah er den Iserlohner Reisebus, sah die bunte Reisegesellschaft, die ihn gerade bestieg, und entdeckte auch den Fahrer, der, eine Zigarette im Mundwinkel, neben der geöffneten Tür lehnte.

»Nehmen Sie mich mit hinauf zum Hradschin, Kamerad?«

Der Fahrer nahm die Zigarette aus dem Mund und schaute Sembritzki verwundert an. »Wie käme ich dazu, Landsmann?«

»Eben deshalb, weil ich ein Landsmann bin. Ich habe Blasen an den Füßen. Und es ist ja nicht umsonst, Kamerad!« Er schmuggelte ihm einen Zehnmarkschein in die Hand.

»Ach, so ist das, mein Herr. Sie sind Sauerländer! Das hätten Sie doch gleich sagen müssen. Steigen Sie zu!«

Sembritzki stieg ein und setzte sich mit einer verlegenen Entschuldigung neben einen umfangreichen Touristen, der ihn verwundert von der Seite anschaute. Gerade als der Fahrer den Bus anrollen ließ, kurvten zwei schwarze Tatra-Limousinen auf den Platz. Dann tauchte Malone im Taxi ebenfalls auf. Und jetzt waren sie wieder alle versammelt. Nur Thornball, der große Fadenzieher, zog wohl

einen Campari oder einen Bourbon in der Hotelhalle vor. Sembritzki zweifelte nicht, daß man seine Witterung wieder aufgenommen hatte. Er würde zwar heil auf dem Hradschin oben ankommen, aber dann war es an Havaš, ihn aus dem Land zu bringen.
»Vielen Dank, Kamerad«, flüsterte Sembritzki dem Fahrer zu, als er sich zusammen mit den anderen Passagieren, immer schön abgeschirmt von irgendeinem westfälischen Körper, aus dem Bus quetschte. Dann aber war er allein. Er ging mit ausgreifenden Schritten an der Umzäunung des Hradschin vorbei hinüber zum Loreto-Heiligtum, das ihn auch dieses Mal an Italien erinnerte. Warum umfing ihn hier italienischer Geist? War es die gelbe Fassade, waren es die pinienartigen Bäume, der blaue Himmel? Die Luft war lau. Genau im Augenblick, als er durch das Hauptportal, das sich unter dem frühbarocken Glockenturm befand, verschwand, erschien die Eskorte. Sembritzki hastete durch den Kreuzgang, hinein in die Kapelle. Er würdigte weder die Skulpturen noch die Stuckreliefs mit Szenen aus dem Leben der alttestamentlichen Propheten eines Blickes, sondern suchte mit seinen Augen, die sich erst an das schummerige Licht im Innern der Kapelle gewöhnen mußten, nach seinem Begleiter. Hier fand er Havaš nicht. Er verließ die Kapelle und suchte auf der Ostseite nach einer Türe, die ins Freie führte. Er mußte sich beeilen, wenn er vor seinen Verfolgern, die jetzt sicher das ganze Loreto-Heiligtum umstellten, mit Havaš zusammentreffen wollte. Gerade, als er beschloß, die Kirche Christi Geburt zu betreten, sah er zwischen den Säulen des Kreuzganges eine Gestalt in einer abgetragenen Uniformjacke, in Gummistiefeln und mit einer wollenen Mütze auf dem Kopf, auftauchen. Der Mann trug eine Schaufel und einen Jutesack in der einen Hand; eine Hacke hatte er unter seinen Armstumpf geklemmt. Havaš!
»Sie kommen spät, Sembritzki! Schnell, ziehen Sie das an!« Er hielt ihm den Jutesack hin. Sembritzki zog eine gleiche Militärjacke heraus, wie sie Havaš trug, dazu eine hellbraune, weiche Militärmütze und einen grauen Schal. Schnell zog er die Jacke über und stopfte seine Lederjacke in den Sack. Er setzte die Mütze auf, deckte sein Gesicht mit dem Schal ab, so gut es ging, ohne daß es zu auffällig wirkte, griff nach der Hacke und folgte dann Havaš, der ihn durch den Kreuzgang geleitete, dann durch eine schmale Türe in der Mauer plötzlich wieder hinausführte. Dort stand der Laster, den ihm Havaš beschrieben hatte. Ein Mann schaufelte Sand auf die Ladebrücke, warf jetzt die Schaufel ebenfalls auf die Brücke und kletterte in die Kabine.

»Folgen Sie dem Mann. Setzen Sie sich vorne hin!« flüsterte Havaš und schwang sich auf die Brücke. Sembritzki gehorchte. Er getraute sich nicht, sich umzusehen. Er entledigte sich seiner Hacke und stieg zu. Der Motor sprang an. Die Führerkabine vibrierte. Der Fahrer löste die Bremse, und sie fuhren los. Aber es ging nicht hinunter in die Stadt. Sie fuhren zwar am Hradschin vorbei, passierten zwei schwarze Tatra-Limousinen und einen hellblauen Renault von Avis, an dessen Steuer Malone saß – wie schnell hatte der CIA-Mann doch das Fahrzeug gewechselt! – und fuhren dann in nordwestlicher Richtung an der alten Reithalle vorbei. Sembritzki schaute den Fahrer von der Seite an. Er sah dessen scharf hervorspringende, kühn gebogene Nase, die schräg geschnittenen Augen und die braungelbe Haut. Der Mann war noch jung und trug einen Kinnbart.
»Wohin fahren wir?«
Der Fahrer schüttelte nur den Kopf. Entweder verstand er Sembritzki nicht oder er durfte ihm keine Informationen weitergeben.
»Prominte!« murmelte Sembritzki, aber der andere zuckte nur die Achseln. Ab und zu warf er einen aufmerksamen Blick in den Rückspiegel, um etwaige Verfolger auszumachen. Später schälte er dunkles Brot und Leberwurst aus Zeitungspapier.
Sembritzki kannte sich nicht mehr aus. Die Landschaft war ihm fremd. Erst nach einer Weile merkte er, daß sie einen großen Bogen fuhren, zuerst nördlich, dann in südlicher Richtung. Sie fuhren jetzt auf einem grünbraunen, flachen Hochplateau. Auf den Äckern hockten Krähen. Der Himmel hatte sich mit verwaschenen Wolken überzogen. Als in der Ferne ein kleines Dorf in Sicht kam, klopfte Havaš von hinten an die Rückscheibe. Der Mann am Steuer machte mit der Hand ein Zeichen und verlangsamte dann die Fahrt.
Bratronice, las Sembritzki auf der Ortstafel. Rechter Hand sah er ein schmuckloses gelbgraues Haus am Dorfeingang. Im verwilderten Garten stand ein windschiefer, verlotterter Holzverschlag. Der Laster stand still.
Havaš sprang von der Brücke und ging durch den Garten zum Haus. Er klopfte. In der Türöffnung erschien ein Mann in einem grauen Regenmantel. Zusammen mit Havaš ging er durch den Garten zum Bretterverschlag und riß die klemmenden Türflügel auf. Dann, nach einer Weile, fuhr rückwärts ein dunkelgrüner Lada aus dem Verschlag.
»Šťastnou cestu!« sagte der Fahrer zu Sembritzki.
Der nickte dem Spitznasigen zu und kletterte aus der Kabine.

Er ging über einen Weg aus klebrigem Lehm zum dunkelgrünen Lada hinüber, der mit angelassenem Motor auf ihn wartete. Er stieg hinten ein, und im Augenblick, als er sich auf dem zerschlissenen Kunstlederpolster zurücklehnte, fuhr der Wagen auch schon los, auf der Straße zurück, auf der sie gekommen waren.
»Wohin fahren wir?« fragte Sembritzki.
»Zuerst ein Stück zurück, um festzustellen, was sich in unserem Rücken tut. Legen Sie sich hinten flach, ich werde Sie während der Fahrt orientieren.«
Gehorsam legte sich Sembritzki hin. Der Rücksitz roch nach Kohl und kaltem Rauch.
»Wir versuchen es vorerst über die Nr. 5.«
»Cheb?« fragte Sembritzki, und er merkte, wie die Angst in ihm hochstieg. Er fürchtete sich vor dem Schatten Wallensteins.
Sie kreuzten einen entgegenkommenden Wagen. Sembritzki hörte das sausende Geräusch und die kleine Explosion, als die beiden Luftpuffer, die die Autos vor sich herschoben, aufeinanderprallten.
»Der STB«, murmelte Havaš, ohne sich im geringsten aufzuregen.
»Was sagen Sie?«
»Eine STB-Patrouille hat uns soeben gekreuzt. Weiter nicht gefährlich. Sie wissen ja nicht, daß wir das Fahrzeug gewechselt haben. Und überhaupt können sie jetzt nicht mehr feststellen, daß wir den Laster benützt haben, der unterwegs zu einem Steinbruch ist.«
Eine Weile schwiegen sie. Der Fahrer hatte eine stinkende Zigarre angezündet, und Havaš hatte das Radio angedreht.
»Haben Sie den CIA-Mann gesichtet?«
»Jetzt nicht. Aber der Mann ist nicht so dumm, daß er sich an unsere Fersen heftet. Er wird uns irgendwo auflauern!«
»Irgendwo!« Sembritzki lachte. »Mit welcher Chance?«
»Mit einer großen Chance, Sembritzki! Er wird genau dort warten, wo die STB-Leute nicht sind. Er braucht nur unsere tschechischen Verfolger im Auge behalten. Er weiß ja genau, daß wir nicht einen der üblichen Grenzübergänge wählen werden.«
»Das weiß doch der STB auch!«
»Ganz richtig. Aber der STB wird versuchen, uns schon vor der Grenze abzufangen. Bevor wir in unwegsames Gebiet kommen. Der STB wird einen Kordon ziehen und alle Zufahrtsstraßen blockieren, die zur Grenze führen.«
»Und Malone?«
»Malone?« fragte Havaš.

»Der CIA-Mann!«
»Ach, Malone heißt er! Malone wird erst hinter diesem Kordon auf uns warten. Er weiß genau, daß wir nur wenige Möglichkeiten haben. Er kennt das Gebiet genau, davon bin ich überzeugt.«
Davon war auch Sembritzki überzeugt. Er steckte sich einen Zigarillo zwischen die Zähne und dachte nach.
»Noch heute abend?« fragte er endlich.
»Wir können es erst in der Dunkelheit versuchen. Wir müssen Umwege in Kauf nehmen.«
Sie fuhren eine Stunde lang, ohne daß weitere Worte gewechselt wurden. Sembritzki hatte bemerkt, daß sie erneut die Richtung gewechselt hatten und jetzt in westlicher Richtung fuhren. »Karlovy Vary!« sagte jetzt der Fahrer. Es waren seine ersten Worte.
»Karlsbad«, übersetzte Havaš. »Setzen Sie sich auf, Sembritzki, sonst fällt es auf, wenn wir anhalten!«
»Sie halten an?«
»Wir brauchen Informationen. Setzen Sie die Mütze auf!«
Sembritzki setzte sich auf und zog die Mütze über. Karlsbad. Hier waren die heißen Quellen, so mindestens wußte es die Sage, von Jagdhunden entdeckt worden, die im Troß Kaiser Karls IV. einem Wild auf der Spur gewesen waren. Sembritzki quälte sich ein müdes Lächeln ab, als er daran dachte. Heute war er das Wild.
Jetzt hatten sie die langgestreckte Kolonnade zur Linken. Der Fahrer hatte am Straßenrand eine Parklücke entdeckt. Während Havaš ausstieg und in einem schmalbrüstigen grauen Haus verschwand, schaute sich Sembritzki vorsichtig um. Malone war nirgends zu sehen. Es hätte Sembritzki auch gewundert, obwohl er dem Amerikaner einiges zutraute. Auf dem großen Platz vor der Kolonnade promenierten Touristen und Kurgäste. Es war wohl wie früher, als sich hier die gute Gesellschaft traf, nur es fehlten der Glanz und der Luxus. Ein Volkspolizist wirkte wie ein Fremdkörper zwischen bunten Tuchfetzen und beigen Regenmänteln. Nur einen kurzen Augenblick lang sehnte sich Sembritzki nach einem harmlosen Touristendasein, nach belanglosem Geplauder mit einer zufälligen Bekanntschaft, mit ein paar bedeutungsvollen Blicken und zufälligen Berührungen ihrer Hände im Gehen. Nach einem Essen im Grandhotel oder im Hotel Central unter Kristalleuchtern und langsam zerbröckelnder Pracht.
Jetzt kam Havaš zurück und setzte sich wieder an seinen Platz neben den Fahrer. Er sagte ihm etwas auf tschechisch, was Sembritzki nicht verstand. Einzig das Wort Cheb konnte er verstehen. Sie fuh-

ren los. Sembritzki legte sich wieder auf den Rücksitz und fragte: »Wohin jetzt?«
»Wir können nicht nach Cheb hinein«, antwortete Havaš. »Da sind Kontrollen. Cheb ist abgeriegelt.«
»Was tun wir jetzt?«
»Wir nehmen die 21 nach Pilsen.«
Sembritzki war irgendwie erleichtert. Cheb lag nicht mehr an seiner Fluchtroute. Wallensteins Schatten reichte nicht nach Pilsen und nicht weiter bis zur Grenze im Böhmerwald.
»Woher haben Sie die Informationen, Havaš?«
»Meine Sache, Sembritzki. Die Strecke bis zur Grenze ist unter Kontrolle. Fast die ganze Strecke.«
»Fast?«
»Den Grenzgürtel haben wir nicht mehr im Griff. Und dort, Sembritzki...«
»Dort kommt es darauf an!«
»Dort werden wir unseren letzten Handel abschließen.« Havaš lachte in sich hinein und lehnte sich dabei zufrieden zurück. Bis die Hochkamine von Pilsen in Sicht kamen, sprachen sie kein Wort mehr. Erst dann wandte sich Havaš grinsend um und sagte: »Malone wurde gesichtet!«
»Wo?« Sembritzki setzte sich kerzengerade auf.
»Legen Sie sich hin, Sembritzki!« fuhr ihn Havaš wütend an. »Wenn Sie der Name Malone so elektrisiert, schaffen Sie den Sprung über die Grenze nie!«
»Wo wurde er gesichtet?« fragte Sembritzki noch einmal.
»Bei Klatovy! In einem hellblauen Renault. Mietwagen!«
»Und?«
»Wir lassen Klatovy aus!«
Jetzt wurde der Verkehr dichter. Die Stadt des Biers und der Škodafabrik nahm sie auf. Sie fuhren an der Bartolomäuskirche vorbei und bogen dann in südlicher Richtung ab. Sembritzki hatte selbst aus seiner liegenden Position heraus den Wegweiser lesen können: Klatovy.
»Havaš, was führen Sie im Schild? Wir fahren also doch nach Klatovy?«
Havaš lachte nur. »Wir fahren in Richtung Klatovy. Aber nicht lange, mein Lieber!«
Sembritzki war beruhigt. Wieder schwiegen sie. Aus dem Autoradio klang Country-Musik. Erinnerungen an den Cowboy von Fort Bragg schlichen sich wie Rauch in Sembritzkis Denken. Eine

knappe halbe Stunde später hatte er es wirklich geschafft zu schlafen. Er erwachte, als der Lada brüsk abbremste und dann eine scharfe Rechtskurve nahm.
»Přeštice«, murmelte Havaš, und meinte den Namen der Ortschaft. Die Dämmerung war hereingebrochen. Zwischen Wolkenfetzen blitzten ein paar Sterne.
»Nacht muß es sein, wo Friedlands Sterne strahlen!«
»Ach, der Herr von Wallenstein!« lachte Havaš boshaft. »Sie wissen, wie der Sternengläubige gestorben ist, Sembritzki?«
»Nicht die Sterne waren sein Verderben, Havaš. Seine falschen Freunde haben ihn gefällt!«
»Ich bin nicht Ihr Freund, Sembritzki. Von mir haben Sie nichts zu fürchten.«
Sembritzki antwortete nicht. Er hatte sich wieder aufgesetzt und schaute zwischen seinen beiden Vorderleuten auf die Straße, die jetzt immer schmaler wurde. In der Ferne türmten sich waldige Hügelzüge.
»Der Böhmerwald«, sagte Havaš, der Sembritzkis unausgesprochene Frage damit beantwortete.
Über dem Horizont tauchte jetzt ein rotes Licht auf, das immer näher kam und sich endlich knatternd über den dahinbrausenden Lada ergoß. Ein Helikopter der Volksarmee. Oder des STB?
»Zu spät«, grinste Havaš. »Das hättet ihr euch früher einfallen lassen müssen!«
Der Hubschrauber kreuzte im Tiefflug die schmale Straße, auf der sie dahinfuhren, kippte dann wie ein steifbeiniges Insekt bedrohlich nach rechts, gewann an Höhe und knatterte in Richtung Pilsen davon. Havaš hatte sich eine Zigarette angezündet, der Fahrer erneut eine stinkende Zigarre, und Sembritzki kaute an seinem Zigarillo. Dazwischen überprüfte er das Magazin seiner Pistole und bemerkte, wie ihn Havaš bei dieser Manipulation im Spiegel, der in der rechten Sonnenblende angebracht war, beobachtete.
»Sie werden sie noch brauchen können, Sembritzki!«
Havaš rechnete also mit einem Show-down nach Westernmanier. Sie durchfuhren eine tote Ortschaft, in der nur wenige Lichter von Menschen zeugten. Erneut bog der Fahrer scharf in südlicher Richtung ab. Havaš hatte jetzt seine Pistole aus seiner Uniformjacke hervorgeholt und machte durch die Frontscheibe ein paar Zielübungen. Noch immer Western-Folksongs aus dem Radio. Es hatte leicht zu regnen begonnen. Ein Wind war aufgekommen, und Sembritzki spürte den Widerstand, den er dem Lada entgegensetzte. Die

Bäume, die die schmale Landstraße säumten, bogen sich mit ihren Kronen ihm entgegen. Sembritzki war müde und nickte immer wieder ein. Nur die immer zahlreicher werdenden brüsken Richtungswechsel schüttelten ihn aus seinem Halbschlaf in die Wirklichkeit zurück. Die Namen auf den Ortstafeln las er wie im Traum, eine Reihe von Stationen, die ihn seinem Ziel näher brachten.
»Wir sind bald soweit!« sagte Havaš, als sie ein Dorf namens Zahořany passiert hatten und mitten durch einen Wald fuhren.
»Wir sind bald soweit? Was heißt das? Die Grenze ist doch noch weit!«
»Sehen Sie nicht, wie die Straße ansteigt? Der Wald hat uns jetzt aufgenommen, aber gleichzeitig laufen wir Gefahr, in eine Sperre hineinzufahren!«
Der Fahrer bremste langsam ab und brachte endlich seinen Lada neben einer Reihe von geschälten, langgestreckten Baumstämmen zum Stehen. Havaš und der Fahrer beratschlagten leise, ohne daß Sembritzki ein Wort mitbekam. Endlich öffnete Havaš die vordere Türe. »Wir steigen hier aus, Sembritzki!«
»Wie viele Kilometer sind es noch bis zur Grenze?«
»Ungefähr zwanzig. Wir sind nicht allzuweit von der Fernstraße entfernt, die Domažlice mit Furth im Wald verbindet.«
»Über diesen Durchgang können wir unmöglich gehen. Er ist durchgehend geöffnet. Da haben wir keine Chance, Havaš!«
Er konnte dessen mitleidiges Lächeln im Dunkel nur erraten. »Sie werden die Grenze irgendwo zwischen den Hauptverbindungsstraßen überqueren!«
Sie! Damit war er gemeint. Den Gang über die Grenze würde Havaš nicht mitmachen. Und er würde ihn nur dann hinüberlassen, wenn Sembritzki dessen letzte noch unausgesprochene Forderung erfüllen würde.
Havaš ging jetzt nach hinten zum Kofferraum und holte zwei Rucksäcke heraus und ein paar wadenhohe gefütterte Lederstiefel aus sowjetischen Armeebeständen. Sie waren für Sembritzki bestimmt. Havaš war bereits ausgerüstet.
»Wozu die Rucksäcke?«
»Proviant für alle Fälle. Wir wissen nicht, wie lange uns die Leute an der Grenze hinhalten. Es kann Stunden dauern. Vielleicht sogar Tage!«
Diese Aussicht erschreckte Sembritzki.
»Lassen Sie die Uniformjacke hier, Sembritzki! Ziehen Sie Ihre Lederjacke an!«

Sembritzki gehorchte schweigend. Der feine Regen tropfte ihm in den Kragen. Er setzte seine braune Schirmmütze auf, wickelte sich den grauen Schal zweimal um den Hals. Dann griff er nach dem Rucksack. Der Gedanke an einen langen Fußmarsch bedrückte ihn weniger als die Aussicht auf eine Begegnung mit den patrouillierenden STB-Leuten und Malone.
»Der Kordon, den Volksarmee und STB ziehen, ist enger. Ich nehme an, daß sie die gesamte Grenze in mehreren Staffeln abschirmen.«
»Und irgendwo dazwischen pendelt Malone hin und her.«
Havaš nickte.
»Der erste Kordon beschränkt sich nur auf die Durchgangsstraßen. Da kommen wir problemlos durch. Der zweite ist weniger leicht zu durchbrechen. Kommen Sie!«
Er wandte sich noch einmal kurz nach dem Fahrer um, hob den rechten Arm zum Abschiedsgruß und ging dann in den Wald hinein. Sembritzki folgte ihm. In seinem Rücken hörte er den anspringenden Motor des Lada, hörte, wie er auf der nassen Straße wendete und dann davonfuhr, zurück in die Richtung, aus der sie gekommen waren. Eine Weile noch drangen die immer schwächer werdenden Motorengeräusche zu ihm, dann war er allein mit seinen Schritten und denen seines Begleiters. Ab und zu knackten Äste unter ihren Sohlen. Ein aufgescheuchter Vogel flatterte kreischend davon. Das knirschende Geräusch seiner Lederstiefel begleitete ihn und sein gefrorener Atem, der bei jedem Atemzug vor seinen Augen tanzte. Sie marschierten eine Stunde immer bergan, ohne nur einmal anzuhalten oder ein Wort zu wechseln. Havaš ging ihm wie ein Schlafwandler voran. Manchmal folgten sie schmalen Pfaden, dann wieder gingen sie quer durch das Gehölz. Sembritzkis Hände waren längst von Dornen zerkratzt, und oft war er über Wurzeln und Gesträuch gestolpert, einige Male auch hingefallen. Havaš dagegen schien Radaraugen zu haben. Nicht ein einziges Mal kam der Einarmige aus dem Gleichgewicht.
Plötzlich blieb er stehen, so daß Sembritzki, der sich an den Marschrhythmus und an die Dunkelheit gewöhnt hatte und sich eigentlich auch schon mechanisch vorwärtsbewegte, auf seinen Vordermann auflief. Er sah, wie Havaš nach rechts zeigte. Und jetzt konnte Sembritzki ebenfalls, etwa hundert Meter entfernt, den zitternden Strahl einer Taschenlampe sehen.
»Das ist die Hauptstraße Nummer 22 von Klatovy nach Domazlice. Da müssen wir hinüber!«

»Eine Sperre?« fragte Sembritzki.
»Ja. Aber die konzentrieren sich ganz auf den Autoverkehr.«
»Keine Hunde?«
»Nein. Die nicht. Die Patrouillen an der Grenze haben Hunde! Kommen Sie!«
Sie gingen etwa hundert Meter in entgegengesetzter Richtung. Dann wandte sich Havaš wieder nach Westen. Sembritzki hörte das Gurgeln eines Gewässers.
»Ein Fluß?« flüsterte er.
»Die Zubřina«, antwortete Havaš. »Da müssen wir hinüber.«
Er blieb jetzt stehen. Das Rauschen des Flusses wurde stärker. »Wenn wir den Fluß überqueren, solange er noch durch den Wald fließt, kann man uns nicht sehen. Später, im freien Feld, haben wir keine Möglichkeit, hinüberzukommen. Die Brücke ist ohnehin bewacht.«
Er ging weiter. Wieder stand er still und streckte den Arm aus. Jetzt sah auch Sembritzki den Fluß unter sich, der sich durch ein lehmiges Bett wälzte. Das Ufer fiel steil ab, und er fragte sich, wie er überhaupt heil unten ankommen sollte, geschweige denn das andere Ufer erreichen.
»Da sollen wir hinüber?« flüsterte er.
»Da etwas weiter unten gibt es eine Hängebrücke.«
»Bewacht?«
»Nein. Die können nicht jeden Steg bewachen. So viele Leute haben die nicht. Kommen Sie!«
Er wandte sich wieder nach Osten und führte Sembritzki über eine steile, in den Lehm gegrabene Treppe zum Wasser hinunter. Jetzt sah Sembritzki die Brücke, die ihn an japanische Stege erinnerte, die er auf Holzschnitten gesehen hatte, zerbrechlich, tödlich. Aber sein Vertrauen in Havaš war groß, und so folgte er ihm, der vorangegangen war und ihm dann vom andern Ufer her ein Zeichen machte, ohne zu zögern. Sie gingen bis zum Waldrand. Jetzt sah Sembritzki die Lichter einer Ortschaft.
»Kout!« flüsterte Havaš und zeigte mit dem Arm in die Gegenrichtung, wo eine Reihe von Fahrzeugen die Straße blockiert hatte. »Wir müssen den Ort umgehen.«
Er wandte sich wieder ab, und sie gingen erst den Waldrand entlang und schlichen sich dann, im Schatten einer Hecke, die gleichsam aus dem Gehölz herauswuchs, bis zur Straße hinunter. Dort legte sich Havaš hin, und Sembritzki tat es ihm nach.
»Wir müssen warten!«

»Worauf?« flüsterte Sembritzki.
»Bis ein Auto aus dieser Richtung hier kommt und die Vopos dort oben blendet und ablenkt.«
Sie lagen vielleicht eine Viertelstunde im feuchten Gras, bis endlich die Scheinwerfer eines Autos im Südwesten auftauchten. Wie zwei dünne Greifarme wuchsen die Lichtstrahlen in den tiefhängenden Himmel.
»Jetzt!« rief Havaš, als der Wagen an ihnen vorbeibrauste und, von kreisenden roten Lichtern bedroht, scharf abbremste.
Gebückt rannten sie über die Straße und weiter über das freie Feld, bis sie erneut in einem Gehölz Schutz fanden. Eine Weile lehnten beide schwer atmend an einem Stamm, dann zog Havaš eine kleine Flasche aus seinem Rucksack, nahm einen tiefen Schluck daraus und hielt sie dann Sembritzki hin. Das Getränk war scharf und brannte Sembritzki in der Kehle. Er schaute auf die Uhr. Zwei Stunden waren sie jetzt schon unterwegs, seit sie das Auto verlassen hatten. Es war halb zehn. Und die Nacht war noch lange nicht zu Ende.
»Gehen wir!« brummte Havaš und schob mit dem rechten Arm den Riemen des Rucksackes über den linken Armstummel. Der Weg stieg jetzt steiler an, und immer dann, wenn sie einen ausgetrampelten Pfad verließen und sich durch das Gebüsch schlugen, rutschte Sembritzki aus. Er spürte die Müdigkeit, und er fragte sich, ob er denn im Falle, daß sie entdeckt würden, überhaupt noch imstande wäre, zu reagieren.
Nach einer weiteren Stunde kamen sie plötzlich auf eine Waldlichtung. Vor ihnen lag ein kleiner See. Am gegenüberliegenden Ufer blinkten zwei Lichter. »Šumava«, sagte Havaš.
»Können wir uns da zeigen?«
Havaš nickte. »Ich habe da einen Freund.«
»Ist das nicht gefährlich?«
Havaš schwieg eine Weile.
»Ich weiß nicht, ob Sie die Geschichte des Egerlandes kennen, Sembritzki?« Und ohne eine Antwort abzuwarten, fuhr er fort: »Nachdem die Deutschen aus dem Sudetenland und aus dem Egerland vertrieben worden sind, wurden da neue Leute angesiedelt, die überhaupt keine Beziehung zu dieser Gegend hatten, in die man sie verpflanzt hatte. Da waren viele Kriminelle darunter, Leute, die anderswo nicht unterzubringen waren. Später hat man dann einen neuen Anlauf genommen. Neue Leute wurden hierhergebracht. Aus allen Gegenden unseres Landes. Sogar aus benach-

barten Ländern. Da waren viele Slowaken drunter. Alles Leute, denen die Wurzeln abgeschnitten worden waren.«
»Heimatlose«, sagte Sembritzki überflüssigerweise.
»Gehen Sie einmal nachts durch diese Dörfer, Sembritzki. Da sehen Sie so gut wie kein Licht. Da sind alle Fensterläden gegen die Straße hin geschlossen. Aber dahinter, sage ich Ihnen. Dahinter, da lauern sie. Diese Leute sind die geborenen Spitzel. Sie haben kein Verhältnis zu irgendwelchen moralischen Werten. Sie kaufen und sind käuflich.«
»Und Sie, Havaš?«
Havaš schüttelte den Kopf. »Ich bin hier aufgewachsen, Sembritzki. Bei einem Onkel. Damals, als sich mein Vater von meiner Mutter getrennt hatte. Zwanzig Jahre erst wohnen die Leute hier. Die sind eben so.«
»Und Sie sind auch so?«
»Kommen Sie!« sagte Havaš rauh. »Wir müssen um den See herum. Und keine überflüssigen Geräusche!«
Über dem Gewässer hing ein feiner Nebelschleier. Ein Wasservogel ließ einen müden Schrei hören. Hektisches Geflatter riß für Augenblicke die spiegelglatte Fläche auf. Der Boden entlang des Sees war weich, und Sembritzki sank bei jedem Schritt ein. Über dem Hügelkamm schoß mit einem Male eine weiße Rakete in den Himmel und sank dann zurück in den Wald.
»Die warten schon auf uns!« murmelte Havaš, der wieder stehengeblieben war.
»Eine ganze Armee?«
»Anzunehmen.«
»Gibt es neue Einrichtungen an der Grenze?« fragte Sembritzki weiter. »Selbstschußanlagen? Plastikminen?«
»Sie meinen die SM-70-Selbstschußanlagen, die man an der deutsch-deutschen Grenze benützt? Nein. Hier gibt es nur Maschenzäune. Und diese Drähte, an denen Blechbüchsen aufgehängt sind und durch die man in Sekundenbruchteilen die ganze Grenze in Alarmbereitschaft versetzen kann. Aber keine Schrapnells, keine Plastikminen!«
Sembritzki atmete auf.
»Trotzdem, Sembritzki«, schränkte Havaš ein. »Trotzdem wird es schwer. Die ganze Grenze steht in Alarmbereitschaft. Man wird es Ihnen nicht leichtmachen. Und da ist noch Malone!«
»Ein einzelner Mann!« sagte Sembritzki und versuchte, Verachtung in seiner Stimme mitklingen zu lassen.

»Malone kennt sicher auch die neuralgischen Stellen an der Grenze!«
»Warum wählen wir denn keinen andern Durchgangsweg?«
»Weil es nur einen Weg gibt, der gefahrlos zu begehen ist.«
»Und den müssen wir uns gegen Malones Widerstand freischießen?«
Havaš nickte und ging weiter. Sie waren am Dorfeingang angelangt, als er sich noch einmal umwandte und sagte: »Warten Sie hier, Sembritzki! Halten Sie sich im Schatten dieser Scheune hier auf. Ich hole Sie ab, wenn die Luft rein ist.«
Es dauerte beinahe eine halbe Stunde, bis Havaš zurückkam. Plötzlich tauchte er lautlos neben dem frierenden Sembritzki auf, dessen Griff zur Pistole viel zu spät gekommen wäre.
»Kommen Sie!« forderte ihn Havaš auf, und Sembritzki war, als ob Verachtung in seiner Stimme mitklänge. Havaš führte ihn an geschlossenen Fensterläden vorbei zu einem Haus, über dessen Türe er das Wort »Pstruh« – Forelle – zu erkennen glaubte.
»Ist das nicht zu riskant?« flüsterte Sembritzki. »Ein Gasthaus in dieser Gegend. Da kennt doch jeder jeden.«
»Es gibt nur einen Telefonanschluß in diesem Dorf«, antwortete Havaš. »Und der ist hier drin. Den haben wir im Auge. Und zudem bin ich hier aufgewachsen. Schweigen Sie, was immer auch geschieht. Das ist alles. Und verschwinden Sie auf der Toilette, wenn ich Ihnen ein Zeichen gebe.«
Havaš stieß die Türe auf. Aus dem Innern schoß ihnen eine dicke Rauchwolke entgegen. Es roch nach Schweiß und feuchten Kleidern.
»Dobrý večer!« schnarrte der bleiche, magere Mann hinter dem Tresen.
»Dobrý večer«, antwortete Havaš, und Sembritzki nickte. Havaš steuerte auf eine Eckbank zu, die hinter dem einzigen, von einer trüben Glühbirne beleuchteten Tisch im Raum stand. Die niedrige Decke war von Rauch geschwärzt. Ein gelbes Fliegenpapier, wie es Sembritzki von seiner Kindheit her kannte, wand sich in einer Spirale von einem Balken. In einer zweiten, unbeleuchteten Ecke saßen zwei alte Männer in groben Anzügen, die Ellbogen auf dem Tisch, und flüsterten zusammen.
»Co je?« fragte Havaš.
»Máte rád pstruhy?« fragte der bleichgesichtige Wirt, der jetzt hinter dem Tresen hervorgeschlurft war und seine dünnen Finger mit den brüchigen Fingernägeln auf den Tisch stützte. Forelle? Das

würde zu lange dauern. Sembritzki wollte so schnell wie möglich wieder weg. Aber Havaš schien es nicht eilig zu haben. Er bestellte Käse, Brot und Bier. Dann flüsterte er Sembritzki zu: »Spendieren wir denen da in der Ecke eine Runde!«
Sembritzki nickte und schob Havaš fünfzig Kronen hin. Havaš griff danach, ging dann langsam, beinahe feierlich zu den beiden Alten hinüber und unterhielt sich halblaut mit ihnen, wahrscheinlich auf slowakisch. Dann kam Havaš zurück und flüsterte Sembritzki zu: »Wir müssen die beiden ganz einfach abfüllen. Dann erinnern sie sich an nichts mehr. Oder zu spät.«
Der Wirt hatte unterdessen eine Wodkaflasche und zwei Gläser in die dunkle Ecke gebracht, und eine Weile später kam er mit einem abgeschliffenen Holzteller, auf dem zwei Sorten Käse und ein paar Scheiben von schwarzem Brot lagen, zu Havaš und Sembritzki. Dann knallte er zwei Maß Bier auf den Tisch und zog sich wortlos hinter den Tresen zurück. In keinem Augenblick ließ er sich anmerken, daß er Havaš kannte. Er stand beinahe schläfrig hinter dem Tresen, den knochigen Schädel mit den paar blondgrauen Strähnen leicht schräg, aber Sembritzki merkte gleich, daß diesem Mann nichts entging. Er schien sogar über das Bescheid zu wissen, was sich in den Köpfen seiner Gäste tat, denn als einer der alten beiden Männer sich mühsam erhob und leicht schwankend durch die Türe neben dem Tresen hinauswollte, begleitete ihn der Wirt diskret. Als sie nach einer Weile noch immer nicht zurückkamen, ging auch Havaš hinaus. Jetzt saß Sembritzki mit dem Bauern allein in der Stube. Dieser stierte mit tränenden Augen auf die halbleere Flasche und versuchte, mit ein paar fahrigen Bewegungen nach ihr zu greifen, aber immer wieder schlossen sich seine Finger im Leeren. Vor Sembritzkis Augen kreiste eine letzte Fliege in immer enger werdenden Spiralen um das klebrige, sich kringelnde gelbe Papier, das von der Decke hing. Der Bierhahn am Faß tropfte. Eine kleine, schwarze Spinne krabbelte in der Diagonalen über das Husákbild hinter dem Tresen an der Wand.
Endlich kam der Bauer torkelnd und weiß im Gesicht zurück und ließ sich aufstöhnend neben seinen Kumpan auf die Holzbank fallen. Dann kam der Wirt mit verkniffenem Mund und stand wieder unbeweglich unter dem Bild des Parteisekretärs. Und endlich tauchte auch Havaš wieder auf. Seine Haare waren triefend naß und klebten ihm an der Stirn. Seine Augen schossen Blitze. Er setzte sich wieder zu Sembritzki an den Tisch und leerte seine Maß in einem Zug.

»Ist etwas?« flüsterte Sembritzki.
»Malone!« knurrte Havaš, und dann lief ein eigenartiges Grinsen über seine Lippen.
»Malone ist draußen? Wie hat der uns gefunden? Das kann doch kein Zufall sein!«
»Es ist kein Zufall, Sembritzki. Das weiß ich jetzt. Malone ist cleverer, als ich dachte. Er hat in meiner Vergangenheit herumgestöbert, als er erfuhr, daß ich Sie über die Grenze bringen will.«
»Was hat ihm das eingebracht?«
»Diese Ortschaft hier! Und diesen verräterischen Onkel.«
Er machte eine Kopfbewegung zum Wirt hin, der unbeweglich hinter dem Tresen lehnte.
»Und wie hat er diesen Kontakt hergestellt?«
»Über das einzige Telefon im Ort! Er hat hier angerufen. Geld gegen eine Auskunft.«
»Ihr Onkel hat sich von Malone bezahlen lassen?«
Havaš zuckte die Schultern. »Ich sagte es Ihnen ja. Die Leute hier oben sind käuflich. Für Geld tun sie alles.«
»Aber er ist doch Ihr Onkel?«
»Bedeutet das etwas? Sie haben meinen Vater gekannt. Der Wirt ist sein Bruder. Ich gleiche eher meinem Onkel, Sembritzki. Kann ich es ihm zum Vorwurf machen, wenn er ein gutes Geschäft gemacht hat?«
»Sie gleichen nicht Ihrem Onkel, Mikal. Aber Sie sind bei ihm aufgewachsen, das ist es.«
Sie schwiegen beide. Unterdessen war der zweite Bauer hinausgewankt. Die letzte Fliege klebte jetzt auch auf dem goldenen Todesstreifen. Der Wirt brachte zwei volle Biergläser. Havaš fragte ihn etwas auf slowakisch. Der Wirt antwortete mürrisch. Dann ging er zurück zum Tresen.
»Wir hätten nicht hierherkommen dürfen, Havaš!«
»Es ist der einzige Ort, wo uns die STB-Leute nicht auf den Pelz rücken.«
»Warum?«
»Weil da der Wirt dichthält. Sie waren schon ein paarmal da heute abend. Aber er hat sie weiter in Richtung Eger geschickt. Hat behauptet, daß er von Passanten gehört hätte, daß sie einen Mann, auf den ihre Beschreibung paßt, dort gesichtet hätten.«
»Warum? Er hätte sich doch auch hier etwas damit verdienen können, wenn er uns an den STB verraten hätte.«
Havaš lachte trocken und böse auf. »Einen Orden vielleicht. Nein,

Sembritzki. An den STB verrät hier oben niemand irgend jemanden.«
»Aber an einen Amerikaner?«
»Amerikaner können zahlen. Und noch etwas: die Deutschen sind in der Tschechoslowakei noch nie beliebt gewesen. Sie haben immer zu den Siegern gehört, zu den Unterdrückern. Sie sind Deutscher, Sembritzki!«
In diesem Augenblick klingelte das Telefon. Sembritzki merkte, wie Havaš' Muskeln sich anspannten und wie er mit der rechten Hand in die Uniformjacke griff. Der Wirt sprach halblaut in die Muschel. Dann nickte er befriedigt und hängte auf. Havaš war aufgestanden und zum Tresen hinübergegangen. Er unterhielt sich nur kurz mit dem Wirt und kehrte dann zu Sembritzki zurück.
»Kommen Sie!«
Sembritzki erhob sich schnell. »Ist etwas?«
Aber Havaš schüttelte nur den Kopf, stülpte sich seine Mütze auf den Kopf und streifte dann den Riemen des Rucksacks über den Armstumpf.
»Der Weg bis zur Grenze ist mehr oder weniger frei. Ich kenne jetzt die neuralgischen Stellen.«
»Sie trauen dem Wirt plötzlich?«
»Ich weiß genau, wann ich ihm trauen kann. Er hat seinen Sohn, meinen Cousin, auf Kundschaft ausgeschickt. Und sein Sohn schuldet mir etwas, Sembritzki. Jetzt sind wir quitt. Geschäft ist Geschäft. Gehen wir!«
Sie gingen zur Türe im Augenblick, als der besoffene Bauer wieder hereintaumelte. Havaš packte ihn mit seinem rechten Arm, drehte ihn mit einer schnellen Bewegung um, daß der Alte entsetzt aufschrie, und stieß ihn dann vor sich her in die Nacht hinaus.
Es war plötzlich kalt geworden, und der Regen war in Schnee übergegangen, der in fetten Flocken vom Himmel fiel. Sembritzki hielt sich dicht hinter Havaš, als sie einen Augenblick lang im schräg aus der Türe fallenden Licht standen, dann aber sofort ins Dunkel tauchten und den jammernden Bauern vor sich herstoßend zum Wald hinüberstapften. Mitten auf dem Weg machte Havaš kehrt, wirbelte den Bauern mit seinem einzigen Arm um sich herum und schleppte ihn wie eine widerstrebende Kuh hinter sich her, denn jetzt war ein Angriff von hinten möglich.
»Schnell!« keuchte Havaš, als sie endlich am Waldrand angekommen waren. Er gab dem Bauern einen Stoß, so daß er mit einem Aufschrei vornüber aufs Gesicht kippte, und verschwand dann mit

einem Sprung im Gehölz. Sie hasteten wohl ungefähr zehn Minuten keuchend auf einem leicht ansteigenden Pfad durch das Dunkel. Dann endlich stand Havaš still. Sembritzki lehnte sich vornübergebeugt gegen die feuchte und kalte Rinde eines Baumstammes. Er hörte das Keuchen seines Gefährten und das Fallen der Tropfen, die sich von den durchhängenden Ästen lösten. Er horchte nach einem andern Geräusch, nach Malones Gegenwart. Aber vom Amerikaner kein Lebenszeichen. Havaš schien Sembritzkis Gedanken erraten zu haben.
»Ich habe mich getäuscht. Der Mann ist uns vorangegangen. Er wird uns irgendwo auflauern. Wir müssen uns trennen!«
»Ich kenne den Weg nicht, Havaš!«
»Tut nichts. Wir bleiben in Kontakt. Dreißig Meter Abstand genügen. Ich gehe voran, und Sie folgen mir!«
»Er wird Sie vorbeigehen lassen und dann mich erledigen.«
Havaš überlegte einen Augenblick lang. Dann sagte er: »O.K. Wir tauschen die Rollen. Sie gehen voran, immer auf diesem Pfad. Nehmen Sie meine Mütze und meine Jacke. Er wird Sie für mich halten und vorbeigehen lassen.«
»Dann knallt er ganz einfach Sie ab!«
»Das wäre ja nur zu Ihrem Vorteil, Sembritzki!«
»Das wäre Vertragsbruch. Sie geleiten mich bis hin zur Grenze. So war es abgemacht!«
Havaš lachte. »Ich werde nicht genau Ihren Spuren folgen. Alle fünf Minuten bleiben Sie stehen und lassen mich aufschließen.«
Sembritzki griff nach seiner Pistole.
»Nur mit Schalldämpfer, Sembritzki«, flüsterte ihm Havaš zu.
»Was soll ich mit einem Schalldämpfer hier draußen? Da habe ich doch keine Chance zu einem gezielten Schuß auf Distanz!«
»Wie wollen Sie im Dunkel auf Distanz schießen, Sembritzki? Und wollen Sie den gesamten Grenzschutz und die zusätzlichen Kräfte mit ihrer Detonation aus dem Busch klopfen? Glauben Sie mir, auch Malone wird einen Schalldämpfer benützen.« Und nach einer Pause: »Oder ein Messer!«
Ein Frösteln überfiel Sembritzki, als er sich umwandte und ins Dunkel hineinschritt. Sie marschierten mehr als eine Stunde, ohne daß sich etwas tat. Havaš wußte, daß es für Malone schwierig war, ihre Route präzise auszumachen. Einmal, als sie sich ausruhten, hörten sie in der Nähe eine Zweierpatroille des Grenzschutzes vorübergehen. Sie hörten das Hecheln eines Hundes und waren froh, als die Geräusche wieder schwächer wurden, ohne daß der Hund

Witterung aufgenommen hatte. Sie marschierten weiter. Mitternacht war längst vorbei, und Sembritzki fürchtete die Morgendämmerung.
Havaš hatte zu Sembritzki aufgeschlossen. »Die Grenze ist jetzt noch etwa fünfhundert Meter entfernt!« flüsterte er.
Fünfhundert Meter trennten Sembritzki von Deutschland. Jetzt würde wohl Havaš die endgültige Rechnung präsentieren. Aber davon sagte er noch kein Wort. Er ließ den Rucksack über die Schulter gleiten, zog die Schnapsflasche heraus und kauerte sich nieder, einen Baumstamm im Rücken.
»Worauf warten wir?«
»Auf Malone«, antwortete Havaš. Er hatte seine Pistole auf den Rucksack gelegt.
»Malone wird nicht kommen. Malone kann warten!«
»Malone hat nicht länger Zeit als wir. Er muß Sie vor Tagesanbruch erledigen, ohne Gefahr zu laufen, von einer Patrouille entdeckt zu werden!«
»Das gilt auch für uns!«
Havaš nickte und nahm einen Schluck aus der Flasche.
»Es kommt darauf an, wer den ersten falschen Zug macht.«
Sembritzki schaute auf die kleine Waldlichtung hinaus, die von einer feinen Schneeschicht überzogen war. Seine Finger waren steif und kalt, und er fragte sich, wie er damit einen gezielten Schuß würde abgeben können. Je länger sie unbeweglich dasaßen, desto mehr fühlte er die Kälte und die Müdigkeit, die an ihm hoch und in ihn hineinkrochen. Eine Weile war er dann auch wirklich eingenickt, als ihn eine brüske Bewegung seines Gefährten weckte, der eng neben ihm gehockt hatte und jetzt aufgestanden war.
»Dort!« flüsterte er und zeigte auf die Lichtung hinaus. Und jetzt konnte Sembritzki auch den Umriß eines Mannes ausmachen, der, die Hände an seiner Seite, auf die Lichtung hinaustrat.
Malone wußte genau, daß Havaš auf diese Distanz von fünfzig Metern keine Möglichkeit hatte, mit dem Schalldämpfer einen Treffer zu landen. Malones Auftritt war eine reine Provokation und der Beweis dafür, daß er Havaš und seine Reaktion genau richtig einschätzte. Plötzlich verschwand Malone wieder im Schatten eines Baumes. Eine Weile später sah Sembritzki ein Streichholz aufflammen, und dann war nur noch die Spitze einer Zigarette sichtbar, die in regelmäßigen Abständen glühte und dann wieder erlosch. Hatte der Mann die Kühnheit, fünfzig Meter von seinen Gegnern entfernt eine Zigarette zu rauchen?

»Schwein!« murmelte Havaš zwischen den Zähnen. »Der hält mich wohl für einen Trottel. Ein schäbiger Trick. Malone hat da so einen elektrischen Glühstengel mit Batterie und Impuls an einem Baum befestigt, um uns glauben zu machen, daß er dort drüben auf uns wartet. Und unterdessen schleicht er sich durch die Büsche.«
Jetzt hörten sie ein Geräusch auf ihrer linken Seite, doch im Augenblick, als sich Havaš in diese Richtung wandte, knackte ein Zweig auf der rechten.
»Trennen wir uns! Gehen Sie rechts, Sembritzki. Aber vorsichtig!«
Sembritzki kroch in die Dunkelheit hinein. Dann hockte er sich auf die Fersen und lauschte, die entsicherte Pistole in der Hand. Es roch nach Moos und frischgeschlagenem Holz. Dann hörte er plötzlich das dumpfe Geräusch eines Schusses. Dann war es wieder still. Ein Zweig knackte. Ein erschreckter Vogel schoß in den Himmel, flatterte über die Lichtung und fiel wie ein Stein auf die Wiese. Noch immer glühte die Zigarette am andern Waldrand. Sembritzki kroch weiter. Er hatte hinter einem Stapel mit frisch geschlagenem und zugeschnittenem Holz Schutz gefunden. Neben ihm verlief ein schmaler Waldweg, der aus dem Dunkel in die Lichtung hinausführte. Sembritzki hörte das Knacken eines Zweiges, und dann sah er den Umriß einer Gestalt auftauchen und auch sofort wieder verschwinden. Er konnte nicht sehen, ob es Havaš oder Malone war. Er hatte jetzt seine Pistole auf dem rechten Knie aufgestützt und wartete so in hockender Stellung weiter. Bereits hatte sich der Himmel etwas aufgehellt. Jetzt hörte er ein Geräusch rechts, und im selben Augenblick trat der Mann, den er vorhin gesehen hatte, wieder aus dem Dunkel hinaus auf den Weg. Jetzt sah Sembritzki auch den andern. Die beiden Männer standen sich in fünf Meter Entfernung gegenüber.
»Damn!«
Der unterdrückte Fluch kam von links. Und als Sembritzki die Waffe hob und auf Malone anlegte, hatte dieser seinen Colt schon im Anschlag. Doch Havaš schoß zuerst. Zwei-, dreimal blubberte es. Dann stürzte Malone, zuerst auf das rechte Knie, und dann drehte er sich lautlos um, präsentierte seinem Gegner die Kehrseite und fiel auf das Gesicht. Sembritzki hatte sich erhoben und stand noch immer da, die Pistole auf den liegenden Mann gerichtet, als Havaš von hinten an ihn herantrat und ihn anstieß.
»Malone ist tot! Es mußte getan werden«, flüsterte Havaš beinahe entschuldigend. »Er hatte das Pech, daß ich ihn den Bruchteil einer Sekunde vorher sah. Daß ich schneller schoß.«

»Malone ist tot?« murmelte Sembritzki ungläubig. Sembritzki starrte auf den Rücken des CIA-Mannes, auf die dunkelblaue Lederjacke und den flachen Hinterkopf mit den graurot gestreiften Haaren.
»Gehen Sie!« sagte Havaš, und Sembritzki sah, daß er seine Pistole noch nicht eingesteckt hatte. »Den Rest schaffen Sie jetzt allein!«
Hatte Havaš vergessen, seine zusätzliche Rechnung zu präsentieren? Eine Weile standen sie schweigend über dem Toten.
»Das Material, Sembritzki!« krächzte Havaš.
Was wollte der Mann von ihm? Saturns Material? Sembritzki griff sich an den Hals, um den er Saturns silberne Krawatte geschlungen hatte. Hatte es Havaš darauf abgesehen? Ihn hatte es gewundert, daß sein Pfadfinder während der gesamten Flucht nie eine Bemerkung über die Krawatte hatte fallenlassen.
»Was für Informationen, Havaš? Ich habe nichts, was irgend jemand interessieren könnte.«
»Ich will nicht das strategische Material. Keine Agentenware, Sembritzki. Ich will Namen! Ich will wissen, wer hinter der Organisation der Hussiten steckt!«
Sembritzki fühlte, wie seine Beine zu zittern begannen.
»Ich habe keine Namen, Havaš!«
»Kommen Sie, Sembritzki! Ich weiß es doch genau!«
»Nein!« gurgelte Sembritzki. »Nein!«
»Bieten Sie mir nicht irgendeinen Namen an, Sembritzki! Ich lasse mich nicht täuschen!«
»Warum denn, Havaš? Warum?«
»Ich muß etwas in den Händen haben, wenn ich nach Prag zurückkehre. Informationen, die von Wichtigkeit sind. Tauschware.«
»Ich kann es nicht!« flüsterte Sembritzki und verheddderte sich in seinen Gedanken in Wallensteins Schatten: Von falschen Freunden stammt mein ganzes Unglück. Die Weisung hätte früher kommen sollen. Jetzt brauch' ich keine Sterne mehr dazu. Sollte auch er jetzt zum Verräter werden? Er fühlte die Mündung von Havaš Pistole auf der Brust.
»Eva Strakova«, würgte er endlich heraus. Jetzt hatte er endgültig mit seiner Vergangenheit gebrochen. Havaš hatte ihm die Entscheidung abgenommen. Sembritzki hatte seine Liebe getötet. Endgültig. Böhmen, eine Geschichte der Niederlagen. Die Vergangenheit war tot.
»Die Papiere noch, Sembritzki. Als Beweis!«
Widerstandslos ließ er sich von Havaš Evas Vermächtnis aus der

Tasche nehmen. Havaš prüfte die chiffrierten Informationen kurz und steckte sie in die Tasche.
»Das wär's, Sembritzki. Glauben Sie mir, ich habe es ungern getan. Ich mag Sie, Sembritzki. Aber jeder ist sich selbst der Nächste. Das gilt auch für Sie! Kommen Sie!«
Wortlos wandte sich Sembritzki um und ging Havaš voran, immer im Schutz des Waldes um die Lichtung herum, bis sie auf der andern Seite angelangt waren und Sembritzki zwischen den Stämmen die sanft hin und her pendelnden Blechbüchsen sehen konnte.
»Passen Sie auf, wenn Sie hinüberwechseln, Sembritzki. Berühren Sie die Drähte nicht. Und weichen Sie den Hunden aus! Ich halte Ihnen den Rücken frei. Leben Sie wohl, Sembritzki!«
Aber Sembritzki antwortete nicht, sondern ging langsam auf die baumelnden Blechbüchsen zu. Als er vor dem rostigen Draht stand, drehte er sich langsam um. Havaš stand am Waldrand vor einem Baumstamm und hob leicht die Hand zum Gruß.
In diesem Augenblick schoß Sembritzki. Er hatte im Gehen den Schalldämpfer abgeschraubt und sandte eine Folge von drei scharfen bellenden Geräuschen in die fahle Morgendämmerung hinein. Er sah, wie Havaš mit großen Sätzen und hängendem rechten Arm über die Lichtung hetzte. Er hörte, wie die Blechbüchsen sich zu einem gewaltigen Morgenkonzert fanden und vernahm das heisere Gebell von Schäferhunden. Jetzt schossen Leuchtraketen von allen Seiten her in die Luft und tauchten die Szene in gleißend weißes Licht. Langsam schwebten sie an Fallschirmen der Erde zu, als das Gebelfer der Kalaschnikow-Maschinenpistolen einsetzte.
Sembritzki rannte um sein Leben. Er hechtete unter den Drähten durch und sah, als er sich endlich wieder aufrappelte, wie zwei Gestalten aus dem strahlenden Licht einer Leuchtrakete, die über einem Ast ein paar Meter von ihm entfernt hing, ausgeklammert wurden. Und bevor die Kalaschnikows ihre Eingeweide nach außen stülpen konnten, schoß er zweimal in diese Richtung, so daß sich die beiden Verfolger blitzschnell hinwarfen. Er rollte sich unter den Drähten durch und robbte dann auf den Ellbogen mit schlapp durchhängenden Beinen weiter, als er das Hecheln eines Hundes hinter sich hörte. Er warf sich zur Seite, als der schwarze Schatten zum Sprung ansetzte, und feuerte seine letzte Kugel in den schwarz glänzenden gestrafften Körper.
Er raffte sich auf und rannte im Zickzack zwischen den Bäumen, während in seinem Rücken wieder die Kalaschnikows zu sprechen begannen. Aber der Wald war wieder dichter, und seine Verfolger

konnten ihn in der Dunkelheit, die hier nicht durch Leuchtraketen erhellt werden konnte, nur schwer ausmachen. Sembritzki wußte, daß sich der Wald an einer Stelle von der Grenze her bis hinunter zum Dorf Eschlkam zog. Er mußte diese Deckung ausnützen, und vor allem mußte er versuchen, seinen eigenen Leuten auf dieser Seite der Grenze auszuweichen, die im Augenblick damit beschäftigt waren, die Slowaken in Schach zu halten und daran zu hindern, auf bundesdeutsches Territorium vorzudringen, um Sembritzki doch noch zur Strecke zu bringen. Bevor er Stachows Auftraggeber in Konstanz getroffen hatte, durfte er Römmel und dem BND nicht in die Hände fallen.
Dreimal lief er Gefahr, von Patrouillen des Bundesgrenzschutzes entdeckt zu werden, die eine rege Tätigkeit entfaltet hatten. Allerdings konnten sie damit rechnen, daß ein Flüchtling aus der Tschechoslowakei sich ohnehin früher oder später bei einer Polizeistelle melden würde. Natürlich bestand auch die Möglichkeit, daß der BND die Kollegen an der Grenze davon unterrichtet hatte, daß Sembritzki möglicherweise versuchen könnte, die Grenze inoffiziell zu überschreiten, und daß er sofort anzuhalten und zu isolieren sei, bis die BND-Beamten einträfen.
Es war jetzt beinahe hell geworden. Sembritzki war nur langsam vorwärtsgekommen, weil er immer wieder in Deckung gehen mußte. Aber die Todesangst war von ihm gewichen. Hier mindestens würde man ihn nicht einfach abknallen. Ob allerdings ein BND-Verhör viel angenehmer ausfallen würde, bezweifelte er. Er sah einen Traktor mit Anhänger einen Feldweg entlangfahren und dann hinauf zum Waldrand in seine Richtung. Der Bauer hatte seine Zipfelmütze tief in die Stirn gezogen. Hundert Meter von Sembritzkis Versteck entfernt hielt er an. Er kletterte vom Sitz, und während er damit beschäftigt war, eine ganze Reihe von Reisigbündeln hinten auf die Ladebrücke zu werfen, schlich sich Sembritzki näher. Und genau im Augenblick, als der Bauer wieder auf seinen Sitz kletterte und den Anlasser seines Ungetüms betätigte, schwang sich Sembritzki hinten auf die Ladebrücke des Anhängers und ging hinter den Reisigbündeln in Deckung. Er lag auf dem Rücken und starrte in den hellgrauen Himmel hinauf, der immer durchsichtiger wurde und an ein paar Stellen schon blaue Farbe sichtbar werden ließ. Über ihm kreiste ein Bussard, und der Rauch aus der Pfeife des Bauern schoß in blauen Schwaden über die Reisigbündel hinweg und löste sich in der glasklaren Luft auf. Zurück blieben der süßliche Geruch von Tabak und ein Hauch von Heimweh.

13

Als Sembritzki dann in der Nacht in seinem Zimmer im Konstanzer Inselhotel lag, kam es ihm vor, als klafften Tage zwischen seiner Flucht über die Grenze und seiner südlichen Deutschlandtraversierung. Er war in Dorfnähe von der Ladebrücke des Bauern gesprungen, hatte in einem Wirtshaus in Eschlkam einen heißen Kaffee geschlürft und war dann per Anhalter nach Lam gefahren. Dort war er in den Zug umgestiegen und dann nach mehrmaligem Umsteigen endlich am Abend in Konstanz angekommen. Und jetzt lag er hier in seinem Zimmer im Dunkeln und wartete. Er hatte sich das Essen heraufbringen lassen und das Täfelchen mit der Aufschrift »Bitte nicht stören« an die Türklinke gehängt. In der Nacht fühlte er plötzlich, wie das Fieber in ihn hineinkroch und sich langsam in seinem Körper ausbreitete. Träume drohten sein Gehirn zu sprengen, und Stimmen bohrten sich in sein Inneres: »Fast ein Jahrzehnt lang gelang es inmitten eines von Kaiser und Papst, Klerus und Adel beherrschten Europa, einer Gegenwelt in ihrer böhmischen Heimat selbst die Welt zu sein, die führende Ordnungsmacht, die die kühne Vision einer besseren und gerechteren Welt zu verwirklichen schien.«
Es war die Stimme seines Geschichtslehrers, die sich wie eine Peitschenschnur um seinen Hals wickelte und sich zusammenzog.
Sembritzki hatte die Utopie gebrochen, zerstört, abgetötet. Und gleichzeitig hatte er seine Liebe mit ins Grab geschickt. Aber er hatte Deutschland gerettet! Und während dieser Gedanke sich in seine Fieberträume fraß, begann er zu lachen, wieherte, gluckste, keuchte, bellte er so lange und so laut, daß sein Zimmernachbar an die Wand klopfte. Dann fiel Sembritzki wieder in die Kissen und versank in traumloser Lethargie. In lichten Augenblicken schleppte er sich zum Kühlschrank und schüttete Whisky in sich hinein.
Am Morgen lag er erschöpft und naß am ganzen Körper in seinem Bett. Er hatte nicht die Kraft, ins Badezimmer zu gehen. Er lag auf dem Rücken und wartete. Vor beinahe fünfhundert Jahren war Hus in Konstanz eingetroffen. Man hatte ihm den Prozeß gemacht, aber der fünfte Evangelist hatte nicht widerrufen, und man hatte ihn später im Dominikanerkloster eingekerkert. Hier war es gewesen!
Aber Sembritzki war kein Märtyrer. Und trotzdem wartete auf ihn der Scheiterhaufen, den Römmel wohl schon für ihn aufgeschichtet hatte. Sembritzki gehörte auf die Seite der Verräter. Stachow war es gewesen, der geopfert worden war. Wofür?

Die Stunden krochen vorbei, ohne daß sich Sembritzki bewegt hätte. Das Fieber war zwar gewichen, aber eine unheimliche Apathie hatte sich breitgemacht. Er dämmerte vor sich hin, hinter den schweren, geschlossenen Vorhängen, in einem Zimmer, das nach Schweiß und verschüttetem Alkohol roch.
Um sieben Uhr ließ er sich ein blutiges Steak bringen. Um acht Uhr öffnete er endlich das Fenster und ließ frische Nachtluft hereinströmen. Um neun Uhr saß er mit einer Whiskyflasche im Bett. Und um halb zehn klingelte das Telefon.
»Hallo!«
Nach langem Tasten hatte Sembritzki endlich den Hörer packen können.
»Herr Sembritzki?«
»Am Apparat!«
»Hier spricht Brunner. Kann ich heraufkommen?«
Sembritzki ließ den Hörer sinken und tastete nach der silbernen Krawatte, die über der Bettdecke lag. Er starrte darauf, als ob er sie noch niemals zuvor gesehen hätte. Wie ein Relikt aus einer versunkenen Welt. Er hatte Mühe, sich zu erinnern. Wie durch einen Nebel sah er Saturns eingefallenes Gesicht.
»Hallo! Sind Sie noch dran?« fragte der Mann.
»Kommen Sie herauf!« sagte Sembritzki brüsk und knallte den Hörer auf die Gabel, ließ sich aus dem Bett rollen und ging schwankend zur Türe, die er entriegelte. Dann verkroch er sich wieder im Bett.
Als es an der Türe klopfte, saß er aufrecht da, in der einen Hand die Pistole, in der andern die Whiskyflasche, um deren gedrungenen Hals Saturns silberne Krawatte zu einem kunstvollen Knoten geknüpft war.
»Kommen Sie herein«, brüllte Sembritzki und brachte die Pistole in Anschlag.
Der Mann, der in der Türe erschien, zuckte zusammen, als er die Waffe auf sich gerichtet sah. Er schloß die Tür hinter sich, ohne sich von Sembritzki abzuwenden. Das Licht einer Leselampe knallte ihm ins Gesicht. Aber es war mehr Amüsement als Angst auf seinen Zügen herauszulesen. Er trug eine hellbraune Wildlederjacke, darunter ein dunkelblaues Hemd und eine hellgraue Cordhose. Hatte Sembritzki diesen Mann nicht schon einmal gesehen? Dieses noch junge Gesicht mit dem zurückweichenden Haaransatz und der vorspringenden gebogenen Nase?
»Treten Sie näher und schließen Sie die Tür ab!«

Der mittelgroße Mann drehte sich um, verschloß die Tür und trat dann auf Sembritzki zu. Dieser hatte seine Pistole auf den Nachttisch gelegt und einen tiefen Schluck aus der krawattenverzierten Whiskyflasche genommen.
»Bitte!«
Er machte eine Kopfbewegung zu einem Empiresessel hin. Der Mann mit dem Namen Brunner setzte sich und schlug die Beine übereinander.
»Whisky?« fragte Sembritzki und hielt ihm die Flasche hin. Aber Brunner schüttelte den Kopf. »Sie haben es geschafft, Herr Sembritzki.« Er schaute den leicht betrunkenen Agenten, der nur mit Unterhose und Unterhemd bekleidet auf dem Bett saß, mit einem amüsierten Lächeln an.
»Wie Sie sehen. Ich habe es geschafft. Und es hat mich geschafft.«
»Schwierigkeiten gehabt?«
Sembritzki stieß ein gurgelndes Lachen aus. »Was wissen Sie schon davon? Sie hocken sicher auf irgendeinem ledernen Verwaltungssessel, von einer hübschen Sekretärin umsorgt...«
»Was soll das, Herr Sembritzki!«
»Entschuldigen Sie!« blubberte Sembritzki und grabschte nach einem Zigarillo auf dem Nachttisch. Das Zimmer drehte sich, und er riß die Augen weit auf, um die Karussellbewegung abzuwürgen.
»Was wollen Sie – Herr Brunner?«
»Was haben Sie mitgebracht?«
»Das kommt ganz darauf an, Herr Brunner!« Sembritzki betonte den Namen bewußt.
»Worauf?« Jetzt war das Lächeln vom Gesicht des Besuchers gefallen, und seine Augen glitzerten. »Wollen Sie ein Geschäft machen, Herr Sembritzki?«
»Ein Geschäft!« wieherte Sembritzki und schlug sich auf den nackten Oberschenkel. »Was soll das, Herr Brunner? Geschäfte! Ich habe nichts anderes gemacht als Geschäfte in den letzten Tagen! Ich habe genug bis zum Hals von Geschäften!«
»Also: was haben Sie mitgebracht?«
»Zuerst eine Frage! Was ist mit Seydlitz geschehen? Warum hat man mich hängenlassen?«
»Man hat Sie nicht hängenlassen.«
»Ich habe nach Nara verlangt«, sagte Sembritzki störrisch.
»Die Nachricht ist nicht mehr angekommen.«
»Man hat Wanda geortet?«
Brunner nickte und ging dann zum Kühlschrank, wo er sich ein Mi-

neralwasser holte. Über die Schulter murmelte er: »Seydlitz liegt im Krankenhaus.«
»Unter BND-Bewachung?« fragte Sembritzki schnell.
Brunner setzte sich wieder und leerte sein Glas. »Das ist nicht nötig, Herr Sembritzki. Herr von Seydlitz hat einen neuen Schlaganfall erlitten. Er kann nicht mehr sprechen.«
Sembritzki sah seinen Freund vor sich, wie er auf seinem hochlehnigen Stuhl gesessen hatte, mit durchgedrücktem Kreuz und unter Aufbietung seiner letzten Kräfte das Glas mit dem Calvados zum Mund geführt hatte.
»Und Wanda?« fragte er. Er hatte die Decke bis zum Hals hinaufgezogen.
»Wanda Werner wurde vom BND verhört. Später hat man sie dann wieder auf freien Fuß gesetzt. Selbstverständlich wird sie nach wie vor beobachtet.«
»Wanda war die Kontaktperson zu Ihnen und zu mir?«
»Ja. Hätte man Wanda nicht enttarnt, säße ich jetzt nicht hier, Herr Sembritzki. Dann hätte sie diese Aufgabe übernommen.«
»Und Sie säßen weiterhin diskret im Dunkel und würden von dort Ihre Fäden spinnen.«
»Herr Sembritzki, Sie waren lange genug Agent. Ich bin für Sie eine Begegnung, die Sie wieder vergessen werden.«
Langsam kroch Sembritzki unter der Decke hervor und schaute Brunner böse an.
»Ich soll Sie vergessen! Das gilt wohl auch in umgekehrtem Sinne! Sie wollen mich vergessen. Glauben Sie denn, Römmel läßt mich einfach so laufen? Ich brauche Protektion, Herr Brunner. Ihre Protektion!«
Brunner füllte sein Glas, hielt es gegen das Licht und leerte es dann wieder in einem Zug.
»Ich kann Ihnen nicht helfen, Herr Sembritzki. Stachow ist umgebracht worden, und ich konnte nichts tun. *Sie* wird man nicht umbringen.«
»BND-Verhöre sind wie langsames Sterben.«
»Sie werden es überleben, Herr Sembritzki.«
Sembritzki hielt Brunner die Arme entgegen und drehte sie dann langsam in den Gelenken, so daß die weiße Innenseite sichtbar wurde.
»Da, schauen Sie! Brandmale! Im Nahen Osten eingefangen. Und in der ČSSR. Auch hier auf der Brust und auf dem Rücken!«
Er hatte sein Unterhemd mit einer einzigen Bewegung vom Körper

gerissen und wies mit anklägerischem Finger auf die roten Narben auf der Brust. Dann erhob er sich mühsam, drehte sich um und zeigte seinen mit Malen übersäten Rücken her. Aber seine Demonstration war ohne Würde und ohne Grazie. Auf der vibrierenden Matratze verlor er das Gleichgewicht und stürzte. Eine Weile lag er da auf dem Bauch, dann zog er die Beine an und vergrub den Kopf zwischen den Händen.
»Der BND wird Sie nicht foltern!«
»Ich habe keine Widerstandskraft mehr«, murmelte Sembritzki.
»Nur noch einmal, Herr Sembritzki. Es kann doch nicht alles umsonst gewesen sein!«
Langsam drehte sich Sembritzki wieder um, setzte sich, den Rücken gegen die Wand gelehnt, aufrecht hin und starrte Brunner verwundert an.
»Es kann doch nicht alles umsonst gewesen sein!«
Das hatte schon Stachow gesagt. Jetzt sagte es Brunner. Und dasselbe dachte auch Sembritzki für sich. Nur bei ihm war alles umsonst gewesen. Er war der große Verlierer. Alle andern hatten noch immer die Hoffnung, daß sich die Vergangenheit rechtfertigen lassen würde, daß sich alle Anstrengungen gelohnt hatten. Nur er hatte seine Vergangenheit verraten. Er hatte Eva ausgelöscht. Bei ihm war alles umsonst gewesen. Und er sollte jetzt die Vergangenheit der andern retten helfen und deren Zukunft? Aber wessen Zukunft stand hier auf dem Spiel? War er nur der Komplize eines Mannes, der seine Karriere aufbaute?
»Ich will die Zusammenhänge kennen, Herr Brunner. Ich will wissen, wofür und für wen ich all das getan habe!«
Brunner war aufgestanden und ging im Zimmer auf und ab. Vor dem Spiegel blieb er stehen und schaute im Glas Sembritzki an.
»Keine Geschäfte! Sie haben Ihren Auftrag erfüllt. Jetzt wollen wir die Resultate!«
Sembritzkis Lachen klang heiser. Es kam von weit her.
»Resultate gegen ein paar Informationen, Herr Brunner!«
Brunner drehte sich ruckartig um und schaute Sembritzki überrascht an. »Informationen welcher Art?« fragte er, und seine Stimme zitterte leicht.
»Wer sind Sie? Wer verbirgt sich hinter dem Namen Brunner?«
»Keine Antwort. Und wenn Sie mich eines Tages erkennen, so bitte ich um Ihr Schweigen.«
»Sie sind ein Fadenzieher, Brunner. Sie sind die graue Eminenz, der Königsmacher oder der künftige König!«

Brunner schwieg. Er hatte sich wieder gesetzt und scheinbar entspannt auf seinem Sessel zurückgelehnt. Nur sein rechtes Bein, das er über das linke geschlagen hatte, wippte stärker als üblich.
»Was war mit Stachow?« bohrte Sembritzki weiter.
»Stachow hat sich Sorgen gemacht wegen des Rechtsrutsches im BND. Immer mehr Leute, die rechtsradikalen Kreisen nahestehen, wurden eingeschleust. Männer, die jenen nahestanden, die die Aufrüstung befürworten. Raketenritter. Kalte Krieger. Rüstungsprobleme sind gesellschaftliche Probleme, Herr Sembritzki. Das hat auch Stachow erkannt.«
Das hatte auch Eva gesagt, erinnerte sich Sembritzki.
»Die Friedensbewegung ist eine Hoffnung«, murmelte Brunner und wühlte weiter in Sembritzkis Erinnerungen. »Die Friedensbewegung in aller Welt. Im Westen und im Osten!«
Sembritzki biß sich auf die Lippen. Er sah, wie Havaš mit großen Sprüngen über die Lichtung gehetzt war. Der rechte Arm hatte leblos an seiner Seite gebaumelt. Hatte Sembritzki Havaš getroffen? War er verblutet? Gestorben? Hatte ihn der STB eliminiert? Sembritzki wußte, wie klein diese Hoffnung war. Havaš war zu geschickt, zu kaltblütig und zu skrupellos. Havaš würde überleben.
»Krieg ist kein brauchbares politisches Mittel mehr, um politische Zielsetzungen zu erreichen.«
»Schweigen Sie!« brüllte Sembritzki, riß die silberne Krawatte von der Whiskyflasche und band sie sich um den nackten Hals.
Brunner schaute ihm verwundert und etwas besorgt zu.
»Was wollen Sie, Herr – Brunner? Zu wem gehören Sie? Stachow war kein Linker! Stachow war Nationalist. Einer, der sein gelebtes Leben rechtfertigen wollte. Haben Sie ihn ganz einfach für Ihre Zwecke mißbraucht?«
»Im Kampf um den Frieden zählen die Motive im einzelnen nicht. Da kommen die verschiedensten Antriebsmomente zusammen, und die müssen kanalisiert werden. Deutschland muß sich heraushalten. Darauf kommt es endlich an. Auf eine neue Deutschlandpolitik!« Brunner hatte sich jetzt nach vorne gebeugt und fixierte Sembritzki mit seinen kleinen, stechenden Augen. »Sie haben Ihren Agentenring in Prag wieder mobilisiert, Herr Sembritzki! Welche Informationen haben Sie mitgebracht?«
Aber Sembritzki lächelte nur verächtlich und steckte sich einen Zigarillo zwischen die Lippen. »Noch nicht, mein Lieber. Zuerst: welche Rolle spielte Römmel?«
»Hören Sie auf zu fragen, Sembritzki. Sie haben Ihr Leben gerettet.

Sie sind Agent. Das ist Ihr Beruf. Es ist nicht an Ihnen, Fragen zu stellen!«
»Ich *war* Agent. Heute reiche ich meine Entlassung ein. In diesem Augenblick, Herr Brunner!« Er hob die Flasche gegen das Licht. »Prost, Herr Brunner! —«
Er schaute starr vor sich hin und flüsterte dann: »Einmal in meinem Leben will ich wissen, warum ich was getan habe. Auch ich!«
Er rutschte an dem Bettrand zu Brunner hin und faßte ihn an den Schultern. »Um Himmels willen, geben Sie mir ein Motiv, Brunner. Ich will wissen, warum ich meine Liebe verraten habe!«
Brunner war irritiert. Er schaute über die rechte Schulter dieses verzweifelten Mannes, der in Unterhosen und einem zerfetzten Unterhemd, eine silberne Krawatte um den Hals, vor ihm auf der Bettkante saß.
»Sie müssen Ihr Motiv selbst finden, Sembritzki!« murmelte er in Sembritzkis rechtes Ohr.
»Römmel ist die Drehscheibe, nicht wahr?«
Brunner schwieg und lehnte sich zurück, um Abstand zu gewinnen.
»Römmel ist ein Relikt aus der Nazizeit. Ein Mann aus der Truppe Gehlens, der von den Amerikanern direkt übernommen und dem BND einverleibt wurde. Die Brücke in Pullach war die große Agentenbörse. Dort haben die Transaktionen auf dem Agentenmarkt stattgefunden.«
Brunner nickte.
»Aber welche Rolle spielt Römmel jetzt, Herr Brunner?«
»Das wissen Sie immer noch nicht, Herr Sembritzki? Sie haben doch den Schlüssel in der Hand. Sie haben mit Naras Hilfe den CIA-Mann enttarnt!«
»Malone?« Sembritzki fühlte, wie der Hals ihm trocken wurde. Er griff nach der Flasche.
»Malone!« sagte Brunner, und es klang wie ein Keulenschlag. Und dann fragte er: »Wo ist Malone?«
»Malone ist tot! – Ein Mann Thornballs!«
»Hawk«, korrigierte Brunner und schaute Sembritzki gespannt an. Dieser fühlte, daß sein Besucher wissen wollte, was *er* wußte. Und umgekehrt.
»Hawk ist ein Mann der amerikanischen Rüstungspolitik. Und Malone war sein Lakai, der mich liquidieren sollte, wenn ich seine Forderungen, falsche Informationen über sowjetische Rüstungsanstrengungen in der ČSSR zurückzubringen, verweigern würde!«

»Sie haben diese Informationen verweigert?«
»Ich habe es getan, aber der Teufel weiß, warum! Nicht Ihretwegen, Brunner. Vielleicht aus Sentimentalität. Stachows wegen! Oder Seydlitz' wegen. Aus falsch verstandener Freundschaft!«
Sembritzkis Lachen klang hohl.
»Malone war nicht nur Thornballs Mann, Sembritzki! –«
Jetzt war Sembritzki mit einem Male wieder hellwach. Er wälzte sich aus dem Bett, ging ins Badezimmer, ließ die Dusche laufen und kam erst nach zehn Minuten angezogen zurück.
»Malone war auch Römmels Mann?« sagte er endlich und schaute Brunner verwundert an.
Brunner war jetzt ebenfalls aufgestanden, war zum Fenster getreten, hatte den Vorhang zurückgezogen und schaute auf den Bodensee hinaus. Sembritzki hatte das Licht gelöscht und starrte neben Brunner in die Nacht.
»Ihre Informationen aus Prag haben die Zusammenhänge aufgedeckt. Thornball – Malone – Römmel!«
»Und da ist noch dieser mysteriöse Monsieur Margueritte aus Frankreich.«
»Eine große Lobby, Sembritzki. Die Protagonisten des kalten Krieges und dessen Profiteure. Ein weltweiter Clan, Sembritzki. Was Sie da gesehen haben, waren nur ein paar Spitzen in diesem Eismeer!«
»Römmel ist die Drehscheibe?«
»Römmel ist ein Mann des BND und gleichzeitig ein Mann der CIA! Die CIA hat ihm damals eine Chance gegeben. Römmel ist Stratege genug, um von der Situation zu profitieren. Die Interessen der Amerikaner sind die Interessen gewisser Kreise in der Bundesrepublik. Römmel ist der neue Mann im BND. Er ist der Mann der Aufrüstung und der Schrittmacher einer neuen Generation von BND-Leuten.«
»Stachow hat das gemerkt?«
Brunner nickte.
»Römmel hat Sie im Einvernehmen mit dem tschechischen Geheimdienst und dem KGB in Prag und Umgebung Ihr altes Netz aufstöbern lassen...«
»Um es zu zerreißen! – Das war ja auch im Interesse des Ostens!«
»Ja. Und Stachow hat dasselbe getan, weil er Ihnen mehr zutraute und überzeugt war, daß Sie es nicht zulassen würden, daß Ihre Agenten auffliegen. Ihr Netz war unsere Hoffnung auf Überleben!«

»Es ist aufgeflogen, Brunner!«
Brunner drehte sich Sembritzki zu und schaute ihn entsetzt an.
»War alles umsonst?«
Aber Sembritzki beantwortete diese Frage nicht. Statt dessen bohrte er weiter.
»Hat Malone Stachow getötet?«
Er erinnerte sich an den amerikanischen Hubschrauber, der vom Ilmensee her über seinen Kopf geknattert war, als er beim Schloß Meersburg gewartet hatte.
»Wir haben keine Beweise, Sembritzki«, sagte Brunner leise, und Sembritzki konnte die Enttäuschung aus seiner Stimme heraushören. Er packte Sembritzki jetzt mit beiden Händen an den Schultern und schüttelte ihn.
»Haben Sie Ihr Netz wirklich zerschlagen lassen, Sembritzki?«
Aber Sembritzki war noch immer nicht bereit, diese Frage zu beantworten.
»Was für eine Chance haben denn Sie, wenn mein Netz nicht zerschlagen ist? Was bringt das Ihnen, Herr Brunner?«
Brunners Arme sanken von Sembritzkis Schultern.
»Wir bauen eine Regierung von übermorgen auf, Konrad Sembritzki! Sie können dazugehören. Als Sachverständiger in Sachen Geheimdienst.«
Sembritzki lachte laut heraus, und Brunner schaute ihn irritiert an.
»Sie sind nicht der erste, Brunner, der mir diesen Posten anbietet. Ich bin ein gefragter Mann.«
»Nicht heute, Sembritzki. Vorläufig wird der BND an den entscheidenden Positionen von München aus gesteuert. Alles Römmel-Leute. Und dahinter steht die große, weltweite Rüstungslobby!«
»Thornball, Margueritte, zwei Protagonisten! Was für eine Chance haben Sie denn noch, Brunner?«
»Die Friedensbewegung in Ost und West! Da kann heute keiner vorbei. Nicht die NATO und nicht der Warschauer Pakt. Das ist unsere Chance! Und Sie, Sembritzki!« Brunner schaute ihn fast bittend an. Dachte er wirklich an das Schicksal der Menschheit oder an seine politische Karriere? Eva hatte den Politikern nicht getraut. Sie wollte die Macht der Utopisten, die Macht ihrer Gegenwelt erst zu einem späteren Zeitpunkt den Politikern in die Hände legen. Aber Evas Gegenwelt war zerschellt. Die Hussiten würden aufgerieben werden. Und Sembritzki hatte in diesem letzten Akt die Rolle des Henkerknechts gespielt.

»Sembritzki, noch einmal: Was bringen Sie aus Prag mit? Mit welchen Informationen können wir Römmels gezielte Falschinformationen neutralisieren?«
»Wie wollen Sie das tun?«
»Mit Zeitungsartikeln. Mit Fernsehsendungen, Aufklärungsfilmen!«
»Und wer soll Ihnen glauben?«
»Sie werden auftreten, Sembritzki. Sie sind unser Redner! Sie wissen, wovon Sie reden!«
Sembritzki schwieg. Wieder hatte man eine Rolle für ihn in Vorbereitung. Eine lebensgefährliche Rolle. Langsam ging er zum Bett hinüber, wo die silberne Krawatte lag, griff sie sich mit zwei Fingern wie eine Giftschlange ganz vorn, wo sie breiter wurde, und schritt dann beinahe feierlich durch den Raum auf Brunner zu.
»Hier! Die Ringe des Saturn!«
Brunner schaute ihn verständnislos an.
»Ich verstehe Sie nicht, Sembritzki!«
»Wir werden einander nie verstehen, Herr Brunner.«
»Was ist mit dieser Krawatte?«
»Mein Vermächtnis. Mein Netz ist aufgeflogen. Aber ein neues Netz ist gewachsen. Neue Informationsquellen in ganz Böhmen. Einige auch in der Slowakei und ein paar angrenzenden Ostblockstaaten. Lassen Sie das Ding dechiffrieren. Und Sie haben die Gegenargumente in den Händen, die Sie brauchen!«
Brunner stand noch immer verwirrt, die baumelnde Krawatte Saturns zwischen den Fingern, in der Fensteröffnung, als Sembritzki seine Jacke anzog, die Mütze in die Stirn drückte und Havaš' Pistole einsteckte.
»Leben Sie wohl!« sagte er noch und ging hinaus in die Nacht, während Brunner noch lange am Fenster stand und auf die baumelnde silbergraue Krawatte starrte.

Am folgenden Abend ritt Sembritzki auf seinem Pferd Welf zum letzten Mal über die Berner Allmend. Der Mond stand wie ein weißer Lampion am Himmel. Der Große Bär war auf der Jagd, die Zwillinge probten die Trennung, und Herkules spannte seine Muskeln. Saturn war tot.
Als der Bauer Brämi eben zu Bett gehen wollte, hörte er einen Schuß in den nahen Stallungen. Mit wehendem Hemdzipfel, eine Petroleumleuchte in der zitternden Hand, hastete er über den Hof zum Pferdestall hinüber. Welf lag mit Sattel und Zaumzeug auf der

Seite im Stroh. Aus einem Auge quoll dunkelrotes Blut. Neben seinen Vorderhufen lag eine Pistole.

Mitternacht war längst vorbei, als Sembritzki noch immer an seinem Schreibtisch saß, vor sich eine Batterie von drei leeren Weinflaschen, auf deren Etikett der Name Veltliner stand, vor ihm aber auch der gewaltige Band des Martin Pegius, das erste astrologische Lehrbuch in deutscher Sprache. Inseln vergossenen Weines schwammen auf der aufgeschlagenen Seite und fraßen langsam die kunstvoll verschlungenen Buchstaben auf. Aber Sembritzki brauchte diese Vorlage nicht mehr. Er kannte den Text auswendig, den er jetzt laut zu zitieren begann: »Unsäglich ists / inn welche ubergrosse herzlichkeit / Gott der Herr / seinen geschaffnen menschen gesetzet / und ihne mit seinen gefelligen willens / erleuchtiget hatte.«

Sembritzkis Lachen scholl durch das offene Fenster weit über den Fluß, war stärker als das Rauschen der Aare, als er zum lodernden Kaminfeuer hinüberging und das Geburtsstundenbuch mit aller Kraft in die Flammen schob.